Quemando la luz del día

M

Papel certificado por el Forest Stewardship Council®

Título original: *Burning Daylight*

Primera edición: febrero de 2026

Travessera de Gràcia, 47-49. 08021 Barcelona
Mapa de Sarah Waites (@illustratedpagebookdesign)
Recursos de interiores de Brittany Petrone (@inkyandbookish)

Printed in Spain – Impreso en España

ISBN: 979-13-87724-49-8
Depósito legal: B-21.499-2025

Compuesto en Compaginem Llibres, S. L.
Impreso en Rodesa
Villatuerta (Navarra)

GT 2 4 4 9 8

EMILY MCINTIRE

Quemando la luz del día

Traducción de Cristina Macía

Montena

Para los que amaron a pesar de todo

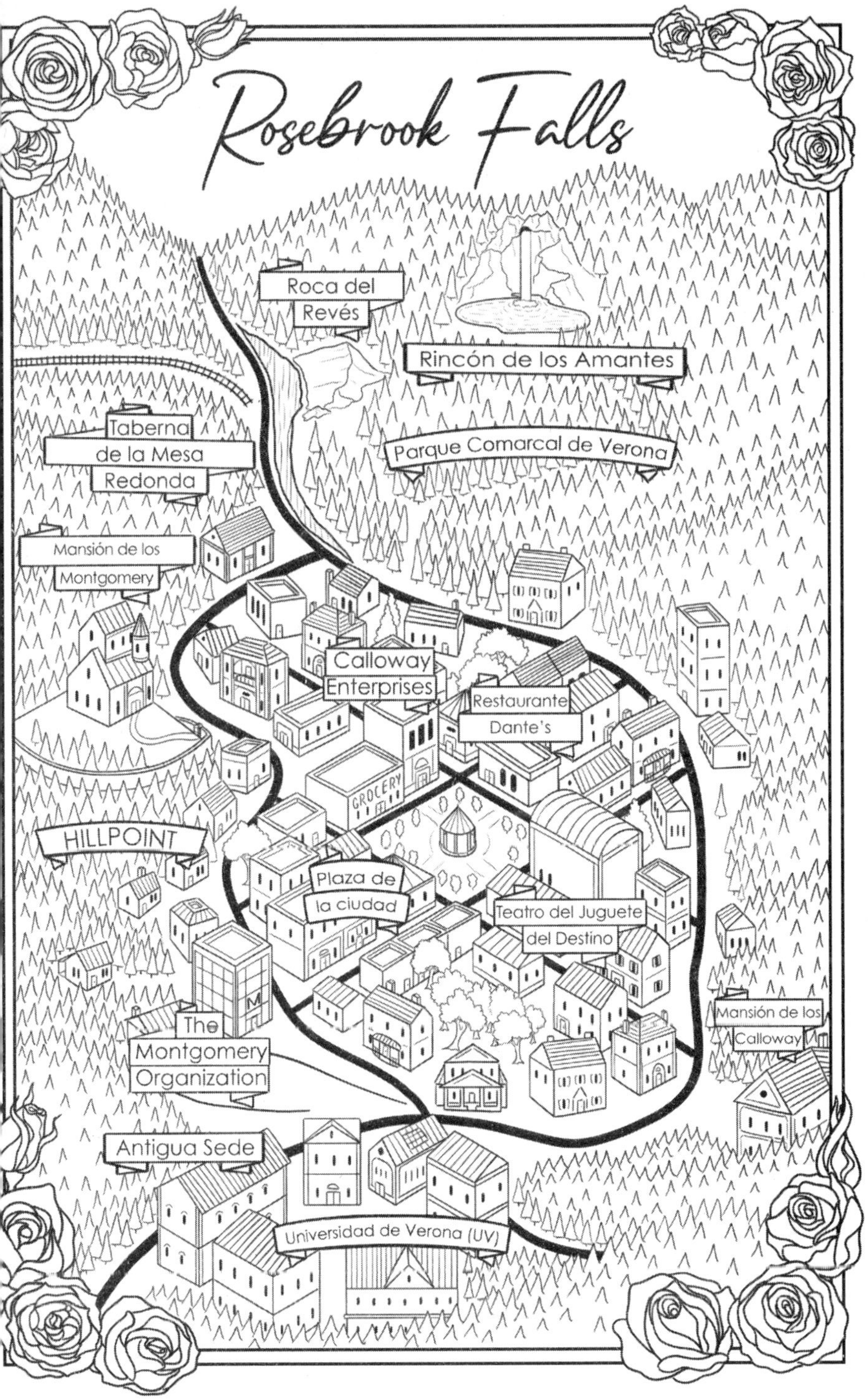
Rosebrook Falls
Roca del Revés
Rincón de los Amantes
Taberna de la Mesa Redonda
Parque Comarcal de Verona
Mansión de los Montgomery
Calloway Enterprises
Restaurante Dante's
GROCERY
HILLPOINT
Plaza de la ciudad
Teatro del Juguete del Destino
Mansión de los Calloway
The Montgomery Organization
Antigua Sede
Universidad de Verona (UV)

Nota de la autora

Quemando la luz del día es una novela romántica contemporánea, el primer volumen en una serie de novelas autoconclusivas pero interconectadas. **La pareja protagonista tendrá su final feliz en este libro, pero hay tramas paralelas y líneas argumentales que no se cerrarán y continuarán a lo largo de la serie.**

No es imprescindible, pero sí muy recomendable, leer en orden los libros de la serie.

En *Quemando la luz del día* hay expresiones malsonantes, escenas de sexo explícito, consumo de drogas, enfermedades terminales (cáncer), violencia y situaciones de contenido adulto que pueden provocar reacciones en algunas personas. En EmilyMcIntire.com hay una lista completa a la que también se puede acceder con el código QR impreso al final de esta nota.

La historia se cuenta en primera persona y el punto de vista es limitado y mediatizado por el trauma y dolor del pasado, y no refleja todos los matices de una situación muy compleja. No pretende definir la adicción y a las personas que la sufren. Si el lector o un ser querido están en esa lucha, no se encuentran solos. No son peores. Su vida tiene valor.

Al final del libro hay una lista de recursos.

Se recomienda que el lector ejerza su propio criterio.

Lista de reproducción

«Teenage Dirtbag» - Wheatus
«Love Story (Taylor's Version)» - Taylor Swift
«Save Tonight» - Eagle-Eye Cherry
«As I Lay Me Down» - Sophie B. Hawkins
«Lovefool» - The Cardigans
«we can't be friends (wait for your love)» - Ariana Grande
«I Don't Want to Miss a Thing» - Sonny Tennet
«I Love You, I'm Sorry» - Gracie Abrams
«The Night We Met» - Lord Huron
«Someone You Loved» - Lewis Capaldi
«Paris» - The Chainsmokers
«You Are the Reason (Duet Version)» - Calum Scott & Leona Lewis
«I Get to Love You» – Ruelle

¡Amor nacido del odio, harto pronto te he visto, sin conocerte! ¡Harto tarde te he conocido! Quiere mi negra suerte que consagre mi amor al único hombre a quien debo aborrecer.

William Shakespeare, *Romeo y Julieta*

ACUERDO DE WAYMONT

ROSEBROOK FALLS, CONNECTICUT

Este Acuerdo tiene lugar el 13 de agosto de 1930 entre las empresas fundadoras abajo firmantes (los «Fundadores»).

POR CUANTO los Fundadores desean colaborar en la fundación de un nuevo pueblo dentro del Condado de Verona, que llevará como nombre Rosebrook Falls, con el objetivo de crear una comunidad próspera y sostenible.

Los Fundadores reconocen la importancia de garantizar una representación justa, un desarrollo equitativo y evitar la monopolización de recursos, liderazgo o toma de decisiones dentro del pueblo.

EN FE DE LO CUAL, los Fundadores han ejecutado el presente Acuerdo en la fecha que consta al principio de este documento.

EMPRESA A:

Calloway Enterprises
Nombre: Alabaster Calloway
Firma: Alabaster Calloway

EMPRESA B:

The Montgomery Organization
Nombre: Theodore Montgomery
Firma: Theodore Montgomery

Prólogo

Juliette

Trece años

No tendría que estar aquí.

Me agazapo mientras Beverly, mi niñera, y Aaron, el chef, entran con la compra y cotillean como si fueran periodistas del *Rosebrook Rag*.

Si Beverly se entera de que estoy escuchando a escondidas, me mata.

Y más hoy, que me hacen las pruebas del vestido para la Gala Anual de los Fundadores, que se celebra todos los años en la Universidad de Verona.

—¿Tú crees que Marcus Montgomery sabe que su mujer se está tirando a Craig? —le pregunta Aaron.

—Pues claro. Es el secreto peor guardado de Rosebrook Falls.

—No creerás que por eso Marcus mató a…

Beverly le da un palmetazo en el brazo.

—Chissst. No se habla de los muertos. Es una ordinariez.

El chef levanta las manos en señal de rendición.

—Solo era una pregunta. Pero es raro que Marcus esté aquí, ¿no?

Beverly se encoge de hombros.

—No tengo tiempo para esas cosas, y tú, tampoco. Ayúdame a buscar a esa granujilla de Juliette.

Me acurruco más entre las sombras, debajo de las escaleras. Es un lugar donde no hay nada, solo un rincón oscuro con una lámpara que parpadea y libros con las páginas en blanco.

Pero es el único lugar de toda la mansión donde me siento como en casa. Es el único lugar donde puedo meterme que no está coreografiado a la perfección.

Colegio. Clases de piano. Lecciones de etiqueta. Lecciones de francés. Lavar. Aclarar. Repetir.

En eso consiste mi vida.

Pero hoy es domingo, el único día que tengo para esconderme y escribir.

Y eso estaba haciendo hasta que la pareja de cotillas ha llegado sin parar de parlotear.

Frunzo el ceño. He visto a Marcus Montgomery a lo largo de los años, en la Gala de los Fundadores y en todos los acontecimientos sociales que exigen de mí que me ponga un vestido bonito y sea la perfecta niña Calloway, pero el desprecio hacia el apellido Montgomery corre por las venas de mi familia, de todos y cada uno de nosotros, desde el momento en que nacemos.

La palabra «odio» define este sentimiento a la perfección.

Así que tener a Marcus en los terrenos de la mansión… es raro, sí.

Beverly y Aaron desaparecen al doblar la esquina y cierro de golpe mi libreta de relatos, salgo de mi escondite y me escabullo hacia el ala de la casa donde está el despacho de mi padre.

Al llegar, miro a través de la rendija que hay entre la puerta y el marco, y la adrenalina me corre por las venas cuando lo veo con Marcus.

Cambio de postura, la madera del suelo cruje y el eco retumba en los techos altos. Se me acelera el pulso cuando entreabro la puerta, solo lo justo para ver un poquito.

No se dan cuenta, y dejo escapar el aliento contenido.

Mi padre es todo trajes almidonados y sonrisas perfectas tan afiladas que cortan como un cuchillo, y esta noche no es una excepción. Siempre parece preparado para la batalla, aunque esté en su propia casa, a la espera de doblegarte para hacer su voluntad.

Tiene el pelo negro, igual que yo, y lo lleva bien cortado y peinado hacia atrás; las cejas gruesas se le juntan, y parece que tenga una oruga en la cara. Ha fruncido el ceño y está rígido, con los nudillos muy blancos contra el gran escritorio.

Marcus es similar, pero a la vez completamente distinto.

Todo lo que mi padre tiene de rígido y pulido, en Marcus Montgomery es… fluido.

Pero ambos irradian poder.

Marcus viste unos vaqueros oscuros y una chaqueta deportiva azul marino abierta que deja ver la camiseta blanca, y su pelo rubio es la antítesis del de mi padre. Lo lleva revuelto, como si se hubiera peinado con los dedos. No le veo los ojos, pero he visto fotos en el *Rosebrook Rag* y sé que son tan gélidos que te hielan hasta los huesos.

Marcus está apoyado en la estantería de la izquierda, con los tobillos cruzados como si no tuviera ni un problema en la vida.

—No —dice, y se mira las uñas.

—No me obligues —replica mi padre con voz tensa, en el mismo tono que utiliza cuando mi hermano Lance se mete en algún lío… O sea, casi siempre.

Marcus se yergue.

—No, Craig, que te den. No voy a romper el acuerdo de Way-Mont solo para que puedas obligar a la gente a dejar su casa en HillPoint y construir allí.

Se me acelera el corazón. HillPoint está en la zona oeste de

Rosebrook Falls y es territorio Montgomery de principio a fin. Tengo prohibido poner el pie allí.

Mi padre se encoge de hombros.

—Yo no obligo a nadie a nada. Me limito a sugerir cosas.

—Ya, y los que no hacen caso de tus sugerencias resultan heridos. Tiene gracia la coincidencia.

—Te queda muy graciosa esa careta de inocente, Marcus, pero estamos solos. No nos ve nadie, no hace falta que actúes.

—Ni que tú tengas cara de coño, y mira.

Mi padre deja escapar una risita.

—Ya sabes lo que se dice..., somos lo que comemos. Por cierto, ¿qué tal tu mujer?

Se me revuelve el estómago. ¿Está engañando a mi madre? Marcus se pone rígido.

—¿Así que es eso? ¿Sigues órdenes de Eleanor?

Mi padre se encoge de hombros.

—Y si es así, ¿qué?

—Fóllatela lo que quieras, Craig, pero no me pongas a prueba intentando apoderarte de todo lo que es mío.

—Estás depositando demasiada fe en un contrato de hace un siglo firmado por dos hombres que están muertos —le replica mi padre con frialdad—. Sobre todo después de la muerte del hermano de mi mujer. No quisiera ver una tragedia en tu lado de la raya.

Marcus se acerca hasta que su cara queda a cinco centímetros de la de mi padre.

—No se te ocurra acercarte a mi familia, Craig, o te juro por Dios que te arrepentirás. Mira, eso sí es una amenaza.

Se me encoge el corazón de miedo, pero mi padre se limita a sonreír.

—Yo no le haría daño a Eleanor.

—No me refiero a ella, y lo sabes. —Marcus ha bajado la voz, que ahora es un susurro cargado de peligro.

—Firma los papeles y no tendrás nada de qué preocuparte.

Marcus sonríe, burlón.

—¿Tan amenazado te sientes por mí? No es más que un niño, ni siquiera formo parte de su vida. No te causará problemas.

—Lleva tu apellido, así que me vas a perdonar, pero no me quedo tranquilo —replica mi padre.

—Tú estás loco. No pienso firmar nada.

La sonrisa de mi padre es tan amplia que un escalofrío me recorre la columna vertebral.

—Entonces, saluda de mi parte a tus invitados.

Marcus suelta un resoplido y se vuelve hacia la puerta.

El corazón se me sube a la garganta y salgo corriendo por el pasillo, junto al comedor, al vestíbulo, y subo por las escaleras a mi habitación. Cierro de un portazo, me apoyo en la pared y respiro a bocanadas.

Cuando consigo calmarme, cojo la libreta y paso las páginas de la historia en la que mi madre se transforma en un ogro y garabateo a toda prisa lo que acabo de ver.

No he entendido nada, pero no quiero olvidarlo.

Cuando termino, compruebo que los ventanales del balcón están cerrados, me meto en la cama y me tapo la cabeza con la colcha hasta que casi me parece que voy a asfixiarme en la oscuridad.

Al final, me quedo dormida.

Dos días más tarde, mi padre está sentado ante la enorme mesa redonda de la sala del desayuno. Se está bebiendo un café y no hace caso de nada de lo que lo rodea.

Lo miro, confusa. ¿Qué hace en casa otra vez?

Van dos veces en una semana. Hacía meses que no lo veía tanto.

Me apoyo en la isla de mármol y bebo un sorbo de zumo de naranja, y se me van los ojos a la televisión con las noticias locales.

En la pantalla se ven dos imágenes. En una, una entrada en las redes sociales del *Rosebrook Rag*. En la otra, una presentadora con el rostro tenso. Muestran una foto en la que aparece un coche estrellado contra un árbol. Hay llamas tras las ventanillas rotas y el metal retorcido. Luego aparece de nuevo la imagen del periódico.

Choque mortal en HillPoint.
¿Accidente o suicidio?

La prometedora artista Heather Argent y sus dos hijos han muerto en un accidente a última hora de la noche en territorio Montgomery. La policía lo atribuye a un fallo de los frenos, pero se habla de suicidio.

Según algunas fuentes, unas horas antes se la vio discutiendo acaloradamente con Marcus Montgomery.

¿Perdió el control... o fue solo un trágico giro del destino?

Sea como sea, Rosebrook Falls habla...
y nosotros seguiremos investigando.

#RosebrookRag #RumoresDeLaCiudad
#LaManoDeMontgomery #HaSidoSuicidio

Se me encoge el corazón.

Cuando alzo la vista, veo sonreír a mi padre.

Paxton Calloway, comprometido.
¿Amor o interés?

Paxton Calloway, el soltero más recalcitrante de Rosebrook Falls, sale oficialmente del mercado, para asombro de la ciudad.

La afortunada es Tiffany Heartinger, heredera de un imperio petrolífero, enamorada de los diamantes y un completo enigma. Según las fuentes consultadas, la petición de mano fue privada, perfecta y sospechosamente oportuna.

¿Es amor? ¿O una fusión de alto nivel disfrazada de cuento de hadas?

Según se dice, el nombre de Heartinger lleva meses dando vueltas por las salas de juntas de Calloway.

Sea como sea, esta boda, si llega a celebrarse, será un espectáculo Rosebrook en estado puro. Y no nos perderemos detalle.

#PaxtonPoneElAnillo #JugadaMaestraCalloway #ManiobraHeartinger #AmorOInterés #RosebrookRag #TodosAtentosACalloway

Capítulo 1

Juliette

Diecisiete años

Rosebrook Falls está maldito.

O eso dice la leyenda.

Beverly siempre nos ha contado historias de la ciudad a mis tres hermanos y a mí.

Nos explica entre susurros que los edificios se alzan sobre unos cimientos de corazones rotos y secretos enterrados. Que dos personas se enamoraron, aunque estaban prometidas con otras, y todo terminó en tragedia.

Nunca he dado crédito a esas historias, la verdad. Hasta que me dijo que sus apellidos eran Calloway y Montgomery.

Eso sí me lo creí.

En mi familia, la lealtad lo es todo, así que tiene lógica que la cosa fuera igual hace generaciones.

Beverly nunca lo dijo, pero me imagino que se refería a los fundadores de la ciudad: Theodore Montgomery y mi tatarabuelo, Alabaster Calloway.

Un gigante de la construcción y un magnate de los bienes inmuebles.

Hicieron un trato. Construyeron juntos Rosebrook Falls, firmaron el Acuerdo de WayMont para dividirlo todo al cincuenta por ciento, y luego se aseguraron de que todo el poder y la influencia quedarían en familia y decidieron casar a sus hijos.

Así que cuando Kenneth, el hijo de Theodore, conoció a una chica de la familia Voltaire y se enamoró de ella, ¿qué pasó? Que Alabaster se lo tomó muy mal.

La joven Voltaire murió, y las acusaciones se multiplicaron.

No sé si hubo algo de verdad en eso; sé que Eleanor, la mujer de Marcus, también era una Voltaire y también acabó muerta.

A mi hermano Alex le encantaba repetir las historias de Beverly cuando iba de acampada. Se subía a un cajón y conjuraba visiones de muerte y destrucción en las que todas las manos estaban manchadas de sangre y el amor acababa en tragedia.

A mí me encantaba verlo en su elemento, cuando representaba las escenas y hechizaba a su público. A veces fantaseaba con escribir novelas y que él fuera el protagonista de las adaptaciones al cine.

Hoy en día, Alex sigue jurando que las historias eran ciertas, pero las contaba con una linterna debajo de la barbilla y hacía ulular la voz como si el espíritu de nuestro tatarabuelo nos fuera a saltar encima, así que no le doy mucho crédito.

Mi hermano mayor, Paxton, dice que Beverly se inventaba cuentos de hadas trágicos para explicar que nuestros padres no dejaban de pelearse.

En cierto modo, eso tiene lógica.

Seré sincera: hacía años que no le daba tantas vueltas al cuento de viejas de Rosebrook Falls.

Pero hoy no me lo quito de la cabeza.

Puede que sea porque Paxton ha anunciado su compromiso con Tiffany Heartinger, la princesa del petróleo de Pensilvania, y todos los miran con estrellitas y corazones en los ojos, pero en mi opinión salta a la vista que a Paxton le da igual.

Para él, es un trato de negocios más. Fortalecer las relaciones de la familia y todo eso.

Pero cuando lo veo tan resignado a su destino no puedo dejar de pensar que Beverly tiene razón.

Puede que la ciudad esté maldita.

Sea como sea, me alegro de poder escapar de la fiesta, aunque solo sea para embarcarme en la absurda misión que me ha encomendado mi madre.

Puñetero Lance…

Cuando lo encuentre le voy a dar un puñetazo en la cara.

Siempre le da por desaparecer, y a mí siempre me toca ir a buscarlo.

He ido a los lugares habituales, desde el pequeño campus de la Universidad de Verona hasta El Juguete del Destino, el teatro de la plaza.

Pero el liante de mi hermano no está por ninguna parte.

Y ya solo se me ocurre un lugar, así que subo al punto más alto de Rosebrook Falls: la Roca del Revés, una zona aislada, oculta entre los caminos y la maleza del Parque Comarcal de Verona.

Empieza a sonarme el teléfono cuando estoy subiendo por la empinada ladera de la colina, pero ya sé que es Paxton o mi madre, y no lo cojo.

Recorro el camino polvoriento y lleno de hierbajos, y la nostalgia me asalta de repente con violencia.

Cuando cumplí trece años, Lance me enseñó a escabullirme de la casa para venir aquí. Me dijo que era «un rito de iniciación de todo adolescente Calloway».

Siempre dice que esta zona le transmite serenidad.

Yo creo que es su refugio cuando nuestro padre lo cabrea.

Hay un peñasco enorme al borde del precipicio, con la superficie del tamaño de un SUV pequeño. Solíamos subir con cuidado y tumbarnos con los pies hacia el cielo hasta que se nos subía la sangre a la cabeza y parecía que nos íbamos a desmayar, o a caer. Era emocionante… y peligroso.

No recuerdo la última vez que vi esa expresión despreocupada en los ojos de Lance; así era por aquel entonces.

La nostalgia se vuelve más intensa cuando me detengo ante la roca, pongo los brazos en jarras y miro a mi alrededor.

Rosebrook Falls se encuentra en un valle, y este es el punto desde donde se domina. Desde aquí se ve todo, desde la universidad, al este, hasta las vías del tren que bordean los límites de HillPoint al oeste, cerca del precipicio.

Todo está tranquilo. Pacífico. Sereno.

Y no hay ni rastro de Lance.

Me dejo invadir por los maravillosos tonos anaranjados, rojos y rosados del cielo del ocaso. Mi teléfono vuelve a vibrar y me saca de mi ensimismamiento. Dejo escapar un suspiro, lo saco del bolsillo y abro el grupo de chat que tengo con mis hermanos.

LOS REYES (Y LA REINA) CALLOWAY

ALEX:

Menudo cabreo tiene mamá.

YO:

Es su cara de cabrona habitual.

ALEX:

Pues hoy, más. Mira hacia la puerta como si pudiera invocar a Lance desde el inframundo. Da miedo. 😵👻

PAXTON:

Ya se le pasará. ¿Hay suerte, Jules?

Ahora viene la culpa. Yo no he perdido a Lance, pero me siento responsable por no encontrarlo.

YO:

No. Lance, si lees esto,
que sepas que te voy a matar.

ALEX:

Y yo.

Suelto un bufido.

ALEX:

¿Has mirado en el teatro? Se está tirando a la prota de *Sueño de una noche de verano*.

Arrugo la nariz, asqueada.

YO:

Puaj. ¿No es Heidi?

ALEX:

Sí.

YO:

Qué asco.

ALEX:

¿VERDAD? LO MISMO DIJE YO.

YO:

Lo he buscado por todas partes. Estoy cansada, estoy sudando, y cuando mamá vea cómo me ha quedado el vestido, me va a asesinar.

Lo cierto es que me cambié antes de salir, pero ellos no lo saben.

ALEX:

¿Por todas partes? ¿Todas, todas? 👀

Ya sé lo que insinúa. Quiere saber si mi «por todas partes» incluye HillPoint.

YO:

Negativo. No quiero que me peguen un tiro.

ALEX:

Qué tontería. Ahí no te pegan un tiro. Te tiran al río con unos zapatos de cemento.

PAXTON:

¿Dónde estás ahora, Jules?

YO:

Haciendo de guardabosques. 🤠

PAXTON:

¿En el Parque de Verona? No te quedes por ahí cuando oscurezca.

YO:

Vale, papá.

Pongo los ojos en blanco ante la vena sobreprotectora de Paxton, pero tampoco voy a mentir, me ablanda un poquito el corazón.

En teoría el Parque de Verona es territorio neutral, pero el director del parque le debe el empleo (y la bonificación anual) a mi padre, así que la cosa se decanta a nuestro favor.

ALEX:

No quiero que te destripe un oso y salgas en primera plana en el *Rosebrook Rag*.

PAXTON:

Hay cosas peores que los osos y los periodicuchos. Vuelve antes de que anochezca.

ALEX:

Sí. Como que un sicario de los Montgomery te tire al río.

Me doy la vuelta para quedar de espaldas al precipicio, y que se vea Rosebrook Falls a mi espalda, y me hago una foto enseñando el dedo corazón con una sonrisa sarcástica. Se la mando.

Me guardo el teléfono en el bolsillo, voy hacia la roca y me tumbo boca arriba, con las piernas contra la pared y los pies hacia el cielo. Se me acelera el corazón en cuanto me echo hacia atrás con el pelo colgando, agitado por la brisa que sopla al borde del precipicio. La adrenalina me corre por las venas, solo la justa para sentir la emoción del peligro, y cierro los ojos, huelo los abedules, tan de Connecticut que se me llena el corazón de su aroma.

Oigo el crujido de una ramita a mi espalda y se me sube el corazón a la garganta. Cierro los ojos con fuerza y rezo para que no sea un coyote, o un oso.

Juro que como mis días acaben aquí, dándole la razón a Paxton, mi fantasma rondará por este lugar para siempre.

—¿Lance? —pregunto con cautela.

Pasan unos segundos. Y a continuación, otro ruido.

Me doy cuenta de que son pisadas.

Trato de incorporarme para ponerme en pie, pero con las prisas lo único que consigo es resbalar.

Me quedo sin respiración en cuanto empiezo a deslizarme por la roca, intento agarrarme a la piedra lisa, pero no hay asideros. Dejo escapar un grito, todavía con las piernas por encima de la cabeza, me rompo las uñas contra la piedra en busca de algo a lo que sujetarme, lo que sea.

De pronto, algo me agarra por el brazo y tira de mí.

Me doy un buen golpe contra el suelo, y el aliento se me escapa de los pulmones.

Tengo los ojos cerrados, los aprieto con fuerza, y el corazón al galope, y tardo un momento en darme cuenta de que la tierra no es tan sólida como debería.

Y respira.

La tierra es cálida, maleable; abro los ojos, y la tierra es una persona.

Y clavo mis ojos castaños, abiertos de par en par, en los suyos, azules como el hielo.

Capítulo 2

Juliette

Es un chico.

Todo su cuerpo son líneas duras; músculos esbeltos, bien definidos, tensos debajo de mi cuerpo, y unos dedos fuertes que se me clavan en la cintura hasta el punto de que no sé si trata de apretarme contra él o de apartarme.

Me muevo sin pensar y suelta un gruñido. Es un sonido grave, áspero, que se me clava como un estallido de calor. Me echo hacia atrás, me apoyo en la gravilla, me pongo en pie como puedo. Sigo teniendo el corazón acelerado, lo miro, y parpadeo varias veces seguidas.

Está echado en el suelo, y sé que yo parezco un ciervo paralizado por las luces de un coche, pero él está tranquilo.

Relajado.

Un mechón de pelo castaño tan oscuro que casi parece negro le cae sobre la frente; se lo aparta de los ojos y veo su tatuaje en el dorso de la mano, que asciende serpenteante por su muñeca y desaparece bajo la manga de la sudadera azul, y la tinta es muy negra en contraste con su piel pálida.

Noto un calor ardiente por dentro, como si me hubieran electrizado cada terminación nerviosa.

«Qué bueno está».

Vaya si lo está.

He estado a punto de morir y el universo me recompensa con una mandíbula tan firme como para rematarme. «Típico».

La adrenalina que me queda en el cuerpo hace que me tiemblen las manos. No cabe duda de que me acaba de salvar la vida. Así que por eso no puedo... parar... de... mirarlo.

Supongo que se va a levantar, que va a decir algo, no sé, que va a hacer algo, pero no.

Se limita a sonreír. Se le forman unos hoyuelos en las mejillas y me ciega con una sonrisa que, no sé cómo, le acentúa aún más la línea de la mandíbula.

Y hasta eso le queda bien, claro.

Me recorre con la mirada y noto que me sonrojo.

Echo la espalda hacia atrás y hago una mueca al notar el dolor sordo que se me clava en la articulación, pero no le presto atención y adopto una expresión impasible, como si el tipo no me afectara en absoluto.

Se estira, cruza los tobillos, se acoda en el suelo. La sudadera se le abre lo justo para dejar a la vista una camiseta blanca y una cadena de plata, y tiene el pelo revuelto con tanto estilo que no me creo que no invierta un tiempo considerable en peinarse por las mañanas.

La sonrisa se le acentúa mientras estudio sus rasgos.

Como si dejarse mirar por mí fuera el mejor plan del mundo.

—¿Tú quién eres? —pregunto, alzando la barbilla con un aire muy de los Calloway.

Arquea una ceja y se humedece el labio inferior.

—Soy el que te acaba de salvar la vida. ¿Y tú?

Frunzo el ceño. No sé si está siendo irónico o de verdad lo ignora.

—¿No lo sabes?

Me arrepiento en cuanto lo digo. He sonado engreída, pero no era mi intención. No es habitual que alguien de Rosebrook no conozca a la única hija de Craig y Martha.

Se levanta y se sacude la tierra de los vaqueros, y la sonrisa se le ha acentuado como si no hubiera en la tierra nadie tan divertido como yo.

—Caray. Guapa, y además, modesta.

—No, es que… —Sacudo la cabeza. Me estoy poniendo muy colorada—. No quería decir eso.

Se pasa la mano por el pelo asquerosamente perfecto y se lo revuelve todavía más, y tal vez me haya equivocado y no pase tanto tiempo peinándose.

«¿Le cae así, sin más? Dios, ¿es que no hay justicia en el mundo?».

Se me acerca un paso. Se me acerca demasiado, de hecho, tanto que me roza las Adidas con las punteras de las botas.

Tengo que echar el cuello atrás para mirarlo, y se me tensa todo por dentro.

Es alto. Yo mido un metro setenta y cinco y me supera por mucho.

Si lo incluyera como personaje en alguna de mis historias, no cambiaría ni un solo atributo físico.

La única conclusión lógica es que debe de ser un completo imbécil. El mundo no puede ser tan injusto como para dotar de una personalidad atractiva a uno de los tíos más buenos del planeta. Eso va contra las leyes de la física o algo así.

Se inclina hacia mí y mi corazón traidor se acelera de nuevo.

—Esa palabra que estás buscando y que no te sale es «gracias» —me susurra.

No sé por qué, pero no digo nada. Tal vez porque no me gusta que un desconocido me diga lo que tengo que hacer. «De eso ya tengo bastante en casa».

—No eres de aquí —digo para cambiar de tema.

Suspira y empieza a voltear al anillo que lleva en el pulgar.

—¿Tanto se nota?

Hay cierto matiz de derrota en su voz que hace que me sienta mal por él, así que le sonrío.

—Un poquito.

—Al menos eres sincera.

Se me van los ojos hacia los tatuajes, pero vuelvo a alzar la vista. Es tosco de un modo tan natural que quizá solo se trate de una fachada, con esa brusquedad que parece decir que podría ser más refinado si quisiera, pero no piensa intentarlo.

Justo el tipo de chico que mis padres no querrían ni ver.

Por desgracia, eso lo hace infinitamente más atractivo.

—Te lo agradezco —logro decir.

Inclina la cabeza hacia un lado.

—¿Qué me agradeces?

Levanto las manos.

—¿Querías que te diera las gracias o no?

—¿Siempre eres tan agresiva?

—¿Y tú siempre eres tan inaguantable?

Se le ensancha la sonrisa, con hoyuelos incluidos.

—Esto es divertido, me encanta que nos vayamos conociendo así.

Suelto un bufido.

—No tengo el menor interés en conocerte.

—Ay, princesa. —Se lleva la mano al pecho y se tambalea como si le hubiera clavado un puñal—. Directo al corazón. ¿No sabes lo que es la etiqueta?

Se me suben los colores. He recibido clases de etiqueta desde que tuve edad para coger el tenedor, pero no le voy a dar la satisfacción de decírselo.

Además, ¿quién se cree que es para juzgarme?

Hay algo en este tío que no acabo de identificar. La energía que desprende me abrasa la piel como papel de lija, me deja en carne viva.

—No me llames princesa —le espeto.

—Como tú digas… princesa. —Pronuncia la palabra muy despacio, como si la saboreara. Aún me pongo más colorada—. ¿Siempre te sonrojas con tanta facilidad?

—No lo puedo controlar. —Me llevo las manos a la cara para tapármela—. Haces demasiadas preguntas, ¿lo sabías?

El desconocido chasquea la lengua y se me acerca.

Y, no sé por qué, no me aparto.

—No hagas eso —susurra, y me aparta los dedos de las mejillas—. Es una pena cubrir una cosa tan bonita.

Se me vuelve a llenar el estómago de mariposas.

—Lo mismo diría un asesino en serie —le replico—. ¿Eres un criminal?

—Depende. ¿Es un crimen querer conocer a una chica guapa?

—Puede —respondo—. Eres atractivo. Y eres un tío. Estadísticamente, eso es señal de peligro.

Se le iluminan los ojos con un brillo travieso.

—Así que te parezco guapo.

Abro la boca, pero las palabras se me enredan en la lengua.

—Tengo novio —digo por fin.

«Genial, Juliette. Has quedado de maravilla».

Siento una punzada de culpabilidad, porque a decir verdad es la primera vez que pienso en Preston desde que he visto a este chico.

—Un tipo con suerte —responde sin alterarse—. ¿A él también le gritas sin motivo o es solo a mí porque soy especial?

—No te estoy gritando.

—Claro. Me lo habrá parecido. —Sonríe—. Para que quede constancia, yo también creo que eres guapa. Sobre todo cuando te enfadas.

El cumplido me corre por las venas como un chute de dopamina.

Entorno los ojos y me muerdo el labio por dentro.

—Sí, bueno, que no se te suba a la cabeza.

Se inclina hacia mí.

—Demasiado tarde. Ya me has acusado de intento de asesinato, ese nivel de confianza me afecta.

Vale, ahora me cuesta un esfuerzo controlarme para no sonreír.

—Una tiene que estar alerta.

—Claro, será por eso.

Y se me escapa la sonrisa, no lo puedo evitar. Es encantador, y ni me acuerdo de la última vez que alguien habló conmigo sin segundas intenciones.

—¿De verdad no sabes quién soy? —indago de nuevo.

Arquea una ceja.

—¿Se te ha pasado por la cabeza que igual deberías saber tú quién soy yo?

—Vale. ¿Cómo te llamas? —Se queda en silencio—. ¿En serio no me lo vas a decir? —Se limita a sonreír y aprieta los labios—. ¿Ves? Eso es lo que haría un asesino en serie.

—Si pensara matarte, te daría un nombre falso.

—Si me mataras, el nombre daría igual.

Se encoge de hombros.

—Ya, bueno, pero ¿y si algo saliera mal y te me escapases? Te chivarías a la poli. Tengo que proteger mi marca comercial.

Me echo a reír.

—¿La marca comercial de un asesino en serie?

—Ni que decir tiene que, al final de mi reinado, sería famoso.

Entrecierro los ojos y se me curvan los labios.

—Eres de lo más irritante.

—Me han llamado cosas peores. —Sonríe—. Criminal, por ejemplo.

Agito la mano como si este tío fuera de humo e intentara despejarlo.

—Bueno, si el zapato encaja…

—¿Y qué pasa con lo de «inocente hasta que se demuestre lo contrario»?

—No me dices cómo te llamas. Sales de la nada, en medio del bosque, con ropa suelta y lleno de tatuajes. —Lo miro de arriba abajo—. No me digas que no tienes pinta de estar escondiendo algo.

Levanta las manos con las palmas hacia mí, la viva imagen de la rendición, con la sonrisa traviesa aún en el rostro.

—Tienes toda la razón. Tengo pinta de peligroso. Puedes cachearme cuando quieras.

Un millón de mariposas me revolotean por el estómago. Me cruzo de brazos y trato de fingir indiferencia.

—Seguro que así es como atraes a tus víctimas.

—Protesto —dice en tono juguetón—. Está poniendo palabras en la boca del testigo.

—No estamos ante un tribunal. —Lo miro—. Y como abogado, serías espantoso.

—¿Quién lo dice?

—Lo digo yo.

Inclina la cabeza a un lado y me estudia como si fuera un acertijo.

—¿Qué pasa? —le digo, suspicaz.

—Nada. Solo que no tienes pinta de abogada.

—¿Y qué pinta tiene una abogada?

Me mira de la cabeza a los pies, sin prisa, sin disimulo.

—La tuya, no.

—Me ofendes. ¿Tú qué sabes si quiero estudiar Derecho?

Se le acentúa la sonrisa.

—Vaya, entonces tendré que portarme bien.

—Demasiado tarde, liante.

Sacude la cabeza, en plan «qué guapa estás cuando te enfadas», y me lanza una mirada.

Vuelvo a cruzar los brazos y tamborileo los dedos contra el hueco del codo.

—Vale, me da igual, no me lo digas. ¿Qué importa el nombre?

—Exacto —dice como si le hubiera dado un buen argumento.

—Pero yo no hablo con desconocidos.

—Anda, venga, princesa, no seas así.

Se ríe, y su risa tiene un sonido grave, tentador, que me acierta en medio del pecho. Hago una mueca.

—Y no me llames «princesa», liante.

En ese momento, el teléfono me vibra en el bolsillo. Lo saco y se lo enseño con una sonrisa.

—Me marcho. Salvada por un mensaje.

Sonríe.

—Qué atrevida, mira que anunciarle tu plan de huida al asesino. Al presunto asesino.

Pongo los ojos en blanco. Él se vuelve a meter las manos en los bolsillos y flexiona los brazos tatuados lo justo para distraerme.

—¿Te volveré a ver? ¿Mañana, a la misma hora?

El corazón se me acelera.

Lo dudo mucho. No suelo subir aquí.

—Puedo esperar.

—Genial. Ahora sé que no tengo que venir por aquí.

Retrocede unos pasos hasta quedar al borde de la roca donde me ha salvado.

—Naaah. Vas de farol.

—¿Por qué voy a ir de farol?

—¿Y yo qué sé? A lo mejor para no tener que reconocer lo atraída que te sientes por mí, a pesar de tener novio.

Me echo a reír.

—Vale, ahora sí que me voy.

—Claro, princesa.

Distingo un destello de luz a lo lejos, rápido pero inconfundible; me vuelvo hacia allí con los ojos entornados y no veo nada.

Pero he vivido aquí lo suficiente para saber que no puedo seguir en este lugar. ¿Y si ha sido uno de esos asquerosos paparazzi del *Rag?* Me vuelvo hacia él.

—No te pongas demasiado cómodo —le digo.

—Demasiado tarde. —Se sienta en el suelo y me mira—. Me gustan las vistas.

Hago como si sus palabras no me estuvieran prendiendo fuego en las terminaciones nerviosas.

—Como quieras. Adiós, liante.

Asiente.

—Hasta que vuelvas.

—Pues vas a tener que esperar mucho.

—Me parece bien. La luz se va acabando.

—No sé por qué lo dices. —Aprieto los labios—. Bueno, que te diviertas.

Me obligo a dar media vuelta para marcharme. Si no lo hago, casi me temo que acabaría pasándome la noche entera sosteniendo un duelo verbal con este tipo.

¿Eso ha sido un coqueteo? Porque a mí me ha parecido un coqueteo.

—¡Ya me darás las gracias luego! —me grita mientras me alejo.

No puedo contenerme y sonrío.

«Maldita sea».

El corazón me late al galope durante todo el camino de vuelta al coche, la adrenalina me corre a raudales por las venas.

«¿Quién demonios será?».

Una vez en casa, el pulso se me sigue acelerando con solo pensar en él, así que saco el cuaderno de relatos y empiezo a escribir.

> *El bosque no tenía nombre, o no tenía un nombre que se dijera en voz alta. Los viajeros decían que, si escuchabas con atención, te susurraba secretos, pero a ella nunca le había contado nada. No pensaba que fuera a encontrar a nadie, y menos a él. Al bribón de la roca, con unas runas tatuadas que ella no sabía leer, con unos ojos como un océano y una sonrisa capaz de deshacer reinos.*
>
> *Él la llamó princesa con una reverencia burlona, como si ya supiera cómo iba a terminar su historia.*
>
> *Ella se dijo que estaba maldito. O quizá fuera un ladrón. Pero, aun así, quería conocerlo.*

No vuelvo a la Roca del Revés al día siguiente.

Ni al otro.

Lo que sí hago es pasar demasiado tiempo buscando el rostro del liante en un océano de caras conocidas.

Pero no lo vuelvo a ver.

Capítulo 3

Juliette

Veintiún años

Felicity, mi mejor amiga desde la infancia y mi compañera de habitación desde hace cuatro años, no pide, exige. Así que cuando me dice por decimotercera vez en dos horas «Esta noche salimos», sé que no vale la pena discutir.

Ya lo he intentado muchas veces, y he fracasado.

Además, está enfadada porque según ella me lo tomo todo demasiado en serio. No para de hablar sobre aprovechar la ocasión ahora que ya solo me quedan unos días antes de que se acabe la universidad y tenga que volver a casa con «papi y mami».

Cito literal.

Su familia es propietaria de la cadena de tiendas de comestibles Segundo Círculo, así que tiene dinero, pero no forman parte de los Fundadores.

Está lo bastante cerca para entender el mundo en el que vivo, pero también a la distancia suficiente para sentirse resentida. Además, no comprende cómo llevan mis padres las riendas de mi vida, y no soporta que se lo permita.

Me imagino que no es fácil comprender que alguien desarrolle tanta pasividad si es lo único que le enseñan.

—¿Me has oído?

Me da un manotazo en la libreta y me mueve el bolígrafo cuando estoy a medio escribir una palabra, convirtiendo una «s» en un garabato.

Suspiro, dejo la historia que estoy escribiendo y alzo la vista.

Está guapísima, como siempre, con su silueta curvilínea recortada contra la puerta deslizante de cristal que da al océano de California, detrás de nosotras, y con el pelo largo, rubio y liso, y la piel bronceada a la luz de las primeras horas de la tarde.

—¿Qué? —pregunto.

Me chasquea los dedos delante de la cara.

—Sabía que no me estabas prestando atención, cretina.

Le aparto los dedos de un manotazo.

—Te he escuchado. Solo tenía la esperanza de que me dejaras seguir en paz con mi vida de ermitaña.

Felicity se echa a reír.

—Si te lo permitiera, acabarías siendo una vieja con veinte gatos y ni un solo amigo.

—Soy alérgica a los gatos.

—Ya lo sé. —Hace una pausa y frunce el ceño—. Pero a mí me encantan.

—Lástima, ya no podemos ser amigas —respondo impávida.

—Anda ya. Me metí en tu vida a la fuerza cuando teníamos cuatro años y desde entonces no he salido. Es como si fuera parte de tu cuerpo —replica.

—Sí, como un tumor.

—Cuestión de semántica. —Se echa el pelo hacia atrás—. Lo cual hace que aún resulte más insultante que creas que vas a salirte con la tuya y quedarte en casa esta noche. Venga, Jules, por favor. Una noche de diversión. Esto me está matando.

La culpa me invade y me quita las ganas de resistir.

—De acuerdo, vale.

—¡Bien! —Agita un puño en el aire con gesto triunfal y a continuación arquea las finas cejas rubias—. ¿Te lo pasarás bien o vas a estar de un humor de perros toda la noche?

Suspiro, me paso una mano por el pelo, y los mechones negros me hacen cosquillas en la parte trasera de los brazos.

—Hace tiempo que aprendí que, cuando tú estás de por medio, es inútil resistirse.

Casi se atraganta.

—¿Has hecho una alusión a *Star Trek?*

Felicity lleva años obsesionada con *Star Trek*, después de ver una maratón de episodios con mi hermano Paxton un fin de semana, en mi casa. No lo olvidaré jamás porque es la única ocasión en que se han llevado bien.

—Una pequeña referencia.

Se pone una mano en el pecho.

—Nunca había estado tan orgullosa de ti.

Estiro los brazos para desperezarme y me echo hacia atrás hasta que me cruje el cuello con un sonido muy satisfactorio.

—¿A dónde vamos a ir?

—Hay un…

—Espera. —Alzo una mano para interrumpirla—. Más importante todavía. ¿Con quién vamos?

«No digas que con Keagan. No digas que con Keagan. No digas que…».

—Con Keagan y unos amigos suyos.

Obviamente, Felicity ha visto la cara de asco que he puesto, pero no dice nada porque de repente se distrae con el teléfono. Sus dedos vuelan a demasiada velocidad para que se trate de una respuesta casual. Entorno los ojos.

—¿A quién escribes?

—A nadie.

—Si le estás contando a Keagan que voy a ir, no me levantaré de este sofá en lo que me queda de vida.

—Exagerada.

—Felicity.

Suspira y deja el teléfono.

—No es a Keagan. Es a Alex.

Me quedo boquiabierta.

—¿Alex? ¿Mi hermano Alex? —Se encoge de hombros y trata de ocultar que está sonriendo—. Ay, Dios.

—Cualquiera diría que no lo conozco de toda la vida. —Felicity se echa a reír—. Es encantador, es gracioso, y cuando sonríe se le forma una arruguita que…

Me meto un dedo en la garganta y finjo una arcada, lo cual hace que se ría todavía más.

—Es broma —me dice por fin.

Le lanzo un cojín.

—Te odio.

Sacude la cabeza sin dejar de sonreír.

—Vamos, mujer. Sabes de sobra que no me va Alex. Es como un hermano para mí.

—Sí, ya —mascullo . Puede. Pero ten cuidado con él, ¿vale?

Su sonrisa se vuelve incierta.

—¿Y eso por qué lo dices?

Le lanzo una mirada reprobatoria.

—Sabes de sobra que está medio enamorado de ti.

Se pone rígida.

—No es verdad. Y además, da igual, yo estoy con Keagan.

—Hago una mueca al oír el nombre de Keagan—. No sé qué te pasa con él, pero tienes que superarlo.

—¿Tú crees?

Se deja caer en el sofá a mi lado y adelanta las palmas de las manos.

—Es mi novio. —Mueve una mano—. Tú eres mi mejor amiga. —Mueve la otra, y las junta de golpe—. Tenéis que coexistir.

—Yo he tenido muchos novios que a ti no te gustaban.

—Eso era diferente.

—¿En qué sentido?

—Te importaban una mierda, ¿por qué me iban a importar a mí?

No va desencaminada. O no del todo. Desde que Preston cortó conmigo con un mensaje de texto y me dejó hecha polvo un mes entero, no he permitido que nadie se me acercara demasiado.

—Vale, es verdad. Pero Keagan sigue siendo un gilipollas.

—Puede —admite—. Pero es mi gilipollas.

Abro la boca para responderle, pero Felicity entorna los ojos y vuelvo a cerrarla.

—¿Qué pasa? —pregunto con total inocencia.

—Estás pensando muy alto.

—Vale, vale. Caray, el mundo tampoco se va a acabar porque esté un poco gruñona.

Sonríe y se inclina hacia mí, me abraza y el olor a fresas de su champú me inunda los sentidos.

—Nos lo pasaremos genial esta noche, ya verás —susurra contra mi hombro.

—Si tú lo dices…

Se aparta, me coge la mano, y una chispa de sinceridad aflora en medio de su descaro.

—¿Cuándo vas a reconocer que sé lo que es mejor para ti?

—Eso es más que discutible. —Me echo a reír—. Te puedo hacer una lista de todas las veces que me has puesto en una situación comprometida.

Me mira con el ceño fruncido.

—Te dije te que te olvidaras de esas cosas.

—¿Y qué quieres que haga, que me lobotomice? —Sonrío y me doy unos golpecitos en la sien—. Mi mente es una trampa de hierro, nena.

Se recuesta contra el respaldo y lanza un gemido.

—Da igual. Lo cierto es que solo te quedan unos días aquí, en el Salvaje Oeste, y no te has permitido portarte ni una sola vez como crees que tendrías que portarte para ser simplemente…

—¿Para ser simplemente quién?

—Pues… para ser Juliette. Deja que Juliette vea la luz.

Asiento, pero me trago lo que le iba a decir. Ni yo estoy segura de quién es Juliette. La niña que escuchaba tras las puertas, con una libreta, en busca de cotilleos, se ha perdido por el camino. Después de tantos años diciéndoles que sí a mis padres y sonriendo para la prensa, me he convertido justamente en lo que ellos querían. Soy una fotocopia más.

He tenido que ir a la universidad para reencontrarme con aquella niña.

Pero da igual. La graduación es la semana que viene, y luego, vuelta a Rosebrook Falls. Para convertirme de nuevo en una versión pulida y aceptable de mí misma.

—Deja que te dé un consejo —me dice Felicity, irrumpiendo en mis pensamientos—. Tienes que buscarte a alguien para echar un polvo antes de que tu arcaica familia venga para la graduación y acabe con todas tus posibilidades. —Se me escapa la risa, y ella frunce el ceño—. ¿De qué te ríes? Una buena polla te iría de fábula.

—Puaj, no digas esas cosas.

Felicity se ríe.

—¿Qué pasa? Es verdad. Desde que tengo la de Keagan estoy de mucho mejor humor. —Hago una mueca y ella me pilla—. No pongas esa cara.

Borro la expresión de mi rostro.

—¿Qué cara?

—La que dice que para ti Keagan es Satanás. Si supieras qué polla tiene no te caería tan mal.

—No basta con tenerla grande, hay que saber utilizarla. Y tampoco iba a acostarme con él, así que permíteme que lo dude.

—Le dejaría que se acostara contigo. —Me mira—. Yo también me acostaría contigo.

—Haces que suene tan romántico…

—Follar es de lo más romántico.

—¿De verdad? —Inclino la cabeza a un lado, y ella sonríe de nuevo.

—Cuando lo hago yo, sí.

—Es muy tentador —respondo, inexpresiva—. Pero no, gracias.

Se me queda mirando y al final asiente como si aceptara mi decisión.

—Ya, es lo más sensato. Hago unas cosas con la lengua que te volverían loca, no querrías ver a nadie más en la vida y caerías rendidamente enamorada de mí.

—Obviamente.

—Yo trataría de cortar por las buenas —prosigue, sin inmutarse—. Pero la cosa iría a más, empezarías a comportarte de forma extraña, dejaríamos de vernos, escribirías una novela trágica y me harías una dedicatoria pasivo-agresiva... Sí, mejor así. Valoro demasiado nuestra amistad.

Parpadeo.

—Eso ha sido... intenso.

Se encoge de hombros.

—No hago más que proteger lo que tenemos.

—Claro —asiento—. Para que yo no provoque una situación incómoda.

Suspira y se acomoda en el sofá.

—Exacto.

—Bueno. —Dejo la libreta sobre la mesita auxiliar—. Has dicho que íbamos a una exposición. ¿De qué artista?

Felicity debe de haber notado intranquilidad en mi voz, porque responde al instante y sin inmutarse.

—Tranquila, ya sé que no se puede poner en peligro tu reputación inmaculada.

—No estaba pensando en eso.

Es mentira.

La verdad es que a mí no me importa, pero a mi familia, sí. Y aunque esté tan lejos de Connecticut, si protagonizo algún escándalo, acabará en el *Rosebrook Rag.* Mi familia tendrá que hablar con Frederick, el abogado, para que eche tierra sobre el asunto, y a mí me tratarán con indiferencia hasta que estalle el siguiente escándalo local.

Felicity se me queda mirando, y al final me rindo.

—Vale, puede que sí, pero ya sabes cómo son las cosas.

Hace una mueca.

—Resulta agotador estar en tu pellejo.

«A mí me lo dices...».

—Es un artista callejero.

—¿De verdad? —El arte no me interesa demasiado, pero eso suena interesante—. ¿Cómo se llama?

Sonríe y mueve las cejas arriba y abajo.

—Eso es lo mejor. Nadie lo sabe.

—¿Cómo que nadie lo sabe? Si le han montado una exposición, alguien lo tiene que saber.

Aprieta los labios.

—Cierto. Pero, en general, mantiene el anonimato. Lo firma todo como RMO, y ya está. Es parte de la mística del tío.

—¿Cómo sabes que es un tío?

—No lo sé, lo supongo. —Frunce el ceño como si de verdad nunca se hubiera parado a pensarlo—. Pero eso tampoco es lo que importa.

—Entonces ¿qué es lo que importa?

—Lo que importa es sacarte a la calle, que respires aire fresco, yo qué sé, que vivas un poco.

—Ya te he dicho que voy a ir, ¿qué más quieres?

Felicity sonríe de oreja a oreja.

—¿Quedaría raro si vuelvo a mencionar lo del trío?

Le lanzo otro cojín, lo atrapa en el aire y se deja caer al suelo muerta de risa.

Yo sonrío, vuelvo a coger la libreta y la abro, pero las palabras no me salen con la fluidez de siempre. Por el contrario, me asalta la melancolía cuando reparo en que solo me quedan unos días de esta parte de mi vida.

Felicity también vuelve a casa, así que estaremos cerca, pero… todo será diferente.

Y me prometo a mí misma en silencio que de verdad voy a intentar pasarlo bien esta noche.

Capítulo 4

Roman

Veintitrés años

Nunca es fácil visitar a mi madre.

No solo porque nunca sé con qué versión de ella me voy a encontrar, sino porque, cuando estoy a su lado, los recuerdos de la persona que era antes se me clavan como un cuchillo sin filo.

Solía ser una mujer rica.

Solía ser una mujer admirada.

Solía quererme.

Ahora no es ninguna de esas cosas.

Pero sigue siendo mi madre, aunque a ella le gustaría olvidarlo.

Subo por el camino de asfalto lleno de baches que lleva a la entrada de su casa. Hay basura en la hierba: una servilleta, una pajita de plástico rojo vivo con la punta mordida. Lo aparto todo a un lado con la bota antes de seguir caminando y recordarme una vez más qué hago aquí.

Por qué sigo viniendo.

«Por Brooklynn».

Se me tensa todo por dentro, como me pasa siempre que pienso en mi hermana.

No hay día en que no intente buscar la manera de ayudarla,

pero nunca puedo; por mucho que me gustaría hacerme cargo de ella y sacarla de este ambiente, no tengo suficiente dinero.

«Nunca es suficiente».

No es que no me gane la vida. El arte me proporciona lo suficiente para subsistir. O me lo proporcionaría si no le diera a mi madre todo lo que puedo.

El problema es que mi madre tiene un problema de drogas, así que siempre estamos a un patinazo de que mi hermana no reciba los cuidados que necesita.

Brooklynn tiene una enfermedad crónica desde hace cuatro años. No sabemos lo que le pasa y da igual las pruebas que le hagan o las veces que la ingresen, nadie da con ello.

No paran de llegar facturas médicas, no paran de hacerle revisiones, y otra cosa que no para nunca es el miedo a que cualquier dolor o molestia se acabe convirtiendo en algo peor.

Últimamente ha empezado a tener ataques. Los médicos no saben la causa, pero al menos han conseguido estabilizarla con medicación. Lo malo es que vivo con un miedo constante a que necesite cirugía cerebral, o a que desarrolle algo cuyo tratamiento no nos podamos permitir.

Las facturas médicas son caras. Las medicinas, también.

«Putos cabrones de las farmacéuticas».

Llego a la puerta principal, con la mosquitera oxidada, llena de puntos rojizos y pardos y la pintura blanca descascarillada. Llamo dos veces y al final se abre, y me encuentro con los ojos de cervatillo de mi hermana pequeña.

Sonríe al verme, con unos ojos castaños brillantes. Es la viva imagen de nuestra madre, o de cómo solía ser nuestra madre, y cada vez que la veo siento un dolor sordo en el pecho, como el de un miembro amputado, al recordar cómo eran antes las cosas.

—¡Hola! —Brooklynn se pone de puntillas.

«Hoy está bien». Le devuelvo la sonrisa.

—¿No deberías estar en clase?

Tiene diecisiete años y está en el penúltimo año de instituto. Y, al igual que hacía yo, suele faltar a clase, aunque tengo la sospecha de que es porque nada le parece un desafío que esté a su altura. Porque, a diferencia de lo que me pasaba a mí, no hay libro de texto que no le guste.

—Las clases son un rollo. —Se encoge de hombros—. Además, a última hora tocaba estudio, así que he venido a casa.

Se hace a un lado para dejarme pasar, y apenas acabo de poner un pie en la sala de estar oigo la voz de mi madre.

—¿Qué haces aquí?

La pregunta es inexpresiva, el tono indiferente, pero me sienta como un puñetazo en el estómago.

Me vuelvo y veo el metro y medio de mi madre en la puerta que da a la estrecha cocina. Tiene una taza amarilla descascarillada en una mano, y la otra en la cadera.

—Lo de siempre, mamá, vengo a disfrutar del placer de tu compañía.

Sorbe por la nariz y se recoge un mechón de pelo castaño detrás de la oreja. La tensión, el tira y afloja entre nosotros, resulta agotador, pero hago como con todo lo demás y lo escondo en algún rincón de mi mente para fingir que no me afecta.

No, no es que finja. Es que no me afecta.

No me puede afectar.

Si permito que me afecte, no volveré por aquí y, me guste o no, Brooklynn y yo somos lo único que tiene mi madre.

Durante mucho tiempo, mi madre fue lo único que tuve yo. Ahora siento que no tengo ni eso.

—Me alegro de verte —dice mi madre con una voz más suave. El sutil cambio me pone en guardia, porque sé lo que viene a continuación. Se me acerca y aprieta el asa de la taza en la mano—. Estaba pensando en llamarte.

Arqueo una ceja, pero no digo nada. Veo por el rabillo del ojo que Brooklynn suspira, se sienta en el sofá y empieza a pasar las páginas de un libro de filosofía.

Está tratando de no escuchar. Vale. Ojalá no tuviera que ver esto.

—Las cosas no han ido bien últimamente —sigue diciéndome. Le lanza una mirada a Brooklynn y vuelve a mirarme a mí con una sonrisa tensa—. Me han vuelto a despedir, y…

—¿Te han vuelto a despedir? —la interrumpo.

—No ha sido culpa mía —me espeta, toma aliento y trata de suavizar el gesto—. Da igual. Pero si no pago el alquiler en dos días, nos van a… bueno…

Aprieto los dientes hasta que siento que se me van a romper las muelas.

—Esta noche tengo una exposición. A ver qué puedo hacer.

—Tú y tus exposiciones —resopla, despectiva—. Con eso no basta y lo sabes.

Se me encoge el corazón, pero aparco a un lado ese sentimiento. Nunca me ha apoyado. Cuando era pequeño, soñaba con el día en que estaría orgullosa de mí. Ahora, cada vez que pienso en aquel niño ingenuo, el resentimiento me hace hervir la sangre.

—Vale, a la mierda la exposición —le replico—. Voy a cancelarla.

Mi madre pone cara de pánico.

—No —dice—. No digas tonterías. Nos hace falta ese dinero, y tienes que dejarte ver por allí. No te imaginas lo que he tenido que hacer para conseguirte esta exposición.

Tiene razón, ha movido algunos hilos; de los pocos que le quedan de sus días de artista, cuando aún le importaba algo, cuando aún quería crear. Con un poco de esfuerzo, casi puedo fingir que lo ha hecho por mí, y no para llevarse la pasta o financiarse la próxima dosis.

—No sé qué quieres de mí —le digo—. No puedo hacer nada.

Traga saliva y se lleva a la boca la taza de café desportillada.

—Podrías hablar con tu padre —responde, con los labios pegados al borde.

Suspiro y me pellizco el puente de la nariz.

—No empecemos.

—Yo solo digo que…

—¡Le importamos una mierda! —estallo con más violencia de la que pretendía.

Mi madre se encoge como si la hubiera abofeteado, pero no retiro lo dicho. Es desagradable, pero es la verdad. Lo que pasa es que ella no quiere verlo. Nunca ha querido verlo.

Por cómo se sigue aferrando a él, o a la imagen de él, después de todo lo que ha hecho…, cualquiera diría que ese tío tiene magia en la polla.

—A ver, lo siento —digo más tranquilo—. Pero lo que me pides es… —Sacudo la cabeza—. No quiero acudir a él. Nos apartó de él… Te apartó de él. A ti tu orgullo te importa una mier da, pero yo sí lo valoro.

Me mira a los ojos con una expresión indescifrable.

—Tenía sus motivos. —Se me escapa una risa seca, pero sigue hablando con voz desafiante—. Y eres su único hijo. Si hablas con él, seguro…

—¿Seguro, qué? —la interrumpo—. ¿No te cansas ya de esta conversación? La hemos tenido mil veces a lo largo de los años.

No me comprende. O quizá sí, y lo que pasa es que no le importa. Sea como sea, me mira con su habitual expresión de cansancio.

—Te lo debe.

—No quiero ser parte de su puto legado ni de nada que tenga que ver con eso. —Mi voz es cortante como una navaja—. ¿No lo he visto en cuatro años y quieres que lo llame, que le pida dinero para su hijo bastardo, para su examante y para la hija de esta, que ni siquiera es suya? ¿Y que se supone que están muertas?

Frunce el ceño y me clava un dedo en el pecho, me arrastra la uña dura por la camisa. Entorna los ojos y me preparo, porque sé que lo que dirá a continuación va a dolerme.

«Son las drogas —me recuerdo—. No es ella, son las drogas».

—Quiero que, por una vez en tu vida, seas un hombre y te ocupes de nosotras.

Me escuecen los ojos, y la rabia me asciende por la garganta.

¿Qué cree que he estado haciendo todo este tiempo?

Cada sueldo que he conseguido juntar, cada noche que me he acostado sin cenar para que Brooklynn y ella comieran algo, cada tontería que he hecho, fruto de la desesperación, solo para que no nos cortaran la luz, para llenarle la nevera, para que no se desmoronara por completo.

—¿De qué nos sirves, Roman? —sigue diciéndome.

—No me llames así —le escupo, y me paso los dedos por el pelo.

Me responde con una sonrisa sarcástica.

—Te guste o no, es tu verdadero nombre.

—Ya no. —Me inclino hacia delante y hablo en voz baja, gélida—. El hombre al que tanto adoras se encargó de eso.

Tiene las pupilas dilatadas y los ojos vidriosos. Me miro en ellos, busco a la madre que tuve.

Lo que veo lo he visto demasiadas veces.

—Estás colocada.

Resopla y aparta el rostro.

—Me duele la espalda.

Se me escapa un suspiro, pesado, amargo, como si hubiera estado conteniendo el aliento durante años.

—Cada vez que me dices que hable con él, muere una parte de mí —digo sin alzar la voz.

Hay algo en mi interior, en lo más hondo, que aún quiere que ese hombre sea algo más. Algo diferente.

«Un padre».

No quiero su dinero. No quiero su poder. Solo lo quiero a él, y me detesto por eso. Aprieto los puños contra las rodillas y me clavo las uñas en las palmas de las manos hasta que el dolor me devuelve a la realidad.

Parpadeo con fuerza. Una vez, dos.

Luego, dejo escapar el aire por la nariz y empujo ese sentimiento hacia el fondo, hacia donde debe estar. Enterrado y olvidado, encerrado en un rincón, detrás de todo lo que he llegado a ser a pesar de él.

—No nos quiso, por si no lo recuerdas. No lo necesitamos.

—A ti sí te quiere. Si no te quisiera, no te habría dado su apellido. El problema es ella.

No hace falta que le diga lo evidente: que fue mi padre quien borró nuestras antiguas identidades de la faz de la tierra después de que mi madre lo visitara cuando yo tenía quince años. Estrelló el coche contra un árbol, y luego vino él con su versión del Programa de Protección de Testigos. Todo borrado, la salida fácil para impedir que los errores de su pasado ensuciaran un futuro perfecto.

Me imagino que no bastaba con que no viviéramos en su mierda de ciudad, en Connecticut. Quería que dejáramos de existir.

«Ella», la mujer de la que mi madre no habla sin escupir, es la esposa de mi padre. La difunta esposa de mi padre.

Eleanor Montgomery. O Voltaire, su apellido de soltera.

Y si ella fuera el problema de verdad, si ella fuera la que me quería lejos, mi padre me habría acogido cuando asistí al funeral.

Pero no fue así.

Resultó que todo lo que me había dicho de Eleanor Montgomery era mentira.

Porque a mi madre le encanta vivir engañada.

Me paso la lengua por la cara interior de la mejilla.

—Pues da igual, porque yo no lo quiero a él.

Alza la barbilla.

—¿Aunque esté en su mano salvar a tu hermana?

La culpa me atenaza, me oprime el corazón.

Mi madre deja la taza en la mesa y se acerca a mí, me coge la cara como si todavía fuera un niño ciego a todo lo que no fuese su amor.

—Sigues siendo un Montgomery, Ry —dice en voz baja—. Te guste o no. Ya es hora de que te portes como tal.

Capítulo 5

Juliette

En la galería hay más jaleo de lo que me esperaba, un bullicio constante de voces, tintineo de vasos, música de ascensor que sale de altavoces ocultos…

Felicity va dos pasos por delante y pasea la vista por la sala como si buscara a alguien. Al gilipollas de Keagan, seguro.

Le doy un codazo.

—¿A qué hemos venido, exactamente? ¿Una experiencia de crecimiento emocional? ¿Un artista misterioso que resulta ser un multimillonario guapísimo de pasado atormentado?

Se pone de morros.

—Me has prometido que esta noche no ibas a ser una borde.

—Te he prometido que iba a intentar pasarlo bien —la corrijo—. Lo que no entiendo es que me hayas traído aquí para mi gran momento de vivir la vida.

Sonríe con gesto casi culpable.

—Vale, te lo habría dicho, pero te hubieras cabreado, y te quiero contenta y animada.

Arqueo una ceja.

—Dime una sola vez en la que ese truco te haya dado resultado.

Felicity me coge del brazo y tira de mí entre un laberinto de esnobs del arte y bandejas con champán.

—Cierto —suspira—. Pero eres mi triste cachorrito emo, y tengo la obligación moral de sacarte al sol y bombear dopamina en tu corazón frío y muerto.

—Me suena a que debería ofenderme. —Miro a mi alrededor—. Pero tu lógica es impecable..., aparte del hecho de que hayas elegido una exposición de arte para llevar a cabo el plan.

—No te he traído aquí porque sí. La semana pasada hablé con Bevie.

—Con Bevie. —Dejo de andar—. ¿Qué haces tú hablando con mi antigua niñera?

Se encoge de hombros.

—A veces me llama para saber cómo estás.

Siento una calidez que me llena por dentro. Adoro a Beverly. Es lo más parecido que he tenido a una madre.

—Me telefoneó el otro día y me dijo que tu madre tiene esa expresión tan suya.

—Esa expresión tan suya —repito.

—Sí, y no hagas como que no sabes de qué te hablo. Esa cara retorcida, como si ya hubiera elegido los pendientes que se va a poner el día de tu funeral.

Reprimo un escalofrío, porque lo cierto es que me imagino a mi madre haciendo una cosa así.

—No seas morbosa.

—Bevie estaba preocupada —sigue explicándome—. Y más cuando le dije que últimamente has estado de bajón.

—Es que no se lo tendrías que haber dicho.

Se encoge de hombros.

—Tú crees que no, yo creo que sí... Da igual, es la que me ha conseguido las invitaciones.

—Me estás diciendo que Beverly tenía invitaciones para esto. Para una exposición. En California.

Me detengo, y Felicity choca el hombro con el mío.

—Piensa lo que quieras, pero te estoy diciendo la verdad. No sé, será que antes venía aquí de visita, o algo así. También me dijo que hay un café a la vuelta de la esquina, el Tazava & Cia.

Me la quedo mirando. Beverly no me mencionó nunca, ni una sola vez, que conociera la zona donde iba a venir a estudiar.

—¿Cómo ha conseguido las invitaciones?

—¿Tú no conoces a Bevie? Da miedo. No se me ha ocurrido preguntarle.

Eso es verdad. Entre las muchas cualidades de Beverly no está la delicadeza.

—¿Y por qué habrá elegido la inauguración de una exposición? —pregunto casi para mí misma.

—Me ha dicho que, cuando eras pequeña, hacías dibujos con tizas para pintar en las aceras y luego te inventabas las historias. Y que obligabas a Alex a representarlas contigo. Habrá pensado que te interesaría.

Sonrío de mala gana.

—Echo de menos a aquella niña —reconozco.

Contemplo la pared que tenemos más cerca. Una de las obras es una serie de líneas quebradas y un caos de tonos naranja óxido, con la firma RMO en la esquina.

—Y yo —dice Felicity en voz baja.

Es uno de esos momentos especiales, como si hubiéramos vuelto al pasado, lo justo para recordar a las niñas que fuimos antes de crecer y tener que empezar a pensar en cosas como el futuro y lo que queríamos hacer con él.

O en mi caso, lo que querían hacer mis padres.

Felicity se anima al ver a Keagan y yergue la espalda.

—Ahí está, vamos.

Empieza a tirar de mí, pero me suelto de su brazo y hago una mueca.

—Adelántate tú, yo voy a echar un vistazo. A ver si encuentro unas tizas, no sé.

Sonríe, burlona.

—Vale, pero no te pierdas. Y recuerda: cuidado con los desconocidos. A no ser que sean portadores de una buena polla.

La echo con un gesto.

—¡Te he metido condones en el bolso por si acaso! —me grita en voz muy muy alta.

Un hombre vestido de traje me mira horrorizado, como si yo pensara tirarme a alguien allí mismo, delante de él. Sonrío y pongo los ojos en blanco.

—Hay que ver, qué gente anda por ahí. No conozco de nada a esa mujer.

Me alejo a toda prisa hasta el punto más lejano de la sala, y me planto delante del primer cuadro que veo.

En el segundo año de instituto, mi profesor de Historia del Arte solía hablar de la importancia de las diferentes técnicas y materiales, de cómo uno podía entrar en un museo y pasarse horas ante una obra, perdido en las sensaciones que le provocaba. Por aquel entonces, nunca entendí lo que quería decir. Pensaba que eran chorradas, que solo quería darle importancia a un poco de pintura sobre un lienzo.

Pero ahora me maravilla el arte, me pregunto cómo es posible crear diseños tan complejos con un espray de pintura. Paseo entre las diferentes obras y noto como un picor en lo más hondo del cerebro.

Solo cuando me doy de bruces literalmente contra una chica que va conmigo a una clase en la universidad me doy cuenta de que he estado caminando absorta.

—Joder, lo siento —me disculpo—. Amanda, ¿no?

Inclina la cabeza hacia un lado y el pelo rubio teñido se le derrama por el hombro izquierdo.

—Eso es —dice en tono cortante.

La frialdad de su respuesta me descoloca, pero soy capaz de adaptarme a todo. Desde que nací, me han educado para salir airosa de las situaciones incómodas.

—Juliette —digo, y me señalo.

Me mira de arriba abajo y arruga la nariz como si no hubiera dado la talla.

—Creo que vamos juntas a Ciencias Políticas —pruebo de nuevo—. ¿Te gusta este artista en concreto, o el arte en general?

Bebe un sorbo de champán.

—En la asignatura de Fundamentos del Arte nos dan créditos adicionales por asistir a exposiciones.

Mira en dirección a una losa de cemento enmarcada que hay en el centro de la sala. Me vuelvo hacia esa pieza. Se ve a una niña pequeña de rodillas al pie de unos peldaños de cemento que suben hacia un enorme edificio encima del cual se lee la palabra «Salud». Del cielo cae dinero y frascos de pastillas, pero antes de llegar a la altura de la niña se incendian y lo que cae a su alrededor son solo cenizas y hollín.

En la esquina pueden leerse las letras RMO, en negro, con bordes bien definidos y líneas exageradamente gruesas.

—¿Qué significa RMO?

Amanda suspira.

—Es su firma, claro.

—Ah, sí. El pintor anónimo. —Muevo las cejas en un gesto conspiratorio.

—Lo llaman Romeo. Por «la pasión de sus obras» —dice, como si en su vida hubiera oído semejante tontería.

—¿Y no estás de acuerdo?

—La gente ve romanticismo hasta en las cosas más... vulgares. Además, es su primera exposición oficial. Por lo general, pinta en las paredes de los edificios. No sé por qué hay que fomentar esas cosas ilegales y darles una plataforma.

—Ya. ¿Ni aunque así envíen un mensaje?

Es evidente que eso es lo que hace este mural. Es complejo, y tiene una belleza cautivadora.

Nunca he experimentado en persona lo que ilustra, así que no tengo una conexión personal, pero aun así me oprime el corazón. Inclino la cabeza a un lado y lo vuelvo a mirar.

—A mí me parece poético —le comento, y me llevo la copa a los labios para tomar otro sorbo de burbujas.

—Bueno, es que hay gente que ve poesía en cualquier cosa.

Se me para el corazón de golpe, me atraganto con el champán y empiezo a toser hasta que me pican los ojos.

Esa no era la voz de Amanda.

Es una voz grave, ronca, con una nota jocosa de fondo.

Inspiro profundamente, pero casi se me olvida respirar cuando alzo la vista hacia unos ojos azul hielo.

Unos ojos azul hielo que ya conozco.

«Es el liante».

Ahí está, entre las sombras que proyectan los focos de la galería, con una camisa negra y las mangas arremangadas hasta el codo. Lleva un anillo de plata en el índice y tatuajes en los brazos, algunos más que hace cuatro años. Pero es él. Con el mismo pelo castaño revuelto, la misma seguridad relajada, la misma puñetera sonrisa y esos hoyuelos insufribles.

Me clava los ojos sin vacilar.

La voz de Amanda se cuela a duras penas a través de la estática que me chisporrotea en el cerebro.

—Ry, esta es…

—Princesa —la interrumpe.

Me contengo para no sonreír.

—Hola, liante.

Él también esboza una sonrisa, y Amanda se le pega más. Pero no se mueve. Ni siquiera parpadea. Está concentrado en mí.

Y pasa lo mismo que la primera vez que nos vimos: me roba el equilibrio.

—¿Os conocéis? —pregunta Amanda con tono cortante.

Él no responde. Se limita a mirarme. Y yo le devuelvo la mirada pese a saber que no debería. Hasta el aire que se interpone entre nosotros se vuelve más etéreo por momentos.

No sé por qué, pero el momento parece importante.

—¡Eh! —Amanda chasquea los dedos—. He preguntado si…

—Sí —responde él.

—No —digo yo al mismo tiempo.

Hay un segundo de silencio, y al final ya no puedo contener la sonrisa.

—Nos vimos una vez —digo, y por fin puedo apartar la vista para mirarla a ella—. Hace mucho.

—No fue hace tanto —murmura él.

—Da igual cuánto tiempo hace —replico—. Una vez no es nada, es insignificante.

—A veces lo insignificante es lo que ocupa más espacio en el corazón.

Aprieto los labios, descolocada por la respuesta.

—Vaya. Muy profundo.

Asiente con solemnidad y se lleva una mano al pecho.

—Lo dijo Winnie-the-Pooh.

—Cierto. —Me echo a reír—. No hay nada como un oso de peluche para sonar intelectual.

—Me encanta. —Sonríe—. Esa vena cruel que tienes. Te hace de lo más interesante.

Se me suben los colores a las mejillas. Amanda, a su lado, se pone rígida.

—Solo digo que es irrelevante —le replico—. Yo no recuerdo así nuestro primer encuentro.

Lo recuerdo exactamente así.

No he dejado de pensar en él desde aquella noche, y da igual cuántas historias haya escrito para tratar de quitármelo de la cabeza.

—Me encantaría conocer tu versión —dice, y una sonrisa aflora a sus labios—. Según lo recuerdo yo, te parecí el tío más sexy que habías visto en tu vida, y eso te puso… de muy mal humor.

Tamborileo con las uñas contra el cristal de la copa.

—Ya te dije que no se te subiera a la cabeza.

Se encoge de hombros y se mete las manos en los bolsillos del pantalón.

—Pues mala suerte, se me ha subido. Ahora no hay quien me aguante.

—Ah, entonces no has cambiado nada.

La voz de Amanda corta la tensión.

—A ver, que no lo entiendo. ¿Os conocéis o no?

—No —respondo con tono firme—. Fue tan breve que luego pensé que lo había soñado.

—¿Y sueñas conmigo a menudo? —pregunta él con un brillo en los ojos.

—No quería decir eso.

—Ry —le advierte Amanda entre dientes.

Solo entonces caigo en la cuenta de que tal vez hayan venido juntos. Tal vez esté con ella.

—En serio, solo nos vimos una vez. No fue nada.

—Yo no diría eso —replica él en voz baja.

Suspiro y me vuelvo de nuevo para mirarlo.

—En serio, aún eres más irritante que aquella vez.

Su sonrisa es magnética; siento como si me arrastrara un campo de gravedad, y él está en el centro.

Me resulta muy extraño, y no me gusta.

La mirada asesina de Amanda me trae de vuelta a la tierra. No sé qué relación tienen, pero es obvio que me he metido en el territorio de mi compañera de clase.

—Bueno —digo, mientras retrocedo—. Ha sido… eh… interesante. —Señalo hacia un punto indefinido detrás de mí—. Me tengo que… eso. Sí.

Doy media vuelta y echo a andar como si mi cordura dependiera de ello. Porque, en cierto modo, así es.

Capítulo 6

Roman

Se sonroja cuando da media vuelta y se aleja, y me la quedo mirando sin poder evitarlo. Va muy rígida, con los hombros tensos, como si no quisiera ver algo. «O a alguien».

Debería dejar que se marchara. Que todo siguiera siendo sencillo. Pero todavía me da vueltas la cabeza tras verla aquí, de entre todos los posibles lugares del mundo; solo la había visto una vez, pero ha sido lo único que me ha hecho sentir algo que no fuera la sordidez de mi vida en muchos años.

Desaparece entre la gente y, por un momento, la pierdo de vista.

—Ryder —me espeta Amanda.

La miro y frunzo el ceño.

—Podrías haber sido un poco más amable.

—Y tú me podrías haber incluido en la conversación —contraataca.

Encajo el golpe porque sé que tiene razón, pero tampoco es que haya venido con ella; no salgo con Amanda, solo es una amiga que viene porque le dan créditos en la universidad. No sabe que lo que cuelga de las paredes son mis obras.

—Sí —digo, pero no la estoy mirando. Tengo la mirada perdida entre la gente, en busca de ella—. Oye, ahora vuelvo.

Y corro en persecución de mi chica misteriosa.

La veo justo antes de que gire hacia la brillante señal roja de salida al fondo del almacén, y salgo tras ella sin pensarlo dos veces.

En cuanto cruzo la puerta, el frío de la noche se estrella contra mi piel como una neblina, y el ruido de la galería desaparece a mi espalda.

Aquí fuera hace más frío, el aire es denso por causa de la polución y el hedor a podrido de los vertederos cercanos. Unas cuantas estrellas parpadean en el cielo, enterradas como secretos que la ciudad quiere ocultar a todo el mundo.

Ya está junto a la pared de ladrillo del callejón, con la cabeza echada hacia atrás, mirando el cielo.

—¿Todo bien? —le pregunto, procurando no levantar la voz.

Se pone rígida, pero enseguida se relaja como si supiera que soy yo. Abre un ojo, lo justo para mirarme.

—Dios, eres como un cachorrito extraviado —murmura.

Esbozo una sonrisa y la atracción me estalla en el pecho. Rayos, qué divertido es hacerla enfadar. Está tan tensa que parece que se vaya a romper de un momento a otro.

—¿Me harás unas caricias si soy bueno?

No responde, pero se vuelve a sonrojar, tanto que resulta visible a la luz del callejón.

Saco un peta que llevo liado y lo enciendo. Clava los ojos en el cigarrillo de inmediato y arquea las cejas.

—No creo que sea legal aquí.

—Lo es —replico. Suelto el humo despacio y alzo el peta entre nosotros—. ¿Te molesta?

Apoya la espalda en la pared y cruza los brazos.

—Pues no. Solo demuestra mi teoría de que eres un degenerado.

Se me escapa la risa, pero siento una punzada en el pecho ante la palabra «degenerado». Seguro que eso mismo pensaría si supiera de dónde vengo. Si viera a mi madre tirada en el sofá, con un boceto olvidado sobre el regazo.

—Ese es el punto de vista de los privilegiados, princesa. Pensar que cualquiera que fume es un degenerado. Debe de ser bonito ver el mundo tan claro, en blanco y negro.

No responde, pero detecto un destello de culpa en sus ojos. Cambio de tema.

—¿Qué tal el novio? —Quiero mantener el tono indiferente, aunque no me sienta así.

—¿Qué novio?

Una mezcla de satisfacción y esperanza se me enroscan por dentro y me inflaman como una brasa.

—¿No soportaba tu lado gélido o qué?

—Soy una persona de lo más agradable.

—Claro. —Sonrío con gesto burlón y doy otra calada, y el humo forma volutas entre nosotros.

—Además, no es asunto tuyo —me espeta.

Su tono no me cabrea, pero me dan ganas de bajarle las ínfulas con un buen polvo. Qué fácil sería empujarla contra la pared y darle a su boca algo que hacer, aparte de soltar frases cortantes.

Apago el peta en el ladrillo y me acerco a ella.

Se sobresalta y retrocede hasta que se da de espaldas contra la pared, como si necesitara apoyarse. Me sigo aproximando hasta que noto el calor de su cuerpo contra el mío.

Tiene la respiración entrecortada.

—Podría ser asunto mío —la provoco, y le miro la boca.

Dios, qué ganas tengo de saborearla. De saborear cada centímetro de ella. Quiero pasarle las manos por los costados, meter la cara entre sus muslos, que se me agarre al pelo mientras me la follo con la lengua.

La química que hay entre nosotros es casi demasiado intensa. Nunca había sentido nada igual, y una parte de mí quiere salir corriendo ahora que aún puedo pensar.

Pero no salgo corriendo. Y tampoco la beso.

Le centellean los ojos, estamos tan cerca de rozarnos que el calor de sus palabras me acaricia los labios.

—Te odio —dice.

Me inclino hacia delante y le cojo la barbilla entre los dedos, estudio cada rasgo de su rostro, lo memorizo.

—No me odias.

Retrocedo de nuevo y me apoyo en la otra pared, con el pie contra el ladrillo y una sonrisa que espero que parezca indiferente, no como si el corazón se me fuera a salir del pecho.

—Por cierto, no lo es —añado.

—¿Qué?

—Amanda. No es mi novia.

Entorna los ojos.

—¿Y ella lo sabe?

—Lo sabe. Solo somos amigos.

—¿Amigos en plan solo amigos, o amigos en plan la has salvado de la muerte y luego has coqueteado con ella hasta que empieza a pensar nombres para los hijos que tendréis?

Eso me parece de lo más divertido y se me pasa por la cabeza que es lo que ha estado haciendo ella. Y, si he de ser sincero, me encanta la posibilidad. Me gusta imaginar que ha estado tan obsesionada conmigo como yo con ella.

Sonrío, burlón, y se sonroja, con ese tono rosado tan perfecto.

—Amigos —repito, esta vez más despacio—. De hecho, simples conocidos.

Masculla algo, como si no se lo creyera, y aparta la vista de mí. Sigo la dirección de sus ojos hacia las pintadas, entre los cubos de basura abollados.

—No te gustan los grafitis —adivino.

—No tengo una opinión al respecto.

—Entonces ¿por qué has venido?

Titubea y se muerde el exquisito labio inferior.

—No lo sé —reconoce—. Las obras que hay ahí dentro…, nunca había visto nada igual. A ver, has estado en Rosebrook, ya sabes cómo es aquello. Nunca se me habría ocurrido que algo como eso… —Señala las letras angulares entre la basura—. No sé, que estuviera al mismo nivel que lo que hay en la sala.

Miro en dirección a la galería y me invade una oleada de orgullo. Le gusta mi obra.

—¿Cómo sabes que no lo ha hecho la misma persona?

Se ríe como si estuviera de broma. No lo estoy.

—¿Lo dices en serio?

—El arte es arte —respondo—. La única diferencia es que el de dentro lo enmarcan y por este te arrestan.

—También está el nivel de destreza —me replica.

Me humedezco los labios y trato de apagar el fuego que está avivando dentro de mí.

—No te imaginaba en el papel de crítica.

Se endereza. Es obvio que la he ofendido.

—¿Y tú qué eres? ¿Un conocedor atormentado de las bellas artes?

Le doy una vuelta al anillo en el dedo.

—He hecho algún que otro dibujo.

Se queda sin respiración.

—Ah.

—No pongas esa cara de susto —bromeo.

—¿Qué sueles dibujar? —pregunta en un tono algo más amable.

—De todo. —Hago una pausa—. Ahora mismo, lo que me gustaría es dibujarte a ti.

Ni siquiera sé si lo digo en serio. Lo que quiero sobre todo es ver qué responde. Si reacciona con fuego, a la defensiva, como es habitual en ella, de esa manera que hace que se me acelere el corazón y se me ponga dura la polla.

Se me queda mirando.

—¿Cómo has dicho?

—Ya me has oído.

Atravieso el callejón y le rozo la mejilla con los nudillos. Ella se estremece y el contacto de su piel me hace apretar la mandíbula. Es dulce, suave. «Perfecta, joder».

—No sé… No sé ni qué responder.

—Podrías responder que sí.

Se ríe, pero la risa le sale un poco entrecortada, un poco estrepitosa.

—No, creo que… no. Es… es demasiado personal. Ni siquiera sé tu nombre. Y no me caes bien.

—¿Quieres que te diga cómo me llamo? —le pregunto.

Ahora mismo le diría lo que fuera.

—Claro, pero antes dime qué hacías en Rosebrook Falls aquella noche, hace años.

Y eso es todo.

La atmósfera cambia, veo al inútil de mi padre, y todo vuelve a ser sórdido. Por mucho que trate de escabullirme, soy el que soy. Hasta cuando no quiero serlo.

Si me concentro, si lo pienso mucho, hasta podría adivinar quién es ella.

Doy marcha atrás y me paso los dedos por el pelo.

—No, gracias.

—¿Por qué no? —insiste—. Tú eres el que quiere que seamos amigos.

—Yo no he dicho eso.

Se le borra la sonrisa.

—Bueno. Esto ha sido tan frustrante como la primera vez que te vi, así que me voy.

Me asalta el pánico. No quiero que se vaya.

—Espera.

No me hace caso y sigue caminando hacia la puerta a buen paso.

—¡Espera un momento! —le suplico, y corro tras ella. Llego hasta donde está y bajo la voz—. No te vayas.

Se vuelve con la espalda contra la puerta, y a mí primero se me sube el corazón a la garganta, pero al instante se me cae a los pies. Cada vez que miro a esta chica es como si estuviera en una montaña rusa. ¿Sentirá ella lo mismo, notará esta atracción?

«Seguro que sí».

—Creo que te gusto —digo.

Levanta la barbilla.

—Eso viene a demostrar que tienes un ojo fatal para la gente.

Le rozo la oreja con el labio.

—Tengo un gusto excelente.

Traga saliva.

—Dime tu nombre, «Ry».

Titubeo. Doy un paso atrás. Se lo quiero decir, pero me ha llamado «Ry», y eso me recuerda todos los motivos por los que no puedo.

—Naaah. Así ya me vale.

—¿Te vale… así?

—Sí. —Sonrío burlón y me meto las manos en los bolsillos para no hacer alguna tontería, como tocarla—. Es lo nuestro.

Entorna los ojos.

—No hay nada «nuestro».

—Vaya si lo hay.

Se echa a reír con una carcajada brusca de incredulidad.

—Dios mío, qué irritante eres.

Este tipo de flirteo con ella me encanta. Es fácil. Esto sí que lo puedo controlar.

—No es la primera vez que me lo dicen.

La puerta se abre de golpe y empuja a mi chica misteriosa hacia mí. Su cuerpo choca con el mío y todo lo demás desaparece. Apoya las manos en mi pecho, sus curvas entran en contacto con mi cuerpo, y la sensación de tenerla entre mis brazos se lleva por delante cualquier pensamiento racional.

Me quedo inmóvil, aunque me cosquillean los dedos, ansiosos por atraerla más hacia mí, por agarrarla con más fuerza.

Una mujer sale por la puerta. Tiene los ojos llenos de lágrimas, el maquillaje corrido, y la oportunidad se desvanece.

—Por fin te encuentro —dice con la voz rota.

Mi chica misteriosa se recompone y me aparta de su lado, como si de repente estuviera preocupada.

—¿Qué pasa?

Su amiga me ve, titubea y trata de recuperar el control.

—Nada. Me quiero ir. ¿Nos vamos?

«Yo no quiero que se vaya».

Su amiga se me queda mirando.

—No hay prisa —se apresura a añadir.

Solo estábamos hablando —responde mi chica—. Ve a decirle a Dimitri que ya estamos listas.

Asiente y se marcha, y la puerta se cierra tras ella.

—¿Quién es Dimitri? —le pregunto, presa de un ataque de celos que carece de todo fundamento.

—Mi chófer. —No me mira—. Tengo que marcharme.

—¿Te volveré a ver? —le propongo esperanzado.

—Lo dudo mucho.

«Así que se acuerda de lo que nos dijimos la primera vez. Igual que yo». Una sonrisa me aflora a los labios.

—Puedo esperar.

—Pues vas a tener que esperar mucho.

Y se marcha sin decir más, igual que la primera vez que nos vimos.

¡PILLADO! Frederick Lawrence, de servicio

Una vez más, y en representación de Marcus Montgomery (¡interesante!), el elegante abogado se ha dejado ver en el brunch de la Fundación Universidad de Verona esta mañana para estrechar manos, evitar las cámaras y sonreír con demasiado entusiasmo.

Siempre nos encanta ver al enigmático abogado, pero ¿dónde está Marcus Montgomery? ¿Por qué de repente no se deja ver?

#RosebrookRag #SeBuscaAMontgomery #CosasDeMontgomery #FundaciónUV

Capítulo 7

Roman

Las sombras no son así.

Suspiro y me quedo mirando la libreta negra como si me estuviera insultando a mí, personalmente.

Llevo toda la mañana tumbado en cualquier sitio, sin más ropa que unos pantalones grises de chándal y la agobiante sensación de que me pican los dedos y tengo que coger el lápiz para abocetar un diseño nuevo. Pero no me sale bien. Y tiene que quedar perfecto antes de que lo convierta en una obra real como las de anoche.

Paso los dedos por el boceto con el ceño fruncido.

Es una rosa. Rojo sangre, con espinas que salen del tallo como puñales. De los pétalos gotea pintura fresca que se funde, se desintegra.

Se trata de una representación física de lo que se siente al encontrarse con la chica de Rosebrook Falls. Frágil sin ser suave, con esa belleza que te hace daño si te acercas demasiado. Es firmeza y defensa a la vez. Cada palabra que me lanza va cargada de veneno y espinas.

El color debería ser ese tono melocotón que le aflora a las mejillas cuando flirteo con ella. Cuántas veces he pensado en ese color. Me he agarrado la polla mientras me imaginaba cogiéndola por ese cuello perfecto, viendo cómo el rubor se le derramaba hasta las clavículas mientras me pedía que le pintara la piel con mi semen.

«Joder».

Y aún me estoy recuperando de la experiencia de toparme con ella.

No me esperaba volver a verla, y menos en California. Y desde luego, no me esperaba que la química fuera tan intensa, o que mi presencia la afectara tanto. Y le afecta, a no ser que me esté equivocando por completo y lea mal las señales.

Cuando nos conocimos hace cuatro años, en el Parque Comarcal de Verona, me resultó tan familiar que casi me dolió el pecho y quise dar media vuelta. Si había ido allí era para ver la ciudad desde la cima y localizar un buen lugar donde dejar mi marca. Quería que quedara algo de mí para el mierda de mi padre, era mi forma de rebelarme, de manchar su adorada ciudad tanto si él quería como si no.

No sé, tal vez un «Estoy vivo, cabrones», o quizá un simple «Roman Montgomery estuvo aquí». Pero al final no tuve valor.

Mi madre siempre dijo que él había fingido nuestra muerte para protegernos, pero que cuando yo fuera mayor querría recuperarme, siempre que su mujer ya no estuviera en medio. Así que, cuando fui al funeral de Eleanor Montgomery y pese a todo volvió a rechazarme, el rencor se enconó más que nunca.

Por eso cuando fui a aquel precipicio, tenía el corazón lleno de ira.

Pero entonces aquella chica abrió su boquita perfecta y empezó a insultarme como si le hubiera molestado que le salvara la vida, y, joder, me puso a cien.

De pronto ya no pensaba en el cabrón de mi padre, ni en las ganas que tenía de prenderle fuego a todo lo que había construido, a todo aquello de lo que me mantenía apartado.

Solo pensé en ella.

Y en lo fácil que era provocarla, y en lo agradable que era sentir algo que no fuera aquel rechazo que me corroía por dentro.

Me ayudó a olvidar lo insignificante, lo poco querido que me hacía sentir mi padre.

Su enfado..., a eso me agarré. Era un recuerdo de Rosebrook Falls que él no podría ensuciar.

Lo malo es que creo que sé quién es esta chica.

Mi madre siempre ha estado al tanto de todo lo que tuviera que ver con mi padre, y eso incluye la ciudad donde vive, así que he visto muchos titulares del *Rosebrook Rag,* y artículos de muchas revistas.

Y, aunque no he sido más que un espectador de su vida, mi madre se ha asegurado de que sepa todo lo que ha de saber un Montgomery, incluida la rivalidad con los Calloway.

Estoy seguro en un noventa por ciento de que es Juliette Calloway, pero no he querido buscarla en internet. No quiero confirmar el dato, porque ahora mismo solo es una chica guapa con la que me divierte flirtear.

El potencial es ilimitado cuando no hay nada que nos condiciona.

Y reconocer que es una Calloway haría que las cosas cambiaran, aunque dudo mucho que ella sepa de mi existencia.

No es que Marcus se haya dedicado a exhibirme como un trofeo, pues solo he estado en Rosebrook Falls dos veces en toda mi vida.

Vuelvo a recordar el momento en que desperté tras el accidente de tráfico de hace ocho años: en una habitación oscura, con unos cables pegados al pecho y el ritmo constante de un monitor cardiaco a mi izquierda.

—Nadie debe saber de tu relación conmigo, ¿entendido?

Mi padre me agarra del hombro con fuerza y la presión me hace daño, pero tengo el cuerpo demasiado vapuleado para apartarme.

Me sacude un poco, el movimiento me agita la cabeza.

—Responde —me exige en voz baja, con brusquedad.

Parpadeo para salir de la niebla que me envuelve y trato de concentrarme en su rostro.

—S-sí, entendido. —La voz me sale como un gemido—. Pero ¿por qué? ¿Por qué no deben saberlo?

Mira hacia la puerta como si tuviera miedo de que hubiera alguien escuchando. Desprende una especie de energía paranoica, como si temiese que fuera a pasar algo espantoso, como si algo o alguien fuera a entrar por la puerta en cualquier momento.

—Porque, si se enteran de que sigues vivo…

Se detiene. Se interrumpe de golpe, y las palabras que no llega a pronunciar resuenan con más estrépito que el zumbido que oigo en mi cabeza. El ambiente se tensa, y entonces…

—Señor Montgomery —nos interrumpe una voz, pero tengo la visión tan borrosa que no distingo quién es.

—¿Qué pasa? —salta mi padre, y me clava sus ojos azules como si pensara que voy a desaparecer.

—Está despierta.

Salgo del mundo de los recuerdos y trago saliva para contener el dolor que me inunda el pecho.

Hice lo correcto al no decirle mi nombre. En realidad, hice lo único que podía hacer. Porque, aunque no sepa quién soy, podría volver a su casa y mencionarme, y entonces ¿qué pasaría?

Me tenso solo de pensar en mi donante de esperma y en cómo

mi madre sigue aferrada a él como si fuera su salvador. Quiere que me arrastre, que me ponga de rodillas y le suplique dinero, y cree que entonces sin duda nos recibirá como en la historia del hijo pródigo. O tal vez solo quiere que la salve a ella.

Yo sé bien lo que me espera allí.

Nada. La más amarga de las decepciones.

Ni siquiera cuando llevaba su apellido tuve los privilegios que eso conllevaba. ¿Qué le hace pensar que ahora sería de otro modo? No tengo la menor idea.

Aprieto los dientes y miro el dibujo que he abocetado en la libreta negra.

Suspiro y me paso los dedos por el pelo revuelto, me lo agarro, tiro de las raíces hasta que duele. El dolor físico es más tolerable que la desolación que me embarga cuando pienso en mi familia.

Suena el teléfono y me sobresalto. Miro el reloj. Es mediodía. He quedado con mi madre en la cafetería dentro de diez minutos. «Mierda».

Salgo de la cama de un salto y acepto la llamada.

—¿Brooklynn?

Al otro lado del teléfono, mi hermana solloza.

—¿Brooke? ¿Estás bien?

—R-Ry… Ry… —tartamudea al otro lado de la línea.

Me quedo paralizado al escuchar su voz. Me aterroriza pensar que esté teniendo un ataque o que se haya lastimado.

En cuestión de segundos estoy vestido y delante de la puerta con las llaves en la mano.

—¿Qué pasa? —pregunto.

—No q-queda… n-nada —apenas acierta a decir.

El alivio que siento al oírla hablar es tan arrollador que tardo unos segundos en entender lo que dice. Frunzo el ceño.

—¿De qué hablas?

—El d-dinero. El fondo de reserva..., lo que me dijiste que ahorrara... ha... ha desaparecido todo.

Me río porque supongo que está bromeando, es imposible. Entre su trabajo a media jornada y el dinero que le doy, hasta el último dólar del que puedo prescindir de lo que gano, ha conseguido juntar casi diez mil dólares.

—¿Qué dices?

—El dinero... Lo tenía debajo del colchón, he ido a coger algo para comprarme el felbamato...

Se me encoge el corazón.

—Un momento, ¿por qué leches utilizas el dinero que te doy para comprarte los antiepilépticos?

El silencio es la única respuesta. Aprieto los dientes con tanta fuerza que me extraña que no se me haya roto la mandíbula.

—Brooklynn. ¿Mamá no te ha estado comprando la medicación?

—A veces, sí —susurra.

Suspiro y me pellizco el puente de la nariz. No hay nada que hacer.

—¿Ha desaparecido todo? —le digo, para que me lo confirme.

Brooklynn me responde entre hipidos.

—D-debería haberlo e-escondido mejor... Es que... no se me ocurrió...

—Tranquila —le digo, procurando calmarla, y espero que la ansiedad no se me note en la voz—. Cuéntame lo que ha pasado.

Miro hacia el escritorio, donde tengo la cartera, en cuyo interior sé perfectamente que solo hay unos cientos de dólares. No basta para pagarle la medicación, ni siquiera con las ayudas que recibimos por carecer de seguro.

—M-mamá ha dicho que te llame… D-dice que tú podrías hacer algo…

La cólera me asalta con tal violencia que me quema la garganta.

—¿Lo ha cogido mamá?

Brooklynn vuelve a vacilar.

—Dice que no.

Trago saliva. Tengo la lengua pegada al paladar.

—Vale, Brooke. No te preocupes, ¿entendido? Yo me encargo de todo. ¿Cuántas pastillas te quedan?

—Tengo para un par de días, Ry, pero… Lo siento… No quería…

Niego con la cabeza, como si mi hermana me pudiera ver. No doy crédito a lo que ha hecho mi madre. Ni a lo que sé que tengo que hacer para que Brooklynn no se ponga peor.

—En serio, todo irá bien —digo—. Pase lo que pase, estoy contigo, ¿entendido?

Brooke se sorbe la nariz.

—Sí.

—¿Confías en mí?

—Siempre.

—Pues yo me encargo de todo. —Cojo la sudadera del perchero que hay junto a la puerta y pongo el teléfono en altavoz mientras me la paso por la cabeza—. Una cosa, Brooke.

—¿Sí?

—Tienes que dejar de confiar en nuestra jodida madre.

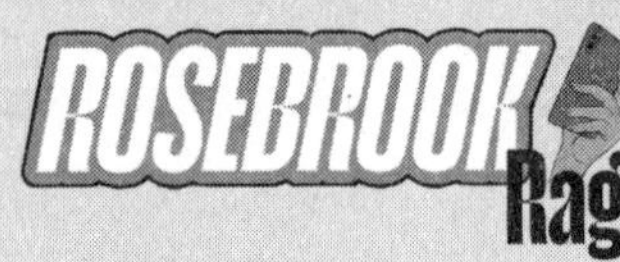

¡Última hora! ¡¿El alcalde Penngrove vuelve a presentarse?!

El «hombre del pueblo» de Rosebrook Falls ha anunciado que se presenta a la reelección en medio de una avalancha de promesas, grandes declaraciones y una tonelada de dinero Calloway detrás.

Según hemos averiguado, habrá una fiesta muy exclusiva para recoger fondos en la mansión Calloway la semana que viene. ¿El verdadero titular? Juliette Calloway, la joven de oro, ahora universitaria de lujo, volverá a casa para la ocasión.

¿Será ella el próximo peón en el tablero político de papi? ¿O se pondrá bajo los focos para convertirse en la reina?

#CosasDeCalloway #JulietteVuelve #Maniobras #RosebrookRag #TodosAtentosACalloway

Capítulo 8

Juliette

—¿Cómo que no vienes?

Le sonrío a la camarera que me sirve el café y sostengo el teléfono entre el hombro y la oreja mientras me dirijo a la mesita que hay junto a los ventanales.

No suelo alejarme tanto del campus, pero cuando le di las gracias a Beverly por las invitaciones de la exposición solo le faltó ordenarme que pasara por aquí a probar el café, porque es «el mejor del mundo».

Paxton suspira con tal intensidad que casi noto la vibración desde el otro lado del teléfono.

—Cuando vuelvas, celebraremos una fiesta —dice para tratar de serenarme—. Ya está planeado.

—Sí —arrugo la nariz—. ¿Quién lo ha planeado?

—Lo sabes de sobra.

Mi madre.

Así que en realidad la fiesta no es para mí. Con Martha Calloway, una fiesta no es nunca una fiesta. Siempre hay un motivo oculto, una toma de posición, una imagen de cara al público.

—Sabes tan bien como yo que esa fiesta tiene que ver tanto conmigo como la Gala de los Fundadores de la UV.

Al otro lado de la línea se oye un ruido, como si alguien pasara unas hojas de papel.

—Lo siento, Jules —concluye—. No es cosa mía.

Lo dice con indiferencia, y si no conociera a mi hermano, pensaría que realmente no le importa.

Me muerdo la mejilla por dentro.

Paxton es igual que nuestro padre en muchos sentidos, y eso incluye el convencimiento de que no hay que mostrar emociones en público. Es el mayor, y, en consecuencia, ha tenido que asumir unos niveles de responsabilidad que a los demás no nos han caído encima.

Como vicepresidente de Calloway Enterprises, parece que lo único que le importan son los proyectos inmobiliarios, y siempre ha tenido que seguir los pasos de nuestro padre, antes incluso de ocupar el puesto, mucho más que ninguno de nosotros.

Felicity lo llama «el chico de oro». Y no le falta razón.

De pronto me asalta un pensamiento.

—Un momento. Cuando dices que no vienes, ¿te refieres a ti solo o a todos los demás?

Otro momento de vacilación.

—A todos —dice por fin.

—¡No me jodas! —estallo.

La señora de la mesa contigua se sobresalta al oír mi grito y se salpica la mano con el café de su taza. Le ofrezco una mirada de disculpa y retomo la conversación con Paxton, esta vez en susurros.

—No me jodas, Pax.

—Vamos, Jules. —Ahora parece molesto, y eso me duele. Como si mis sentimientos no tuvieran importancia—. Las cosas están muy tensas por aquí, tenemos un montón de proyectos en marcha y estamos esperando a que nos den luz verde, y los soldaditos de Montgomery no dejan de ponernos obstáculos a cada puto paso que damos. Y ya sabes que Frank está a punto de empezar la campaña de reelección.

—¿El padre de Art se presenta otra vez para la alcaldía? —Arrugo la nariz al pensar en el mejor amigo de mi hermano Lance—. Por lo visto, asegurarse de que la familia tiene al alcalde en el bolsillo es más importante que mi graduación.

Suspira, como si esta conversación le resultara agotadora.

—No he dicho eso.

—No es justo. A tu graduación fue todo el mundo. Y a la de Alex.

A la de Lance, no, claro, pero eso fue porque dejó la universidad.

—No es lo mismo —dice—. La UV está en Rosebrook.

Parpadeo para que dejen de escocerme los ojos.

—Así que vendríais si no fuera tan inoportuno.

—No es eso.

Siento un dolor que se me extiende por todo el pecho.

—Pues a mí me lo parece.

—Espera —me dice, y empieza a hablar de nuevo, solo que el sonido me llega amortiguado, como si estuviera con otra persona.

Suspiro, cojo el cartón protector del café para llevar y miro a mi alrededor. De pronto el corazón se me acelera y me quedo sin aliento cuando detecto en la cola a alguien que me resulta familiar.

«Me cago en la puta».

—Jules —dice Paxton, ahora en voz baja; está con alguien más y no quiere que escuchen la conversación—. Oye, voy a…

—¿Por qué susurras? —lo interrumpo.

—¿Qué? —dice un poco más alto—. No susurro.

—No me digas que estoy loca, te he oído, tío.

Resopla como si hablar conmigo fuera lo más frustrante que le ha pasado en su vida.

—No te estoy diciendo que estés loca.

—Tú sí que estás raro. ¿Es por mí o por esa esposa a la que no soportas?

No debería provocarlo cuando ya está tan nervioso, pero tengo que hacerlo. Lo contrario sería descuidar mis deberes de hermana pequeña.

—No hables de Tiffany —me replica.

—¿Por qué no? —La ira se me dispara como un incendio por todo el pecho—. ¿No es mi cuñada? Puedo hablar de ella todo lo que quiera.

—Ya tenemos el avión preparado para que te traiga dentro de dos días —dice sin más preámbulos.

—¿Qué? —Pongo unos ojos como platos y aparto el teléfono de la oreja para mirarlo, como si mi hermano pudiera ver mi cara y deducir que acaba de soltar un disparate. Vuelvo a ponerme el móvil a la altura de la boca—. ¿Ahora yo tampoco puedo asistir a mi propia graduación? —refunfuño.

—Te mandarán el diploma por correo. ¿Para qué quieres una ceremonia?

—No me puedo creer que me estés diciendo eso.

—Yo tampoco —masculla.

Frunzo el ceño.

—Vale, pero a Felicity se lo cuentas tú.

—Yo no tengo por qué contarle nada a esa mocosa malcriada —me gruñe—. No es de la familia.

—Esa «mocosa» fue como una hermana para ti cuando éramos niños, y si te da la gana, haz como que no la conoces, pero eso no cambia el hecho de que volverá a casa y te pateará el culo por no dejarme que viva la experiencia de la graduación con ella.

Se queda en silencio y casi puedo ver cómo aprieta los dientes.

—Vale.

Entorno los ojos.

—¿Quién te obliga a hacer esto? ¿Mamá? Dile que me llame ella.

«Sí, seguro».

—Claro que es mamá. —Pax resopla—. Y claro que la fiesta no es para ti, Jules. No seas boba. Es una recogida de fondos. Para Frank.

Parpadeo.

—Tú estás de broma.

—No. ¿Satisfecha?

—No, la verdad es que todo lo contrario. ¿En serio me dices que me tengo que perder mi propia graduación para ir a hacer de adorno en la fiesta política de mamá?

Se hace el silencio, y cuando vuelve a hablar su voz suena más amable.

—Así son las cosas, Jules, así han sido siempre. Haz el favor de subirte al avión y volver a casa.

La presión de la culpa me oprime como un corsé. No soporto que me haga sentir a cada momento que él carga con el peso del mundo sobre sus hombros.

—Pareces cansado, Pax.

—Por favor —añade, bajando un poco más la voz—. No me lo pongas aún más difícil.

Clic.

Me quedo mirando el teléfono con la boca abierta, incrédula.

Cuatro años de libertad. De tener mi espacio. De respirar sin que el apellido Calloway me tenga agarrada por el cuello. Y así, como si tal cosa, vuelvo a llevar la correa puesta. No sé por qué me duele, llevo toda la vida acostumbrada a esto. Pero duele igualmente.

Me paso una mano por la cara, me pellizco la barbilla, y ya sé que voy a obedecer.

No porque quiera. Es porque nunca ha habido otra opción.

Alguien deja escapar una risa extraña, y alzo la vista justo a tiempo de ver a mi desconocido, que sale por la puerta de la cafetería sacudiendo la cabeza, como si estuviera decepcionado.

El corazón me da un salto. «Todavía está aquí».

Si alguien puede ayudarme a pensar en otra cosa, es él. Lo siento de repente. Seguro que me cabrea lo suficiente como para ahogar cualquier otra emoción que me esté atormentando. Y eso es precisamente lo que necesito.

Salgo por la puerta tras él, pero a cierta distancia. Por si me acobardo y cambio de opinión.

Caminamos calle abajo unas cuantas manzanas hasta que dobla a la derecha y entra en lo que parece un motel de dos plantas, pero resulta ser una serie de apartamentos con puertas azules descoloridas.

Se mete en uno, así que doy por hecho que vive aquí.

Miro a mi alrededor, llena de dudas. ¿Qué quiero hacer?

Esto no es propio de mí. Yo no sigo por ahí a la gente, y desde luego no tomo decisiones precipitadas sin analizar cada posible consecuencia y cómo me va a afectar.

«Debería vivir un poco, ahora que todavía puedo, como dijo Felicity anoche. Y hasta echar un polvo y todo».

Mi vocecita interior no me tranquiliza en absoluto. De hecho, el fuego que se me encendió por dentro cuando hablé con Paxton crece en intensidad hasta que noto las palmas de las manos sudorosas y el corazón acelerado en el pecho.

Dentro de dos días me iré de aquí.

Me iré.

Respiro hondo, cruzo la calle a toda prisa antes de que se me disipe el valor y levanto la mano para llamar a la puerta.

Me tiembla el brazo.

«¿Qué leches estás haciendo, Jules?».

Aprieto los ojos con fuerza y doy unos golpes con los nudillos.

«Dios mío, Dios mío, creo que voy a vomitar».

Menuda idiotez estoy cometiendo. Menuda idiotez.

Estoy a punto de salir por piernas, pero no me da tiempo: la puerta se abre y me encuentro cara a cara con el liante.

Capítulo 9

Roman

Decir sorpresa es quedarse muy corto para describir lo que siento al ver a mi pequeña rosa, espectacular como siempre, de pie en la puerta de mi casa, como en un sueño febril.

—Qué coincidencia. —Me apoyo con gesto indiferente en el marco de la puerta—. Estaba pensando en ti.

Entreabre los labios como si le sorprendiera que haya abierto. Al oírme, los cierra de golpe y carraspea.

—¿Sí?

—Sí. —Cruzo los brazos sin prisas—. ¿Me estás espiando?

Se humedece el labio inferior y me mira con esos ojos de pestañas largas y oscuras, y al instante se me tensa el vientre, como si me lo oprimieran con una prensa.

—No sé qué hago aquí —dice.

Noto cierta incomodidad en el pecho; se muestra demasiado amable. Pero lo acepto, porque si se va, tendré que enfrentarme a mis problemas, a mis problemas familiares, y no se me ocurre mejor distracción que ella.

Y más ahora que mi madre no se ha presentado.

Inclino la cabeza, la miro de la cabeza a los pies, y luego de los pies a la cabeza.

Cuando nuestros ojos se encuentran, ella se sonroja, porque siempre se sonroja. Hasta las orejas.

Es ese tono de rosa tan perfecto que he estado buscando para mi puñetero dibujo.

—No me quejo, oye, pero ¿cómo sabes dónde vivo? —le pregunto.

—Te he visto en la cafetería —confiesa—. Y… te he seguido.

Se me dibuja una sonrisa en la cara.

—Así que me estás espiando.

—No te estoy espiando.

—No pasa nada, princesa. Si me gusta, en serio.

Entorna los ojos.

—¿Te gusta que te espíen?

—Depende. —Me inclino hacia delante y apoyo el brazo en el marco de la puerta, por encima de ella, justo a la distancia precisa para sentir el calor que irradia su piel—. Si me espía una chica tan guapa…

Ella suelta un bufido.

—Así que solo está mal si quien te espía no es atractivo. Estás loco.

—Yo prefiero la expresión «selectivamente indiferente».

Deja escapar un gruñido y se pasa la mano por la cara.

—Dios mío. ¿Cómo he podido pensar que venir a verte sería una buena idea?

—Cualquier cosa que nos junte es una buena idea.

Se ríe, y el sonido de su risa se me clava en el pecho.

—Me encanta —farfullo como un idiota.

Se queda en silencio y me mira, desconcertada.

—¿Qué es lo que te encanta?

—Tu risa.

La atmósfera cambia entre nosotros. Se tensa, se carga de electricidad. Como si algo fuera a estallar en llamas si me acerco un centímetro más.

—No te estoy espiando —me dice—. La verdad es que quería pedirte disculpas.

—Me estás dando miedo. ¿No serás… cómo decías tú… una asesina en serie?

Se pone aún más colorada, el rubor le desciende hasta el cuello. Me pican los dedos de tantas ganas que tengo de tocar ese color. O de dibujarlo. O de lamerlo.

—Por favor. Tú y yo no somos iguales —protesta.

—No podría estar más de acuerdo. —Sonrío burlón y le miro los labios—. Pero ya sabes lo que dicen. Los opuestos se atraen.

Esboza una sonrisa.

—¿Me vas a invitar a entrar para que te diga que lo siento o no?

Le señalo la puerta abierta y dejo espacio para que entre, pero no se mueve. Se limita a mirarme, y, joder, es tan guapa que duele.

Me inclino hacia ella hasta que casi le rozo la oreja con la boca, tan cerca que oigo cómo se le entrecorta la respiración.

—Te estoy invitando a entrar.

Huele a canela y a vainilla y a algo más. Algo embriagador y seductor. Se me hace la boca agua. ¿Será artificial, o podría probarlo con la lengua si metiera la cabeza entre sus muslos?

—Ah, vale —dice—. Gracias.

Me hago a un lado para franquearle el paso, y la parte delantera de su cuerpo roza el mío al pasar.

Ahora es a mí a quien se le corta la respiración. Algo me empieza a arder en la boca del estómago, y se expande dentro de mí como una llama que me lame las venas.

La sigo en silencio cuando cruza la cocina pequeña, estrecha, más allá del diminuto cuarto de baño, a la derecha, y entra en la sala de mi estudio-apartamento.

Hay una tele que cuelga torcida de la pared, una mesita rectangular que encontré el año pasado junto al contenedor de basura y un sofá pequeño, azul, con toda probabilidad fabricado antes de que naciéramos. En la esquina está mi cama, una estructura sencilla con un colchón encima, sin más.

Se detiene en el centro de la estancia, inclina la cabeza a un lado, lo mira todo.

Como si lo sopesara.

Y, sin saber por qué, ese gesto me pesa en el estómago, y se me hace un nudo.

Si de verdad es Juliette Calloway, este apartamento debe de parecerle una caja de zapatos. La sensación de no ser lo bastante para ella me oprime la garganta.

—No es gran cosa —murmuro.

Se vuelve hacia mí y me sonríe. Me sonríe de verdad, con una sonrisa que me deja sin aliento.

—Es perfecto —dice.

—Vale, ¿qué te pasa?

Frunce el ceño.

—¿Qué quieres decir?

—Estás rara, muy amable. —Entorno los ojos—. ¿Es una trampa? ¿Has venido a matarme? Sé sincera. Merezco que me des la oportunidad de defenderme.

—No, te lo juro. —Se ríe—. Pero es que este lugar es tan tú que casi duele.

—Viniendo de una chica que no para de decir que no nos conocemos, no sé si resulta muy siniestro o muy halagador.

Se encoge de hombros.

—No sé, es hogareño. Como una infusión relajante o algo así.

Me la quedo mirando.

—¿Acabas de compararme con una bebida para dormir? ¿Me

estás diciendo que soy aburrido? —Miro a mi alrededor y trato de ver el espacio con sus ojos—. ¿Soy aburrido?

Reprime una sonrisa.

—Lo decía como un cumplido.

Doy un paso hacia ella; luego, otro.

—Vale. Pero, si crees que soy aburrido, será un placer demostrarte que te equivocas.

Se le borra la sonrisa, y el tono desenfadado de la conversación se evapora como el agua para dar paso a algo más embriagador.

—¿Qué haces aquí, mi pequeña rosa? —inquiero con un susurro ronco.

—No... no lo sé —tartamudea—. ¿Cómo me has llamado?

Inclino la cabeza hacia un lado y alzo la mano hasta que el dorso casi le roza la barbilla, y a continuación la esbelta línea del cuello. Sin tocarla..., pero casi.

—¿No te gusta? Si lo prefieres volvemos a «princesa».

Arquea una ceja.

—¿Puedo elegir?

—Siempre.

Le cambia la expresión, y una especie de peso cruza su mirada.

—Tengo un día asqueroso, y al verte en la cafetería...

No termina la frase.

Doy un paso más hacia ella hasta que estamos tan cerca que el aire vibra entre nosotros. Cedo al impulso y le pongo la mano en el hombro, junto al cuello. El corazón me da un vuelco con el contacto.

—¿Y...?

Se humedece los labios con la punta de la lengua.

—Me he dado cuenta de que siempre que hemos hablado he sido una antipática contigo. Hasta cuando no te lo merecías.

Le acaricio la piel con los dedos y me detengo en la garganta.

—Puedo soportarlo. Solo hay que saberte llevar.

Inspira, temblorosa, con los ojos fijos en mis labios.

—No necesito que nadie me lleve.

Deslizo la palma de la mano y la sitúo debajo de su barbilla.

—Aunque a veces te gustaría.

Respira afanosamente, pero se controla y da un paso atrás.

—Eres muy atrevido, considerando que no me has dicho tu nombre.

Sonrío y me cruzo de brazos. Está nerviosa, tiene la respiración acelerada y esa tonalidad perfecta de rosa se le ha extendido por todo el rostro. Seguro que, si le pusiera los dedos en el cuello, le notaría el pulso desbocado.

«Dios, qué sexy es». Tengo que echarla de aquí, o pensar algo que sea lo menos sexy del mundo, como el teorema de Pitágoras o la enfermera de primaria del colegio, la señora Tucker, que no me soportaba porque me pasé todo quinto llamándola señora Fucker.

Eso es. Sí. Erección evitada.

—Disculpas aceptadas —digo, pasándome los dedos por el pelo—. ¿Alguna cosa más?

Cambia de postura y se muerde el labio.

—Quería decirte que acepto tu oferta.

Arqueo las cejas.

—Te he hecho varias ofertas, así que vas a tener que concretar.

—La de dibujarme —aclara, y se retuerce los dedos.

No voy a mentir, claro que me interesa. Se lo dije para fastidiarla, porque se pone preciosa cuando se enfada, pero ahora que lo ha mencionado, me muero por hacerlo.

Y precisamente por eso, tal vez no debería. Ya me está costando lo mío dejar de pensar en ella. No quiero empeorarlo.

—No sé si es buena idea —reconozco de mala gana.

Palidece y baja la vista al suelo como si estuviera buscando su dignidad perdida. Traza un círculo en la madera con el pie.

—Es verdad. Ha sido una tontería. No lo decías en serio, claro... Pensé que sería una buena distracción. Ahora mismo necesitaba distraerme.

Es curioso. Lo mismo había pensado yo de ella.

Y, para ser sincero, no me gusta esa tristeza que la ha invadido tan súbitamente, como si de pronto necesitara con desesperación que alguien que la viera como es ahuyentara las cosas malas. Me recuerda a una parte de mí que tengo a buen recaudo, una parte que quiere lo mismo.

—Túmbate.

Levanta la cabeza de golpe.

—¿Cómo dices?

Sonrío con gesto burlón.

—No te estoy diciendo que te desnudes, princesa. Pero para posar quiero que estés cómoda. Vamos, túmbate.

Asiente, mira el sofá, luego la cama, luego a mí, y vuelta a empezar. Está nerviosa, y yo reprimo una sonrisa que está a punto de asomar en mis labios.

—En el sofá.

—Ya que te empeñas en llamarme por un nombre ridículo, prefiero el otro —dice mientras se dirige al sofá y se acomoda entre los cojines.

Una descarga de calor me recorre el cuerpo como una bengala cuando la veo instalarse entre mis cosas. Está tumbada de espaldas, con los dedos entrelazados sobre el torso. Cruza las manos, las descruza. Mueve las piernas. Una vez. Y otra.

Voy hacia donde está, me inclino sobre ella y le cojo la muñeca. Me mira a los ojos y el corazón me late a toda velocidad.

—Te voy a mover —le digo.

—Sí… sí.

Me mira con atención, como si tratara de resolver un problema matemático, mientras le coloco un brazo por encima de la cabeza.

—Que sepas que no suelo hacer estas cosas —dice.

Sonrío de medio lado.

—Me parece bien. Soy muy territorial.

—¿Qué quiere decir eso?

—Quiere decir que eres mía. —Entreabre los labios—. Para dibujarte —añado; quiero evitar que entremos en según qué territorios sin estar preparados para ello.

Aparto la mirada de sus ojos y le corrijo la postura a mi antojo. Trato con todas mis fuerzas de no reaccionar a la agradable sensación que me produce tocarla, al deseo de sujetarla más fuerte y colocarla en otras posiciones.

Doblada por la cintura sobre el brazo del sofá. De espaldas en mi cama. De pie contra la pared, con las piernas enroscadas en mi cintura.

Vuelvo a cambiar la postura y le ordeno a mi polla que se controle.

—¿Quieres saber mi nombre? —me susurra.

Mierda.

«Sí. No. No lo sé».

—Tu nombre no importa —respondo al fin—. Pero parece que al destino le encanta ponerte en mis manos.

Apoyo la palma de la mano bajo su barbilla y la deslizo hasta detrás de la oreja. Los dedos se me enredan entre los mechones de pelo sedoso de su nuca. La giro un poco hasta que adopta el ángulo adecuado.

—Perfecto —murmuro.

Noto su aliento y aprieto los dientes para controlarme y no dejarme llevar por el incontenible deseo que me provoca. He tenido muchos rollos de una noche, pero nadie me había hecho sentir así.

Carraspeo y voy hasta el otro extremo de la sala, arrastro la mesa del escritorio y la coloco a una distancia segura. Cojo la libreta de bocetos y los lápices de encima de la cama y me siento frente a ella.

—Si estás incómoda, dímelo.

—No me incomodas.

Se me calienta el corazón.

—Me alegro. Pero me refería a la pose.

—Ah. Claro. —Se humedece los labios y luego mira hacia el techo en un intento de evitar mi mirada, como si fuera a prenderle fuego.

Es mejor así, sin duda.

—No te muevas.

—Vale —susurra.

La miro durante un momento con el corazón latiéndome a toda velocidad y me sumerjo en las curvas y ángulos de su cuerpo. En cada delicada línea, en cada destello de esa vulnerabilidad que finge no tener.

Es caos y confort. Es una contradicción que quiero memorizar, la obra de arte perfecta.

Cojo el lápiz, abro la libreta por una página en blanco y empiezo a dibujar.

Capítulo 10

Juliette

Esto no se parece a nada que haya sentido antes.

Es temerario, es peligroso, es… perfecto.

Nunca había sido tan vulnerable delante de alguien; con cada movimiento del lápiz parece quitarme una parte de mí, hasta que acabo desnuda ante él, con todas mis inseguridades a la vista, sin necesidad de decir una sola palabra.

No sé cuánto tiempo llevo aquí porque no veo ningún reloj desde donde estoy, y me da miedo moverme.

Así que me concentro en él.

En cómo frunce el ceño, ensimismado, en cómo mueve la mandíbula cuando inclina la cabeza, en esos ojos donde arde un fuego oscuro cuando mira las diferentes partes de mí y a continuación las plasma sobre el papel.

Tiene la libreta apoyada en la pierna, con un tobillo encima de la rodilla contraria, y los tatuajes de los brazos se flexionan con cada movimiento del lápiz.

Un mechón de pelo le cae sobre la frente y se lo aparta con un movimiento automático al tiempo que se humedece el labio inferior con la lengua.

El fuego me abrasa la espalda, el deseo me corre desbocado por las venas hasta emborracharme.

Sus ojos oscuros se clavan en los míos.

—¿Estás bien?

Su voz grave, ronca, me provoca una descarga de energía en la entrepierna. Se me tensan los músculos al oír el timbre de su voz, el calor se me enrosca en el vientre, y la parte más egoísta de mí quiere pensar que le provoco el mismo efecto.

—Sí —respondo, y la voz me sale en forma de susurro.

—No te muevas —me dice de nuevo.

—Lo siento.

En sus labios asoma una sonrisa, pero no deja de dibujar.

—Para no gustarte pedir perdón, lo haces muy bien.

—Nunca he dicho que no me gustara.

—Me lo habrá parecido.

Trago saliva.

—No me importa pedir perdón cuando alguien se lo merece.

Se detiene una fracción de segundo, y el lápiz se vuelve a mover.

—Lo siento —digo de nuevo—. Igual no debería hablar.

—Me gusta tu voz. —Sonríe—. Sería una pena no escucharla.

El corazón me da un brinco y las mariposas no paran de aletear en mi pecho. Me pongo a la defensiva, como siempre.

—Mucho flirtear conmigo, pero no me conoces —mascullo—. ¿Siempre desperdicias tu encanto con cualquier chica con la que te tropiezas?

—Yo no me he tropezado contigo —dice, divertido—. Me estabas espiando. No reescribamos la historia.

Le lanzo una mirada asesina.

—Además, sí que te conozco —añade, poniéndose más serio.

Lo miro a los ojos.

—¿De verdad? ¿Y qué sabes de mí?

Se queda en silencio unos segundos como si estuviera dudando sobre qué decir. Clava la vista en el papel y sigue dibujando.

—Creo que estás muy sola.

Sus palabras son como un puñetazo en el pecho. Me tenso.

El lápiz vuela de una zona de la página a otra, me lanza miradas de vez en cuando, concentrado, tranquilo.

—Cuando algo te saca de tu zona de confort, te defiendes con insultos, cruzas los brazos y entornas los ojos, como si intentaras convencerte a ti misma de que no te importa.

Otro movimiento del lápiz. Otro momento de silencio.

—Cuando le estás dando demasiadas vueltas a algo en la cabeza te muerdes el labio inferior, cuando estás nerviosa te retuerces los dedos, y cada vez que has sonreído, cada vez que has sonreído de verdad delante de mí, has puesto cara de sorpresa, como si no te acordaras de lo que era eso.

Se me hace un nudo en la garganta, y una sensación de inseguridad empieza a ascender por mi pecho. Este tío se fija mucho. Se fija en mí. Como si tuviera derecho a hacerlo.

—Como todo el mundo, ¿no? —respondo—. Todo el mundo está solo.

—No te falta razón —conviene conmigo—. Vale, pues háblame de ti, mi pequeña rosa.

Me acomodo, pero trato de seguir tan inmóvil como me resulta posible mientras me dibuja.

—Toco el piano, pero no muy bien, pese a llevar años y años de clases. Puedo mantener una conversación en cuatro idiomas diferentes y fui la primera de la clase en el instituto.

—Y seguro que también fuiste la reina del baile de tu promoción.

Una sonrisa le ilumina el rostro. Le sale natural, aunque un poco arrogante, y detesto lo bien que encaja con el resto de sus rasgos. Aprieto los labios. Ha acertado, pero no se lo pienso decir.

—Esta semana es la graduación —sigo, bajando un poco la voz—. Y después volveré a Rosebrook Falls, a casa. Bueno, en realidad me tengo que ir antes.

Deja de dibujar.

—¿No vas a ir a tu propia graduación?

Trato de sonreír, de… No sé, de reírme, como si no me importara, pero la risa me sale frágil. Una desagradable sensación de escozor se me acumula lentamente en la garganta y empieza a subir hacia los ojos. Me apresuro a parpadear.

«No llores. No llores. No llores, joder».

Si me desmorono delante de él y lo dibuja, incluyéndolo como parte del boceto, me tiro por la primera ventana que encuentre.

Veo por el rabillo del ojo que está concentrado en mis lágrimas inexistentes. Pero no dice nada. No empeora las cosas.

Masculla algo en señal de asentimiento.

—Fascinante, pero te he preguntado por ti. No por lo que haces o dejas de hacer.

Frunzo el ceño.

—No… Bueno, no sé qué decir a eso. Soy lo que te he dicho. Nunca he conocido otra cosa.

Deja de dibujar y me taladra con sus ojos intensos.

—Pues es una pena.

Noto que me arden las mejillas. Trago saliva. De pronto, tengo la boca muy seca.

—No quiero seguir hablando.

Aprieta los dientes, asiente. El lápiz vuelve a moverse con trazos largos.

La atmósfera ha cambiado; entre nosotros se ha creado una nueva vulnerabilidad.

Transcurren varios minutos, y me los paso mirándolo con una fascinación enfermiza, o bien con la vista clavada en el techo, tratando de no arrepentirme de haberme metido en esto.

—Me encanta escribir.

Lo digo con la voz casi inaudible, pero me siento como si lo hubiera gritado en una habitación silenciosa.

Se detiene, pero al momento sigue dibujando, como si le diera miedo reaccionar a mis palabras, como si temiera que si hace algo al respecto yo deje de hablar.

—¿Qué escribes? —pregunta.

—Cualquier cosa. De todo. No sé, es como si las historias me estallaran en la cabeza, como si los personajes no se callaran hasta que los pongo sobre el papel.

—¿Y eso es lo que has estudiado en la universidad?

—Sí, seguro. —Me río ante lo absurdo de la pregunta; mis padres nunca me habrían permitido estudiar Escritura Creativa—. Psicología.

—Ah. —Chasquea la lengua y se da golpecitos con el lápiz en la rodilla—. La carrera que estudian los que no saben qué estudiar.

—Hay gente a la que le gusta —replico.

—¿Y a ti?

«¿Y a mí?».

—Lo único que he querido hacer siempre es contar historias —reconozco.

Se inclina hacia mí y me mira como si fuera un enigma que tuviera que resolver. Habla en voz baja, pero con firmeza.

—Pues cuenta historias, mi pequeña rosa.

Se me encoge el corazón.

No lo entiende. O quizá me estoy dando cuenta de lo patética que parezco al confesar lo que me apasiona y no haber hecho nada por conseguirlo.

Pero ¿de qué serviría?

Mi familia ya tiene mi futuro diseñado en cuanto vuelva a casa. El mecanismo ya está en marcha, silencioso y estratégico, como siempre. Por eso me voy a perder la graduación, porque cuando mi madre me dice que salte, no pregunto la razón, sino desde qué altura.

Sería inútil resistirme.

A nadie de la familia le ha dado resultado, y no me hago ilusiones, a mí tampoco me funcionaría.

«A mí, menos».

—Tú no lo entiendes —murmuro.

—Pues explícamelo.

—Con mi familia, las cosas son…

Titubeo, porque estoy a un paso de tratarlo como a un psicoanalista, y es una locura. No sé ni cómo se llama. Pero si no le puedo decir esto a un desconocido, nunca seré capaz de decírselo a nadie.

Así que respiro hondo y se lo cuento todo.

—Soy la única chica de la familia. De mí se espera que sonría, que esté calladita, me case con la persona ideal y que esté donde me dicen y cuando me lo dicen. Porque las apariencias lo son todo. La reputación, cómo nos ven…

Asiente, pero percibo una expresión extraña en sus ojos.

—Y lo de escribir no encaja.

Trago saliva, pese a que tengo un nudo en la garganta.

—Lo de escribir no encaja —repito—. ¿Y tú? —le pregunto, y miro su libreta—. Quieres dibujar, dibujas, ¿y ya está?

Asiente.

—Más o menos, sí.

Pienso en toda la libertad que contiene su respuesta, y lo comprendo. Estos últimos cuatro años, lejos de la voz asfixiante de mi madre y de la ausencia de mi padre, he disfrutado de... espacio.

Espacio para respirar. Para pensar. Para escribir.

Y en los momentos en que he abierto mi diario, o cuando he creado una página en blanco en el ordenador para lanzarme de cabeza a una historia, he sentido algo que ni siquiera sabía que echaba de menos.

«Libertad».

No solo con respecto a mi familia, sino también a mí misma. A esa versión de mí que es lo que los demás necesitan que sea. La hija obediente, la joven Calloway que sonríe, la que asiente cuando corresponde aunque le duelan las cuerdas vocales de tanto contener un grito.

Pero aquí, en California, en la universidad..., he permitido que esa versión desapareciera.

Al menos parte del tiempo.

Creo que ya estoy de luto por esta versión de ahora, que morirá, al menos metafóricamente, en cuanto regrese a casa.

—Cuando dibujas, ¿notas como si tuvieras algo por dentro que quiere salir a la superficie, abrirse paso como sea? —le pregunto.

Me mira durante un largo instante y por fin deja escapar el aire que estaba reteniendo.

—Sí. Es eso mismo.

—¿Te dedicas a esto para ganarte la vida? ¿Al arte?

—Hago lo que tengo que hacer para cuidar de mi familia.

No ha respondido a la pregunta, pero tampoco lo presiono.

Suspira, de pronto deja la libreta negra sobre la mesita y se pone en pie. Lo sigo con los ojos, y se planta delante de mí en dos zancadas, como si me fuera a devorar entera.

—¿Ya has terminado? —La voz me sale más aguda de lo que pretendía.

No responde de inmediato. Me mira con una expresión salvaje en los ojos.

—¿Qué tienes tú? —murmura, y me recorre con los ojos como si se muriera de hambre.

El corazón se me acelera. La misma excitación que he sentido antes me vuelve a dejar paralizada.

«Pues… para ser Juliette. Deja que Juliette vea la luz». La voz de Felicity resuena en mi cabeza, me tienta. Dios, qué ganas tengo de dejarme tentar.

Pero hay una línea que no debo traspasar. Y seguro que mi madre lo notaría desde el otro extremo del país.

Y, aun así, mi cuerpo toma las riendas antes de que a mi cerebro le dé tiempo a protestar, alzo la mano que tengo apoyada detrás de la cabeza y se la tiendo con dedos temblorosos.

Aprieta los dientes, tiene llamas en los ojos, pero no se aparta.

Cierro la mano en torno a la suya, la guío hacia abajo, y la poso sobre mi clavícula, donde la sangre me palpita a flor de piel.

—Tócame —le susurro.

Lo hace.

Desliza la mano por mi pecho, la sube hasta mi garganta, la rodea con sus dedos, como si fuera un collar.

Junto las piernas para contener una necesidad que está floreciendo entre mis muslos, pero no me muevo. No puedo.

Cada terminación nerviosa cobra vida al contacto de sus dedos, como si me hubiera electrizado la piel.

Con la otra mano roza las yemas de mis dedos, que aún mantengo encima de la cabeza, y me acaricia el brazo con un movimiento lento, reverente, que me hace estremecer.

Baja por la curva del hombro, desciende por la clavícula y más allá, hasta rozarme el pecho. Contengo la respiración y me arqueo contra su cuerpo sin pensarlo. Necesito más.

—Joder —murmura.

Aprieta la mano con la que me sujeta el cuello, sin llegar a lastimarme, solo lo justo para recordarme que está ahí, y con la otra me toca toda entera, me ciñe el pecho a través de la fina tela de la camisa, y deja escapar un gruñido sordo, como si a duras penas pudiera controlarse.

Me suelta el cuello, baja la mano hacia el vientre, lenta y posesiva, y me roza la cintura con los dedos.

Se detiene. Un momento de vacilación, de miradas que se encuentran; una pregunta en la suya, y el permiso para seguir adelante en la mía.

—Dilo —me exige en voz baja—. Dime que lo deseas.

—Lo deseo. —Mis palabras suenan casi como un ruego.

Sigue descendiendo, introduce sus largos dedos bajo mi ropa, y palpa allí donde más lo necesito.

Dejo escapar un gemido y a él le brillan los ojos; me explora con los dedos.

—¿Te gusta así? —indaga con voz ronca.

—Sí. Sí. —Me muerdo el labio.

Presiona con más fuerza, dibuja lentos círculos alrededor del clítoris hasta que lo tengo hinchado y palpitante, y siento una necesidad acuciante de que me llene.

—Joder, qué mojada estás —dice con una mezcla de asombro y admiración—. ¿Todo esto es por mí, mi pequeña rosa?

—Sí —le susurro—. Dios, sí.

Baja la cabeza a la altura de mi rostro, me roza la barbilla con los labios y mueve los dedos, despacio, provocador, lo justo para hacerme jadear.

—Me vuelves loco desde la primera vez que te vi, andando por ahí como si no supieras lo sexy que eres, joder.

Casi grito, me agarro a la tela de su camisa. Me roza la oreja con la boca.

—Dejarás que haga que te corras aquí, en el sofá, con mi mano en tu coño, porque te gustan las cosas sucias, ¿verdad?

—Sí —jadeo de nuevo, pues al parecer es lo único que soy capaz de decir.

—Dime lo que quieres. —Ahora su voz es un gruñido ronco.

—A ti, tus dedos —suplico; el calor se propaga por debajo de la piel—. Métemelos.

Me obedece, los desliza desde el clítoris hasta la abertura del sexo, entra en mí antes de que me dé tiempo a pensar, y de pronto tengo su boca contra la mía, cálida y exigente, y sus labios me arrancan un gemido gutural. Lo aprovecha al máximo, me mete la lengua y la entrelaza con la mía, como si también fuera dueño de mi aliento. Sabe a problemas y a tentación, y a esa tensión que ha estado chisporroteando entre nosotros desde el momento en que nos conocimos.

Dientes, y lengua, y hambre, y le agarro la pechera de la camisa como si fuera lo único que me ancla en la tierra.

Le muerdo el labio inferior, él gime desde lo más profundo de su pecho y el sonido resuena por todo mi cuerpo.

Sube la mano libre hasta mi rostro, me roza la barbilla con el pulgar, y el contraste entre su boca desesperada y esa caricia reverente me provoca vértigo. Inclino la cabeza para que el beso sea más intenso, y cuando le chupo la lengua es como si se rompiera una presa.

De pronto ya no nos estamos besando, nos estamos devorando.

Se separa un poco, curva los dedos muy dentro de mí, y con la palma ejerce la presión perfecta contra mi clítoris moviéndola en círculos lentos.

—Eres maravillosa —me dice—. Tan suave… Estás tan mojada…

Me arqueo contra él y todo pensamiento consciente se disuelve, solo me queda espacio para las sensaciones, solo puedo pensar en cómo es posible que ningún otro hombre me haya hecho sentir tan bien con la polla como él lo está haciendo solo con su mano.

—He estado soñando con esto desde que abriste esa boquita respondona junto al precipicio —me susurra—. En los sonidos que dejarías escapar. En tu sabor.

—Mentiroso —gimo.

—Mucho. —Sonríe—. Pero esto es verdad.

Dibuja círculos en torno a mi clítoris con el pulgar, describiendo movimientos lentos, devastadores.

—No te calles ahora, nena. Quiero oírte.

—No puedo…

—Claro que puedes.

Echo la cabeza hacia atrás, cierro los ojos.

—No pares.

Me busca el cuello con la boca, me roza la piel con los dientes, y la tensión se me enrosca en el vientre, el fuego me sube por las piernas, me atenaza la espalda, me oprime el pecho.

El coño me palpita alrededor de sus dedos.

—Eso es. Eso es —me incita—. Dámelo todo.

Y se lo doy. Me dejo ir, me estremezco en sus manos, y unas oleadas de candente placer rompen por todo mi cuerpo, me embisten y me inundan una y otra vez.

Y él me acompaña en todo momento, pero ahora mueve los dedos con suavidad, me acaricia la mejilla con los labios, como si me sostuviera en medio de una tormenta.

Regreso al mundo, temblorosa, sintiendo aún los últimos estertores de placer. Él parece asombrado. En su mirada hay algo visceral, desesperado. Retira los dedos de mi sexo y se los lleva a la boca, prueba mi sabor, gime de placer.

«Dios santo».

Me abalanzo hacia él y lo agarro de la cintura del pantalón, poseída por una necesidad repentina. Tengo que devolverle el favor. Tengo que sentir su polla en mi lengua, sus manos en mi pelo, sus gemidos en mis oídos.

La tiene dura. Le bajo los pantalones de chándal grises, se la acaricio por encima de los bóxers. Él no deja de jadear, y clava sus ojos en los míos con una ferocidad que me tensa toda por dentro.

—Mi pequeña rosa… —empieza a decirme, aunque al mismo tiempo trata de apartarme la mano.

—Quiero hacerlo —insisto; me pongo de rodillas sobre el diván y le rozo la barbilla con los labios. Lo acaricio a través de la tela, noto cómo palpita en mi mano—. Quiero darte placer.

Lo agarro por la entrepierna y la polla se le estremece de nuevo. Su rostro se contorsiona de placer, sisea y se pone rígido.

—Espera —dice, sujetándome la mano.

Me detengo y lo miro, con el corazón tan acelerado que noto cómo me presiona las costillas.

Una expresión casi de dolor le nubla el rostro, como si se odiara a sí mismo al tratar de detenerme.

La verdad es que yo también lo odiaría por el mismo motivo.

—Tengo que decirte una… —empieza.

Esta vez no soy yo quien lo interrumpe.

Alguien llama a la puerta.

Capítulo 11

Roman

Ese puñetero golpe en la puerta es lo más inoportuno que me ha pasado en la vida.

Pero, quien sea que está llamando, insiste.

—No hagas caso —le digo, mirándola a los ojos.

Vuelve la vista hacia la puerta, luego me mira a mí. Titubea, y al final asiente.

Aún noto su sabor en la lengua, caliente, almizclado, con un matiz dulzón, y se me estremece la polla al recordar con qué perfección apretaba el coño contra mis dedos. Y la sola idea de sentir lo mismo cuando le clave la polla…

Es diabólica.

Un golpe más en la puerta, y esta vez se le escapa un suspiro.

—Puede que el destino nos esté diciendo que paremos aquí.

—¡Ry! ¡Sé que estás en casa! —La voz de mi madre llega desde el rellano.

Le aparto las manos de mi cuerpo, como si quemara.

—Mierda —mascullo, frustrado.

Ella abre mucho los ojos, tal vez porque ha oído mi nombre, aunque Amanda ya lo dijo en la galería, o tal vez porque está suponiendo otras cosas al oír la voz de una mujer.

Sacude la cabeza, se aparta de mí, se pone de pie y empieza a arreglarse la ropa para ir hacia la puerta. Corro tras ella, porque lo único que podría ser peor que dejar que se fuera sería que se diera de bruces con mi madre.

La cojo del brazo con delicadeza, la aparto a un lado de la puerta y abro una rendija, a fin de que mi madre no pueda ver nada. La observo.

No está llorando, pero tiene marcas negras de rímel en las mejillas, se retuerce las manos y pone cara de pánico.

—Mamá —digo con los nervios a flor de piel—. ¿Estás bien?

—Sí.

Se sorbe la nariz y da un paso adelante, dispuesta a entrar. Mantengo la puerta cerrada. Retrocede.

—¿No me vas a dejar entrar?

—No es buen momento.

Es posible que mi madre conozca a la mujer que tengo a mi lado.

No sé por qué me aterra que mi madre sea quien me diga su nombre…, o peor aún, quien le descubra a ella el mío.

Mi madre resopla, se le llenan los ojos de lágrimas y la culpa derriba los muros de mi resistencia.

No creo que lo que hay entre la chica misteriosa y yo vaya a ir a ninguna parte, así que, ¿qué más da? A ella no la conozco y, aunque la relación que tengo con mi madre es complicada, sigue siendo mi madre. La quiero, y no puedo verla triste.

Suspiro y estoy a punto de abrir un poco más la puerta para dejarla entrar y que suceda lo inevitable. De repente, cambia de postura y se rasca las mangas; ambas le cubren los brazos, y la observo con más atención.

Tiene las pupilas como alfileres.

Y los ojos llorosos, sí, pero también la mirada vidriosa, y sacude la cabeza cada pocos segundos, como si tratara de parecer más despierta, pero sin lograrlo.

La tristeza me desgarra por dentro.

«Va colocada». Claro.

—Estoy ocupado —le digo, con los muros alzados de nuevo.

Se sorbe la nariz y mira calle abajo.

—Antes nunca estabas demasiado ocupado para mí.

Suspiro de nuevo y me froto la cara.

—Mamá...

—Vengo a recoger el dinero para las medicinas de Brooke. ¿Tienes tiempo para eso?

Arqueo las cejas tanto que se me juntan con el pelo. «Y una mierda».

—Y además, ¿se puede saber qué estás haciendo? —Se detiene de repente y una chispa de inteligencia atraviesa las neblinas de su mente—. ¿Estás con alguien?

Mira de lado por la rendija de la puerta como si buscara un ángulo que le permitiera ver mejor.

Le bloqueo el paso, pero mi pequeña rosa se acerca, como si ella también quisiera ver a mi madre.

—Espérame en la cafetería. Donde habíamos quedado antes.

La miro con complicidad.

Mi pequeña rosa está tan cerca de mí que noto su calor en la espalda.

—Ay, Dios, ¿es una chica? —chilla mi madre.

Aprieto los labios, porque eso ha sonado a la voz de mi madre, no a la de la drogadicta.

—No seas cotilla. Métete en tus asuntos.

Le cambia la expresión, mira la puerta, luego a mí, como si se alegrara de pensar que tengo a una chica en casa.

En ese momento, noto una mano cálida en la espalda, y experimento una sacudida eléctrica.

—No pasa nada..., Ry.

Mi pequeña rosa pronuncia mi nombre con énfasis, y yo suelto el picaporte que estaba agarrando con todas mis fuerzas y me vuelvo hacia ella.

Sí que pasa algo, y por mil razones, pero no se lo puedo decir. Ni siquiera puedo hablarle del torbellino de sentimientos que ella me provoca en este momento, porque carece de sentido.

Al menos ya no me mira como si estuviera a punto de matarme.

Sonríe y se muerde el labio inferior, posa su mano en la mía, que aún sigue sujetando el picaporte, abre la puerta, y ahora mi madre y ella están frente a frente.

La ansiedad que me cosquilleaba por dentro se convierte en una explosión de pánico. Tengo el estómago revuelto y creo que estoy a punto de vomitar, pero permanezco impasible.

Las observo a las dos con atención, en busca de algún indicio de que se han reconocido.

—Hola —dice mi pequeña rosa. Sonríe y le tiende la mano—. Soy...

—Nena, eso me da lo mismo —la interrumpe mi madre sin parpadear.

«Mierda».

—Ah. —Baja la mano—. Vale.

Se vuelve hacia mí y me dedica una sonrisa que no se refleja en sus ojos, y tengo el corazón dividido entre impedir que se vaya y dejar que se aleje, ahora que aún estoy a tiempo.

Pero no hago nada. Porque, obviamente, soy un imbécil.

Pasa junto a mí para salir del apartamento y vuelve a sonreírle a mi madre, que no le hace el menor caso y la empuja al entrar. La empuja con fuerza. Su gesto me impele a reaccionar, y le lanzo una mirada asesina.

—Joder, mamá, cuidado.

Se encoge de hombros, entra en mi apartamento y se deja caer en el sofá. Y puede que sean imaginaciones mías, que lo haya visto porque quiero verlo, porque soy un crío ingenuo, pero juraría que por un momento me ha parecido ver un atisbo de sonrisa en su rostro.

Como si por dentro se alegrara por mí.

Salgo a toda prisa y cierro la puerta.

—¿Estás bien? —pregunto con los ojos entornados para protegerme del sol que me da de lleno.

Se vuelve muy despacio y me mira.

—Sí. Oye, igual es mejor así.

—Probablemente —asiento.

No estoy seguro de estar diciéndolo de verdad.

Aprieta los labios, asiente a su vez y se da media vuelta para seguir caminando. De pronto siento una necesidad incontrolable de detenerla.

—Eh, espera un momento —la llamo, y echo a correr tras ella.

Se gira de golpe, con la melena negra azotándole el hombro y una expresión desafiante en el rostro. La miro, y se me encoge el corazón.

—No hagas esto —le digo.

Arquea las cejas.

—¿Qué?

Señalo su rostro.

—Enfadarte conmigo. No he hecho nada malo.

—No he dicho que hayas hecho nada malo.

—Es mejor así, en serio. Mi vida es una mierda.

Se le escapa una sonrisa.

—Eso no te lo discuto.

Avanzo un paso. Ella entorna los ojos y retrocede.

—Tú lo dijiste primero, es mejor así.

—Sí, pero no tenías que estar de acuerdo conmigo —me espeta.

Alzo las manos.

—Joder, ¿te crees que leo el pensamiento o qué?

Mi salida hace que se detenga de nuevo, veo que sonríe, y estalla una carcajada, sin cortarse un pelo, una de esas carcajadas de soltar lágrimas y abrazarse la barriga, tan contagiosa que a mí también me hace reír.

—Dios, cómo se nos ha podido ocurrir —dice, llevándose una mano a la cabeza—. Discutimos como un matrimonio de viejos.

Pese a la presión que siento en el pecho, sigo sonriendo.

—Lo dices como si no fueras tú quien empieza todas las peleas.

—Me sacas de quicio.

—No te arrepientas de esto —le ordeno—. No te arrepientas de lo que hemos hecho.

Se le suaviza la mirada.

—¿Cómo voy a arrepentirme de algo que no ha pasado con alguien a quien no conozco?

Tiene razón, sé que tiene razón, pero no por eso me resulta menos decepcionante. Le doy una patadita a una piedra con la punta del zapato.

—Pues a mí sí que me pareció que pasaba algo cuando te has corrido a gritos.

Titubea un segundo, y alza la barbilla.

—¿Te volveré a ver? —le pregunto, porque eso es lo que le digo siempre.

—Lo dudo mucho.

No sé por qué, pero sus palabras me parecen más pesadas esta vez. Son como una puerta que se cierra. Aprieto los labios con aprensión cuando me viene a la cabeza de quién se trata probablemente, y de dónde viene.

Pero no me puedo contener.

—Vete a saber —le respondo con un tono de voz que pretende sonar despreocupado—. Igual emprendo un viaje especial por ti.

Ella lanza un resoplido.

—Sí, seguro.

—Vale. —Me meto las manos en los bolsillos—. Entonces, habrá que dejarlo en manos del destino.

Sonríe.

—¿Que decida el azar, quieres decir?

—Hasta ahora nos ha funcionado.

Asiente.

—De acuerdo.

—Y si llega la ocasión, te prometo que no intentaré follarte.

Una sonrisa le ilumina la cara y el corazón casi se me detiene al verla.

—Si mal no recuerdo, la que intentaba follarte a ti era yo.

—Estás muy guapa cuando dices guarradas.

Pone los ojos en blanco como si yo acabara de decir una tontería, pero sé que los dos pensamos lo mismo: que lo que no estamos diciendo nos causa dolor.

Se parece demasiado a una despedida.

—Bueno —dice, apoyando una mano en la cadera—. Pues ya nos veremos si nos vemos.

El estómago se me tensa como si lo llevara atado a ella con un cable.

—Ryder —susurro.

El corazón me late contra las costillas y estoy cabreado, porque hubiera querido decirle mi verdadero nombre, pero al final improviso otro.

—¿Qué? —pregunta, ladeando la cabeza.

—Me llamo Ryder.

Por un instante, un sinfín de emociones asoman a su rostro, pero logra reprimirlas y me sonríe.

—Ryder —repite.

No soporto que suene tan bien en sus labios, y aún soporto menos tener la certeza de que Roman sonaría mucho mejor. Se mete las manos en los bolsillos traseros y espero que me devuelva el favor, que me confirme lo que ya sé: que es Juliette Calloway.

Pero no lo hace. Se limita a morderse la comisura del labio.

—Bueno, pues… me habría gustado conocerte, Ryder.

Da media vuelta y se va.

Otra vez.

Como siempre hace conmigo.

Capítulo 12

Roman

—¿Qué, confraternizando con el enemigo? —me suelta mi madre en cuanto regreso al apartamento.

Está tirada en el sofá, y por arte de magia no queda ni rastro de las lágrimas de antes.

Le lanzo una mirada asesina, me dejo caer en el otro extremo y dejo escapar un suspiro cuando los cojines absorben mi peso.

—¿De qué hablas?

No ha hecho más que llegar y ya siento que no doy abasto para llegar a todo lo que se me exige.

—Sabes muy bien de lo que hablo. —Señala la puerta con un gesto—. ¿Cuál es el plan?

—No quiero hablar de eso —respondo; mi irritación crece por momentos, densa, pegajosa.

Pero no da marcha atrás, claro, si no, no sería ella.

—Dime —me pregunta en tono indiferente—, ¿sabe Juliette Calloway quién eres tú?

Tenso la barbilla.

—Mamá, acabo de decirte…

Me callo de golpe. «Juliette Calloway».

Es como una bofetada en pleno rostro. Sabe quién es mi pequeña rosa, y acaba de demostrarme que mis sospechas eran fundadas. Es Juliette Calloway.

Mi madre me está mirando como un gato a un ratón en su jaula.

—Dios mío. —Se inclina hacia delante con un brillo en los ojos—. No lo sabías.

Trago saliva y no digo nada, pero se lo toma como una respuesta afirmativa.

—¿La has metido en tu casa y no sabías quién era? —repite, conmocionada.

—No es asunto tuyo.

Suelta un bufido.

—Pues espero que el anonimato fuera en las dos direcciones. Porque si se entera de quién eres tú, te aseguro que correrá a contárselo a su papaíto.

—Un poquito exagerado, ¿no?

—Es tu enemiga.

—No es mi enemiga —salto—. Marcus detesta a los Calloway, pero yo no tengo por qué ser igual. A mí no me han hecho nada, y no le debo ninguna lealtad al tío que te tirabas.

Entorna los ojos, pero no reacciona a mi insulto. Se limita a ladear la cabeza y a bajar la voz.

—Llámalo como quieras, pero ahora tienes otra razón para volver a contactar con tu padre.

Me la quedo mirando.

—¿Qué demonios tiene que ver Juliette Calloway con que me ponga en contacto con Marcus?

Se encoge de hombros.

—Craig lleva años tratando de librarse de Marcus. —Arruga la nariz—. Es un cabrón. Si descubre que estás vivo, te aseguro que se asegurará de que no sigas así mucho tiempo.

Me quedo boquiabierto.

—¿Estás insinuando que Craig Calloway vendría a matarme?

—No seas idiota —me escupe como si ya no aguantara más—. ¿Por qué crees que estamos aquí con un nombre falso, viviendo una vida que no es la que nos correspondería?

Me echo a reír porque no me puedo creer que se engañe de este modo.

—¿Lo dices en serio? ¿Crees que Craig Calloway trató de asesinar a un niño?

No parpadea.

—Los frenos fallaron, Ry. En un coche de alquiler, de una de sus empresas. ¿A ti te parece que fue mala suerte, sin más?

Sacudo la cabeza, pero la duda me empieza a roer. Sus palabras están surtiendo efecto.

—Así son los accidentes, mamá. Por eso se llaman accidentes.

—Eres el último de los Montgomery —dice como si fuera lo más evidente del mundo—. Todo el poder y la riqueza de Marcus…, ¿qué será de ellos si mueres? No tendrá un legado, no tendrá heredero. Librarse de ti es como librarse de él mismo.

—Esto no es una puñetera película de la mafia —mascullo.

Me lanza una mirada intensa.

—A veces la realidad supera a la ficción.

La examino en busca de alguna fisura, de algo que me diga que no es más que otra conspiración inducida por la droga, pero lo único que veo en ella es certidumbre.

—Sí, bueno, pero en tu argumento hay un pequeño fallo —señalo—. Si tan necesario le resulto para su legado, ¿cómo es que sigo muerto y con un nombre falso? ¿Por qué me da la espalda cada vez que me ve?

—Porque aún no estabas preparado —replica—. Y tu padre, tampoco. Por eso te enterró, nos enterró. Para mantenerte a salvo hasta que se olvidaran de ti.

Pongo los ojos en blanco, frustrado. «Otra vez lo mismo». Lleva años contándome diferentes versiones de la misma historia, entre otras, que mi padre me quiere en secreto, pero necesita tiempo. Sin embargo, esta es la primera vez que incluye cosas como un asesinato y un malo de película.

—Claro, porque Marcus Montgomery siempre ha sido un padre tan atento…

Inclina la cabeza a un lado.

—¿Quieres saber lo que opino?

—No.

Me lo va a decir de todos modos.

—Creo que esa chica… Juliette… —Frunce los labios cuando pronuncia el nombre, como si fuera humo—. Ha hecho que vuelvas a querer cosas. Cosas para ti. Cosas en las que ni siquiera has pensado porque siempre has estado preocupado por Brooke y por mí.

Me pongo tenso. No quiero hablar de eso con ella. Mi madre se me acerca un poco más.

—No lo niegues, Ry —me, dice ahora con una voz sedosa—. Lo he visto. —Se me contrae un músculo en la barbilla . Imagínate lo fácil que sería estar con ella si vuelves y ocupas tu lugar en el juego.

Arqueo las cejas, incrédulo.

—¿Me estás diciendo que vuelva a la ciudad donde, según tú, un hombre quiere matarme? Y si crees que Marcus me va a dejar volver es que estás loca. Ya lo hemos intentado, por si no te acuerdas.

Se mira las uñas como si no le importara lo que decida.

—Pues no le des opción. Obliga a tu padre a tirar de algunos hilos, a protegerte como es debido.

—Hablas de ellos como si fueran villanos de un tebeo.

—Juega a su juego y podrás tenerla.

Resoplo.

—Quieres que la utilice.

—No —se apresura a decir—. Quiero que dejes de fingir que no te importa. Quiero que tengas algo tuyo, después de tantos años de vivir solo para mí. —Se le llenan los ojos de lágrimas, y eso se me clava en el corazón, me hace albergar una esperanza, aunque sepa que es tóxica—. No pensarás que no sé a todo lo que has renunciado.

Me la quedo mirando; en la estancia crece la tensión y reina el silencio.

—No pienso volver —digo con firmeza—. La última vez que te hice caso cuando me dijiste que lo hiciera, la cosa salió mal.

Tensa el rostro y se apoya en el respaldo como si no le importara nada.

—Como quieras. Yo solo intentaba ayudar.

¿No se da cuenta de lo débil que suena su argumento? ¿Quiere que vaya a hacerme con el dinero de Marcus, que vuelva a Rosebrook Falls así, como si tal cosa?

Son delirios, como siempre.

Tamborileo con los dedos en el respaldo del sofá. Tengo el corazón acelerado.

—Pues no es que estés ayudando mucho. Y además, ¿cómo sabes todo eso?

—Aunque no te lo creas, tu padre me quería. Me lo contaba todo. Yo era su refugio, se apoyaba mucho en mí.

«Lo dudo mucho». No tengo nada claro que mi padre sea capaz de sentir amor por nadie. Debo de hacer algún ruido, porque se le suaviza la mirada.

—No siempre he sido así, ¿sabes?

Aprieto los dientes.

—Sí, lo sé. —«Lo recuerdo». Observo cómo se rasca el brazo, distraída—. Ella no sabe quién soy —digo, aunque a estas alturas suena más a que intento convencerme a mí mismo que a ella.

Mi madre chasquea la lengua.

—Si tú lo dices…

—Estoy seguro.

Aprieta los labios como si se obligara a no decir nada.

—Pues reza para que la cosa siga así, porque si lo averigua, y si es leal a su padre… —Deja la frase inacabada, para que yo saque mis propias conclusiones—. Y claro, si quieres volver a verla, tendrás que plantearte lo que te he dicho. Llama a tu padre. Tal vez puedas valerte de lo que te corresponde por derecho para conseguir a la chica.

Echo la cabeza atrás y dejo escapar un gemido.

—Ya empezamos otra vez.

No pienso seguir hablando de este tema con ella. Todavía no me he recuperado de saber a ciencia cierta quién es Juliette y lo peligrosa que puede resultar su familia.

He posado mi mano en su cuello, mis dedos en su coño, he saboreado su dulces jugos con mi boca, y he sido feliz en la ignorancia. Pero ahora, esta información es como una bomba de relojería.

—Vas a tener que decidirte, mamá. ¿Qué quieres? ¿Su dinero o que vaya allí a por la chica? Elige.

Se encoge de hombros.

—Yo lo único que digo es que tienes varias opciones.

Me sorprende verla tan tranquila, considerando lo que acaba de ver. Pero, cuando observo que ladea la cabeza, suspira, cierra los ojos y vuelve a abrirlos muy despacio, recuerdo por qué no le importa.

Así funciona la codeína. Y la heroína. Cambio de tema.

—Dime qué haces aquí. O por qué me has dejado plantado en la cafetería.

Suspira y se recuesta en el sofá.

—Ya te lo he dicho. Vengo a por el dinero para los antiepilépticos de Brooklynn.

—¿Y dónde está el dinero que había, mamá? —pregunto con voz inflexible—. Y no solo eso, ¿por qué Brooke se está pagando sus propias medicinas? Tiene diecisiete años.

Mi madre se endereza en el sofá, parpadea y me mira, pero no sabe qué decir. O puede que sí lo sepa, pero se calla porque no me va a gustar la respuesta.

Esbozo una sonrisa tensa.

—¿No dices nada?

Levanta la barbilla y por un momento veo una sombra de culpa en su mirada.

Y ahí está ella.

Heather Argent.

La madre que tuve.

La que me contaba los dientes cuando me los cepillaba, y me dejaba quedarme despierto hasta tarde para ver sus películas de Disney favoritas. La que me daba vueltas hasta que nos derrumbábamos muertos de risa, la que hacía pompas en la sala para que Brooklynn y yo nos riéramos y le daba igual que el jabón empapara la alfombra y el suelo se volviera resbaladizo.

Es real durante una fracción de segundo, casi creo que puedo extender la mano y tocarla.

Pero... desaparece.

Convertida de nuevo en la mujer que tengo enfrente, la que se enganchó a los analgésicos y nunca fue capaz de salir del agujero en que la metieron. La que tiene los ojos medio cerrados, la que tarda un segundo de más en dar con las palabras, la que sabe cómo manipular los silencios, aprovechándose de lo que sentía por ella.

O puede que ese destello de culpa no haya existido, que se lo haya imaginado un niño nostálgico que daría cualquier cosa por ver a la madre que ya no existe.

Es lo más probable.

Se me hace un nudo en la boca del estómago solo de pensarlo, y me lo trago, lo entierro hondo, muy hondo.

—No estarás insinuando que...

Doy un palmetazo sobre la mesita y los objetos que hay encima saltan.

Mi madre, también.

—A mí no me vengas con gilipolleces —le espeto—. Te estoy pidiendo que seas sincera. Que busques muy dentro de ti y me demuestres que aún te queda una brizna de decencia. Brooke es tu hija, no una mercancía de trueque. Ese dinero era para ella, para que viviera bien sin depender de nadie, solo de ella misma. Lejos de todo esto.

—Lejos de mí, querrás decir.

Resoplo, exasperado.

—Sí —digo sin poder contenerme—. Lejos de ti.

La frase queda en el aire, entre ella y yo. Es la verdad, la odiosa y desagradable verdad que no queremos ver ninguno de los dos.

Pero es real, y está ahí. Y, en última instancia, es lo que es.

—Si se va, no tendrá nadie que cuide de ella.

Esas últimas palabras hacen saltar por los aires el dique de contención que llevo dentro. Entorno los ojos y noto cómo me arde el pecho.

—Ya, porque tú lo estás haciendo de maravilla, ¿no?

Se me quiebra la voz. Detesto que traicione de ese modo mis sentimientos.

Pero no se equivoca. Brooklynn no sabe quién es su padre. No creo que lo sepa ni mi madre. Nosotros dos somos todo lo que tiene en el mundo, y la mitad de las veces ni siquiera eso.

Mi madre me mira con los ojos empañados.

—Eso no es justo.

—La vida no es justa. —Me encojo de hombros—. ¿No te habías dado cuenta?

—¿Por qué me tratas tan mal? —dice con la voz ahogada y unos lagrimones corriendo por sus mejillas.

Es como una puñalada en el corazón, pero dejo que el resentimiento crezca, que congele esa parte de mí que aún quiere salvarla.

—Lo siento mucho, Ry, de verdad. —Oculta el rostro entre las manos, se clava las uñas mal pintadas en la piel como si tratara de desgarrarse las mejillas—. Sabes que no quiero ser así. Lo sabes, ¿verdad?

—Si de verdad lo sintieras, buscarías ayuda. —Las palabras se me clavan en la garganta como espinas.

—¡Nadie me ayuda! —grita, y pone ojos de loca—. Si no tomo algo, no me puedo ni mover. Y si acudo a un lugar de esos, no me dejarán tomar lo que necesito. ¿Eso quieres? ¿Ver sufrir a tu madre? —Se le escapa un sollozo y se tapa la boca con una mano huesuda para contenerlo, pero no lo consigue—. ¿Tú crees que quiero estar así?

Apoyo la espalda en el respaldo del sofá y me pellizco el puente de la nariz. Siempre tenemos la misma conversación. Se siente culpable y me provoca, le suplico que busque ayuda y apela a las heridas del accidente de hace casi una década para decirme que es imposible.

Estamos en un callejón sin salida, y ya no soporto más este carrusel interminable. Le doy todo lo que gano por Brooklynn, pero en realidad estoy financiando su forma de vida, estoy pagando para que se mate y que por el camino destruya todo cuanto la rodea. Necesito escapar de este círculo vicioso, pero no sé cómo hacerlo.

—No puedo seguir así, mamá. Estoy agotado. ¿Tú no estás agotada?

Se sorbe la nariz y asiente.

—Dame el dinero para las medicinas de Brooke y te dejaré en paz, ya que por lo visto solo soy una molestia.

Parpadeo, me escuecen los ojos.

—No te voy a dar más dinero. Iré yo con Brooke a comprar lo que necesite.

Las lágrimas se le evaporan de golpe como si hubiera cerrado un grifo. Tuerce los labios con una mueca despectiva.

—Pues a ver qué te dicen en la farmacia, porque no eres el responsable legal de la menor. Ya he llamado. No te darán la medicación si no estoy yo.

Las palabras me golpean como un gancho en la mandíbula, me siento como si acabaran de zarandearme.

Me está manipulando.

Está utilizando la salud de mi hermana pequeña como arma.

Había dado por hecho que mi madre cogió el dinero para pagarse una dosis más, pero ahora veo la verdad. Ha sido deliberado. Premeditado. Mi madre no me conoce, pero sí sabe que haría lo que fuera por Brooklynn.

Se me encoge el corazón y suelto el aire que llevo tiempo conteniendo.

—Lo tenías planeado.

Se sorbe de nuevo la nariz, se rasca el brazo y apoya la cabeza en el respaldo del sofá como si estuviera a punto de desmayarse.

—Ya te lo he dicho. No sé de qué me hablas.

Una oleada de rabia se abre paso por mis venas y, por primera vez en mi vida, creo que la odio de verdad.

Me levanto de un salto y le doy una patada a la mesita.

—¡No me mientas, mamá!

Se pone de pie y vuelve a ladear la cabeza. Parpadea muy despacio, y sonríe. Sonríe.

—Ay, Roman —dice con una voz dulce como la miel—. Cálmate, que no es el fin del mundo. Todo se arreglaría en un momento… si hicieras caso a tu madre.

«Roman». El nombre me araña la piel, pero no la rectifico. Lo está haciendo para provocarme.

—¿Te lo has gastado todo? —le pregunto.

Alza un hombro y luego se mira las uñas como si estuviéramos hablando del tiempo. La traición se me clava en el pecho y me obligo a tragar saliva.

—Te propongo un trato —sigue diciendo, como si estuviéramos negociando el precio de un coche, no la supervivencia de mi hermana pequeña—. Tú llamas a tu padre y yo te aseguro que a Brooklynn no le volverá a faltar nada.

Me llevo las manos a la cabeza y la miro perplejo.

—Dios santo. ¿Me estás haciendo chantaje?

Sonríe como si fuera lo más razonable del mundo, como si no estuviera dinamitando los cimientos mismos de nuestra relación.

—Nos estoy protegiendo —me enmienda—. Esta familia se merece algo más. Tu hermana se merece algo más. Y es lo mínimo que me debe.

—¿Y si no lo hago?

Se inclina hacia mí. Le brillan los ojos.

—Pues dile que vamos a dejar de hacernos los muertos. Y ya sabes lo mucho que valora tu padre su reputación inmaculada.

Capítulo 13

Roman

Sigo mirando el teléfono.

Lo tengo delante desde hace media hora, junto al papel con el número garabateado que mi madre me ha dejado. Ella lo ha memorizado durante años. Yo aún no he reunido el valor suficiente para marcar.

Hablar con mi padre no es tan fácil como pulsar unos números y «ponernos al día».

Al menos para mí.

No tengo ni idea de cómo será para él, pero me imagino que algo parecido a hablar con un fantasma. A todos los efectos, nadie sabe que estoy vivo, y no me hago ilusiones: para él no soy más que un mal recuerdo que preferiría olvidar.

El rencor que le guardo está tan arraigado que me resulta casi imposible coger el teléfono.

Y entonces pienso en Brooklynn. En esa enfermedad misteriosa que puede mutar en cualquier momento, sin previo aviso. Y en que no tenemos seguro médico.

Y pienso en que creía que podría protegerla, pero la medicación antiepiléptica que tiene que tomar durante tres meses cuesta casi mil dólares.

«Mil dólares, joder».

Por mucho que me cueste reconocerlo, mi madre tiene razón.

Brooklynn no es hija de mi padre, pero tal vez él sea el único que puede ayudarla.

Se me cierra la garganta. Sacudo la cabeza y trato de controlarme.

Cojo el teléfono, marco los números del papel y pulso el botón de llamada antes de que me dé tiempo a acobardarme de nuevo.

Doy golpecitos en el suelo con el pie al ritmo de mi corazón acelerado, y es como si estuviera corriendo una maratón.

Un timbrazo.

Dos.

«Creo que voy a vomitar».

Tres.

Cuatro.

«No lo cogerá».

Justo antes de que cuelgue, la llamada entra y se oye un clic.

—¿Ryder?

Me echo hacia atrás de la sorpresa. Sorpresa porque tiene mi número, y una sorpresa aún mayor porque ha respondido a la llamada.

Su voz es más cálida de lo que sospechaba, pero también es posible que me engañen los recuerdos de la última vez. No hemos vuelto a hablar desde que yo tenía diecinueve años, y en la puerta de su casa, tras el funeral de su esposa, Eleanor.

Vuelvo la vista atrás y casi entiendo que el hecho de que mi madre me hiciera ir allí en aquel momento fue como una puñalada, pero… sigo siendo su hijo.

—¡Roman! ¿Qué haces aquí?

Está pálido como un cadáver, se ha quedado blanco al verme en su puerta.

—¿No salta a la vista?

Mi madre me mandó venir, así que fui. Pensé que él se alegraría de verme. Siempre tuve la esperanza de que, si esperaba lo suficiente, me aceptaría de vuelta en su casa, vería que me había convertido en un hombre y le gustaría tenerme a su lado. Y más ahora, cuando la mujer que lo había obligado a alejarme de él estaba a dos metros bajo tierra.

Mira hacia atrás como si temiese que apareciera alguien; sale, cierra la puerta de la entrada y deja solo una rendija. Abre la boca y parece que va a decirme algo, pero en ese momento se oye una voz.

—¿Marcus?

Aparece un hombre en la puerta. Es mayor, muy pálido, con los ojos como rendijas, y viste un traje almidonado.

Marcus se pone rígido.

—Vuelve adentro, Freddy.

El hombre no se mueve, clava los ojos en mí, como un francotirador. Y palidece.

—¿Ese es quien creo que es?

Algo me oprime el corazón al percatarme de que aquí todo el mundo me da por muerto. Mi padre pone cara de querer matarlo.

—Ve dentro, Frederick. Ahora mismo.

Esta vez obedece. Mi padre cierra la puerta del todo y viene hacia mí. Me agarra del brazo con fuerza y aprieto los dientes, se me dilatan las aletas de la nariz ante una actitud tan agresiva.

—Suéltame —le exijo sin demasiada convicción.

Me suelta el brazo como si le quemara, se pasa los dedos por el pelo y mira de nuevo a su alrededor.

—No puedes estar aquí, Roman. Tienes que marcharte.

Frunzo el ceño. Las cosas no están yendo como dijo mi madre.

—¿No ha...? —Trago saliva, de repente me pongo nervioso—.

Mamá nos dijo que solo teníamos que esperar a que muriera Eleanor, y entonces...

Y entonces me querrías.

Me interrumpo para no decirlo en voz alta. No quiero reconocer que, tras tantos años de no estar a mi lado, todavía es muy importante para mí.

Agacha la cabeza.

—Rom... Ryder, no... —Se pasa la mano por la cara, se frota la boca, me mira con expresión compasiva—. Vete. Crece un poco más, estudia. Sé todo lo que sé que puedes llegar a ser.

—Pensé que me querrías aquí —le digo, con los dientes apretados.

Soy patético. Casi se me atragantan las palabras, y eso que trato de controlar la emoción. Lo que menos falta me hace es que me considere débil.

Puedo volver a ser un Montgomery. Solo necesito que me dé una oportunidad.

Resopla como si estuviera agotado.

—No es el momento, hijo.

La ira me corre por las venas y aprieto los puños.

—¿Y cuándo será el momento, «papá»?

—¡Acabo de perder a mi esposa! —estalla—. No he hecho más que enterrarla, aún no se ha enfriado, ¿y tu madre te manda aquí? —Se le escapa una carcajada carente de humor—. Vuelve a tu casa y no te dejes ver. Y no me llames a menos que sea cuestión de vida o muerte, ¿entendido? ¡Que no te vea nadie! ¿Entendido?

El repudio me cae como un puñetazo en el pecho y me deja una marca a fuego en el corazón.

—Claro, Marcus. Entendido.

Aquel día me marché con más preguntas que respuestas; subí al parque con la mochila llena de espráis de pintura y un rencor que me devoraba por dentro.

Y allí conocí a Juliette.

Cuando volví a California con el rabo entre las piernas, mi madre le echó la culpa a Eleanor de inmediato. Dijo que lo había estado envenenando contra mí todos aquellos años; que, de no ser por ella, no habría ningún problema.

Y la creí, porque era más fácil detestar a la mala de la película que aceptar la verdad. Era más fácil imaginar que alguien había erosionado el amor que mi padre sentía por mí en lugar de admitir que nunca me había querido.

Pero… los años nos hacen sabios.

Aparto a un lado los pensamientos sobre Eleanor, porque no soporto a esa zorra, y porque me siento como un mierda. ¿Quién desperdicia las energías detestando a una mujer muerta?

—Ryder, ¿estás ahí? —repite mi padre.

—Papá —me obligo a decir. La palabra me sabe a tierra.

—¿Pasa algo? —Por su voz, parece sinceramente preocupado, así que me pongo en guardia.

—¿Tiene que pasar algo para que llame a mi padre? —le escupo las palabras cargadas de un resentimiento que, por lo general, guardo bajo siete llaves—. Ah, claro, ya me acuerdo. Solo cosas de vida o muerte, ¿no?

—No. —Su voz suena más amable—. Me puedes llamar, no es…

—Necesito un favor —le digo con los dientes apretados. A cada instante que pasa me doy más asco a mí mismo.

—Claro, hijo. Lo que sea.

Las palabras me arañan la piel como agujas. Tengo que sobrevivir a esta conversación. ¿Cómo se atreve a llamarme «hijo»?

¿Cómo se atreve siquiera a cogerme el teléfono tras años de silencio? ¿De qué ha servido todo esto si ahora no le cuesta el menor esfuerzo responder cuando lo llamo?

—Es… Que… —Me inclino hacia delante con los codos sobre las rodillas y me clavo los dedos en el pelo hasta hacerme daño. Tengo el estómago revuelto—. Necesito dinero.

Vale, ya está. Lo he dicho y no me he muerto.

Eso sí, el orgullo me duele a rabiar.

—Necesitas dinero —repite.

—Sí. —Carraspeo para aclararme la garganta—. Sí.

Me preparo para el rechazo.

—¿Cuánto necesitas?

Enderezo la espalda. No me esperaba que aceptase tan deprisa. Me aparto el teléfono de la oreja y lo miro para asegurarme de que realmente estoy hablando con mi padre.

«No puede ser tan fácil».

—¿Cuánto crees que vale que siga muerto? —Cierro los ojos. El corazón me late a toda velocidad.

Esta vez, titubea un segundo antes de responder.

—¿Seguro que todo va bien?

Tengo la lengua pegada al paladar. «No. Nada va bien».

—Todo va bien —digo.

—Entonces, dime para qué necesitas el dinero.

—Es Brooklynn.

No se oye nada al otro lado de la línea, no hay más sonido que el de mi pulso.

Por fin carraspea para aclararse la garganta.

—¿Está bien?

«No».

—Está… No sé cómo ayudarla. —Me permito dar rienda

suelta a una parte de la verdad—. Necesita medicinas, médicos. Médicos mejores. Y yo no puedo…

Durante unos segundos se hace el silencio.

—Está enferma —deduce.

Todo me pesa por dentro. Una parte de mí siempre ha soñado con que nos hubiera seguido la pista durante todos estos años. No sé si me siento mejor o peor al saber que no ha sido así.

Pero el caso es que noto algo en su voz. Una nota de preocupación que no esperaba. ¿Por qué se va a preocupar de una chica que no es hija suya, mientras que su hijo natural le importa un bledo?

—¿Y tu madre? —pregunta.

Trago saliva.

—No está… en condiciones de ayudar.

—Joder, Heather —masculla, más para sí mismo que para mí—. ¿Te está obligando a hacer esto? No dejes que te manipule, Ryder. Es lo único que sabe hacer.

Me pongo a la defensiva, y eso que aún tengo en la boca el amargo sabor de la traición de mi madre. Me está manipulando, lleva años manipulándome. Pero eso no cambia el hecho de que necesito dinero para ayudar a Brooklynn.

La mera idea de tener que contárselo me da ganas de vomitar.

—Mira, no te he llamado para ponernos al día ni para jugar a las diez preguntas. Si no me vas a ayudar, no quiero perder el tiempo.

Se oye una risa al otro lado de la línea.

—Hablas igual que yo a tu edad. Era un cabezota.

Lo que acaba de decirme me ha dolido como un puñetazo en el pecho. Quiero gritarle que no me parezco a él en nada, pero me trago las palabras y dejo que me raspen la garganta como cuchillos.

«Pues dile que vamos a dejar de hacernos los muertos». Las palabras de mi madre resuenan en mi mente.

—Mira, si no la ayudas, no me quedará otra salida que ir a verte con todos mis secretos, esos secretos que tanto dinero te ha costado mantener enterrados.

Las palabras me saben agrias al pronunciarlas, pero la verdad es una píldora difícil de tragar.

—¿Me estás amenazando?

La pregunta se desliza por el aire como el hielo. Me acomodo en los cojines del sofá y alzo la vista hacia el techo de gotelé.

—Solo menciono las posibilidades, «papá». ¿Te fastidia mucho imaginar que pueda aparecer por allí?

Se queda en silencio un minuto y estoy a punto de preguntar si ha colgado cuando, de pronto, vuelve a hablar.

—Te ayudaré. Claro que te ayudaré. Si me lo hubieras dicho antes también te habría ayudado. No hacía falta que te pusieras tan dramático.

Me enderezo de golpe y arqueo las cejas. «¿Qué?».

—Pero a cambio tú tendrás que hacer algo por mí.

Ya está. Las condiciones. Sabía que pondría condiciones.

—¿Qué quieres? —inquiero.

—Que vuelvas a casa. Para quedarte.

Vuelve... ¡pero no por su gusto!

Juliette Calloway vuelve a casa, pero no descorchemos todavía el champán.

Según se rumorea, la pequeña de los Calloway llegará antes de lo que quería, e incluso se perderá su ceremonia de graduación, para ser la hijita de mamá y papá en la fiesta de recogida de fondos del alcalde Franklin Penngrove.

Al parecer, Juliette no está extasiada ante la perspectiva de cambiar las cervezas californianas por el champán acompañado de sonrisas falsas junto a su madre.

Pero lo más burbujeante es que Preston Ascott también asistirá.

El regreso de la princesa pródiga: ¿reunión familiar o trampa?

¿Los veremos juntos de nuevo a tiempo para la Gala de los Fundadores de la UV?

#JulietteVuelve #CosasDeCalloway #AvistamientoPreston #ManiobrasPolíticas #TodosAtentosACalloway

Capítulo 14

Juliette

Estoy hecha una mierda.

Anoche no pude dormir. Por mucho que me dijera a mí misma que Ryder carece de importancia, que no es nadie para mí, mi cerebro se negó a desconectar.

Cada vez que cerraba los ojos notaba sus manos sobre mí.

Dentro de mí.

Su boca.

Su voz.

Una parte de mí se alegra de que nos interrumpieran, aunque fuese su madre, que se portó como si yo fuera una cucaracha que se le hubiera colado en la casa.

No soy virgen, ni de lejos. La primera vez fue en el asiento trasero del Mercedes de Preston: torpe, doloroso, y terminó antes siquiera de empezar. Y, con los años, no me han faltado tíos al azar y noches nada memorables, así que soy muy capaz de compartimentar.

Pero no me gusta pensar así en Ryder. Esos momentos con él no me parecieron sexo casual. Fue algo diferente, en carne viva, y me dejé una parte de mí con él.

Seguramente por eso he vuelto a la cafetería, con la esperanza de volver a verlo.

Porque, según parece, me gusta que me traten mal.

Miro el vaso de café para llevar, cojo la funda de papel marrón con el logo de Tazava & Cia en un lado. Me siento vulnerable, expuesta.

Mi teléfono hace ping.

FELICITY:

Dime que has ido a follar con el Artista Buenorro, porque si solo has ido por el café como una cobarde TE JURO POR DIOS que te...

Inclino el teléfono como si el cambio de posición pudiera hacer el mensaje menos agresivo. No funciona.

YO:

No, he venido por la decoración.

Me muerdo el labio inferior y tecleo otro mensaje.

YO:

Y a decirle que quiero que seamos amigos. Amigos, subrayado.

FELICITY:

BUUU. Desde que tus padres te sabotearon la graduación en plan romulano te has vuelto una aguafiestas.

Pongo los ojos en blanco ante la mención de los alienígenas de la ficción. Hace años que decidió que mi madre era romulana. Porque es manipuladora, fría y, probablemente, muy capaz de cometer crímenes de guerra.

YO:

¿Estás viendo *Star Trek* ahora mismo? No uses tus obsesiones raritas para psicoanalizarme.

FELICITY:

Quiero que ese tío te recoloque la espalda y reinstaure el equilibrio en la galaxia. Larga y próspera vida. 🖖

YO:

De verdad, a veces no sé si te caigo bien.

FELICITY:

Te adoro. Por eso te apoyo en tu viaje de crecimiento personal a través del orgasmo.

YO:

Vaya si me apoyas.

FELICITY:

Las chicas salidas hacen tonterías, pero también proporcionan buenas historias. Es un buen recurso para desarrollar un personaje, utilízalo en tu próximo libro. 🤓

Hago una mueca y dejo el teléfono sobre la mesa, cojo el café y bebo un sorbo.

Alguien se sienta delante de mí y me sobresalto, pero suavizo la mirada al ver a Ryder, que me sonríe presuntuoso, como si supiera que me iba a encontrar aquí.

—El destino ataca de nuevo —comenta.

Se me sube el corazón a la garganta y tengo que carraspear.

—¿Te sorprende?

—La verdad, no. Como buena espía acosadora, sigues una pauta. Si estoy en un sitio… apareces tú. —Remueve la bebida con un palito de madera y consigue que el gesto parezca un juego previo—. No me quieres matar con la mirada. Eso me preocupa.

Se me escapa una sonrisa, pero la disimulo llevándome el vaso a la boca.

—Tienes razón. Me esforzaré más.

—Me alegro de que hayas venido a verme —dice.

—Eres un poquito creído, ¿no te parece, liante? ¿Cómo sabes que no vengo aquí a menudo?

Se inclina hacia mí y le cae un mechón de pelo sobre la frente.

—No es posible.

—¿Por qué?

—Vengo aquí desde hace años. Te habría visto.

—A lo mejor no te has fijado.

Bebe un sorbo de café sin apartar la mirada.

—Imposible.

—¿Por qué?

—Porque no existe un mundo en el que yo no me fijara en ti.

Las mariposas me revolotean en el estómago, y todas las señales de alarma resuenan en mi cabeza.

Tiene un brazo apoyado tras el respaldo de la silla y las piernas separadas, estiradas hacia delante, como si la cafetería fuera suya.

Parece relajado, pero le noto algo distinto. No se lo pienso preguntar, claro. Para eso haría falta sentir algo, y en mi mundo fingimos que los sentimientos no existen.

—¿Nadie te ha dicho nunca que se te da fatal seducir? —le pregunto.

—Solo las chicas a las que les acabo gustando.

—Seguro que le gustas a todo el mundo —mascullo.

Se inclina hacia mí.

—Solo me interesa gustarte a ti.

Nos miramos a los ojos y siento un cosquilleo por dentro. Vuelve a adoptar la postura indiferente, relajada.

—Bueno, ¿por qué has vuelto? Y esta vez sin mentiras.

Juego con el vaso de papel.

—Porque quería volver a verte antes de irme.

Aprieta los labios.

—Yo también quería verte, así que me alegro de que te hayas dejado llevar por ese hábito obsesivo que tienes de localizarme allí a donde voy.

—No es tan difícil dar contigo, liante. Basta con seguir la peste que deja tu ego.

Se ríe.

—¿Para qué querías verme tú? —le pregunto.

—Por razones puramente artísticas, claro. —Me mira de arriba abajo.

Bebo un buen trago de café para disimular el efecto que me provocan sus palabras.

—¿No has terminado ya el boceto?

—Puede que sí, puede que no. —Se encoge de hombros—. Mira, tengo una cosa que quiero darte.

Arqueo una ceja.

—Qué coincidencia.

Sonríe de medio lado, se mete la mano en el bolsillo y saca un papel doblado. Cuando me lo entrega, nuestros dedos se rozan. Solo es un leve contacto, pero siento un chispazo que me abrasa el brazo entero y me baja por la espalda.

Intento disimular.

—No lo abras —me ordena—. Todavía no. Espera a estar a solas.

Tiene los ojos clavados en mi boca cuando lo dice, y el corazón me golpea las costillas. La tensión parece vibrar, es tan densa que resulta palpable.

—Vale. —Se produce una pausa dramática—. Ahora somos amigos, ¿no? Aunque no volvamos a vernos.

Por un instante, su rostro parece reflejar cierta decepción, pero desaparece inmediatamente.

—Claro, mi pequeña rosa. Somos amigos.

—Vale. Bien…, bien.

—¿Cuándo te vas? —pregunta.

—Pronto. Mañana.

Trato de no prestar atención a lo mucho que me duele. Más que cuando me lo dijeron.

Al principio me pareció que sería como volverme a poner la correa para llevar la vida para la que me han entrenado. Pero ahora, de pronto es más como si me hubiera tragado esquirlas de vidrio.

Como si una puerta se cerrara.

Como si una oportunidad se perdiera para siempre.

Ryder asiente. Algo brilla en sus ojos.

—¿Has terminado? —Señala el vaso vacío de café con un gesto. No quiero reconocer que sí, porque no quiero que esto termine, pero asiento—. Te acompaño afuera.

—Vale.

Aún no he terminado de decirlo cuando se bebe de un trago lo que le queda de café y se levanta, aparta la silla con una mano y se pone a mi lado.

En esa posición estoy justo a la altura de su cintura y se me van los ojos hacia la bragueta; le lanzo una mirada furtiva a su paquete y se me tensan todos los nervios.

Al recordar la sensación de tenerlo en la mano, mientras acariciaba temblorosa su impresionante longitud, se me seca la boca y me noto las piernas agarrotadas.

Aparto la mirada y me está sonriendo de nuevo con esa presuntuosa sonrisa suya.

—Puedes tocar, si quieres.

Me pongo blanca.

—¿Qué? —exclamo.

Me mira como si estuviera loca, y entonces veo que me está tendiendo la mano para ayudarme a ponerme en pie. Avergonzada, acepto su ofrecimiento.

—Ah. Vale. Sí, vamos.

Inclina la cabeza a un lado mientras me levanto.

—¿A qué pensabas que me refería?

—A lo que te referías, claro. —Alzo la barbilla—. ¿Por qué? ¿A qué creías tú que me refería?

Se le acentúa la sonrisa.

—Te estás poniendo colorada.

—Hace mucho calor —replico, y le suelto la mano.

Él recorre mi cuerpo con la mirada, desde las mejillas sonrojadas hasta los zapatos.

—Y más que podría hacer.

Me pongo más colorada todavía.

«Lo que me faltaba».

—¿Dónde has dejado el coche?

Tardo un segundo en responder, porque la palma de su mano sigue demasiado cerca de mi espalda y siento como si la electricidad estática chisporroteara por mi piel, provocándome una serie de mortificantes descargas eléctricas que podrían acabar conmigo.

—He venido andando —consigo decir al final.

Asiente y salimos a la acera. Los coches pasan tan cerca que me agitan el pelo. Mira en ambas direcciones y, sin decir palabra, cambia de posición conmigo y se sitúa en el lado más próximo al tráfico.

—Qué grosero —le reprocho arqueando una ceja—. ¿Y si yo quiero ir por la izquierda?

Ni me mira antes de responder.

—Pues tendrás que cabrearte conmigo desde la derecha, que es el lado seguro.

No puedo contenerme y se me escapa una sonrisa.

Es una tontería, una cosa muy simple. No es nada.

Pero el corazón me revolotea como una idiota, y me acerco un poquito más a él, permito que nuestros brazos se rocen cuando entrelaza sus dedos con los míos.

Y esa sensación me acompaña todo el camino de vuelta hasta el apartamento, donde nos despedimos y bromeamos de nuevo acerca del destino.

Me sigue acompañando durante todo el día siguiente, mientras empaqueto mis cosas. Felicity llora a moco tendido e insulta a toda mi estirpe, jura que ordenará a sus sicarios que arañen con las llaves los coches de todos los Calloway y escriban «Libertad para Juliette» por todo el club de campo.

Me dan ganas de animarla a que lo haga, pero nada puede impedir lo inevitable.

Y, en el trayecto entre el aeropuerto y el silencio del dormitorio de mi infancia, desdoblo por fin el papel que me dio Ryder.

Es el boceto.

Lo terminó.

Es maravilloso, y complejo, y no se parece en nada a lo que veo cuando me miro al espejo. Me ha dibujado como si fuera una historia que vale la pena contar. Un personaje que vale la pena recordar.

Lo guardo entre las páginas de la libreta con cuidado para que los bordes no se doblen, porque no sé si volveré a verlo a él, pero al menos me queda el dibujo.

La abro por una página en blanco y empiezo a escribir.

> *Había una vez una chica de una ciudad pequeña que conoció en una ciudad muy grande a un chico que era un liante, y solo sabía causar problemas. Él la dibujó como si conociera sus secretos, y ella se permitió creer que era algo más que su nombre y su apellido. Por un momento, fue arte.*

Capítulo 15

Roman

No puedo dejar de mirar el último mensaje de Brooklynn.

BROOKLYNN:

A mí no me hables.

YO:

No me iría si no fuera necesario.

BROOKLYNN:

No es necesario, Oso.

Me escuecen los ojos cuando me llama por mi apodo. No cabe duda, sabe cómo hacer leña del árbol caído.

YO:

Lo hago por mamá y por ti, nena.

BROOKLYNN:

Pues no lo parece. Parece que te has hartado de ser pobre y te vas a por la pasta.

Suspiro, pulso el botón para apagar la pantalla, me guardo el teléfono en el bolsillo y miro por la ventanilla del coche privado de mi padre.

El techo tiene estrellas, la tapicería es de un cuero muy suave, y Bartholomew, el chófer, no deja de llamarme «señor».

Siempre he sabido que mi padre era rico, pero, joder, había subestimado lo que se sentiría al formar parte de eso. Pensar en ello hace que las insinuaciones de Brooklynn me duelan.

Empiezo a albergar un odio profundo en cuanto compruebo cómo ha tenido que sobrevivir mi hermana y cómo vive mi padre.

Los árboles se convierten en un borrón al otro lado de la ventanilla hasta que dan paso a una sucesión de casas victorianas con letras griegas en las fachadas, y sé que nos estamos acercando. La Universidad de Verona no es muy grande, pero es una defensora a ultranza de las tradiciones, y buena parte de la periferia del campus está ocupada por las casas de las diferentes fraternidades.

«Bienvenido a Rosebrook Falls».

En cuanto llego a la ciudad propiamente dicha, me invade una sensación extraña, como si estuviera entrando en una vida alternativa. Me pasan por la imaginación destellos de lo que pudo ser y no fue, y no puedo evitar preguntarme cómo habría sido mi vida aquí, y no en California. Si mi padre no hubiera estado casado con Eleanor, si hubiera sido libre para amar a mi madre.

Se me hace un nudo en el estómago.

—¿Queda mucho? —pregunto.

—Unos diez minutos hasta HillPoint, y luego cinco más hasta la mansión de su padre.

—¿Qué es HillPoint?

Los ojos de Bartholomew buscan los míos en el retrovisor.

—La zona residencial donde vive su padre.

Frunzo el ceño, porque creo que no sabía que se llamaba así, pero en cierto modo tiene lógica. La mansión de mi padre está en la cima de una colina, la más alta de la zona, desde donde se domina a la plebe.

Pasamos junto a la entrada del Parque Comarcal de Verona, y trago saliva.

Juliette. Aquí fue donde nos conocimos.

Se me revuelve el estómago porque sé lo que pasará cuando nos reencontremos. Una parte de mí teme ese momento, y la otra es un manojo de nervios, presa de una ansiedad que me roe por dentro de tantas ganas que tengo de volver a verla.

Doy por hecho que me detestará, es cuestión de principios, pero no dejo de oír una vocecita que me da un atisbo de esperanza.

Puede que, estando ambos en la misma ciudad, exista una posibilidad de… algo.

Se lo tendría que haber dicho en la cafetería. Tuve todas las ocasiones del mundo. Estaba delante de mí, bebiendo café, permitiendo que flirteara con ella, y fui el peor mentiroso del mundo.

Y no le dije nada. «Serás cobarde…».

El coche deja atrás el parque y pronto atravesamos la plaza de la ciudad, con edificios históricos y una zona ajardinada en el centro, en torno a una gran pérgola.

Si me dieran una moneda cada vez que el apellido «Calloway» aparece en cualquier parte, en un edificio o en una parcela, me haría rico. Bueno, da igual, porque ahora ya lo soy.

Y eso resulta aún más evidente cuando llegamos a HillPoint.

De pronto, anunciada mediante una señal que lo indica, la marca cambia, deja de ser Calloway para convertirse en una intrincada M con una rosa de fondo y una espada en medio, todo ello rodeado de una filigrana.

En los límites de la zona, a la derecha, se alza un edificio blanco de estilo colonial con un cartel rojo desvaído en el que pone Taberna de La Mesa Redonda.

Las aceras son más estrechas. Las farolas parpadean, y cada pocas manzanas hay alguna apagada.

Esta es la zona de mi padre, la zona Montgomery, y me cabrea ver que no está tan bien cuidada como el resto de la ciudad. Rosebrook no es un lugar gigantesco, no hay motivo para tal disparidad. Por lo visto, la costumbre de mi padre de no ocuparse de las cosas que hay en su vida no se limita a su hijo.

Subimos por la colina, y ya desde lejos veo la mansión de mi padre en la cima, aislada del resto de la zona tras una gigantesca verja negra, para que nadie se le pueda acercar.

La verja es nueva. A los diecinueve años pude llegar hasta la puerta antes de que me echaran. Me pregunto si la habrán puesto a raíz de aquella visita.

No dejo de dar golpecitos con el pie mientras el coche atraviesa la verja y sube por el camino de gravilla. El crujido de los guijarros me retumba en los oídos.

El camino describe una U delante de la fachada de la mansión. La observo, paralizado, mientras el coche se detiene.

La casa en sí es bonita, mucho más cuidada que las zonas que hemos atravesado al pie de la colina, y el resentimiento me vuelve a corroer.

Se trata de un edificio tudor cubierto de hiedra que trepa por las paredes. La fachada tiene un estucado pardo claro, con zonas más oscuras distribuidas de manera estratégica para dibujar cuadrados en la superficie y un porche alrededor, disimulado tras unos arbustos bien recortados. Estoy paralizado, porque, en cuanto salga del coche, todo cambiará para siempre.

El teléfono me vibra en el bolsillo y lo saco, desesperado por tener una excusa para retrasar el momento.

MAMÁ:

¿Has llegado?

Aprieto los dientes y respondo.

YO:

Sí.

MAMÁ:

Acuérdate de lo que te dije. Que te proteja. Este va a ser tu imperio, Roman. No olvides quién te ha puesto ahí. Y si ves a Juliette Calloway, no dejes que un apellido se interponga en tu camino.

Respiro hondo, alargo la mano y voy a abrir la puerta del coche para entrar en mi nueva vida con el corazón en un puño, pero no me da tiempo, porque Bartholomew la abre antes.

«Estoy en otro mundo».

Salgo al aire frío del anochecer y me envuelve la calma del lugar.

Reina el silencio; no se oye más ruido que el de la gravilla bajo mis zapatos. Estiro el cuello para relajarlo y destensar los hombros. Le doy vueltas al anillo que llevo en el índice. Ojalá tuviera un peta para calmar los nervios.

A lo lejos, en la verja, surge un destello y me vuelvo hacia esa fuente de luz inesperada, pero no veo nada.

—¿Qué ha sido eso? —le pregunto a Bartholomew.

Se vuelve y mira en la misma dirección.

—¿A qué se refiere, señor Montgomery? —Le lanzo una mirada—. Roman —rectifica.

—¿No has visto esa luz? Era una especie de flash.

Frunce tanto el ceño que sus espesas cejas entrecanas forman una única línea, y los ojos se le transforman en dos rendijas. Sacude la cabeza.

—Serán los paparazzi del *Rosebrook Rag*. —Me mira con cara de cansancio—. Le diré a Frederick que impida que publiquen ninguna foto.

No sé quién es Frederick, pero no pregunto. No me sorprende que mi padre tenga en nómina a alguien que sabe controlar a los medios de comunicación.

—Abra el maletero, Bartholomew. Será mejor que entre de una vez.

Me mira como si lo hubiera insultado.

—Haré que le suban el equipaje, señor. Puede entrar cuando quiera.

Ah. Claro.

—Genial —digo, y trato de poner cara de que sé lo que es tener tanto dinero que siempre hay alguien que hace las cosas por ti.

La verdad, resulta un poco desagradable.

Se lleva una mano a la gorra.

—Buenas noches, señor.

—Lo mismo digo —respondo, pero ya no le estoy prestando atención.

«¿Me estará esperando dentro mi padre?».

«¿Le importo lo suficiente?».

Me concentro en las puertas de la entrada, tan grandes que tengo que echar el cuello hacia atrás para mirar la parte superior cuando llego al porche.

Una se abre de golpe y sale un joven de pelo rubio perfectamente peinado, con una sonrisa de película iluminando su rostro bronceado.

Hace años que no lo veía, pero no importa. Desde muy pequeño, mi madre me fue grabando a fuego a toda mi familia con una avalancha de fotos y vídeos que sacaba de las noticias.

Reconocería a este tipo a un kilómetro de distancia.

Benjamin Voltaire.

Era el sobrino de Eleanor, y por tanto sobrino político de mi padre. Sobre el papel, mi primo, aunque no tengamos ni una gota de sangre en común.

La última vez que lo vi era un niño, dos años mayor que yo, y solo he interactuado con él a distancia. Ni siquiera estoy seguro de que supiera que existía.

Pero la amargura me sabe fresca en la boca. Recuerdo lo rabioso que estaba porque Benjamin recibía el trato propio de un hijo, pudo experimentar lo que era tener a mi padre como tal, algo que yo nunca tuve oportunidad de hacer.

Tal vez sea porque es un Voltaire y ya lleva el dinero en las venas: los colegios privados, los veranos en yate, el nepotismo que le ha otorgado una vida de ventajas que los demás solo pueden soñar.

Privilegios.

De esos con los que naces, no de los que se consiguen con trabajo.

—Roman Montgomery en carne y hueso.

Me sobresalto al oír mi antiguo nombre saliendo de su boca, pero claro, me tengo que acostumbrar. Ryder Speare murió en el momento en que me subí al avión privado.

—Benjamin —digo con un tono de voz frío y la expresión grave—. Me preguntaba si andarías por aquí.

Es mentira. Ni se me ha pasado por la cabeza.

Arquea mucho las cejas y se echa hacia atrás como si mis palabras lo hubieran sorprendido.

—¿Así que sabes quién soy? Yo también te conocía, aunque... Joder, tío, te creía muerto. —Se echa a reír—. Pero llámame Benny.

No me da tiempo a responder porque en ese momento nos interrumpe desde la derecha una voz fluida como la miel.

—No seas grosero, Benny.

Es alta, tiene el pelo rubio rojizo, y viste y camina como salida de una revista de moda. Me mira como si ya lo supiera todo sobre mí y no acabara de fiarse de lo que ve.

Benny le rodea los hombros con el brazo y la atrae hacia él sin contemplaciones.

—¿No te he dicho que te quedaras en la habitación? —le susurra con brusquedad. La chica se encoge de hombros sin apartar sus ojos de los míos—. Roman, esta es Rosalie Bault.

Me tiende la mano y se la estrecho. El apretón es más fuerte de lo que me esperaba.

—¿Eres su novia?

—Su media naranja —me corrige.

—Y yo soy la otra mitad, la bonita —interviene una voz diferente, que pertenece a un hombre de piel marrón claro, bajo, con el pelo ondulado.

Lo miro mientras se acerca, y su jovialidad me hace sonreír.

—Debes de ser el Montgomery que vuelve de entre los muertos —dice, y me da un indisimulado repaso con los ojos—. Joder, con lo que me gusta a mí un buen escándalo familiar.

Rosalie deja escapar un suspiro.

—Merrick, por favor.

—¿Qué pasa? —dice sin dejar de mirarme—. Le estoy dando la bienvenida.

—Estás siendo teatral —apunta Benjamin.

Merrick me echa un brazo al hombro para imitar el gesto de Benjamin con Rosalie.

—Bienvenido a la mansión Montgomery. —Me guiña un ojo—. Y a la familia, de forma oficial.

Benjamin toma a Rosalie de la mano y los dos nos siguen por el vestíbulo. Pongo cara de circunstancias mientras observo el interior de la casa de mi padre, y otro latigazo de amargura me recorre las entrañas. Después de tantos años, esta es la primera vez que pongo un pie en esta casa.

Solo el vestíbulo es tan grande como mi apartamento de California, y la decoración es elegante, asombrosa: las paredes color crema crean un bello contraste con los brillantes techos de cedro pulido, y el punto focal de la estancia es una impresionante escalinata. Justo detrás hay un arco con dos peldaños largos y bajos, que llevan a una zona con ventanales que cubren toda la pared y pasamanos de madera oscura contra el techo abovedado.

Aquí se respira riqueza. Como si el suelo mismo fuera demasiado caro para que yo caminara por él. Me siento tan incómodo que me pica todo el cuerpo.

—Bueno —comenta Merrick—, ¿cuánto tardará Roman en darse cuenta de que todos estamos como cabras?

—Ya me había dado esa sensación —murmuro con una sonrisa burlona.

Él me sonríe a su vez.

—Perfecto. Entonces encajarás de maravilla.

Capítulo 16

Roman

—Tío Marcus, ha llegado tu hijo perdido.

Sus palabras me cabrean. «Perdido» es una versión muy generosa.

—Adelante —responde la voz gruñona de mi padre.

Rosalie y Merrick se han ido y Benjamin abre la puerta antes de hacer un gesto con el brazo, como si me diera permiso para entrar.

Cuando lo hago, me encuentro con la mirada de mi padre por primera vez en cuatro años; y, tal como me sucedió por teléfono, la calidez de su mirada me pilla desprevenido.

Viste ropa informal y tiene las manos sobre el teclado, en el aire, como si se hubiera quedado congelado al verme. Se descongela poco a poco y una sonrisa empieza a bailarle en las comisuras de los labios.

Roman. Ya has llegado.

Avanzo, sin saber bien cómo manejar la situación. Me esperaba un recibimiento altivo, y está siendo todo lo contrario. Me siento ante su escritorio y arqueo una ceja.

—Me dijiste que viniera, ¿no?

No responde al instante, sino que me mira, se recuesta en el respaldo de la silla y se frota la barbilla. Está igual que hace cuatro años, solo que más viejo. En su pelo rubio se aprecian hebras blancas, y las arrugas de la frente son más profundas. Puede que tenga la cara un poco más afinada. Demacrada, podría decirse.

—No sabía si ibas a aceptar mi oferta —reconoce.

—Yo tampoco —respondo—, ya que has tardado veintitrés años en hacérmela.

Algo relampaguea en su mirada. Veo que aprieta los labios.

—Estás furioso conmigo.

Se me oprime el corazón. Me inclino hacia delante, pongo los codos sobre las rodillas y lo miro sin pestañear.

—No conozco ninguna palabra que describa lo que siento.

—Me parece justo. —Asiente como si lo comprendiera. Como si lo que hizo no fuera lo que ha dado forma a mi vida y a mi manera de vivirla—. El caso es que estás aquí.

—El caso es que estoy aquí —repito.

—¿Y piensas quedarte?

En mi interior bulle un torbellino de emociones, pero aprieto los dientes y asiento.

—¿Acaso tengo elección?

—Siempre hay elección.

Chorradas. Y el hecho mismo de que él pretenda crear esa ilusión es de risa.

«Estás haciendo esto por Brooklynn», me recuerdo.

—¿Te puedo preguntar una cosa? —Veo que asiente—. ¿Por qué has querido que vuelva? ¿Qué interés tienes? No será solo para exhibirme como al «hijo perdido», ¿verdad?

Utilizo las palabras de Benjamin expresamente para sopesar la reacción de mi padre.

—Eres mi hijo —replica en tono brusco—. No es una exhibición, es un hecho.

—El hijo al que expulsaste de tu vida con un nombre falso y una madre con un bote de oxicodona en la mano.

Idiota. No tenía intención de soltárselo todo de repente, pero tampoco veo ninguna razón para contenerme. Si estoy aquí, quiero saber por qué, y me merezco enterarme de los detalles más turbios, aunque no me guste oírlos.

Por la expresión de su rostro parece conmocionado.

—Tuve que mandaros lejos, no había elección. Hice lo que había que hacer y no me voy a disculpar por eso.

Suelto un bufido y aparto la vista de él, pero no dejo de oír de fondo lo que me contó mi madre el otro día, lo de los frenos manipulados y el intento de asesinato.

La silla cruje cuando se inclina hacia delante.

—Tanto si me crees como si no, todo lo he hecho por tu propio bien. —El corazón se me descompasa, pero aprieto los dientes—. Si tu madre me hubiera dicho que ibais a venir a verme todos esos años, lo habría organizado todo de una manera más delicada.

—¿Por qué no querías que nadie nos viera ni se enterara de tus errores? —le espeto con los ojos entornados.

Frunce el ceño.

—Porque os podría haber protegido mejor.

—¿Estás insinuando que no fue un accidente? —Alzo la barbilla y trago saliva. Tengo un nudo en la garganta.

Mi padre junta las manos por las yemas de los dedos y me sonríe con tristeza.

—Las personas hacen cualquier cosa cuando las ciega la codicia y la ira.

Suelto un bufido.

—Buena frase, pero no responde a mi pregunta.

—Me he pasado años convenciendo a los Calloway de que el apellido Montgomery terminaría conmigo. Craig se ha aliado con… personas poco recomendables, y no quise tenerte aquí cuando aún no tenías edad para elegir. Cuando a tu madre se le ocurrió venir aquí contigo, Craig se enteró de que existías, e hice lo que tuve que hacer para que no volviera a atentar contra ti.

Mi mundo se vuelve del revés.

—Entonces… ¿todo este tiempo me has estado protegiendo?

—Eres de mi propia sangre, el único que puede seguir adelante con mi legado. Tenía que mantenerte a salvo hasta que tuvieras la suficiente edad para poder defenderte por ti mismo. Esta ciudad… —Niega con la cabeza—. Esta ciudad no es para débiles. Tenemos que jugar bien nuestras cartas o nos lo arrebatarán todo. Ya nos lo están arrebatando todo.

Habla en plural con mucha facilidad, como si yo siempre hubiera formado parte de él. Y a mí eso me pilla de nuevas. Aprieto tanto los dientes que me duele la mandíbula.

No sé si creérmelo.

Pero me gustaría.

Cuánto me gustaría.

Resoplo y estiro el cuello para distenderlo.

—¿Y ahora ya tengo edad para defenderme solo?

Parpadea.

—No. Tienes edad para decidirlo.

Esas palabras son flechas con la punta envenenada, dan en el blanco, y el veneno se extiende por mis arterias como las ramas de un árbol. Chocan contra la vieja herida que me infligió cuando, con diecinueve años, intenté acceder a él para suplicarle que reconociera que no estaba muerto, por mucho que él quisiera verme así.

—No entiendo cómo pueden cambiar tanto las cosas, cómo puedes ir de un extremo al otro. No me querías aquí, pero ahora sí me quieres.

—Frederick lleva meses presionándome —reconoce—. Cree que debes estar aquí para enviar un mensaje.

Frunzo el ceño y trato de recordar.

—¿El hombre que me vio la última vez que estuve aquí?

Asiente.

—Mi abogado. Estará encantado de que hayas vuelto justo a tiempo para la Gala de los Fundadores.

Hago una mueca.

—No me interesan esas cosas.

—Mala suerte. Si estás aquí es para desempeñar tu papel. Y tu papel consiste en representar el apellido Montgomery en el acontecimiento anual más importante de la ciudad.

El tono de su voz no deja lugar a discusiones; las réplicas se me amontonan en la garganta, pero me las trago.

«Por Brooke».

—No quiero vivir en la mansión contigo —le digo.

—Perfecto. Tengo muchas propiedades en HillPoint. Te buscaremos un lugar más íntimo.

—Y no quiero trabajar en tu mierda de empresa constructora. Ni en ninguna otra. No sé nada de negocios.

—No te hace falta. Al menos, no de inmediato. —Se encoge de hombros—. Pero algún día tendrás que hacerte cargo de todo, así que ve haciéndote a la idea.

—Genial —respondo, como si la cosa no fuera conmigo.

—Bien. —Mi padre sonríe—. Supongo que al menos te quedarás esta noche. Freddy vendrá por la mañana con los papeles.

—¿Qué papeles?

—Los que te convertirán de nuevo en un Montgomery. De manera oficial.

Frederick Lawrence es un hombre maduro, de unos cincuenta y tantos años, con el pelo gris en las sienes. Lleva calcetines de rombos y zapatos marrones brillantes que resuenan al contacto con el suelo cuando camina, y un sombrero que me recuerda a los gánsteres de las películas antiguas.

Por lo visto, es el hombre de confianza de mi padre, a pesar de que también trabaja para los Calloway como abogado.

¿Cómo lo hace Frederick? No tengo la menor idea.

—Bueno, ¿qué es esto? —Miro los papeles que me ha puesto delante.

—Es un contrato de fideicomiso —me dice Montgomery—. Concretamente, el tuyo. Detalla tus participaciones en la Montgomery Organization y los activos que te ha asignado tu padre. También incluye un estipendio que recibirás mensualmente, y el total de los fondos y acciones de la Montgomery Organization que se te entregará el día que cumplas veinticinco años, o si algo le sucediera a tu padre.

Trago saliva. Estoy a punto de tener en las manos más riquezas de las que he soñado jamás, y eso me revuelve el estómago.

—¿Tengo que firmar? —pregunto.

Frederick sonríe y sacude la cabeza.

—No, esto siempre ha estado vigente. Lo único que tienes que firmar es la petición para volver a cambiar legalmente tu nombre.

Frunzo el ceño.

—¿Y eso cuánto tarda?

Mira de reojo a mi padre.

—Tengo algunos amigos que me deben favores. Se encargarán de que vaya deprisa.

Resoplo, cojo la pluma y firmo con mi nombre donde me indica.

—Tienes que firmar una cosa más. —Me pone delante otro taco de papeles.

—¿Y esto, qué es?

—Un acuerdo. Si te vas de Rosebrook Falls, o si mueres, renunciarás automáticamente a tu herencia.

—¿Por qué demonios iba a firmarlo?

Frederick se ríe.

—En realidad, solo es una seguridad adicional, por si has venido para unas semanas y luego te aburres, te largas y quieres llevártelo todo.

Suelto un bufido.

—Y si me largo y él muere —señalo a mi padre—, ¿quién se queda con el dinero?

Mi padre carraspea para aclararse la garganta.

—Pasaría a estar a nombre de Freddy, que lo invertirá de modo que vuelva a la ciudad.

Arqueo las cejas.

—¿Y por qué voy a firmar eso?

—Porque, en el momento en que lo hagas, activaré este fideicomiso. —Mi padre le hace una seña a su abogado.

Este me acerca por encima del escritorio una página en la que acierto a leer el nombre de Brooklynn. Su nombre real.

«Harper Argent».

—El de tu hermana.

Los pulmones se me encogen y se me expanden, y algo en lo más hondo de mi interior suena como si estuviera suelto.

«¿Así de fácil?».

—¿Se lo concederás aunque no sea hija tuya?

Se encoge de hombros.

—Si es importante para ti, es importante para mí.

—¿Y por qué no he tenido este fideicomiso desde siempre?

—Sí lo has tenido. Lo creé para ti el día que naciste. Pero tu madre…

Se interrumpe a media frase y desvía la mirada.

—¿Mi madre, qué?

—Yo no podía dejar un rastro de documentos. Tienes que entenderlo. Lo hice para protegerte. Ni siquiera debí permitir que conservara mi número de teléfono.

Me froto las sienes, me inclino hacia delante, apoyo los codos en las rodillas.

—Y ahora lo utilizas como herramienta de trueque.

—Las cosas nunca son blancas o negras, Roman —me dice Frederick. Se levanta y me da una palmada en la espalda—. A no ser que tengas pensado morirte o salir huyendo, no tienes de qué preocuparte. Y tu hermana, tampoco.

—¿Por qué ahora, de repente? —pregunto—. ¿Por qué me dijiste que sí tan deprisa? Y no me vengas con la chorrada de que puedo elegir. Aquí hay algo más.

A mi padre se le nubla la mirada.

—Estoy enfermo.

Las palabras me golpean como un mazazo, pero trato de disimular.

—A mí me parece que tienes muy buen aspecto.

Hace una mueca.

—Por desgracia es cáncer de próstata. Estadio cuatro. Lo tengo en los huesos, en el hígado, en el cerebro.

Trato de asimilar las palabras durante unos segundos, pero no sé qué decir, no sé qué hacer. Esto no es lo que me esperaba. ¿Debería apenarme? ¿Sentir dolor? ¿Lo echaré de menos? No creo. ¿Cómo vas a echar de menos a alguien a quien no has conocido?

Llevo años llorando la pérdida de mi padre. Para mí, esto no es nuevo.

Mi padre se inclina hacia mí, y me fijo en que tiene la piel muy pálida, se le ve delgado y frágil bajo el traje. Sus ojeras me indican que lleva años huyendo de algo y se ha cansado de luchar.

—Quiero dejarte a ti mi legado.

Me apoyo en el respaldo de la silla, resoplo, y me paso los dedos por el pelo.

—Es… es mucho que asimilar de golpe. ¿Cuánto te queda?

Se encoge de hombros y mira a Frederick, pero no hay optimismo en su mirada.

—No lo sabemos. Puede que unos meses.

—¿Lo sabe alguien más?

Miro de nuevo a Frederick.

—No.

Pienso en mi madre, en si esto supondrá el golpe definitivo para ella. En más de una ocasión he creído que había tocado fondo, pero ahora me invade un nuevo temor. Si muere el hombre del que ha estado enamorada de manera obsesiva toda su vida… puede que aún caiga más bajo.

—Quiero que Brooke reciba el fideicomiso de inmediato. Nada de chorradas de «a los veinticinco». Dale el dinero, consíguele un seguro médico y programa el pago anual automático. Este es el trato, o me marcho y no vuelvo.

Resulta arriesgado andar con exigencias en mi situación, pero si de verdad desean que me quede aquí tanto como dicen, tengo cierto margen de maniobra.

—Hecho —accede mi padre.

Frederick me pone su enorme mano en el hombro y lo aprieta.

—Esto es lo mejor.

Resoplo y, resignado con mi destino, estudio los fideicomisos, el mío y el de mi hermana pequeña.

El trato se mantendrá en vigor mientras me quede aquí.

Firmo los papeles y, sin más, mi destino queda sellado.

Ha sido visto: Misterio a medianoche en la mansión Montgomery

¿Está de vuelta Marcus Montgomery, o haciendo limpieza?

El antiguo capo de Rosebrook Falls, que no se ha dejado ver en los últimos años, ha abierto las puertas a un hombre misterioso vestido de negro.

Y, para darle más salsa, lo recibió en persona Benjamin Voltaire, el acicalado sobrino de Marcus.

¿Quién es tan osado como para entrar en la mansión Montgomery al abrigo de la noche?

No lo sabemos. No hay fotos.

Pero una cosa es segura: la casa que levantó un imperio no abre sus puertas a cualquiera.

#TodosAtentosAMontgomery #HombreMisterioso #BenjaminVoltaire #RosebrookRag #CosasDeMontgomery

Capítulo 17

Juliette

Las sábanas de la cama son tan suaves que parecen de cachemir. Me desperezo sin prisa, tenso y relajo los músculos para disfrutar de esta sensación mientras escucho los trinos de los pájaros en el exterior, a primera hora de la mañana. Mi habitación está a oscuras, pero solo porque las cortinas del balcón privado están echadas.

Cojo el teléfono de la mesilla y lo desbloqueo. Hay un par de mensajes de Felicity y una foto exhibiendo una sonrisa idiota, con capa y birrete. A un lado aparece una figura mía de tamaño real, y ella pasándome el brazo por encima del hombro.

Debe de ser la peor foto que me han sacado en la vida, y me juró que la había borrado: me sacó con los ojos medio cerrados, vestida con un mono rosa de borreguillo, tras cuarenta y ocho horas de antigripales.

Parezco recién salida de la tumba.

Y para rematarlo, me ha puesto unas pestañas postizas y una enorme copa de margarita en la mano.

FELICITY:

Como me dejaste tirada, me he traído a tu gemela de cartón. Está un poco rígida, pero al menos no pone pegas a todo.

Tirando a sosa, eso sí. Bueno, da igual, ¡LO LOGRAMOS! Feliz día de graduación, Jules. Ojalá estuvieras aquí. 🎓🥂🍸

Me río, pero el dolor en el pecho me atenaza y me froto el esternón como si eso fuera a aliviarme. Ya me gustaría a mí estar allí. El mensaje solo sirve para recordarme que no hemos cerrado juntas este capítulo de nuestras vidas.

YO:

Si llego a saber que tienes esa foto, no habría hecho la mitad de las locuras a las que me has arrastrado.

Suspiro, dejo el teléfono y me tapo la cabeza con la colcha, me hundo entre las almohadas y hago un esfuerzo por no cogerlo de nuevo y volver a buscar el nombre de Ryder en internet. Desde que vi el dibujo, he estado tratando de localizarlo. No me perdono no haberle pedido su número.

Me rindo y cojo el teléfono, lo desbloqueo y abro el navegador.

Solo para echar un vistazo.

De nuevo con la cabeza debajo de la colcha, tecleo «Ryder, pelo castaño oscuro, artista».

Nada.

Me muerdo el labio, frunzo el ceño, y añado: «guapo».

Pongo los ojos en blanco ante semejante tontería, pero siento una tensión en la boca del estómago mientras espero a que aparezcan los resultados.

Nada.

Borro y pruebo de nuevo: «Ryder. Artista. Rosebrook Falls».

Me desgarro el labio con los dientes mientras dura la espera.

De nuevo, ni rastro de Ryder, pero un titular capta mi atención.

Última hora: Preston Ascott dice que ha vuelto... ¿por ella?

Según las fuentes consultadas, Preston Ascott, el que fuera chico de oro de Rosebrook, les ha dicho a sus amigos más íntimos que está listo para «volver a intentarlo» con nada menos que su novia del instituto, Juliette Calloway, que acaba de regresar.

¿Coincidencia? No nos lo parece.

Pero ¿morderá Juliette el anzuelo? ¿O se convertirá Prescott en el siguiente soltero más deseado de Rosebrook Falls?

#JulietteVuelve #PrestonAscott #SegundaOportunidad #TodosAtentosACalloway #RosebrookRag

Miro la pantalla mientras una vena me palpita en el cuello.

«Perfecto. Justo lo que me faltaba».

Segundos más tarde, abro la puerta y oigo las pisadas de alguien entrando en la habitación, junto con el chirrido de las ruedas de un carrito de servir.

Anoche llegué muy tarde, así que aún no he visto a nadie, pero reconocería el sonido de esos pasos donde fuera.

Beverly.

Camina por la habitación, y aunque no la veo, me la imagino con precisión: el pelo largo rubio recogido en un moño apretado y una barbilla afilada que le acentúa el ceño, siempre fruncido. Y unos ojos castaños y fríos, capaces de transmitir cualquier emoción con una simple mirada.

Noto a través de las mantas que me está mirando.

La imagen me hace sonreír. Cuando yo era niña, siempre se ponía al pie de la cama, con las manos apoyadas en sus anchas caderas y un gesto de exasperación muy estudiado en el rostro, tratando de desperezarme para que fuera a clase. Me daba un palmetazo en los pies y me decía que dejara de hacerme la muerta o el día menos pensado me iba a quedar así.

Un poco morboso, pero ideal para transmitir la orden.

Fue lo más parecido que he tenido a una madre de verdad; y como llevo cuatro años casi sin pasar por casa, la he echado mucho de menos.

No ha habido ni un día de mi vida en que no haya cuidado de mí. Entró a trabajar para nosotros poco antes de que naciera yo, así que he estado más unida a ella que mis hermanos, pero todos la adoramos.

—Venga, arriba, deja de fingir.

La voz suena brusca, pero melodiosa a su manera, y mi corazón se llena de alegría. Pero sigo sin moverme bajo la colcha.

No se lo puedo poner tan fácil, con todo el tiempo que ha pasado.

—Ya vale. —Un palmetazo en el pie hace que me agite—. Estoy viendo la luz del teléfono, mentirosa.

—Aaay —protesto al tiempo que salgo de debajo de la colcha—. Sigues igual de bruta. Esas cosas las trata un psicólogo.

Entorna los ojos.

—¿Y el psicólogo también me quitará el dolor de cabeza, o eso es un regalo de Juliette del que no me voy a librar en toda mi vida?

Sonrío de oreja a oreja.

—Yo también te echaba de menos, Bevie.

Beverly me mira con una dulzura que no casa con la brusquedad de sus palabras.

—Menos sentimentalismos, niña. Levántate y demuéstrame que no has olvidado los modales que te enseñé.

Me arroja la bata, me levanto, me la pongo y me ato el cinturón.

—¿Cómo voy a olvidarme de ti? Tengo tu voz chillona grabada a fuego en la memoria.

—Mejor. —Se dirige hacia el carrito que ha aparcado junto a las puertas del balcón, coge una taza y me sirve un café—. Vete preparando ya, o cuando llegue tu madre te encontrará todavía en pijama.

Se me borra la sonrisa de golpe y dejo escapar un suspiro perfectamente audible. Voy hacia el diván y me dejo caer con un resoplido. Pensaba que podría retrasar lo de ver a mi madre.

—¿Va a venir aquí? ¿Ahora?

—Vamos, vamos —me reprende Beverly con delicadeza mientras me pasa la taza.

—Yo sé que me quieres.

Me acomodo en el respaldo y me llevo el café a la cara para inhalar su aroma. Bebo un sorbo y disfruto del calor que me abrasa la lengua.

Beverly ya ha abierto la puerta del vestidor, que está al lado de mi cuarto de baño.

—Dímelo —le exijo—. Dime que me quieres, o voy a pensar que no es así.

Suelta un bufido desde el vestidor, asoma la cabeza por la puerta y me mira.

—Tu necesidad constante de confirmación verbal resulta agotadora.

Suelto una carcajada, me acerco a la pared, pulso los botones que abren las cortinas automáticamente y veo la piscina y la hierba del atrio en el exterior. Mi dormitorio está en el segundo piso, así que, desde el balcón, veo más allá de la línea de árboles que rodean la finca, y las vistas abarcan las colinas que rodean el valle de Rosebrook Falls.

Hace un día precioso. El sol brilla y se refleja en el agua, creando destellos irisados que parecen reverberar en el aire. Hay unas cuantas personas trabajando en el jardín, y se me hace un nudo en el estómago cuando reparo en que ya deben de estar preparando la fiesta de recogida de fondos de Penngrove.

Hago una mueca, vuelvo a sentarme en el diván y apoyo la barbilla en la mano.

—¿Cómo voy a saber que me quieres si no me lo dices?

—Ya eres mayor, Juliette. Pórtate como tal.

—Tienes razón. Además, ya sé que me quieres. No se me olvidan las llamadas de teléfono secretas y las invitaciones a las exposiciones.

Beverly está en el vestidor y no responde.

—Tengo que encontrar mi lugar en el mundo —sigo diciendo—. Estar de vuelta aquí me hace sentir como si tuviera otra vez doce años —digo casi para mí misma.

Se me van los ojos hacia el teléfono que sigue en la mesilla de noche. Quiero volver a buscar información sobre Ryder.

«No seas ridícula».

No es propio de mí.

Beverly sale del vestidor con un perchero rodante lleno de ropa.

—A ver, dime, ¿sobre qué tema me quiere torturar hoy mi amada madre?

Beverly me lanza una mirada de desaprobación.

—Me imagino que querrá ayudarte a prepararte para la fiesta de hoy. —Observa que hago una mueca—. No seas así —me regaña—. Ella va a…

Se oyen unas pisadas acercándose a la puerta y me pongo rígida. Un destello de pánico ilumina los ojos de Beverly, que aprieta los labios y me da la espalda para concentrarse en la ropa.

La puerta del dormitorio se abre de golpe y entra mi madre, con los brazos en jarra y la barbilla altiva, como si nada pudiera afectarla.

Fría y distante. Como ha sido siempre.

—Juliette. —Apenas me mira al saludarme.

—Hola, madre. —«Yo también me alegro de verte».

Es la celebridad social, la reina de Rosebrook Falls de la cabeza a los pies: ropa a medida que denota lujo, como si el paso del tiempo no la hubiera afectado; cabello castaño peinado en un recogido francés clásico tan tenso que le tira de las sienes; uñas y labios rojos que contrastan con la blancura de su piel, y el ceño siempre fruncido, como si algo le diera asco permanentemente. Es una expresión facial que se ha puesto de moda, pero yo diría que la inventó mi madre.

Me observa atentamente, pero su mirada no es la de una madre amorosa, sino la de alguien que está juzgando en todo momento lo que ve.

Y es que, cuando se trata de mí, siempre me está juzgando. Después de tantos años, ya debería estar inmunizada, pero, por mucho que me cueste reconocerlo, su opinión todavía me afecta.

Siempre me ha afectado, siempre me afectará.

—Mmm.

Cruza los brazos. Tiene los dedos tan huesudos que los óvalos de las uñas hacen que parezcan garras. Da golpecitos con ellas en una de sus mangas, y me las imagino clavadas en mi pecho mientras me arranca el corazón como una diablesa.

«Eso quedaría bien en una historia de fantasía».

Ladea la cabeza y frunce el ceño, da media vuelta con la falda de tubo azul marino que se adapta a la perfección a su cuerpo esculpido a base de pilates diario y una dieta estricta.

Lo sé porque siempre ha querido que yo hiciera lo mismo.

Chasquea la lengua y se dirige hacia el perchero.

—Estos trajes son atroces, Beverly.

—Lo siento, señora. —Beverly inclina la cabeza—. Los mandó ayer su modista.

Mi madre hace una mueca de desagrado, saca un vestido y le pasa la palma de la mano por encima, como si buscara imperfecciones.

Es lo que mejor se le da a Martha Calloway, encontrarle imperfecciones a todo.

Lo sé por experiencia.

—Tiene que estar impecable —sigue diciendo mi madre, como para confirmar lo que estoy pensando. Se vuelve hacia mí—. Tienes que estar impecable —repite.

Tomo otro sorbo de café, asiento y sonrío.

—Me resultará fácil, porque soy perfecta por naturaleza.

No me ríe el chiste.

Se me van los ojos hacia Beverly, que ahora está en un rincón, con la cabeza gacha y los dedos entrelazados, como si aguardara la siguiente orden de mi madre.

Es lo que se espera de todos en la mansión Calloway, pero me sigue molestando.

—Juliette —me dice mi madre, y vuelvo la cabeza hacia ella de golpe—. ¿Me estás prestando atención?

—Sí, madre. Por desgracia, ya te encargas de que sea imposible no prestarte atención.

Aprieta los labios, y al hacerlo aparecen unas arruguitas verticales que se le forman alrededor de la boca, fruto de años fumando a escondidas.

Enderezo la espalda, a la espera de una de sus hirientes respuestas. Es inútil discutir con mi madre, es como darse cabezazos contra una pared de cemento armado. Con clavos en punta. Solo sirve para alentarla, y el otro siempre acaba destrozado.

Tiene un vestido azul en las manos, me lo pone delante, frunce el ceño y lo estira de los lados como si tratara de adaptármelo.

—Has engordado.

Aprieto los dientes y me enderezo aún más, pero no le respondo.

Esto es lo que no echaba de menos.

Sacude la cabeza y arroja el vestido de cualquier manera a las manos de Beverly.

—Mañana vendrás a pilates conmigo —dice.

Otro vestido, este de un rosa pastel claro. Mi color favorito.

—Claro, mamá. Como quieras.

Las dos sabemos que al final no me obligará a ir. Estoy segura de que no vamos a vernos cara a cara en lo que queda de mes. En mi vida, no es más que un fantasma que solo aparece cuando es imprescindible.

Toda la energía que le sobra la concentra en mis hermanos.

—Esto es lo mejor que tenemos. —Alza el vestido rosa delante de mí, inclina la cabeza a un lado, contrae los labios con disgusto—. Vamos a necesitar un guardarropa entero nuevo para la Gala de los Fundadores. Había dado las medidas que deberías tener, no las que tienes ahora.

—A mí me parece precioso —respondo sin hacer caso de las pullas sobre lo que me voy a poner en el acontecimiento social más pretencioso del año.

El vestido de hoy me llega hasta la rodilla, no tiene mangas, y el tejido rosa fluye como una cascada.

Mi madre me mira a los ojos.

—Va a asistir Preston.

Frunzo el ceño y recuerdo el titular del tabloide.

—Preston, mi exnovio.

—Es el hijo del gobernador.

—Lo tengo muy claro. —Trato de hablar con voz inexpresiva—. ¿Quién lo ha invitado? No quiero verlo.

Me mira como si me hubiera vuelto loca.

—Su padre se presenta a la reelección, y ya sabes lo importante que es que ese cargo lo ocupe alguien que cuente con el apoyo de tu padre. Preston es un joven sobresaliente y tiene ganas de volver a verte.

Arrugo la nariz.

—¿Y todo eso a mí qué me importa?

—No seas ingrata —me espeta—. No se puede culpar a un hombre por querer vivir un poco la vida. Lo importante es que siempre acabe volviendo, y Preston está listo para volver, Juliette.

Pasa la mano a lo largo del vestido, ladea la cabeza y me lo pone sobre el pecho para ver la caída.

—A tu padre y a mí nos gustaba que salierais juntos. Era un buen muchacho y se ha convertido en un hombre poderoso. Te irá bien con él.

Me lanza una mirada severa y recibo el mensaje, alto y claro.

«Representa tu papel».

De pronto tengo muy claro el verdadero motivo de mi asistencia a la fiesta de recaudación de fondos, en lugar de asistir a mi propia graduación.

—¿Te importa abrir la ventana, Bevie? —le pido—. Aquí huele un poco a siglo XVII. —Mi madre arruga aún más la frente y le dedico una amplia sonrisa, para irritarla más—. Era broma.

Mi madre suspira de nuevo, examina por última vez el vestido rosa y se lo da a Beverly con un brusco gesto de asentimiento.

—¿Hay alguien más en casa? —le pregunto con la esperanza de que mis hermanos hayan venido a verme.

No soy tan inocente como para pensar que estará aquí mi padre. Los hombres ocupados no tienen tiempo para estar en casa con su familia; esa lección también me la enseñó mi madre desde pequeña, y ha resultado ser cierta.

—No digas tonterías. Cada uno tiene su vida. Ya los verás luego, en la fiesta.

Aprieto los labios para no decir algo de lo que vaya a arrepentirme.

—Entretanto, no armes ningún lío, ¿eh?

Mi madre me mira con una expresión indescifrable y me roza la mejilla con la mano. Se me encoge el corazón ante semejante gesto y apoyo la cara en sus dedos, sorprendida.

—Y no desayunes eso que te ha traído Beverly. —Me ordena mirándome de arriba abajo—. Tienes que entrar en el vestido, cariño.

Capítulo 18

Juliette

Una reina maldita, pero moderna, con hielo en las venas y una corona hecha con los huesos de aquellos a los que ha matado.

Muerte por pilates. Su forma de ejecución favorita.

Huele a rosas y a arsénico, y cuando la princesa la decepciona, cosa que sucede a menudo, le enseña sus garras rojas. La princesa se pregunta a menudo si algún día se las clavará en el pecho, si le arrancará el corazón como hace con todos los que la enojan.

Una víctima más en nombre de la perfección.

—¡Bienvenida a casa, bebé Calloway!

Mi primo Tyler me rodea los hombros con el brazo y me arranca de mis pensamientos justo cuando estaba ideando la historia del origen de la villana suprema, mi madre.

El aliento le huele a vodka. Tanto que arrugo la nariz.

—Puaj —protesto, y lo aparto de un codazo—. Hueles que apestas, Ty.

Tyler me sonríe con descaro y me estruja más contra sí.

Me han estado torturando hasta que me han dejado el pelo perfecto y el maquillaje impecable, todo eso mientras trataba de no echar chispas porque ni uno de mis hermanos se ha acercado a saludar y estoy sin un solo amigo en la ciudad hasta la semana que viene, que es cuando volverá Felicity. A ver si hay suerte y viene *sans* su novio Keagan.

«Al menos el vestido es bonito», me digo mientras paso las manos por la tela rosa.

El sol de la tarde brilla sobre el atrio, y la luz resalta una sombra de un color purpura oscuro bajo el ojo de Tyler.

Me sobresalto, le cojo la barbilla y lo examino con atención.

—¿Qué te ha pasado?

Tyler hace una mueca de dolor que oculta al instante con una sonrisa burlona. Me da unos golpecitos en la cabeza, como si fuera un animalito.

—No te preocupes por eso, linda.

—No puedo dejar de preocuparme ahora que lo he visto.

—Claro que sí. —Señala con un gesto al resto de la gente bien vestida que rodea la piscina, en medio del patio con columnas—. Haz como si fueras uno más de tu familia.

Frunzo el ceño.

—Querrás decir de nuestra familia. Y no es justo.

—Las cosas rara vez son justas.

Resoplo y me cruzo de brazos.

—¿Te has vuelto a pelear con Lance?

No es nada extraordinario, o no solía serlo. Puede que las cosas hayan cambiado durante mi ausencia, pero cuando vivía aquí, Lance y Tyler eran inseparables, para bien y para mal. Se pasaban los fines de semana enteros practicando lo que habían aprendido en la clase de *jeet kune do*, y luego iban por ahí con chichones en la frente y moratones en las costillas.

Me responde con un bufido, y añade:

—Ya le gustaría a Lance dar estos puñetazos.

Sonrío porque sé que Lance lo podría tumbar de una paliza. De hecho, no conozco a nadie a quien Lance no pudiera tumbar. Lleva entrenando desde los cinco años. Tyler tiene un problema de ira reprimida que tumbaría a un elefante, pero la lucha es la vía de escape de Lance. Siempre lo ha sido.

—Así que no fue él —insisto.

A Tyler se le borra la sonrisa.

—No quiero hablar del tema.

—Y yo quiero despertarme y tener una madre que me adore —respondo con sarcasmo—. Mala suerte para los dos.

Suspira.

—Ni confirmo ni desmiento que me metiera en una pelea con Benjamin Voltaire. ¿Te acuerdas de él? El cerdo de los Montgomery.

Tyler escupe el apellido como si fuera una palabrota, lo cual no me sorprende. Y en el caso de Benjamin, el tipo que sale con su hermana, a veces me parece que se pone aún más furioso que mi padre.

—¿Y te pegó él a ti? —le pregunto, mirándole el ojo morado—. ¿Por qué?

—Porque es un gilipollas, Juliette. —Suspira de nuevo y se pasa los dedos por el pelo—. Intenté hablar con Rosalie, y él… se mosqueó.

—¿Qué? —exclamo casi a gritos—. ¿No te dejó hablar con tu propia hermana? ¿Y qué hizo Rosalie?

Me lanza una mirada.

—Se quedó ahí, con los ojos muy abiertos, como un cachorrito.

Frunzo el ceño.

—Eso no es propio de ella.

—Ya. —Tyler aprieta los dientes—. No sé qué le ha hecho, parece otra. Se limita a sonreír, a asentir, y permite que él la manipule. Da asco.

Mira en todas direcciones y se levanta la camisa.

Pongo unos ojos como platos al verle la pistolera.

—¿Qué leches es eso, Ty? ¿Acaso pretendes usar un arma?

Se encoge de hombros.

—Protección.

—¿Cómo se te ocurre llevar eso encima?

—¿Ya ha llegado Preston? —Mira a su alrededor, haciendo visera con la mano.

Es evidente que está tratando de cambiar de tema, y lo consigue. Hago una mueca.

—¿Cómo es que ya te has enterado?

Se ríe.

—Yo me entero de todo lo que pasa. Además, Preston es un bocazas, y lleva semanas diciendo que te va a «pillar» de nuevo.

—Sí, ya he visto el *Rag*.

Echo un vistazo por el atrio.

Paxton está bajo el patio techado, hablando con unas personas que no conozco de nada, y Alex está a su lado, apoyado en la columna de estilo romano y luciendo la sonrisa más despreocupada que pueda imaginarse.

Son un par de groseros. Saben que estoy aquí y ni se han acercado a decir hola.

Mi madre va de grupo en grupo con un modelo exclusivo, un vestido maravilloso, esta vez verde esmeralda, y ahora mismo se está riendo de algo que ha dicho el alcalde Penngrove. Seguro que tanto ella como mi padre están aprovechando la ocasión para chantajear a la gente, obligándola a hacer donativos a la campaña y así mantenerlo en el poder. Hace años que mi padre lo controla, y eso no va a cambiar.

—¿Dónde está Lance? —pregunto.

Miro en todas direcciones por si se me ha pasado por alto. Tyler se encoge de hombros, pero no me mira a los ojos.

—Ya sabes que no le gustan estas movidas.

—Sí, pero…

«Estoy yo».

No lo digo en voz alta, pero me imagino que se me nota en la cara, porque Tyler me mira con aire compasivo.

—Lance es idiota. —De pronto, chasquea la lengua y señala en dirección a las gigantescas puertas correderas que conducen al mirador—. Hablando del rey de Roma…

Miro hacia donde me ha indicado y me siento muy aliviada al ver a Lance entre la gente. No está solo: Art, su mejor amigo, va a su lado, y conforme se acercan lo veo mejor.

Art siempre fue flacucho y desgarbado, pero eso ha cambiado, desde luego. Ahora tiene los hombros anchos, lleva el pelo castaño rojizo perfectamente peinado y el traje a medida le queda como un guante.

Está igual que su padre, el alcalde Penngrove.

—Art está… diferente —señalo.

A Tyler se le escapa la risa.

—Cada día se intenta parecer más a su padre.

Me atraganto con la bebida.

—¿Art? —Quiero confirmar que no habla de otra persona—. ¿A su padre?

Art nunca ha soportado que su padre estuviera metido en política. Solía bromear diciendo que se iba a hacer anarquista solo para cagarse en el sistema y que su padre no pudiera obligarlo a seguir sus pasos.

Tyler hace una mueca.

—Eso me temo.

Me quedo boquiabierta. Art le da una palmada a Lance en la espalda y luego va hacia su padre.

—¿Tú crees que Lance y Art son…?

—¿Son qué? —pregunto.

—Ya sabes. —Forma un círculo con los dedos e introduce un dedo de la otra mano al tiempo que mueve las cejas, en un gesto soez—. Parejita.

Suelto un bufido.

—¿Y qué más da? Mira, por eso acabas con un ojo morado.

—Oye, que no los critico. Solo pregunto.

Se encoge de hombros y alza las manos.

—Tú eres idiota.

Vuelvo a mirar a Lance. No he visto a mis hermanos desde que he vuelto, pero con los demás mantengo el suficiente contacto como para que no parezca que nos hemos distanciado.

Con Lance es otra cosa.

Siento que ya no lo conozco, lo cual me pone triste. Siempre fuimos los que estábamos más unidos.

Lo sigo mirando a la espera de que me busque entre la gente. Puede que hasta me dedique un «te echaba de menos» de pasada.

Pero Lance ni siquiera mira en mi dirección.

Todos mis hermanos me tratan igual: como si fuera un mueble, un adorno, una cosa bonita que exhibir, pero nada más.

Lance parece muy concentrado mientras habla con Paxton y Alex. Alex asiente y entra en la casa.

—¿Por qué todo el mundo tiene que ser tan grosero en esta familia? —mascullo, procurando que mi voz no revele que estoy dolida.

—Oye, a mí no me incluyas —dice Tyler como si lo hubiera ofendido.

Le sonrío y le doy una palmadita en la mejilla.

—Claro que no. Eres mi primo favorito, precisamente por tu lealtad.

Sonríe burlón.

—Exacto. Espero que recuerdes este momento cuando otros te digan que te quieren más que yo.

Lance y Paxton doblan una esquina tras la casa, y Tyler los sigue con la mirada.

—Quieta aquí, ¿vale?

—No soy un perro —murmuro con los labios pegados a la copa de champán. Pero cuando Tyler me lanza una mirada de reproche, me acobardo como si realmente lo fuera—. Vale —claudico.

Se dirige al lugar por donde se han marchado mis hermanos y yo me quedo junto al bar. Bebo otro sorbo de la copa antes de dejarla.

—¡Tranquilo, te espero aquí! —le grito a Tyler con una mezcla de sarcasmo e irritación.

Esto es ridículo. De hecho, cuanto más tiempo espero aquí a solas, sin que nadie venga a decirme aunque sea una palabra de saludo, más me cabreo.

«¿Dónde se ha metido todo el mundo?».

Cuando llega Preston y la risa falsa de mi madre resuena en el atrio, me entra el pánico, me abro camino entre la gente y sigo a Tyler en busca de mis hermanos.

Mi madre me mira fijamente, con los labios apretados y puñales en los ojos, pero le dedico una sonrisa acompañada de un gesto de cabeza y sigo caminando.

No creo que nadie me eche de menos. ¿Qué se cree que voy a hacer? ¿Montar una escena?

«Pues igual se lo tendría que haber pensado antes, en lugar de obligarme a estar aquí el día de mi graduación».

Ya lo superará. No estoy en condiciones de enfrentarme a Preston, y me devora la curiosidad por saber adónde va todo el mundo. No pienso quedarme quietecita y sonreír como un perrito bueno.

Paso junto a la piscina y por debajo del mirador que queda justo debajo del balcón de mi dormitorio, y llego a un lateral de la casa. Los tacones se me clavan en la hierba y me cuesta caminar, así que me agacho, me los quito y los llevo en la mano mientras el suelo frío se hunde bajo mis pies.

Hay un grupo de personas en el límite de la propiedad, la mitad en nuestro lado de la verja abierta, y la otra mitad fuera.

Se me clava una piedrecita en el pie descalzo y hago una mueca, pero no me detengo.

Paxton está al lado de Lance, y también está Tyler, al frente de todos, con los puños apretados, y mirando con dureza al otro grupo.

Mi ansiedad va en aumento, porque sé que Tyler va armado, y porque también sé que no es lo que se dice una persona paciente ni razonable.

Lance agarra a Tyler por el hombro y le susurra algo al oído. Tyler se aparta bruscamente, les lanza una mirada asesina a Paxton y a Lance, y se marcha hacia la casa haciendo aspavientos con las manos.

«¿Qué demonios está pasando?».

Avanzo unos pasos más para distinguir mejor los rostros de las personas a las que se enfrentan mis hermanos.

La primera a quien reconozco es a Rosalie. «Claro».

Desde que empezó a salir con Benjamin, se ha vuelto imposible, y ha causado tal escándalo que mis padres no quieren saber nada de ella, y ni siquiera le permiten asistir a las cenas familiares. Sin embargo, siguen invitándola a los acontecimientos importantes, aunque me sorprende que hoy se haya dejado caer por aquí.

Me fijo en el hombre que hay a su derecha.

Merrick Carter.

Lo conozco bien.

Obtuvo una beca de la Fundación Montgomery para estudiar en la Escuela Preparatoria Privada de Rosebrook, y fuimos juntos a clase desde infantil hasta segundo de bachillerato. No me extrañaría que también lo hubieran invitado. Es uno de los protagonistas de la vida social de Rosebrook Falls, y rara es la fiesta a la que no asiste.

Aunque su mejor amigo sea Benjamin, que está a su izquierda. Es un tipo repulsivo, baboso, paliducho, con el pelo rubio ondulado y unos rasgos demasiado pequeños para su rostro. Supongo que no es feo del todo, pero a mí me da grima. También estudió en la Escuela Preparatoria de Rosebrook, pero es sobrino de Marcus Montgomery, y encima un Voltaire, una familia que siempre ha gozado de suficiente poder para cabrear a mi padre, así que desde pequeña recibí instrucciones de no relacionarme con él.

Y más tarde, cuando puso sus mugrientas manos sobre Rosalie, ya no necesité que me dieran instrucciones.

Me basta con mirarlo para sentir un escalofrío recorriéndome la espalda.

Camino hasta donde están mis hermanos y miro a Paxton.

—¿Qué pasa?

—No deberías estar aquí, Jules —murmura tan bajo que solo yo lo oigo.

Lance me mira contrariado.

—¿No tienes que ir a organizar un baile de debutantes o algo así?

Los miro a ambos con fuego en los ojos.

—Yo también me alegro de veros. ¿Va a responder alguien a mi pregunta o estamos en plan «yo macho, ella mujer, mí proteger»?

—Estamos sacando la basura —replica Paxton, y lanza una mirada cargada de ira al grupo de la verja. Lo ha dicho casi a gritos, y estoy segura de que lo ha hecho con toda la intención del mundo.

—Siempre he pensado que serías un buen basurero —le dice Benjamin a Paxton con una sonrisa burlona—. Por tus habilidades interpersonales.

Lance se cruza de brazos.

—Cierra el pico, Benny.

Lo miro, conmocionada.

—¿«Benny»? ¿Ahora llamamos al enemigo con diminutivos y todo?

Lance me mira de reojo y Benjamin le enseña el dedo corazón.

—Claro, jefe.

—¿Le acabas de hacer una peineta en nuestra casa? —inquiere Paxton con un tono de voz gélido, directo.

La verdad, resulta intimidante, y ahora más que hace unos años. Me recuerda mucho a nuestro padre.

Benjamin se encoge de hombros.

—Tengo cierta fama de faltar bien al respeto.

Paxton ladea la cabeza.

—¿Nos estás faltando al respeto a nosotros?

Benjamin mira de reojo a los guardias de seguridad que flanquean las puertas de la verja.

—Si digo que sí, ¿los guardias nos darán una paliza?

—Ellos no, pero yo igual sí —interviene Lance—. Sujeta a tu chico, Merrick.

—Igual eres tú el que tiene que sujetar a su chico, Lance —dice Rosalie—. ¿Te crees Dios porque sabes dar un puñetazo?

Lance sonríe con los dientes apretados.

—Aquí todos sabemos que pego más fuerte cuando me cabreo.

—Bueno, ya está bien, vamos —me interpongo—. Esto es muy raro. Todos os estáis poniendo raros. Si no me dice alguien qué demonios pasa, empezaré a recitar anécdotas humillantes de la infancia.

Lance sonríe y me mira.

—El chantaje no es propio de una señorita, Jules.

Abro mucho los ojos.

—Tampoco lo es amenazar a la gente en casa, y aquí estamos.

Paxton esboza una sonrisa. Casi imperceptible, pero la veo.

—Vamos, vamos, Lance —tercia Benjamin; rodea los hombros de Rosalie con el brazo y la atrae hacia él como si fuera suya—. Estabas la mar de bien con nosotros hace unas horas. ¿Por qué te has cabreado de repente? ¿Pensabas que no estaríamos en la lista de invitados?

En nuestro lado, todos inspiramos profundamente a la vez, como si no hubiera suficiente oxígeno en el aire.

Lance se queda muy quieto, y por la expresión de su rostro, si las miradas mataran, Benjamin no sería más que una mancha en el asfalto.

Nadie pide explicaciones, pero se está acusando a Lance de haber estado con los Montgomery, y percibo cómo la confianza que reinaba entre mis hermanos, siempre escasa y delicada, se está desmoronando.

Entorno los ojos y estudio al grupo de intrusos que intentan colarse en la fiesta. Memorizo los rasgos de cada uno de ellos.

Nunca he odiado a nadie como suele hacerlo el resto de mi familia, pero... han venido aquí y están causando problemas, así que acaban de entrar en mi lista negra, y ahí se van a quedar.

Porque soy leal, de eso no cabe duda. Los Montgomery no han hecho más que causarle problemas a mi familia, tanto en los negocios como en la vida cotidiana. Además, Tyler jura que fue Marcus Montgomery quien mató a sus padres, no un accidente de navegación.

El recuerdo de aquella tragedia me arde en el pecho.

Detecto cierto movimiento a un lado, y entonces me percato de que hay una persona más con ellos. Va vestida de negro, se oculta entre las sombras del ocaso como si no quisiera que la vieran. Me ha parecido que lleva un peta sin encender en la boca, y está jugando con el encendedor, la llamita viene y va, lo justo para iluminar algunos rasgos de su rostro.

Unos ojos azul hielo. Que me están mirando fijamente.

El corazón me da un vuelco, y el estómago se me sube a la garganta.

«Ryder».

Avanzo un paso. Estoy viendo visiones, seguro. Pero Paxton me sujeta del el brazo con fuerza.

—¡Aaay! —protesto, y le lanzo una mirada asesina—. ¿Y a ti qué te pasa?

Paxton sacude la cabeza.

—Ahí no se te ha perdido…

—Mi pequeña rosa.

El aire vibra y se reconfigura, como si se sometiera al poder de la voz de Ryder.

Se aparta del pilar de ladrillo, avanza unos pasos y se sitúa delante de Lance. No se me escapa la mirada anhelante que le dirige Rosalie.

Ryder sonríe.

—¿Organizas una fiesta y no me invitas? Estoy dolido.

—¿Y tú quién coño eres? —interviene Lance, adelantándose para protegerme con su cuerpo en tensión.

Noto que Paxton me sujeta el brazo con más fuerza.

—¿Por qué te llama así?

No le respondo. No puedo. Estoy demasiado ocupada mirando a Ryder.

«¿Qué hace este aquí? ¿Y encima con tipos como Benjamin Voltaire?».

«Está aquí». Es algo que no me entra en la cabeza. Y no parece sorprendido de verme.

Eso significa que sabía quién era.

«Él lo sabía».

Y no me lo dijo.

Siento como si tuviera hielo bajándome por la columna, congelándome por dentro. Cada roce, cada palabra seductora, cada momento de intimidad, ahora me parecen una trampa.

Veo un destello en los ojos de Ryder, que en ningún momento ha mirado a Lance.

—Bienvenida a casa.

Noto una sensación extraña en el vientre, como cuando pisas mal un escalón y estás a punto de caerte.

Su voz ha sonado tranquila, con un toque de seducción, como si siguiéramos siendo nosotros.

Pero no lo somos.

En realidad, nunca lo fuimos.

Paxton se inclina hacia mí.

—¿Lo conoces? —me susurra con acritud.

No tengo ocasión de responder.

—No le hables a mi hermana —interviene Lance—. De hecho, ni siquiera la mires.

—No buscamos problemas, Lance —tercia Rosalie, situándose al lado de Ryder—. Sabes tan bien como yo que he sido invitada. Y estos son mis acompañantes.

—Chorradas —le espeta Lance—. Si no quisieras problemas, no estarías con ellos, Rosalie, y no te habrías presentado en nuestra casa con toda esa gente. No te hagas la mema.

Me libero de la presa de Paxton sin prestar atención al dolor que siento en el brazo. Sigo concentrada en Ryder.

—Juliette —musita Paxton.

Le lanzo una mirada por encima del hombro antes de caminar hacia Ryder hasta tenerlo justo delante.

Estamos tan cerca el uno del otro que oigo cómo contiene la respiración, y la electricidad chisporrotea entre nosotros, igual que siempre. Solo que esta vez presiento que podría abrasarme.

—Jules —me interpela Lance para que no vaya más allá.

—Cállate, Lance. Después hablaré contigo —le espeto sin dejar de mirar a Ryder—. ¿Quién eres tú?

Tensa la mandíbula y se humedece los labios.

—Ya lo sabes.

Niego con la cabeza.

—No juegues conmigo. ¿Quién eres? Tu nombre completo.

Sonríe, pero esta vez su sonrisa no le ilumina los ojos.

—Tú primero, princesa.

Alguien resopla cerca de él. Debe de ser Rosalie. Y me pongo a la defensiva porque, aunque nos hemos visto pocas veces, solo me llama «princesa» cuando no está siendo sincero.

—Fijaos, la gatita saca las garras —bromea Benjamin.

Merrick lanza un silbido.

—Van diez dólares a que le da una bofetada.

Bajo la voz, y el miedo me gotea por las venas como un grifo mal cerrado.

—Necesito que... que me digas que no soy la chica más idiota del mundo. Dime quién eres y qué haces aquí, con estos.

Mira a mis hermanos y vuelve a posar sus ojos en mí.

—No eres idiota.

Sigue sin responder a mis preguntas.

—Ryder —le susurro.

Estoy tan tensa que me tiembla la voz.

Algo parecido al remordimiento cruza por su rostro, pero es tan fugaz que no estoy segura de haberlo percibido realmente. Un atisbo de todo lo que sentí tan solo unos días atrás se libera de pronto y galopa por mi pecho como una estampida, obligándome a retroceder un paso.

Tengo la impresión de estar volviéndome loca. Como si tuviera delante todas las piezas de un rompecabezas, pero no fuera capaz de juntarlas.

Se oyen unos pasos a nuestra espalda y el ambiente se vuelve más tenso, más frío.

—¿Qué pasa aquí? —La voz gélida de mi padre corta el aire cuando viene hacia nosotros con Tyler.

—Están intentando… —empieza Lance.

Mi padre lo hace callar con un gesto. Lance aprieta los labios y se calla, pero yo sé lo mucho que le duele tener que guardar silencio y limitarse a escuchar.

Mi padre se vuelve hacia Ryder, y por un instante parece estar en *shock*. Sucede tan deprisa que si llego a parpadear me lo habría perdido. Hasta el menor rastro de calidez humana que pudiera conservar desaparece, y empieza a rezumar odio por las venas, como si lo llevara dentro desde que nació.

—Tú —exclama con un rictus de desprecio.

Ryder no se inmuta. Aunque no ignora todo cuanto hay de implícito en la voz de mi padre, tensa la mandíbula y su rostro adopta una expresión dura como la piedra. Él sabía lo que iba a suceder. Como si hubiera estado esperando este momento.

Y eso me indica algo. No solo me ocultó información.

Me mintió.

Todos los momentos que compartimos. Mentiras. Cada contacto, cada susurro, cada sonrisa. Mentira, mentira, mentira.

—Roman Montgomery —dice mi padre—. Estás vivo.

Y así, de repente, mi mundo se vuelve del revés y mi corazón se rompe.

Capítulo 19

Roman

Mierda.

La cara que pone Juliette acaba conmigo. Le tiembla el labio un poco, y por mucho que intento mirarla a los ojos, tratar de transmitirle…, no sé, algo…, evita mi mirada.

Pero ella no es mi problema.

No puede ser mi problema.

No es el motivo por el que estoy aquí.

Aprieto los dientes con fuerza, me clavo los molares en la lengua hasta que noto sabor a sangre en la boca.

Aplacar a Juliette no forma parte del plan de ataque que me ha trazado mi padre.

Todo se centra en Craig Calloway.

Y por cómo ha palidecido, por cómo se ha quedado helado, creo que ha recibido el mensaje.

Observo su reacción atentamente, para tratar de descifrar si lo que me dijo mi padre es cierto. Si de verdad Craig trató de matarme hace ya muchos años.

Si fue así…

Aquel accidente de tráfico provocó que mi madre se hiciera adicta a las pastillas. Perdió su empleo, su pasión, su forma de vida. Y yo la perdí a ella; y mi hermana perdió todo rastro de estabilidad.

La rabia me corre con renovada intensidad por las venas, y me noto el corazón acelerado y las manos sudorosas.

De entre la lista de cosas que me gustaría hacer ahora mismo, no figura ni de lejos encontrarme cerca del hombre que todos sugieren que quiere matarme.

—Sorpresa —digo, y agito la mano con los dedos abiertos—. ¿Estás bien? Parece que hayas visto a un fantasma.

Juliette se encoge al oírme; es como si el veneno de mi voz la quemara a ella. Se ha puesto muy pálida, tiene la boca abierta, está tensa como un cable.

Nunca quise que se sintiera así. Nunca quise hacer que se sintiera así.

Casi me dan arcadas.

Vuelvo a concentrarme en Craig.

—Me he enterado de que había una fiesta, así que se me ha ocurrido venir para darte algo que celebrar de verdad.

Juliette da un paso atrás y se lleva una mano al pecho. Uno de sus hermanos, el que la agarró antes por el brazo, vuelve a cogerla. Esta vez no se resiste, deja que la aparte.

Se vuelve y la empuja con delicadeza hacia el hombre rubio que ha llegado con su padre. Al instante, le rodea los hombros con el brazo y se la lleva.

Algo caliente me estalla por dentro en cuanto lo observo, pero no voy a ocuparme de ello.

«No puedo».

«Juliette Calloway no es mi problema».

Si lo repito cien veces igual me entra en la cabeza, igual dejo de sentir esta extraña necesidad de seguirla.

—Estáis en una propiedad privada —dice Craig con una mirada asesina—. Marchaos o tendré que emplear la fuerza.

Hace un gesto de asentimiento a los guardias de seguridad.

Aprieto los labios y ladeo la cabeza.

—Qué expresión tan interesante. «Emplear la fuerza». Eso se hace mucho por aquí, ¿no?

Alza la barbilla y se le dilatan las aletas de la nariz.

«Culpable».

Craig resopla y me conmina a marcharme.

—Fuera de mi propiedad y no vuelvas, o las consecuencias no te van a gustar. Dile a tu padre que no me gustan las sorpresas, y no me gusta que me mientan. —Entorna los ojos al ver mi expresión burlona—. Espero que comprendas que tu padre no tiene el menor poder aquí. La verdad es que resulta patético ver cómo se aferra a esa colina insignificante en el lado oeste de la ciudad. Dime, ¿te ha contado cuánto ha tenido que ceder a lo largo de los años? ¿Lo difícil que le podemos hacer la vida si sigue con sus jueguecitos? —Benjamin, a mi lado, suelta un bufido. Pero Craig no ha terminado—. ¿Te ha dicho lo difícil que puedo hacerte la vida a ti?

El corazón me palpita contra las costillas. Cada vez me estoy poniendo más rígido.

—¿Lo estás amenazando? —escupe Benjamin, dando un paso al frente.

Merrick se interpone entre nosotros y alza las manos.

—Vamos, vamos, niños, tenéis que jugar sin haceros daño.

—No tengo nada contra ti, Roman —sigue diciendo Craig—. Si quieres volver de entre los muertos y hacer como si el apellido Montgomery todavía significara algo en esta ciudad, tú mismo. Pero te lo advierto: no te acerques a mi familia y no te cruces en mi camino.

Me mira como si fuera un bicho al que quisiera aplastar, da media vuelta y se aleja, no sin antes chasquear los dedos para que todos lo sigan.

Y lo siguen, a excepción del alto, el más fuerte. Lance, creo que se llama.

Inclina la cabeza a un lado, cruza los brazos y me mira.

—¿De qué conoces a mi hermana pequeña?

La pregunta me duele como uno de esos cortes que te haces con el borde de una hoja de papel. Sigo esbozando una sonrisa burlona, pero tengo que esforzarme para que parezca natural.

—No la conozco.

Alza la barbilla y aprieta los dientes.

—Pues que siga así.

Asiento una sola vez con un gesto brusco.

Da media vuelta y también se marcha, y en el lugar donde hace un momento estaban todos ya no queda nadie. Los guardias de seguridad, que se habían mantenido a distancia mientras tuvo lugar la discusión, vuelven a ocupar su puesto. Levanto las manos.

—Ya nos vamos, chicos. No os pongáis nerviosos.

Doy media vuelta, le hago una seña a Benjamin y empezamos a bajar por el camino. Merrick acelera el paso para ponerse a mi altura, apoya una mano en mi hombro y se ríe con tanto entusiasmo que sin duda sus carcajadas deben de escucharse por encima de los árboles.

—Joder, vas a hacer que las cosas se pongan mucho más interesantes por aquí.

Lo miro y sonrío, aunque por dentro estoy muy lejos de sentirme feliz.

Me observa con un brillo en sus ojos oscuros.

Cuando llegamos al coche, Benjamin me da una palmadita en la espalda y asiente en señal de aprobación.

El papel de villano te sienta bien, tío. Tu padre se lo va a tragar todo.

Lo miro y trato de no ofenderme por la facilidad con que convierte un cumplido en un insulto.

—¿Cómo lo sabes?

Se encoge de hombros.

—Somos familia. Lo conozco como la palma de mi mano.

No sé si pretendía que me lo tomara como una puñalada, pero así ha sido. Enciendo el peta que llevaba en la mano. La ansiedad me asciende por la columna como una hilera de arañas.

Merrick se apoya en la puerta del pasajero de su coche.

—Nos da igual que le hagas la pelota a Marcus tanto como quieras, Benny. A mí lo que me interesan son los cotilleos. —Me mira con los ojos cargados de curiosidad—. ¿De qué conoces a Juliette Calloway?

Suelto una bocanada de humo y sonrío.

—Un caballero no cuenta esas cosas, Merrick.

—Ah —dice, y asiente como si mi falta de respuesta se lo hubiera dicho todo—. ¿Es amor verdadero?

Rosalie suelta una risa sarcástica.

—Venga ya. Juliette no sabría lo que es el amor ni aunque lo tuviera delante. Para eso tendría que dejar que alguien se le acercara, y siempre ha sido una puta frígida.

Me vuelvo hacia ella como un torbellino. Por un lado, quiero saber hasta qué punto conoce a Juliette, y por otro quiero matarla por haberla llamado puta. La intensidad de mi propia reacción me pilla desprevenido. ¿Qué demonios me pasa?

Cuando me vuelvo de nuevo hacia Merrick, está sonriendo como si pudiera leerme la mente.

Cambio de postura, incómodo.

Se yergue y empieza a dar vueltas con los brazos extendidos como si fueran alas.

—Si es la chica a la que amas, nos pondremos las alas de Cupido y volaremos alto. Al fin y al cabo, Rosebrook Falls es el lugar adonde viene a morir el amor. Tienta al destino mientras puedas.

Se me escapa una risa y sacudo la cabeza.

—¿De qué leches hablas?

Benjamin coge a Rosalie por la cintura, mira a su amigo y sonríe.

—Merrick solo dice chorradas, no le hagas ni caso.

Merrick deja de dar vueltas y lo señala con el dedo.

—Un poco de respeto, Benny. De no ser por mí, los Calloway no te habrían concedido una audiencia.

—¡Eh! —resopla Rosalie—. ¡Que estoy aquí! Que la invitada era yo.

Benjamin se la queda mirando.

—Ya, pero no has conseguido que pasáramos, así que…

—No me dijisteis que queríais colaros en la fiesta. Solo teníais que preguntarme cómo.

—Vale, pues ¿cómo? —inquiere Benjamin.

—Hay un agujero entre los arbustos en el lado este de la verja. Si te metes por ahí y sigues el perímetro de la finca, las cámaras de seguridad no te captan, es un punto ciego, y vas a parar justo debajo del balcón de Juliette.

Expulso una bocanada de humo.

—¿Cómo lo sabes?

Me mira y se le ilumina el rostro; se aparta de Benjamin y responde:

—Mi hermano siempre estaba fanfarroneando sobre cómo se escabullían Lance y él. Salían por el balcón de Juliette porque da a la piscina y es un punto ciego que las cámaras de seguridad no captan.

—¿Y quién es tu hermano?

Frunce el ceño.

—Tyler. El que salió con mi tío.

Me la quedo mirando.

—Tyler es el primo de Juliette. Rosalie es prima de Juliette —me aclara Benjamin.

Arqueo las cejas, sorprendido.

—Pero estás con nosotros.

Baja la vista y se encoge de hombros.

—He elegido bando.

Benjamin la mira con incredulidad.

—Pues ya nos podrías haber dicho un poco antes cómo colarnos.

—Insisto, nadie me lo preguntó.

Miro la mansión y un fuego nuevo se me enciende por dentro. La necesidad de explicarle a Juliette lo que he hecho se impone a cualquier otro sentimiento. No sé por qué me escuece tanto pensar que me detesta, o que crea que la he engañado a propósito, pero me escuece; me repito como un mantra que esa chica no me importa… pero me importa.

De pronto, no puedo pensar en nada que no sea ella.

Vuelvo a concentrarme en mi grupo. Merrick abre la puerta del coche y se sienta tras el volante.

—¿Vienes? —me pregunta desde el otro lado de la ventanilla bajada.

Sacudo la cabeza y me meto las manos en los bolsillos.

—Hace una buena noche. Volveré dando un paseo.

Le brillan los ojos como si supiera lo que voy a hacer, pero asiente, les hace un gesto a Rosalie y a Benjamin y suben al coche.

—Si quieres, llámame luego —dice Merrick—. Aquí vas a necesitar amigos. Amigos en los que puedas confiar.

Asiento y los veo alejarse. El corazón me late a toda velocidad cuando me vuelvo y contemplo la finca de los Calloway.

«Sigues el perímetro de la finca… y vas a parar justo debajo del balcón de Juliette».

Capítulo 20

Juliette

Puede que Roman Montgomery no esté muerto, pero para mí sí lo está.

Es una reacción un tanto melodramática, y también la única que tengo en la cabeza mientras recorro la mesa del comedor de gala en toda su longitud.

En el aire flotan las risas de la gente achispada por el champán que sigue socializando en el atrio, pero su alegría no me afecta. Aparte de eso, solo se oye el sonido de mis tacones, pues me he vuelto a poner los zapatos.

Sin embargo, la crítica silenciosa de mi hermano Alex sigue sonándome como un grito.

Clic, clic.

Clic, clic.

Clic, clic.

No sé ni por qué estoy disgustada. No es que Ryder… borra eso, Roman… No es que Roman y yo nos debiéramos nada.

Pero, nada más pensarlo, sé que no es verdad. Me he abierto a él como no me había abierto con nadie. Con él sentí una libertad inédita, porque no sabía nada de mí, ni quién era ni quién tenía que ser.

«Pero lo supo desde el principio».

Puede que me estuviera utilizando.

Pero ¿para qué? ¿Por mera crueldad?

¿Para asestarle una puñalada a mi familia? ¿Y con eso qué iba a conseguir?

Cuanto más lo pienso, menos sentido tiene. Yo fui quien lo buscó, al menos después de los dos primeros encuentros casuales. Y no fue él quien le dio a Felicity las invitaciones para la exposición.

Me siento tan confusa que me parece estar en caída libre, y no sé cómo salir a la superficie.

En la estancia solo está Alex, que ha venido corriendo tras de mí cuando he entrado por la puerta principal hecha una furia.

No tiene la menor idea de lo que pasa, porque era el único de nosotros que no ha tomado parte en el enfrentamiento.

—¿Qué haces ahí, mirando como un idiota? —le espeto; necesito liberar la rabia.

Frunce el ceño, resopla, va hasta una silla en la otra punta de la mesa, la aparta con gesto teatral y se deja caer en ella.

—Ya está. ¿Satisfecha?

Le dedico una sonrisa sarcástica.

—Así me gusta.

—Joder, pero ¿qué leches te pasa?

Dejo de pasear de un lado a otro y le lanzo una mirada.

—¿Por qué tiene que pasarme algo?

—Ya, claro. —Pone los pies encima de la mesa, cruza los tobillos y se repantiga en el respaldo de la silla—. Estás de lo más tranquila y controlada. Solo eran suposiciones mías.

En mis labios se dibuja una sonrisa. Sacudo la cabeza y suspiro.

—Lo siento.

Sonríe, y su sonrisa es tan parecida a la de nuestra madre que me duele mirarlo.

Alex es el único que la quiere más que a nuestro padre. Tiene el pelo castaño más claro, casi dorado, en lugar de negro como el resto de los hermanos, y luce un ondulado perfecto que hace que siempre parezca bien peinado, aunque no se haga nada. Los ojos son como la miel, con destellos verdes. Tiene un aspecto tan de Hollywood que es un milagro que no se haya ido a hacer carrera en el cine.

Y es actor, aunque se licenciase en Filosofía.

—¿Quieres hablar de ello? —me pregunta.

—¿De qué? —Vuelvo a pasear de un lado a otro.

Agita una mano en el aire.

—De lo que sea que te ha puesto así, parece como si estuvieras a punto de soplar y soplar hasta la casita derribar.

Me detengo y lo miro con el ceño fruncido.

—No.

Se oyen unas pisadas por el pasillo y Alex sonríe.

—Bien. Entonces, háblalo con papá.

—¿Cómo sabes que es papá? —Aguzo el oído, pero el que se acerca podría ser cualquiera.

—Por las pisadas.

—En qué cosas más raras te fijas.

Alex se encoge de hombros.

Nuestro padre entra en la sala de estar. Miro a Alex, boquiabierta. Alex me guiña un ojo, la mar de orgulloso.

Mi padre me mira fijamente, pero no digo nada. A cada segundo que pasa me pica más la piel.

«¿Sabe que conocía a Roman? ¿Está enfadado conmigo? ¿De verdad intentó hacerle daño?».

La última pregunta me cabrea, porque, a fin de cuentas, ¿qué más me da? Roman me ha hecho daño a mí. Aunque parezca ridículo, dado lo poco que hace que nos conocemos.

—¿Todo bien? —le pregunto para sondearlo—. ¿Quién era ese?

Se le dilatan las aletas de la nariz y carraspea para aclararse la garganta.

—Se llama Roman Montgomery.

«Tiene le mejor cara de póquer del mundo». Nunca he sido capaz de saber lo que piensa. Se me seca la boca.

—¿Y quién es?

Papá entra en el comedor y apoya las manos en el respaldo de una silla. Lo agarra con tanta fuerza que se le ponen blancos los nudillos.

—El hijo de Marcus Montgomery —dice.

Alex se echa a reír.

—Es imposible. El hijo de Marcus murió. ¿No te acuerdas? Salió en todas las noticias. Está de broma, Jules.

Mira a papá, y este le devuelve la mirada con el ceño fruncido.

—No entiendo —digo.

—Pues ya somos dos, cariño. —Mi padre me dedica una sonrisa tensa.

—¿De verdad es el hijo de Marcus? —pregunta Alex, ya sin el menor rastro de humor en la cara.

—Eso parece. —Me lanza una mirada—. ¿Qué hacías hablando con él?

Alex se ríe de nuevo, incrédulo. Baja los pies de la mesa y se inclina hacia delante con los ojos brillantes.

—La leche, ¿lo dices en serio?

Nuestro padre le lanza otra mirada; no sé qué demonios está pasando.

—Papá —lo interpelo, mientras avanzo un paso hacia él.

Se le suaviza la expresión.

—Lo siento, cariño. Bienvenida a casa. No quería que tuvieras semejante recibimiento.

Abre los brazos para ofrecerme un abrazo y se me ablanda el corazón, pero no me da tiempo a dar un paso más, porque en ese momento entra mi madre, seguida del gilipollas de Preston.

Mi padre deja de mirarme, desvía la vista hacia ellos y baja los brazos.

—Ah, estáis aquí —exclama mi madre con voz alegre.

Sus ojos dicen lo que no dice la voz cuando nos mira a mi padre y a mí con un brillo de desaprobación en lo más profundo de sus pupilas.

Pero yo he aprendido a jugar a este juego observándola a ella, así que no me cuesta nada borrar cualquier expresión de mi rostro y sustituirla por la tradicional sonrisa Calloway.

—Os estábamos buscando —sigue diciendo.

Mi padre también borra la expresión de su rostro, se acerca a ella, le da un casto beso en la mejilla y le tiende la mano al hombre.

—Me alegro de verte, Preston.

Los miro y parpadeo cuando vienen hacia mí. Alex, a mi lado, se pone rígido. Tiene el ceño fruncido.

Preston es atractivo de una manera convencional y, por mucho que me fastidie reconocerlo, no ha hecho más que mejorar con los años. Es alto, aunque cuando llevo tacones de aguja estoy casi a su altura. Es delgado, pero musculoso, y el traje a medida casa a la perfección con su pelo rubio arena, peinado cuidadosamente para que no le cubra el rostro. Tiene una sonrisa deslumbrantemente blanca, y sus ojos azules brillan cuando me coge la mano.

Es una sensación familiar, y cuando me sonríe se me acelera un poquito el corazón, igual que en el instituto.

Pero la palma de su mano está blanda.

Mi mente revive el recuerdo de unos dedos encallecidos, entrelazados con los míos, y de una mano fuerte alrededor de mi cuello.

Trato de reprimirlo, molesta conmigo misma. Que le den a Roman Montgomery. Si en algún momento pensé que había algo entre nosotros, ahora ya no puede existir.

No existe.

Así que, cuando mi padre le dice a Preston que me lleve de vuelta a la fiesta, no protesto, y cuando Preston me pide una cita una hora más tarde, le digo que sí por puro despecho.

Capítulo 21

Juliette

El resto de la fiesta fue… pasable.

No me apetecía la idea de volver a salir con Preston, aunque mentiría si dijera que no era igual de encantador que la primera vez. O más. Pero yo ya me había desilusionado, porque ni todo el encanto del mundo podía ocultar lo mucho que me dolió cuando me dejó con un simple mensaje de texto.

Lo único que he descubierto al verlo de nuevo es que ya no estoy furiosa por el pasado. Puedo seguir adelante, pero si mis padres se creen que voy a volver con él, están locos. Ya pueden dar gracias porque haya accedido a salir un día con él, pero, desde luego, no pienso ser su pareja en la Gala de los Fundadores de la UV, dentro de unas semanas.

Una parte de mí, la parte vengativa, quiere que Roman vea los titulares que se publicarán, eso es inevitable.

Soy tonta.

Es obvio que no le importará.

He vuelto a mi dormitorio y el mundo a mi alrededor está en silencio, pero me cuesta conciliar el sueño. Aparto la colcha y me dirijo a las puertas del balcón.

¿Por qué no puedo apagar mi cerebro y ya está?

Se me pasa por la cabeza llamar a Felicity para ponerla al día sobre mi vida, pero descarto la idea. Estará durmiendo o en la cama con Keagan, y no quiero interrumpirla ni en una cosa ni en otra. Además, en cuanto se entere de que están metiendo a Preston en mi vida de nuevo, seguro que toma el primer avión para venir a impedirlo. Así que me conformo con enviarle un mensaje.

YO:

Espero que te divirtieras en la graduación e hicieras algo en mi honor. Como romper con Keagan.

Oye... ¿por qué no nos buscamos un piso cuando vuelvas? Pensaba quedarme en casa, pero aquí me siento otra vez como una niña. Es asfixiante. No digas «te lo dije».

No le menciono a Ryder..., a Roman, porque ya me siento lo bastante idiota sin necesidad de que ella me eche en cara mis errores.

Abro las puertas, salgo al balcón y me apoyo contra la barandilla pulida.

La noche está clara, despejada, y las estrellas parpadean en el cielo. Me recuesto en el pilar, a un lado del balcón.

Esperaba que el silencio serenase el caos de mi mente, pero es al revés.

La brisa me acaricia la cara, y la rejilla por donde trepa la hiedra que cubre las paredes de la casa parece crujir.

Por primera vez desde que he vuelto a ver a Roman, desde que he sabido quién era, me permito dar rienda suelta a mis emociones.

Siento una tensión en el pecho, como si las costillas me estuvieran oprimiendo tanto que no me permitieran llenar los pulmones. Tengo la mandíbula dolorida de tanto apretar los dientes durante toda la velada, y lo peor de todo es que el corazón se me acelera cada vez que me recrimino a mí misma haber sido tan idiota.

No es que estuviera enamorada de ese tío, claro, pero el potencial era evidente. Y ahora lo sé a ciencia cierta: estas horas con mi ex me han hecho comprender lo fuerte que era la conexión con Roman.

—Roman Montgomery —susurro—. ¿Por qué tenías que ser tú?

—Seré otro si con eso me perdonas.

Me tapo la boca con la mano para no gritar, y el pulso se me acelera cuando me aparto de la barandilla dando un brinco. Tras un segundo de pausa, me inclino hacia delante para mirar abajo y tratar de verlo.

—¿Roman? —Ha sonado como un susurro y un grito a la vez, de modo que me vuelvo para asegurarme de que no viene nadie. Se me hace un nudo en el estómago solo de pensar que podrían sorprenderlo aquí—. ¿Dónde estás? —pregunto de nuevo al no verlo en la oscuridad—. ¡No, espera! ¡No salgas! ¡Si sales, te verán!

Respiro hondo y trato de calmarme.

Se oye otro ruido, y de pronto aparece en la cornisa del balcón, sujeto a la rejilla y con una sonrisa petulante en el rostro.

—No me verán —me asegura para tranquilizarme. Se detiene un momento—. O eso creo.

—¿Qué demonios haces aquí? —musito; me dan ganas de borrarle esa sonrisa idiota de una bofetada.

Frunce el ceño.

—Estás enfadada.

Me cruzo de brazos y resoplo.

—Para estar enfadada tendrías que importarme algo.

Aprieta los labios, se suelta de una mano, se balancea, y la rejilla vibra cuando choca de espaldas contra la pared de la casa. Y a mí casi me da algo.

—¡Ten cuidado! —le digo—. ¿Estás loco o qué?

Roman me mira suplicante. La mano se le está poniendo blanca bajo los tatuajes, pues tiene que hacer mucha fuerza para seguir agarrado.

—Di que me perdonas.

Le lanzo una mirada asesina.

—No.

—Entonces estás enfadada.

Agito las manos, irritada por sus payasadas, pero más irritada aún por la chispa de emoción que se ha encendido dentro de mí. ¿Cómo puedo ser así? ¿Cómo puedo reaccionar de esta manera al verlo aun después de saber que me mintió en la cara, que es el hijo del rival de mi familia?

—Si no te matas de la caída, mi familia te matará cuando te encuentre aquí. Así que, haz lo que quieras, ¿a mí qué me importa?

—Juliette —me implora, y veo que se le resbalan los dedos y cae unos centímetros más.

Me abalanzo hacia él, como si pudiera salvarlo.

—Para de una vez —le susurro, mirando de nuevo hacia atrás.

No, no viene nadie.

—Di que me perdonas —me repite.

Frunzo el ceño, pero en el fondo me gusta que haya venido, que trate de arreglar las cosas.

—No te has disculpado.

—Es verdad —dice—. Lo siento mucho.

Me apoyo en la columna y lo miro. Una parte de mí está disfrutando con su sufrimiento.

—¿Qué es lo que sientes?

—No sé. El hecho mismo de existir. —De pronto ya no aprecio el típico tono burlón en su voz—. Y no haber sido sincero, aunque tuviera mis motivos. Si me dejas que te los explique…

Suspiro.

Le vuelven a resbalar los dedos y se desliza hacia abajo unos centímetros más.

—Mierda —masculla.

—¡Vale! —transijo casi a gritos—. Vale —repito bajando la voz—. Te perdono.

Sonríe de oreja a oreja y trepa con toda facilidad, pasa una pierna por encima de la barandilla, luego, la otra, y se planta frente a mí, de pie en mi balcón.

—Sabía que te importaba.

Me quedo boquiabierta. La ira vuelve a correr por mis venas y, sin poder contenerme, le doy un empujón.

—¿Te has vuelto loco? Has estado a punto de matarte.

Me sujeta las manos y se las lleva al pecho.

—Si me odias, ya estoy muerto.

—Y ahora me vienes con bromitas. —Lo empujo de nuevo y se ríe, me suelta y se apoya en el pilar—. Te odio —mascullo—. Te odio.

La sonrisa se le borra de la cara y se le forma una arruga en la frente.

—He venido a darte explicaciones.

Miro a un lado y cruzo los brazos.

—Creo que ya lo he entendido todo, y de sobra.

Niega con la cabeza.

—No sabía quién eras, Juliette, te lo juro.

Entorno los ojos.

—Entonces ¿por qué no me dijiste tu verdadero nombre?

—Porque todos pensaban que estaba muerto. Y todos los que sabían que estaba vivo creen que tu padre quiere matarme.

Me detengo un momento, pero de repente se me eriza el vello y me pongo a la defensiva, dispuesta a interceder por un hombre que tal vez no merezca que lo defiendan.

Ya sé que es capaz de hacer cosas espantosas, pero… algo tan radical, no.

«¿Verdad que no?».

Me estremezco.

Por supuesto que sí.

—¿Por qué iba a querer matarte? —le pregunto.

—Vamos, princesa. Lo sabes de sobra. —Observo que tiene un tic en la mandíbula—. Todo lo que te dije era cierto —añade a toda prisa—. Tengo una hermana que depende de mí. Es lo único que me queda en el mundo y necesito asegurarme de que recibe los cuidados que necesita.

Vuelvo a revivir el momento del primer encuentro apenas unas horas antes, el hecho de que no se sorprendiera al verme, y de que estuviera al corriente de la fiesta. Pero no creo que esté mintiendo. La alusión a su hermana hace que mi ira se disuelva un poquito.

Inclino la cabeza a un lado.

—¿Cuándo supiste quién era yo?

Hace una mueca y baja la vista.

—Mi madre te reconoció.

—La madre que se suponía que también estaba muerta, ¿no? No me extraña que me detestara en cuanto me vio.

Me mira con gesto suplicante, como si lo desesperase que yo no fuera capaz de entender lo que me está contando.

—Así que fue antes de que volvieras a verme en la cafetería.

No sé por qué, pero eso me afecta más que si lo hubiera sabido desde el principio. Vuelve a apretar los dientes y asiente con un gesto brusco.

—¿Por qué? —insisto—. ¿Por qué te empeñaste en hacerme creer que podía haber algo…, que podíamos ser amigos?

—Porque quería conocerte —me dice, optando por la respuesta más simple—. Y aún quiero.

Se me agarrota el corazón, y me cuesta respirar.

—No es justo —digo.

Roman se yergue y avanza un paso hacia mí.

—Yo no planeé nada de esto.

—Tampoco importa. —Retrocedo, y al hacerlo mi espalda se topa con el otro lado del balcón—. No deberías estar aquí.

—Pero aquí estoy.

Un paso más.

Presiono las manos contra la piedra como si con un poco de esfuerzo pudiera fundirme con el edificio.

—¿No podemos ser amigos? —murmura con los ojos clavados en los míos—. Esto no tiene por qué cambiar nada.

—Pues no sé, igual sí, porque al parecer crees que mi padre es un asesino.

Se le suaviza la mirada, como si se apenara por mí.

—Eso me importa una mierda —dice con voz firme, imperturbable—. Lo único que me importa eres tú.

—Claro —resoplo—. Y por eso antes has montado un espectáculo tan convincente delante de mi familia.

Una nube enturbia sus ojos por un instante. Es como si detestara lo que ha hecho.

—Si fueras cualquier otra persona… —le susurro con la vista clavada en el suelo.

—Pero no lo soy —me replica. Apoya las manos en el pilar, una a cada lado de mi cabeza—. ¿A quién le importa?

—¡A mí! —exclamo—. No tienes ni idea de hasta qué punto estás vetado para mí.

Se le dilatan las aletas de la nariz, tensa los brazos. Trato de ignorar el calor que desprende su cuerpo, que me envuelve, y no se me ocurre peor tortura que esta, tenerlo tan cerca físicamente y a la vez más lejos que nunca.

—Claro que lo sé —musita.

—¿De verdad? —Me lo quedo mirando—. Eres un Montgomery, liante. Si mi padre te viera conmigo, o peor, si te viera mi primo Tyler…

—¿Qué pasaría? —me interrumpe Roman, acercándose tanto que nuestros torsos se rozan.

Vuelvo a ver la pistola de Tyler.

—Ya puedes imaginártelo.

—Sea lo que sea, valdría la pena por pasar un rato contigo.

Aprieto los dientes y desvío la vista hacia la piscina.

—Yo no elegí a mis padres, igual que tú no elegiste a los tuyos, Juliette.

El sonido de mi nombre en sus labios me provoca un cosquilleo por toda la espalda.

—No pensaba que fueras de las que agachan la cabeza y hacen todo lo que les dice su familia, pero tal vez me equivocaba —sigue.

Sus palabras me hacen arder de ira, pero, por mucho que quiero replicarle, no puedo.

Porque es verdad: nunca he hecho nada que fuera en contra de los deseos de mis padres.

Me he estado cociendo a fuego lento en un caldero sin tan siquiera darme cuenta de que me estaban abrasando.

Vuelvo de nuevo la vista hacia él; me enfurece sentir mariposas revoloteando en mi estómago, y cómo se me acelera el corazón en cuanto nuestras miradas se cruzan.

—Pues dime qué haces aquí esta noche. Convénceme de que el problema son solo nuestros padres.

Alza la barbilla y veo que traga saliva.

Pero no dice nada.

Asiento, y la resignación va ocupándolo todo, como la arena en un reloj.

—En ese caso, somos enemigos.

Se mueve tan deprisa que no me da tiempo a escabullirme. Me sujeta la cintura con una mano, y apoya la otra en mi nuca.

Presiona su frente contra la mía.

Reprimo un grito. La piel me arde al contacto con la suya.

—Nunca serás mi enemiga.

Lo dice en un tono que no admite réplica.

Agito las pestañas. Por muy ridículo que pueda parecer en estas circunstancias, siento una llama de esperanza palpitando en mi pecho.

—¿Aunque tengamos que fingir que lo somos?

La expresión de su rostro cambia, se endurece, se afila.

A lo lejos, una puerta se cierra de golpe, y el corazón me da un vuelco.

Lo empujo para apartarlo de mí, pero me agarra con más fuerza.

—Tienes que marcharte.

—Reúnete conmigo, donde sea.

—Roman, por favor. Vete. Antes de que te encuentre mi familia.

—Cuando me digas que sí.

Frustrada, me relajo entre sus brazos, y apoyo las manos en los fuertes músculos de su pecho.

—De acuerdo. Mañana, junto al precipicio.

—¿Donde te salvé la vida? —Sonríe, burlón.

Trago saliva.

—Sí, sí, como quieras, pero vete.

¡Pillados! Preston Ascott y Juliette Calloway... ¿Vuelta a empezar?

Se los vio juntos en la fiesta del alcalde Penngrove, y ahora los rumores sobre un posible acercamiento están que arden. Nuestras fuentes acertaron y Preston Ascott tiene un objetivo.

¿Renace el amor o solo es nostalgia? ¿Vuelve la pareja de oro de Rosebrook Falls?

#JulietteVuelve #PrestonAscott #TodosAtentosAMontgomery #RomanceDeInstituto #RosebrookRag

Capítulo 22

Roman

Este traje me pica por todas partes.

El tejido es perfecto, como la seda, y cada milímetro se adapta a mi cuerpo como si me lo hubieran cortado a medida. Pero me está asfixiando.

No sé si es la ropa en sí o la mera idea de tener que hablar en público lo que hace que me entren ganas de morirme, pero estoy a cinco minutos de subir a la tribuna, ante una docena de periodistas con gigantescas cámaras montadas en trípodes y muchos micrófonos apuntados hacia mí.

Estamos junto a la pérgola, en el centro de la plaza de la ciudad.

Hay más gente que cuando llegué la otra noche, y mucha más que cuando me escabullí a las dos de la madrugada para dejar mi marca en un edificio.

Las tiendas están abiertas, brilla el sol y la gente pasea por las calles. Al parecer, todo el mundo se ha enterado de lo de la conferencia de prensa que ha convocado mi padre, así que, además de periodistas, también hay ciudadanos curiosos que ocupan todos los huecos.

A pocos metros hay un músico callejero sentado a la sombra de un árbol que toca una canción de amor con su guitarra, mientras otro, en un banco, les echa migas de pan a las palomas, pero todos los demás nos miran de reojo como a la espera de que empiece el verdadero espectáculo.

Rosebrook Falls siempre me ha parecido una ciudad pequeña, pero ver cómo cobra vida con la presencia de sus habitantes me ofrece una nueva perspectiva.

La secretaria de prensa de mi padre está delante del micrófono, para responder las preguntas de los periodistas entrometidos.

Mi padre está de pie a mi lado, a la derecha. Y me da una palmada en el hombro. Aparto la vista de la tribuna para mirarlo. Exhibe una amplia sonrisa, como si le encantara verme allí. Como si estuviera orgulloso de tenerme a su lado.

Eso me hace sentir…, no sé. Raro.

No me fío.

Y detesto que una parte de mí se deleite con esa sonrisa, como si el niño que llevo dentro se muriera por obtener su aprobación.

Al lado de mi padre está Frederick, estoico y silencioso.

En la tribuna, la secretaria de prensa ha terminado de hablar, y los murmullos del público dirigen mi atención hacia una zona de hierba despejada al lado de la pérgola, en busca de la chica en la que sé que no debería pensar, pero que no puedo quitarme de la cabeza.

«Juliette».

Desde que llegué aquí, apenas he pensado en nada que no fuera ella. Está en cada centímetro cuadrado de esta ciudad.

Pero no aquí. «¿Por qué iba a estar?».

Mi padre me da un toquecito en el hombro.

—¿Preparado, hijo?

La pregunta hace que se me seque la boca. El mero hecho de estar aquí ya me parece una traición a mi pasado, pero una parte de mí me duele cuando me llama «hijo», es como una antigua lesión que palpita cuando amenaza lluvia.

Vuelvo a mirar a los periodistas y se me cierra la boca del estómago.

—¿Tengo que hablar con ellos?

Me mira pensativo por un instante.

—Es posible.

Frederick se acerca a nosotros y se tapa la boca como si estuviera tosiendo. Me imagino que es para que nadie le lea en los labios lo que dice.

—No digas locuras, Marcus. No tiene la menor preparación. ¿Quién sabe lo que podría decir?

—Tú impedirás que publiquen cualquier cosa que pueda perjudicarnos, ¿no?

Frederick aprieta los dientes y mira a los periodistas.

—No puedo garantizarlo.

Mi padre asiente, y me mira. Es evidente que se toma muy en serio el consejo de Frederick.

—Tu falta de confianza me resulta inspiradora. Soy muy capaz de hacer frente a unas cuantas preguntas —digo, y le sonrío a Frederick.

—Pero no menciones nada de los papeles que has firmado —me ordena.

Me encojo de hombros.

—Claro. Tampoco creo que les importen las estipulaciones sobre mi herencia, ¿no?

Frederick masculla algo entre dientes. Personalmente, su opinión me importa una mierda. De hecho, lo único que me importa es el artículo que he visto esta mañana, de camino hacia aquí.

«Preston Ascott». Tiene nombre de gilipollas.

Solo de imaginármelo con Juliette hace que se me vaya la cabeza y se me revuelva el estómago.

La mujer que estaba en la tribuna viene hacia nosotros. Su piel negra brilla con el calor del día y con el traje chaqueta azul perfectamente planchado. Le hace un gesto de asentimiento a mi padre, él carraspea, me mira a los ojos una última vez y se dirige hacia el micrófono como si a cada paso que da el mundo se plegara para acomodarse a su voluntad.

Si no lo despreciara tanto, sería una imagen casi inspiradora.

—Buenas tardes —dice—. Gracias por venir. Como ya saben todos, la Montgomery Organization hunde sus cimientos en la familia. Confianza. Longevidad. De hecho, mi bisabuelo fue quien construyó esta ciudad con sus propias manos. Él erigió la pérgola junto a la que nos encontramos. —Se gira para señalar la estructura cercana, y mira la placa que dice: «Este parque fue creado gracias a Calloway Enterprises»—. Digan lo que digan otros.

Se le tuerce el gesto imperceptiblemente, tanto que estoy seguro de que solo yo me he dado cuenta.

—Hay quien dirá que es nepotismo; otros, que es un legado. Puede que haya un poco de ambas cosas.

Con esa frase consigue hacer reír a la gente, y, por qué negarlo, también a mí.

Mi padre es un orador fantástico.

Lo cual hace que me pregunte por qué solo se ha quedado con las afueras de la ciudad, mientras que los Calloway tienen las manos metidas en todo lo demás.

Por lo visto está perdiendo un juego que debería dominar como nadie.

—Ya sé que todos esperáis desde hace mucho que os proporcione un buen cotilleo. —Mira con especial atención al periodista que tiene delante, sosteniendo un micrófono con el logo del *Rosebrook Rag.*

Se produce cierta agitación entre el público, se sucede una pausa y algunas cámaras empiezan a disparar. Miro en dirección al alboroto y veo a Paxton Calloway —ahora ya sé que es el hijo mayor, llamado a heredar todo lo que conlleva el apellido Calloway—. Esta allí, solo, con un traje negro, el botón superior de la camisa abierto, el hombro apoyado en una farola y las manos en los bolsillos, como si fuera la persona con menos preocupaciones del mundo.

Como si solo estuviera allí para ver qué pasa, igual que todos los demás.

Lleva gafas de sol, pero sé que me está mirando a mí.

Veo un brillo amenazador en la mirada de mi padre.

—También sé que algunos esperabais que la familia Montgomery muriera conmigo. Pues lo siento, pero os voy a decepcionar.

Las exclamaciones ahora son audibles.

—Hace veintitrés años, cometí un error.

Las palabras me golpean como un ariete que me acierta en pleno pecho, y los fragmentos se desparraman por mi estómago.

—No soy perfecto —prosigue—. Pese a estar casado, me enamoré. Y aquel error tuvo consecuencias, algunas lamentables.

Cada vez hay más miradas puestas en mí. Algunas cámaras se vuelven en mi dirección.

«Consecuencias».

«Lamentables».

Se refiere a mí, claro. Soy la consecuencia de sus actos, su mayor arrepentimiento. Habla como si siguiera avergonzado, como si quisiera dar marcha atrás y evitar mi existencia.

A estas alturas ya debería de haberme acostumbrado, haberme hecho inmune al doloroso aguijón de sus palabras.

—Pero, a veces, de los peores momentos surgen los mayores logros; y tras años de no saber nada de él, de creer que lo había perdido para siempre, me alegra deciros que hay ocasiones en que la realidad supera a la ficción. Sobre todo, ahora que mi único hijo ha vuelto a casa. Roman Montgomery.

Aún no me ha dado tiempo a concentrarme en el entramado de mentiras que ha tejido para explicar lo de las falsas muertes, cuando alguien me conduce a la tribuna y me sitúa a su lado.

Siento una molesta inquietud en las entrañas, pero enderezo la espalda. Si no sigo adelante, Brooklynn no recibirá los cuidados que requiere.

Y mi familia me necesita, aunque eso implique convertirme en la viva imagen del mal.

Capítulo 23

Roman

No hay muchas cosas en este mundo que logren descolocarme.

Y tampoco recuerdo muchos momentos en los que haya estado tan nervioso que ni siquiera pudiese sentarme.

Esta sensación, estos nervios que no me dejan comer, no me dejan dormir, no me dejan respirar, son nuevos para mí, pero es lo único que siento desde que volví a ver a Juliette en Rosebrook Falls. Desde que accedió a volver a reunirse conmigo aquí, en nuestro lugar.

¿No resulta un poco raro llamarlo «nuestro», cuando es la segunda vez que estamos aquí juntos?

Llegué al recóndito precipicio del Parque Comarcal de Verona al poco de concluir la farsa con los periodistas, en la que me comporté como si me gustara estar allí.

En cuanto terminó, recibí un mensaje de texto de mi madre. Seguro que lo estaba viendo en directo.

MAMÁ:

Lo has hecho muy bien. Estoy orgullosa de ti.

Se me encoge el corazón. Creo que es la primera vez en muchos años que utiliza esas palabras.

Juliette no me dijo a qué hora vendría, así que me he sentado como un gilipollas ante la mesa de pícnic con la esperanza de que se presente. El sol se puso hace una hora tras el horizonte para dejar paso a la luna. Me he pasado el tiempo dibujando. Nada concreto, solo bocetos para tener las manos activas y la mente ocupada.

Las estrellas brillan en el cielo, y hay unas cuantas farolas que proyectan su escasa luz; una de ellas ilumina la vieja mesa de pícnic que tengo enfrente.

Suspiro, estiro el cuello para relajarme y dejo caer el lápiz sobre la libreta negra. Me levanto para aliviar la tensión de la espalda y camino hacia la piedra, ¡la piedra!, donde vi por primera vez a Juliette.

Me siento en el borde y, mientras espero, llamo a Brooklynn. En parte porque la echo de menos, pero también para distraerme del pánico que empieza a invadirme de pensar que Juliette no se va a presentar.

Brooklynn no coge la llamada, seguro que me está evitando, así que la llamo de nuevo.

Y una vez más.

A la cuarta, se oye un clic, y la tensión del pecho se me alivia al oír su voz.

—Sabes que te estás pasando de agobiante, ¿no?

Ahora sí me siento relajado.

—Yo me considero más bien persistente.

Suspira.

—¿Qué quieres, Oso? ¿O ahora solo te podemos llamar Roman?

El corazón me late a toda velocidad.

—Llámame como quieras con tal de que no me dejes de lado.

Se queda en silencio un momento.

—¿Qué tal por ahí? ¿Todo bien?

Miro más allá del precipicio, cómo se extiende la planicie de Rosebrook Falls a mis pies, en el valle.

—Depende de lo que entiendas por «bien». Acabo de informar al mundo de que no estoy muerto, así que…, no sé, pasable.

—Ya te he visto. La rueda de prensa. —Hace una pausa—. Eres igual que él.

Noto un tic en la mandíbula, y un calambre en la boca del estómago.

—Brooklynn…

—En fin —concluye, para cambiar de tema—. ¿Qué estás haciendo?

—Estoy en un parque.

—Fascinante.

Me froto el cuello, alzo la vista, y el corazón se me desboca.

Ahí está Juliette, delante de mí, mirándome.

—Oye, tengo que colgar. Si te llamo luego, ¿me lo cogerás?

—Claro, hombre. —La voz me llega cargada de sarcasmo, pero es lo máximo que voy a sacarle.

—Te quiero mucho, peque.

—Igual.

Clic.

—Esto es la Roca del Revés —me informa Juliette.

El sonido de su voz me hace cosquillas en la columna, y no puedo evitar que una gran sonrisa me ilumine el rostro.

—Has venido.

Arquea una ceja.

—Dije que vendría. ¿Qué pasa, acaso crees que soy una mentirosa?

Niego con la cabeza y me la quedo mirando porque, joder, es preciosa.

—Pero bien que me has hecho esperar —digo—. Estaba a punto de rendirme y marcharme a casa.

Inclina la cabeza hacia un lado.

—¿A casa? ¿A la mansión Montgomery?

Me levanto y voy hacia ella. Casi doy un traspié, como si mi cuerpo quisiera estar más cerca de ella que mi mente.

—No quiero hablar de eso —le respondo—. No quiero pensar en la relación de mierda que tienen nuestras familias. Cuando estemos aquí, quiero que seamos simplemente… nosotros.

Observo que traga saliva.

—¿Y eso qué conlleva exactamente?

—No sé. Solo cosas de amigos.

—Cosas de amigos —repite.

—Sí. Ya verás lo buen amigo que soy —le auguro, moviendo las cejas.

Me lanza una mirada divertida, se dirige hacia la mesa de pícnic, se sienta en el banco y deja la libreta.

—Vale, amigo, pues cuéntame algo sobre ti.

La sigo, me siento al otro lado de la mesa y pongo las manos encima, junto a mi propia libreta. Señalo la suya con la barbilla.

—¿Qué llevas ahí?

Me lanza una mirada de reproche.

—Yo he preguntado primero.

—Vale. —Cojo el lápiz y lo hago rodar entre los dedos—. Llevo años pensando que mi padre me quería muerto y, ahora que me ha pedido que venga, no sé cómo se comporta un hijo. Su riqueza me incomoda y, si no fuera por mi hermana, puede que nunca llegase a tocar una sola moneda del fideicomiso.

Abre los ojos de par en par.

—Joder, lo siento. —Me paso la mano por el pelo. Vuelvo a tener el habitual tic en la rodilla—. Demasiado intenso, ¿no? Es que me has preguntado, así que…

—No, no —me interrumpe—. Lo que pasa es que no esperaba que fueras tan sincero.

Bajo la vista hasta la mesa y la miro de nuevo a ella con la esperanza de poder transmitirle con la mirada todo lo que no sé decir con palabras.

—Siempre seré sincero contigo.

Suelta un bufido.

—De ahora en adelante —me apresuro a añadir.

Lo cierto es que nunca me he abierto tanto con nadie, y a lo mejor estoy haciendo una tontería, pero siento que con ella puedo compartir partes de mí mismo con la seguridad de que las hará suyas y las protegerá.

No había sentido algo así desde que era un niño y mi madre…

No, no quiero pensar en mi madre. Digamos que no sentía algo así desde hacía mucho.

—¿Y esto se lo cuentas a tus amigos? —me pregunta.

—A decir verdad, a ti y a mí nos veo más bien como amigos del alma. Venga, es tu turno. —Señalo su libreta—. ¿Es un diario?

Tamborilea con los dedos sobre la mesa, y daría cualquier cosa por cogérselos. En lugar de eso, tiendo mi mano hacia el diario. Solo pensaba tocarlo, pero el modo en que lo deja fuera de mi alcance espolea la curiosidad que ya sentía.

—¿A qué viene tanto secreto? —El corazón se me acelera y me inclino hacia delante—. ¿Has escrito algo sobre mí?

Juliette adopta una expresión facial cuidadosamente neutra.

—Es increíble, con la de días que han pasado y sigues pensando que estoy obsesionada contigo.

Alzo las manos en señal de rendición.

—No sé, es lo típico que haría una espía. Igual has escrito mil veces tu nombre con mi apellido.

Suelta un bufido.

—Que más quisieras.

—Juliette Montgomery —murmuro con una sonrisa—. Suena bien, ¿no?

Tardo un segundo en darme cuenta de lo que he dicho, y en ese momento mi mundo se vuelve del revés.

«¿Desde cuándo mi subconsciente ha aceptado que vuelvo a ser un Montgomery?».

Esboza una sonrisa.

—No es un diario, pero es lo que escribo.

La miro y esbozo una sonrisa burlona.

—Vaya, ahora me dirás que no escribes guarradas sobre mí.

Entorna los ojos.

—A ver, para empezar, el sexo no es una guarrada.

La palabra «sexo» en sus labios me pone dura la polla. Le mando instrucciones para que se comporte, porque esta vez no quiero hacer el ridículo.

—Te aseguro que el sexo puede ser de lo más guarro —murmuro, y me inclino hacia ella un poco más—. Cuando quieras te lo demuestro.

Ladeo la cabeza, a la espera de su respuesta.

—Vaya. Qué generoso por tu parte. ¿A todas tus amigas les ofreces estas demostraciones personales?

Sonrío.

—Solo a las muy especiales.

—Pues mira, no, no escribo de eso.

—Ah, ¿no? —Doy un golpe en la mesa y concentro mi mirada en su boca—. No sé si creerte.

—Es la verdad.

Las mejillas se le tiñen de ese rosa tan suyo, y a mí se me acelera el pulso. La señalo.

—Te estás poniendo colorada. Eso demuestra que eres culpable.

Me lanza una mirada asesina.

Bajo la voz y le digo:

—Tendrías que dejarme leerlo. Así estaría seguro.

—Ni en sueños.

—Venga… —pruebo a tentarla, con la barbilla apoyada en la mano—. Es justo. Yo acabo de desnudar mi alma ante ti, por no mencionar mi generosa oferta sobre lecciones de cosas sucias para que avances en tu carrera literaria. Estoy arriesgando mucho contigo.

—No —repite.

—Vale —claudico. Me la quedo mirando—. ¿No deberíamos tener nuestro propio apretón de manos secreto?

Parpadea.

—¿Qué?

Me encojo de hombros.

—Son cosas de amigos. Ya que lo nuestro es estrictamente platónico y todo eso.

Arruga la nariz.

—No pienso compartir un apretón de manos secreto contigo.

—¿Por qué no? —Sonrío, burlón—. ¿Te da miedo, lo encuentras demasiado íntimo?

Me mira con los ojos entornados.

—¿Es que nunca puedes hablar en serio?

Me llevo una mano al corazón.

—Te juro por lo más sagrado que no me enfadaré cuando lea las mil maneras de utilizar mi cuerpo que quieres poner en práctica.

—Dios mío —exclama, y se cubre la boca con una mano, pero no llega a tiempo de ocultar una sonrisa que se le escapa.

Y esa es precisamente la razón por la que lo hago. En mi vida no hay nada que valga la pena... excepto hacer sonreír a Juliette Calloway.

Le doy un golpecito en el pie por debajo de la mesa.

—Tranquila. Solo te estoy tocando las narices.

Esta vez sonríe sin disimulo, mientras la brisa le agita un mechón de pelo que le cae sobre la cara. Se lo recoge detrás de la oreja, y decido que, a partir de ahora, observarla será mi pasatiempo favorito.

—Lo he traído porque no sabía si aparecerías. Además, me apetece escribir sin tener que estar alerta todo el tiempo —me explica mientras pasa las páginas de la libreta—. Si llego a saber que te ibas a poner tan pesado, la habría dejado en el coche.

—¿Por qué tienes que estar en guardia todo el tiempo?

—Mi familia no... Bueno, no entiende esta manía que tengo de escribir... Por eso pensé que, si no venías, al menos dispondría de tiempo para hacerlo en privado.

Y, de repente, ya no quiero seguir incordiándola. Es más, me cabrea que las personas que dicen que la quieren no le permitan hacer en su presencia aquello con lo que más disfruta.

Asiento y le doy unos golpecitos a mi libreta negra.

—Yo también me he traído la mía. Por si acaso. Y no me importa que quedemos para que puedas escribir a gusto.

—¿De verdad? —Me lanza una mirada a través de sus largas pestañas.

—Claro. Además, seguro que escribes mejor con tu musa cerca, en carne y hueso —afirmo extendiendo los brazos.

Juliette me lanza el rotulador, pero lo esquivo entre risas.

—Padeces un evidente síndrome de protagonismo —dice señalándome con un dedo.

—¿Qué demonios es el síndrome de protagonismo?

—Es lo que te pasa cuando estás convencido de que todo gira en torno a ti.

Arqueo tanto las cejas que casi me llegan al pelo, y me esfuerzo en aparentar que me he puesto serio.

—Suena grave.

—Ya lo creo. Según mi mejor amiga, cuanto mayor es tu SP, más pequeña tienes la polla.

—¿Es un diagnóstico oficial?

Se encoge de hombros.

—Hasta ahora no hay pruebas que lo contradigan.

Asiento.

—Es una afirmación muy atrevida. Y como yo estoy muy bien dotado, exijo una segunda opinión.

Se echa a reír y sacude la cabeza.

—Lo siento. Los síntomas indican que la enfermedad está demasiado avanzada. Es terminal.

—Mierda. —Borro la sonrisa de mis labios y pongo cara de decepción—. Bueno, si estar mal dotado significa que me prestarás atención, entonces lo retiro.

Juliette guarda silencio y se muerde la comisura del labio.

Sigo con los ojos el gesto de su boca. Ojalá fuera yo quien se lo mordiera, quien se lo lamiera, quien se lo metiera en la boca para saborearlo con la lengua.

Le doy vueltas al anillo del dedo para contenerme y no saltar por encima de la mesa, agarrarla del cuello y echar por tierra esos endebles muros de «amistad» que acabamos de alzar.

—¿De verdad no te importa si escribo? —me pregunta.

—Naaah. Me conformo con estar cerca de ti.

Me sonríe, coge la libreta, cruza las piernas sobre el banco, se la pone en el regazo, y al momento se pierde en su propio mundo. Finjo que estoy haciendo lo mismo con mis dibujos, pero si he de ser sincero, no puedo dejar de mirarla.

Juliette es…

No sé. Creo que lo es todo.

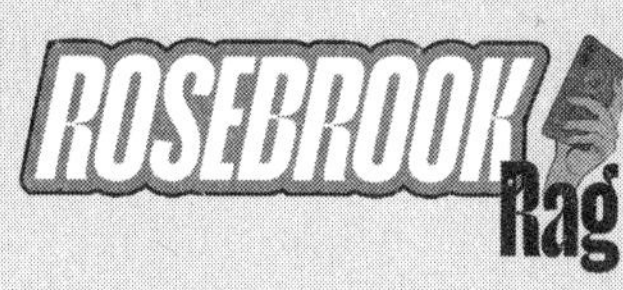

¡Noticia bomba! ¡Aparece el heredero de Montgomery!

El hijo secreto de Marcus Montgomery ha salido oficialmente a la luz. Soltero, con un pasado sórdido, y ahora, heredero del imperio Montgomery.

¿Dónde ha estado todo este tiempo? Y, más importante aún, ¿dónde está su madre?

Tenemos preguntas, y no pararemos hasta obtener respuestas.

#HerederoMontgomery #DeEntreLosMuertos #AtenciónSoltero #CosasDeMontgomery #RosebrookRag

Capítulo 24

Roman

Llevo tal cabreo encima que me arde la piel, y ya estoy acalorado de buena mañana pese a que el aire es fresco. Suelto el teléfono desde cuya pantalla parece estar observándome ese ridículo artículo de chismorreos y cojo la libreta negra. Sabía que los titulares iban a desbocarse tras la rueda de prensa de ayer, pero ahora que los leo por primera vez, me resultan insultantes.

No debería extrañarme, teniendo en cuenta la clase de publicación que es.

Estoy en el porche de mi nueva casa, cortesía de mi donante de esperma. Solo llevo viviendo aquí desde ayer por la tarde, y ya respiro mejor que cuando me encontraba bajo el mismo techo que mi padre. La mansión Montgomery no forma parte de mi historia, y me sentía raro fingiendo que sí lo era.

Entre eso y la deslumbrante tarjeta «black» que ahora abulta en mi cartera, siento que la conciencia se me va a hacer pedazos.

Dudo unos segundos antes de coger el teléfono y escribir un mensaje.

Esta vez, es para Juliette.

Desde que me dio su número en la Roca del Revés, he tratado de controlarme, pero tanta contención solo ha hecho que me entren más ganas de escribirle.

YO:

Se rumorea que el tío más bueno de todo Rosebrook Falls estará dibujando en un lugar ignoto hoy a última hora. Te lo digo por si alguien necesita una musa para lo que haga falta.

Vuelvo a dejar el teléfono en la mesa.

Puede que esté ocupada. «Puede que esté con Preston».

Dejo escapar un gruñido y me paso la mano por la cara. Joder. Doy pena.

Me concentro de nuevo en la libreta, mi mano vuela sobre la obra en la que estoy trabajando, y con cada trazo se me alivia la tensión en los hombros, hasta que solo queda la emoción en estado puro corriendo por mis venas y la plasmo en la página.

El tiempo deja de existir, y también los estímulos externos; existo en un vacío de pura concentración.

Un coche sube por el camino y aparca de cualquier manera sobre la gravilla.

Merrick sale de detrás del volante, da un par de pasos, se sienta en el capó, cruza los brazos y se me queda mirando.

No lo conozco bien, pero mi instinto me dice que puedo fiarme de él. Que me guardará las espaldas en el nido de víboras donde ahora me encuentro.

Por eso le he mandado un mensaje de texto y le he pedido que viniera a hablar conmigo.

Dejo el lápiz y cierro la libreta que tengo sobre el regazo. Merrick exhibe una deslumbrante sonrisa.

—Bonita chabola.

—Me sorprende que hayas venido —respondo.

Me hace una reverencia burlona, con una mano sobre el pecho y la otra en la cadera.

—Cuando el príncipe de los muertos llama, hay que acudir.

Se me escapa la risa y sacudo la cabeza.

—Cualquiera diría que soy el villano de esta historia.

Él también se está riendo cuando se me acerca.

—Para algunos, igual sí. Depende de a quién le preguntes.

Sube los tres peldaños que conducen al porche y se deja caer en la silla de madera, junto a mí.

En ese momento, suena un mensaje y cojo el teléfono con el corazón acelerado.

PEQUEÑA ROSA:

No, gracias. Prefiero que mis personajes estén bien dotados.

Sonrío.

YO:

¿Me estás pidiendo que demuestre que estoy cualificado?

PEQUEÑA ROSA:

Te estoy pidiendo que me dejes en paz.

YO:

Qué manera tan rara de pedir una fotopolla, pero si insistes...

PEQUEÑA ROSA:

Te juro que te bloqueo.

La risa me revolotea por el pecho, y no me doy cuenta de que estoy sonriendo hasta que oigo carraspear a Merrick.

—Lo siento —digo, dejando el teléfono sobre la mesa.

Cuando bloqueo la pantalla, vuelve a aparecer el artículo del *Rosebrook Rag*. Merrick se da cuenta.

—Putos buitres —dice—. Ese periódico publica cualquier mierda con tal de conseguir lectores.

—Eso parece —convengo con él; pienso en lo que ya han dicho de mí y me pregunto qué más dirán.

Inspira con la boca cerrada.

—Mira, igual tú no te consideras un príncipe, pero te aseguro que ahora perteneces a la familia real de Rosebrook Falls, tanto si te gusta como si no. Ten cuidado con esto —me advierte, poniendo el dedo sobre el titular.

—¿A la hora de leerlo o de aparecer ahí?

Se encoge de hombros.

—Si no lo sabes, estás jodido.

Asiento. Sus palabras se me quedan grabadas.

—Tomo nota.

Se inclina hacia mí frunciendo sus cejas oscuras.

—¿Tienes la más remota idea de lo que haces aquí?

Lanzo un suspiro, sin saber si puedo confiar plenamente en él. Y no sé si debo, pero necesito a alguien a mi lado. Alguien imparcial, que no esté ni en un bando ni en el otro de este enfrentamiento generacional en el que me he visto inmerso.

—Ni puta idea —le confieso, frotándome la parte trasera del cuello.

Deja escapar un silbido y sacude la cabeza.

—Eso me parecía a mí. Hueles a trauma familiar recién destapado.

Sonrío.

—¿De verdad?

—Trágico y taciturno. —Asiente—. Muy dickensiano, en serio. Casi romántico.

—Me alegro de que mis traumas sin resolver te resulten interesantes.

Merrick sonríe.

—Tranquilo, corazón. Todo héroe atormentado necesita un compañero de aventuras. Y aquí me tienes.

La ansiedad me está reconcomiendo por dentro, y aunque estoy seguro de que se está pasando de listo, en el fondo me reconforta.

—¿En serio?

Se encoge de hombros.

—Necesitas a tu lado a alguien que no tenga intereses propios.

—Entonces lo tuyo es amistad por compasión.

—¿Qué pasa, no quieres ser mi amigo?

—Todavía no sé en quién puedo confiar.

Frunce el ceño, y aparecen unas arruguitas en su frente.

—Vale, no te diré que confíes en mí, pero sí que estoy de tu parte. Estoy a favor de cualquiera que saque de sus casillas a todos esos pijos ricos.

—Técnicamente, ahora soy uno de esos pijos ricos.

Me lanza una mirada.

—Naaah, qué va. Te has puesto la ropa y has adoptado el nombre, pero tú sabes lo que es pasar necesidad. Te lo veo en los ojos. Confiaría en ti antes que en cualquiera de esos cabrones.

Asiento y me recuesto en el respaldo de la silla.

—Bueno, ¿quién te hace sonreír así? ¿Vas a probar la teoría del «amor en Rosebrook Falls»? —me pregunta, señalando el teléfono de nuevo.

PEQUEÑA ROSA:

¿Ahora me respondes con un simple «visto»? En fin, tendré que buscarme a otro que me amenace con enviarme fotopollas. 🙈

La sola idea de que alguien le pudiera mandar una fotopolla hace que me estalle la rabia en el pecho. Trago saliva, sorprendido por mi repentino ataque de celos, y sacudo la cabeza.

—Ya sabes cómo es esto.

Asiente sin prisa.

—A ver si lo adivino. ¿Es complicado?

—Por decirlo suavemente. —Hago girar el anillo en el dedo—. ¿De verdad quieres ser mi amigo?

—Ahora ya no estoy tan seguro. Empiezo a pensar que es mala idea. —Vuelve a señalar el teléfono.

—Te prometo que no te mandaré una foto de mi polla. Esas solo son para gente muy especial.

Me muero por dejar mi marca en un lugar público.

En Rosebrook Falls hay arte callejero, aparte del poco que he creado yo, pero casi siempre se limita a HillPoint o a la zona del campus, al otro lado de la ciudad, y no quiero entrar en el terreno de otros artistas y pintar en sus edificios y paredes. Es una falta de respeto.

Cuando le dije a Juliette que los artistas callejeros éramos territoriales, no le mentí.

Pero no le puedo preguntar a nadie, porque no quiero que se sepa que soy yo.

Llevo máscara, claro, tanto para protegerme de los vapores como para salvaguardar mi identidad, pero sigue siendo arriesgado.

Ahora mismo me encuentro en las afueras de la ciudad, donde las vías del tren abandonadas discurren junto a las paredes rocosas, la base del precipicio que bordea el Parque Comarcal. El tren debe de llevar años detenido en estas vías. El metal está oxidado y hay basura en el suelo, señal de que otros han pasado por aquí.

Hay marcas en algunos vagones, pero nada de particular, y solo en los de los extremos.

El espacio que he elegido está un poco sucio tras años de abandono, pero es adecuado para pintar en él. No estoy intentando hacer una obra de arte, y no tengo mis plantillas para que las líneas salgan perfectas.

Solo me ha dado tiempo a tomar el autobús para ir a otra ciudad, a unos cuarenta minutos, y comprar pintura.

El arte es mi expresión. En todas las demás facetas de mi vida tengo que reprimirme, así que noto esta necesidad amplificada, tengo que dejarlo salir como sea.

Pueden amordazarme, pero no pueden detener mi mano.

Merrick no ha preguntado nada cuando le he pedido que me dejara aquí, no ha hecho comentarios. Se ha limitado a cargar con los utensilios y a sonreír como si supiera que planeo alguna travesura.

Cojo el escabel y me echo al hombro la mochila con los botes de pintura, voy hasta el tren y lo pongo todo en el suelo. Abro la cremallera y saco unos cuantos botes, primero el negro, luego un rosa vivo.

A continuación, le doy la vuelta a la visera y me anudo la bandana de modo que me cubra la nariz y la boca. Es un pañuelo sencillo, negro, con la mitad inferior de una calavera, y en cuanto me lo pongo experimento una sensación de familiaridad y se me relajan los músculos.

Por último me pongo unos guantes negros finos y la capucha de la sudadera por encima de la gorra, hasta que estoy seguro de que nadie me reconocerá.

Y empiezo a trabajar.

El sonido al agitar el bote y luego el de la pintura contra el metal me provocan una descarga de satisfacción que me recorre la espalda. Me permito perderme en el proceso, y cada trazo de pintura me alivia un poco la tensión.

Dos horas más tarde, el sol casi se ha puesto y ya no queda luz para seguir, porque se me ha olvidado traer una linterna. Cojo el bote de pintura negra y estoy a punto de dejar mi marca, RMO, en una esquina de la obra, pero me detengo en el último momento.

Ahora, RMO es demasiado obvio.

En lugar de eso, pinto una rosa negra, y el tallo es una sencilla R.

Lo recojo todo y me dirijo a un punto desde donde sé que podré contemplar la obra a la perfección.

La Roca del Revés.

Capítulo 25

Juliette

—Anda, qué casualidad verte por aquí, liante —le digo a Roman cuando subo por la ladera de la montaña.

Me lo como con los ojos, y se me acelera el corazón, porque vuelve a parecer él mismo. Hay una diferencia monumental entre el hombre del traje bien planchado que aparece en las noticias al lado de su padre y el tipo con tatuajes y el pelo revuelto que tengo delante de mí.

Y es curioso, pero estoy más cómoda con él de lo que estaría con el atildado miniMarcus.

Viste unos tejanos oscuros y una sudadera con la cremallera bajada, de modo que sus tatuajes quedan a la vista. Se ha puesto la gorra con la visera hacia atrás y le asoman unos mechones de pelo oscuro por los lados, incontenibles. Sonríe como si verme fuera lo mejor que le ha pasado hoy, y me siento patética, porque me gustaría que fuera verdad.

Porque él sí es lo mejor que me ha pasado hoy, y hay una parte de mí que no lo soporta, pero obviamente eso no basta para impedirme que acuda.

Está recostado sobre el tronco de un árbol; me dejo caer a su lado y me da un golpecito en el hombro con el suyo.

—Tenemos que dejar de vernos así, mi pequeña rosa.

—A mí me han prometido una musa.

Una sonrisa sincera le ilumina el rostro, y al mismo tiempo también se ilumina un lugar muy profundo dentro de mí. No sé cuándo he pasado de rechazar su presencia a esto, sea lo que sea, que hay entre nosotros, pero debo reconocer que la progresión no me molesta.

Es agradable querer hacer que otra persona se sienta bien. Pero me gustaría poder prescindir del resto de las emociones que eso conlleva.

Deja escapar una risita y tamborilea con los dedos sobre la libreta negra. Se me van los ojos hacia las páginas, desesperada por echarle un vistazo a su mundo y ver qué han dibujado esas manos llenas de talento.

—¿En qué estás trabajando? —le pregunto.

Aprieta la libreta contra su pecho y chasquea la lengua.

—Te enseño lo mío si tú me enseñas lo tuyo.

Lo dice en un tono cargado de segundas intenciones que hace que me salten chispas en el vientre. Cambio de postura y aprieto los muslos.

—Eso no es justo.

Se encoge de hombros y se da unos golpecitos en la sien.

—Destrucción mutua asegurada, mi pequeña rosa. ¿Quieres acceso a mi cerebro? Pues yo quiero acceso al tuyo.

Aprieto mi libreta con más fuerza. La sola idea de que lea mis palabras y se ría, o peor aún, que piense que son desastrosas, me provoca picores.

Vuelve a darme un toque con su hombro e inclina la cabeza hasta que nos miramos a los ojos.

—¿Qué pasa? ¿Tienes miedo de encontrarme aún más atractivo cuando descubras lo profundísimo que soy?

Arqueo una ceja.

—Más bien de tener que fingir que tus garabatos son profundísimos.

Se le escapa una carcajada.

—Y lo dice la chica que escribe escenas eróticas y finge que no se inspira en mí.

Pongo los ojos en blanco.

—Sabes que, por mucho que desees algo, no se hace realidad, ¿no?

Se apoya en el árbol, me mira la boca y luego a los ojos.

—Vaya si lo deseo. Todas las noches.

«Dios, es insoportable».

—He visto el artículo que te dedican en el *Rosebrook Rag* —le digo, cambiando de tema.

—Ah. —Cualquier indicio de flirteo se le ha borrado de la cara.

Roman se apoya en el árbol de nuevo, deja vagar la vista por la vegetación, por la mesa de pícnic, por el precipicio, desde donde se ve cómo empieza a ponerse el sol. Tiene el ceño fruncido y los ojos azules muy penetrantes mientras devora el espectáculo. Flexiona las piernas, apoya los brazos en las rodillas y le da vueltas al anillo de plata que lleva en el dedo.

Entorno los ojos para verlo mejor, y entonces reparo en que tiene salpicaduras de color en las muñecas. Parecen de pintura en espray.

Me mira de reojo.

—¿Qué pasa?

—Nada, es que… —Le señalo los brazos.

Alza las manos para examinárselas y me dedica una sonrisa voraz.

—He estado pintando.

—¿Grafitis?

Los nervios me atenazan la boca del estómago. No quiero que se meta en un lío. ¿Qué sucederá si le pasa algo? ¿Y si se tiene que ir?

Apoya la cabeza en el árbol.

—¿Por qué lo dices de esa manera?

—¿De qué manera? —Frunzo el ceño.

—«Grafitis» —repite utilizando un tono de voz repelente—. Como si fuera una palabrota.

—A ver, para empezar, me imitas fatal. Yo no hablo así. —Hago como si no viera que me está fulminando con la mirada—. Y, para terminar, no me parece mal en sí. Pero… es ilegal, Roman. No estamos en California. ¿No crees que estás jugando con fuego?

Se encoge de hombros.

—No soy el único que deja su marca por aquí.

—Pero eres el único que lo hace como una declaración de principios.

—A lo mejor es que no te has fijado bien.

—No se trata de eso —protesto.

—Entonces ¿de qué?

—Sabes que la gente se fijará más en los tuyos —digo en tono más suave—. Tanto si quieres reconocerlo como si no, hay una diferencia.

Roman suspira con fuerza y apoya las manos en la nuca.

—Eso casi ha parecido un cumplido.

De pronto siento un calorcillo en el pecho.

—Puede que seas la persona con más talento que he conocido en mi vida, pero aquí no te será tan fácil salirte con la tuya, y no quiero que te pase nada.

Se inclina hacia mí con los ojos llameantes. Me resulta incómodo sentirme tan desnuda bajo su mirada, pero me tiene clavada en el sitio, y no sé si podría moverme aunque lo intentara.

Me acerca su mano, sin prisas, y la posa en mi mejilla, me roza el labio inferior con el pulgar tan suavemente que resulta casi imperceptible.

Contengo el aliento. Siento una especie de urgencia en forma de suaves oleadas, y me dejo envolver por la calidez de su caricia.

—¿Piensas delatarme, mi pequeña rosa? —pregunta.

Niego con la cabeza.

—Sabes que te guardaré el secreto.

—Bien. —Con otro roce de su pulgar, esta vez más prolongado, me presiona un poquito el labio—. Gracias por preocuparte.

Me río, aunque la sonrisa me sale entrecortada.

—Sí, ya. Es que, dejando aparte que tus coqueteos me resultan insoportables, y que eres el amigo más irritante que he tenido en mi vida, podríamos decir que me caes bien.

—Tú también me caes bien. —Se inclina hasta que su boca está tan cerca de la mía que percibo su aliento en mis labios—. Eres mi secreto favorito, Juliette.

Su mirada es como fuego líquido que me abrasa por dentro. Me noto el pulso en los oídos.

—¿Por qué me miras así?

—Es que eres…

Traga saliva, y observo cómo la nuez le sube y le baja en la garganta. A continuación se humedece los labios y aparta la mano.

—¿Qué soy?

Parpadea y agita la rodilla, como si quisiera sacudirse algo que se le había quedado prendido.

—Nada. —Su respuesta me parece tan decepcionante que me cae encima como un mazazo—. Mira, si tuviéramos un apretón de manos secreto, este sería el momento perfecto para ponerlo en práctica —dice, recuperando su habitual tono alegre, provocador.

Sonrío al percatarme de que acaba de desplazar el centro de atención hacia algo que los dos podemos aceptar.

—No piensas dejarlo correr, ¿verdad?

—Es que es una tontería. Somos amigos, muy amigos, nos citamos en medio del bosque, intercambiamos confesiones… ¿y no tenemos un apretón de manos especial? ¡Si hasta los boy scouts lo tienen!

Se me escapa la risa.

—Mentira.

—¿Qué pasa, es que ahora eres experta en boy scouts?

Me echo a reír, y su sonrisa también se acentúa.

—Vamos —dice. Se levanta y se sacude la tierra de los tejanos—. Quiero enseñarte una cosa antes de que se vaya la luz.

Me pongo en pie y lo sigo hasta el borde del precipicio, mientras el sol pinta el cielo de púrpuras y rosados al ponerse.

—Viviendo peligrosamente, ¿eh?

Sonríe de nuevo, y le asoman los hoyuelos en las mejillas cuando me mira de reojo.

—Yo no tengo la culpa. Ha aparecido una chica preciosa y me ha distraído.

Me muerdo el labio.

—Ya estás flirteando otra vez.

Se vuelve hacia mí con las manos en los bolsillos y se acerca más, hasta que noto su aliento en la oreja.

—Flirtear contigo es lo mejor que me ha pasado hoy.

Se me acelera el corazón.

—¿Adónde tengo que mirar? —pregunto, mientras trato de ignorar que lo tengo tan cerca, y que me encantaría que aún lo estuviera más.

Alza el brazo, y al hacerlo me roza el hombro, y su cuerpo se curva en torno al mío, como si me estuviera envolviendo. Señala las vías antiguas, donde hay un tren abandonado desde hace años.

Y entonces lo veo. El sol poniente crea una especie de halo en torno a la pintada, y es increíble, pero, en cuanto la observo con más detenimiento, el miedo empieza a correrme por las venas.

Miedo por él.

Se distingue la silueta de un hombre de rodillas, con grilletes en los brazos, y las cadenas que lo retienen forman la palabra «libertad». A su lado hay un cartel indicador que dice «Bienvenidos a Rosebrook Falls».

Es una imagen tan visceral que se me llenan los ojos de lágrimas.

—¿Y todo eso lo has hecho hoy? —le pregunto.

Me vuelvo hacia él tan deprisa que pierdo el equilibrio. Al instante me sujeta por las caderas y apoyo las palmas de las manos en su pecho para recuperar la estabilidad. El aire se tensa al instante cuando nos tocamos. Él flexiona los dedos, como si quisiera sujetarme con más fuerza, pero se resiste al impulso.

Lo miro a los ojos, y es como si unas brasas al rojo vivo recorrieran todo mi cuerpo.

—Se me hace muy extraño —le confieso.

—¿Qué?

—Ver tus obras y sentir como si estuvieras pintando fragmentos de mi alma.

Nuestras miradas se encuentran, y él me clava los dedos en las caderas.

El tic de la mandíbula le contrae el músculo una vez. Dos. Tres.

Pero al final me suelta.

Trato de no pensar en que acaba de rechazarme y me muerdo el labio inferior. Él se acerca a la pared vertical y se apoya en ella.

—¿Qué te ha motivado a pintar eso? —le pregunto.

Me mira mientras se rasca la mandíbula con gesto ausente.

—Era eso o un «Eat the Rich», pero me pareció un poco demasiado caníbal, y como tú eres rica tampoco he querido correr riesgos.

Se me escapa la risa.

—A ver, que ahora tú también eres rico, al menos sobre el papel.

—Me atengo a lo dicho.

Se me acumulan mil respuestas distintas, pero me las trago todas.

—¿Alguna vez te has sentido asfixiado? —le pregunto.

—Como no concretes más…

Me cuesta expresar las emociones con palabras después de pasarme toda la vida haciendo como si no existieran; pero, no sé por qué, estar cerca de Roman me incita a experimentar con todo lo que me ofrece la vida. Incluso con lo que duele.

—He vivido aquí toda la vida, y nunca me había dado cuenta de cuántos parámetros estaban determinados de antemano. Solo he sido consciente en cuanto he salido de aquí. Y ahora que he regresado, es como si…

Está concentrado en mí, con la mirada atenta, como si no viera otra cosa. Es una sensación embriagadora, y me recuerdo una vez más que no debería sentirla.

—Constantemente —me responde.

La tristeza se refleja en su rostro, y yo daría cualquier cosa por borrar ese sentimiento. No me gusta verlo tan perdido.

—Felicity lleva años diciendo que le eche un par, que rompa las reglas.

Sonrío al pensar en ella; apenas hemos hablado desde que volví, y desde luego no le he contado lo de Roman, pero sé que aprobaría que subiera aquí a reunirme con un tío que mi familia no me permitiría ver.

Si se enterase, seguro que me organizaría una fiesta.

—¿Felicity es tu amiga?

—Mi mejor amiga. —Sonrío.

Suelta un bufido.

—¿Y tenéis un apretón de manos secreto?

—Pues a lo mejor.

—¿No me lo vas a contar?

Me lo estoy pasando bien, y hablar así con él me quita de encima el peso de tantas expectativas que me agobiaban. Pensaba que sería un tipo oscuro, intenso, peligroso, y en cambio es ligero, alegre y… libre.

—Si te lo contara, dejaría de ser secreto —respondo.

Se sienta con la espalda apoyada en la Roca del Revés y se cruza de brazos.

—Por si te sirve de algo, nunca me he reunido con ella en un escandaloso encuentro secreto aquí arriba.

Me sonríe con afecto y se da un manotazo en los muslos.

—Ya está, se acabó. Me he hartado de fingir que no estoy loco por que escribas sobre mí.

Arqueo una ceja.

—Sí, porque como hasta ahora has sido tan sutil…

—Ese es uno de mis dones.

—¿Qué hay entre nosotros que valga la pena contar en una historia?

Parpadea.

—¿Qué te he hecho hoy para que me insultes así? Menos mal que soy un tío curtido.

Me echo a reír y sacudo la cabeza.

—Ya te lo dije. No escribo historias de amor.

«Mentira. Llevo años escribiendo sobre nosotros».

Se le dibuja una sonrisa en el rostro y le brillan los ojos.

—¿Quién ha hablado de historias de amor?

Noto que me estoy me ruborizando, pero no aparto la mirada. El corazón me late desbocado y tengo el vientre tenso; se me acerca dando pasos lentos, calculados, pero yo no me muevo.

—Bueno, ¿y qué escribes? —me pregunta.

Cambio de postura.

—Sobre el mundo. Sobre la gente.

Un paso más, y de pronto ya está tan cerca que me llega el olor a cítricos y sándalo de su colonia.

—¿Y a mí cómo me describirías?

«Como si fuera una luz en la oscuridad, la estrella del norte en mi noche».

—Como si fueras el cielo —respondo—. Grande, vasto, lleno de… vacío.

Sacude la cabeza y se finge decepcionado.

—Esa prosa hay que pulirla.

Me muerdo el labio para no sonreír.

Se inclina hacia mí, me acaricia la mejilla con el dorso de la mano y me recoge un mechón suelto detrás de la oreja. Siento un escalofrío en la espalda.

—¿Y yo, qué? —respondo.

Me mira y noto que se le tensan los músculos de la barbilla. Tiene los ojos en llamas.

—Creo que serías el propósito de todo cuanto pintara.

De pronto siento que me falta el aire, como si sus palabras hubieran absorbido el oxígeno de la atmósfera. Todo me da vueltas.

—¿De veras? —logro decir—. Entonces, los bocetos de la libreta, ¿son todos sobre mí?

Sube la mano y me recorre el cuello hasta llegar a la clavícula, con un movimiento que es más una sugerencia que una caricia.

—Esa libreta es el oriente —susurra—. Y tú, Juliette, eres el sol.

Ya no me queda aire en los pulmones.

Inclina la cabeza hasta que puedo contar cada una de sus pestañas. Dios, necesito que me bese.

En ese momento suena su teléfono. El sonido me perfora los tímpanos, me araña los nervios.

Se incorpora de repente, retira la mano, retrocede tres pasos y se pasa los dedos por el pelo, como si tratara de recuperar la serenidad. Saca el teléfono del bolsillo, lo mira con el ceño fruncido y lo golpea contra la palma de la mano como si se debatiera entre responder la llamada o seguir aquí, conmigo.

—¿Tienes que responder? —le pregunto para ponérselo más fácil en caso de que lo necesite.

Me mira y arruga la frente.

—Es mi madre.

Me pongo muy tensa solo de pensar que podría rechazar la llamada por mi culpa.

—De todos modos, ya tenía que irme —le digo al fin.

Abre la boca como si fuera a protestar, pero al final asiente.

—Vale.

Me quedo donde estoy, pues aún me tiemblan las piernas después de lo que acabamos de decirnos. Él tampoco se mueve.

Se me queda mirando como si uno de los dos fuera a desvanecerse si permanece inmóvil el tiempo suficiente. O tal vez con la esperanza de que la situación cambie. De que él se convierta en otra persona, o tal vez sea yo quien me transforme, y entonces lo que existe entre nosotros no sea algo tan imposible.

Carraspeo para aclararme la garganta y me masajeo la nuca.

Él me dedica una media sonrisa, y cuando lo miro de nuevo siento una mezcla de angustia y de miedo ascendiendo por mi pecho. Doy media vuelta y me marcho.

Como hago siempre que estoy con él.

Capítulo 26

Roman

—Hablemos de tu madre.

Aprieto los dientes y miro a mi padre, que está sentado en el porche de mi casa bebiendo té helado mientras contempla la puesta de sol.

—Prefiero no hacerlo —le respondo.

Me mira, decepcionado.

Volteo el anillo con el pulgar, tan deprisa que casi se convierte en una mancha borrosa.

Lo que menos me apetece es otorgarle más poder haciendo en todo momento lo que pide, pero en algún momento tendré que renunciar a esta extraña necesidad de llevar las riendas y confiar en que todo saldrá bien.

Si no, me voy a volver loco.

Ya me habría vuelto loco si no fuera porque todas las noches de la semana pasada me escabullí hasta la Roca del Revés para ver a Juliette. A veces nos pasamos allí horas hablando de todo y de nada. En otras ocasiones nos sentamos en silencio y creamos. Ella escribe historias, yo la dibujo a ella.

Siempre a ella.

Un anhelo insaciable me atenaza.

Juliette querría que le hiciera frente a mi nueva vida. Ambos nos vemos obligados a frecuentar rincones oscuros y a imponernos falsos límites que no nos definen en absoluto, pero al menos siento que el sacrificio vale la pena.

—De acuerdo —le digo—. Pero… yo he venido aquí por Brooke. De quien quiero hablar es de ella. Necesita un seguro médico y dinero para la medicación. No sabía qué otra cosa hacer.

Asiente muy seria.

—¿No sabéis qué le pasa?

Vuelve a adueñarse de mí ese sentimiento de desolación que tan bien conozco.

De impotencia.

—No, todo empezó hace unos años. Tiene días buenos y días malos. Muchos dolores de cabeza, mareos, vómitos. Ataques epilépticos. Pero los análisis no revelan nada, así que no sabemos qué le pasa.

Mi padre parece triste.

—¿Y las pruebas genéticas?

Me encojo de hombros.

—Solo tenemos a mamá. No se sabe quién es el padre.

Mi padre frunce el ceño, como si le doliera imaginarse a mi madre con otro hombre.

—Si llego a saber que lo estabais pasando tan mal…

Un atisbo de gratitud me golpea en plena cara, como un puñetazo. No quiero sentir nada por él, solo resentimiento. La rabia es más cómoda, la conozco bien. Estas nuevas sensaciones me provocan una comezón por todo el cuerpo.

—Sí, bueno, también me habría venido bien un padre.

Traga saliva con dificultad, sin apartar la vista del patio, pero cuando vuelve a hablar tiene la voz rota.

—Tendría que haber cuidado mejor de ti. No me di cuenta de que Heather…

—Cierto —lo interrumpo—. No te diste cuenta.

¿Qué pretende, que a estas alturas desnudemos nuestros corazones? Pues llega con cinco años de retraso. ¿Dónde estaba este hombre la última vez que vine aquí, cuando solo me faltó suplicarle que me aceptara?

«Entonces no estaba enfermo».

Mi padre se inclina hacia delante y apoya los codos en las rodillas.

—¿Le has hablado a Brooklynn de su fideicomiso?

Carraspeo para aclararme la garganta. «No he podido, no me coge el teléfono».

—No lo aceptará.

Suspira y asiente.

—Bueno, al menos he suscrito un seguro médico a su nombre. A eso no podrá decir que no.

Se me llena el pecho de esperanza, o de algo parecido que no sé exactamente cómo definir. Algo ligero e inusitado, y de pronto estar aquí puede que no sea lo peor del mundo, aunque me obligue a renunciar a todo lo que me importa.

Aunque signifique que nunca tendré a Juliette.

Respiro hondo, me recuesto en la silla del patio y miro el sol. Me pasan por la cabeza un millón de pensamientos distintos, un millón de sentimientos que se arremolinan en mi interior, se mezclan y forman una pasta densa que me oprime las entrañas.

Pero… me creo lo que me dice. En cierto modo.

—Tu madre tendrá que firmar los papeles del seguro médico, a menos que Brooklynn espere a tener dieciocho años, y según tu opinión lo acepte, aun sabiendo que viene de mí. —Alza las cejas.

—No quiero que espere.

Y no estoy seguro de que él vaya a vivir tanto, así que no voy a correr el riesgo.

—¿Y tu madre?

Me duele el pecho cuando pienso en ella. No he respondido a sus llamadas desde que llegué, ni siquiera he escuchado los mensajes de voz que me envía, porque estoy rabioso con ella. Estoy tan rabioso que escamotearle lo que me están ofreciendo aún me hace sentir peor.

Pero una parte de mí sabe que no se trata de ella. Las drogas no definen a una persona, solo la ocultan y no nos permiten verla.

—Tiene que desintoxicarse —le digo, pero me falta el aire cuando pronuncio esas palabras—. Quiero que se ponga bien, que vuelva a ser mi madre. Pero no irá por su propia voluntad.

—Hijo. —Suspira—. Hay gente a la que no se puede ayudar.

Me tiemblan los labios, la emoción me embarga y me niego a aceptarlo. Sé que más de una vez he pensado en rendirme con ella, he tratado de convencerla sin éxito, pero no puedo arrojarla a los lobos.

—Quiero que lo intentes. —Las palabras me saben a tierra, son como si tuviera barro en la lengua—. Te estoy pidiendo que lo intentes.

Le clavo la mirada, como si quisiera abrasarlo, y se me forma tal nudo en la garganta que casi no puedo respirar.

—Por favor —le susurro.

—De acuerdo, llámala.

—¿A quién? ¿A Brooke?

—No, a tu madre.

Por fin consigo despegar la lengua del paladar.

¿Ahora mismo?

Ahora mismo.

Detesto que esté aquí presente, detesto que tenga a la vista todas mis cartas, que pueda tirar de mis hilos como un titiritero. Detesto que vea cómo me trata la mujer que debería quererme por encima de todas las cosas.

Y, sobre todo, detesto que me importe.

Mi madre responde al primer timbrazo.

—Te he estado llamando. —Su voz suena hueca, carente de emoción.

—Lo siento, he estado muy liado —respondo.

—No te olvides de por qué estás aquí —me espeta.

Me pongo a la defensiva. Estoy harto de que en mi vida todo gire en torno a personas que me quieren controlar.

Mi padre aprieta los labios, disgustado.

—Te aseguro que nuestro hijo no ha renunciado a serte leal, y sabe muy bien por qué está aquí, Heather —interviene él.

El corazón me da un brinco, pues no me esperaba que me defendiera, y el niñito que llevo dentro, que soñaba con un padre así, por una vez se siente orgulloso.

Se hace el silencio al otro lado de la línea. Un silencio mortal. Al cabo de un largo instante, se escucha un susurro tan débil que parece venir de otra persona.

—¿Marcus?

Se me clavan un millar de cuchillos en el pecho al ver que reacciona de un modo mucho más visceral al oír la voz de su antiguo amante, del hombre que la abandonó, que cuando escucha la de su propio hijo.

Trago saliva, estiro el cuello para relajar la tensión y miro a mi padre. Tiene los ojos clavados en mí, no en el teléfono.

Al ver que no responde, me humedezco los labios y vuelvo a hablar yo.

—No me he olvidado, mamá. ¿Cómo está Brooke?

Resopla y su voz vuelve a endurecerse.

—Bien, es… ella. Brooke. Ya sabes, con la nariz metida en un libro y sin hacer caso a nadie.

Se me ilumina la cara con una sonrisa al imaginarme a Brooklynn con sus libros.

—Pero, por lo demás, ¿bien?

—Tiene lo que necesita. —Oigo cómo inspira—. Marcus… ¿sigues ahí?

Se me hace un nudo en la garganta y me escuecen los ojos.

Si todavía fuera la madre que me crio, me habría preguntado cómo estaba. Y puede que entonces yo le hubiera hablado de la chica que he conocido. Le diría que es tan guapa que casi me corta la respiración, y que hacer lo que estoy haciendo me está robando la posibilidad de estar con alguien de quien sé que podría enamorarme.

«Arrrg».

—¿Estás ahora con Brooke?

Se aclara la garganta.

—No estoy en casa.

—Vale. A partir de ahora tendrá un seguro médico.

—¿Qué? —La voz se le vuelve aguda—. ¿Vamos a tener seguro? Marcus, gracias, gracias.

—Yo no he hecho nada —dice, y vuelve a mirarme con mucha intensidad—. Todo esto es cosa de Roman.

La voz de mi madre vuelve a cambiar, suave como la mantequilla.

—Claro, claro. Roman siempre ha sido un niño estupendo.

El resentimiento me bulle por dentro como si fuera ácido, abrasando las grietas que me ha abierto en el corazón. Me humedezco los labios.

—Hay algunas condiciones, mamá.

—¿Qué condiciones?

El tic en la rodilla se me acelera.

—Tienes que recibir ayuda. Desintoxicación. Donde te digamos.

Miro a mi padre, porque la verdad es que no habíamos hablado del tema hasta ahora, pero asiente, y vuelvo sentir gratitud hacia él.

—¿Qué le has contado, Roman? —Lo dice en voz baja, emitiendo un siseo penetrante como un latigazo que me llega a través del teléfono y me arde en la cara como un bofetón—. ¿Te has ido de la lengua?

—Es lo que vamos a hacer —respondo con los dientes apretados—. Te ayudaremos. Lo dejarás.

—No puedo —solloza.

Resoplo y agacho la cabeza, derrotado. Era la última carta que me quedaba por poner sobre la mesa, y de verdad creía que la presión añadida de mi padre serviría de algo.

—Heather —interviene él—. Frederick, mi abogado, te enviará unos impresos para el seguro de Brooklynn, y los vas a firmar. ¿Entendido?

Con cada palabra que dice, una parte de mi lealtad cambia de bando.

—Frederick —asiente ella—. Sí, claro.

—Los firmarás hoy mismo —la presiono.

Hay una pausa.

—Qué pronto se te ha pegado el tono de los Montgomery, ¿eh, Ry?

Resoplo con fuerza, y me clavo las uñas, que me dejan unas marcas en forma de medialuna en las palmas de las manos.

—Quiero que recibas ayuda, cielo —le dice mi padre.

El apelativo cariñoso me impacta. Es obvio que a mi madre también la afecta, porque reprime una exclamación.

—¿Y te…? —Hace una pausa—. ¿Y te veré?

Se me encoge el corazón, porque a mí no me lo ha preguntado.

Mi padre me mira como si esperase la respuesta. Se me escapa una risa carente de humor.

—No se refiere a mí.

—Heather. —Esta vez mi padre habla en un tono más afectuoso, con sincero remordimiento.

Por un momento me permito preguntarme cómo habría sido mi vida si mi padre hubiera sido libre para amarla. Si entonces también me habría amado a mí.

¿Yo habría sido diferente de como soy?

¿Nos habríamos conocido Juliette y yo de niños? ¿Habríamos convencido a nuestras familias de que dejaran de lado la violencia y vivieran en paz?

¿Tendría Brooklynn los problemas que la aquejan?

Mi padre me mira, tenso.

—Si te dejas ayudar, si lo intentas de verdad…, puede.

—De acuerdo —responde con un hilo de voz, y no se parece en nada a la mujer que he conocido, ni a la de antes del accidente, ni a la mala imitación en que se convirtió después—. Firmaré los papeles. Brooklynn no tiene por qué sufrir más de lo que ya ha sufrido.

Clic.

«Vale, pues adiós».

Mi padre deja escapar el aire que había estado conteniendo.

—Bueno, ha ido…

—Mejor de lo previsto —termino la frase.

Frunce el ceño, deja vagar la vista por el patio y se mece en la silla.

—El otro día lo hiciste muy bien —dice—. Cuando hablaste con los periodistas.

Lo miro, asiento, y bebo un sorbo del té helado que me ha traído uno de sus asistentes.

—¿Y ahora, qué? —pregunto.

Mi padre sacude la cabeza, deja su bebida en la mesa y gira la silla para mirarme de frente, con el semblante serio. Cuando le devuelvo la mirada, caigo en la cuenta de que es verdad, nos parecemos. He salido a él más que a mi madre, y no sé si eso me enorgullece o me cabrea.

Es una mezcla extraña de ambas cosas, y el enfrentamiento entre los dos lados de mi ser me desgarra las costuras.

—Sé que fuiste tú —me dice.

Me siento confundido, e inclino la cabeza a un lado para disimular mi perplejidad.

—¿Que fui yo, qué?

—El del grafiti que apareció la semana pasada en el vagón de tren.

El corazón se me acelera. «Mierda».

Coge una carpeta marrón en la que ni siquiera había reparado. Duda un instante, y se la pone en el regazo.

—Recuerda el trato que hicimos —me dice.

Me tiende la carpeta. La miro arqueando una ceja.

—¿Y esto qué es?

—Una descripción detallada de las actividades corruptas de los Calloway.

—Vale…

Espero a que se explique mejor, pero no lo hace. Se queda inmóvil, en silencio, como si esperase que yo encajara las piezas, lo cual es muy difícil cuando no se tienen piezas.

—Quiero que pintes esto en las paredes de la ciudad. —Una chispa cobra vida en sus ojos.

No existe forma humana de disimular mi sorpresa.

—¿Quieres que me dedique a hacer pintadas?

—A veces, el mensaje lo transmite mejor un fantasma sin rostro. Y, a veces, la mejor manera de derribar un imperio es sembrar la duda entre la gente y dejar que la infección se extienda. —Hace una pausa y se humedece los labios—. A veces, para quitar la podredumbre hay que arrancarlo todo de raíz y empezar de nuevo.

Asiento, aunque no termino de creerme lo que dice.

—¿Y si me pillan?

Se encoge de hombros.

—Estarás protegido.

—Pero ¿no puedes ocuparte tú de esto? —inquiero, alzando la carpeta.

Mi padre sorbe por la nariz.

—Los Calloway tienen muchas conexiones, hijo. Yo llevo muchos años peleando, pero ahora estoy enfermo, sometido a tratamiento, y he perdido el control. Tienen a los políticos a sueldo. Al ayuntamiento. A la junta directiva de la Universidad de Verona. Me han cerrado todos los caminos, y cada año que pasa clavan más las garras en la ciudad, hasta el punto de haberme expulsado.

—¿Y qué pasa con el Acuerdo WayMont?

—Ese acuerdo solo garantiza que ni Montgomery Organization ni Calloway Enterprises superarán un determinado porcentaje de posesiones en la ciudad. Pero las empresas pantalla no son propiedad de Calloway Enterprises, al menos sobre el papel, y los políticos sobornados, tampoco.

—Menuda gilipollez.

Montgomery asiente.

—Siempre hay agujeros. Craig tiene tratos con gente de fuera de la ciudad. Gente influyente. Mandan a un grupo de individuos que dicen ser agentes inmobiliarios. Se presentan en la zona de HillPoint y convencen a los vecinos para que suscriban préstamos a un interés muy alto. Yo estaba concentrado en sobrevivir. Y no me di cuenta hasta que fue demasiado tarde. Se han hecho con las tierras y los negocios a cambio de las garantías de esos préstamos.

—Así que, pese al acuerdo según el cual no pueden exceder el porcentaje pactado, en la práctica se han apropiado de todo.

—Casi.

Trago saliva.

—¿Estás arruinado?

Hace una mueca.

—Aún no. Pero si las cosas siguen así…

Menuda mierda.

Repaso los documentos. No existen pruebas documentales de lo que han hecho los Calloway, pero mi padre ha conseguido suficiente información para despertar sospechas.

Resopla, se levanta, se ajusta la hebilla del cinturón y me da una palmada en la espalda.

—El conocimiento puede derribar reinos enteros, hijo. Solo te estoy pidiendo que informes a la gente.

—Pero no sobre tu papel en la corrupción, claro.

Sonríe.

—No voy a decir que haya sido un santo. Para hacerse con un hueso hay que juntarse con perros.

Frunzo el ceño y asiento.

—Si te hace falta ayuda, cuenta con Benny en primer lugar. Y también con Frederick, pero no confíes en nadie más. ¿Entendido?

—Sí —murmuro, aunque sigo concentrado en los papeles.

Saco una página, una foto impresa en papel brillante que muestra a tres hombres juntos en lo que parece el callejón de la parte trasera de la Taberna de La Mesa Redonda.

Más abajo, en la misma página, paso los dedos por encima de los nombres. Tyler Bault. Art Penngrove. Lance Calloway.

«Joder».

Aprieto los dientes y me recuerdo a mí mismo por qué he accedido a esto.

«Por Brooklynn. Por mamá».

Pero eso no basta para mitigar la angustia que siento al pensar que todo esto aún me alejará más de Juliette.

Grafitis: ¿arte con mensaje o vandalismo sin causa?

Un mural sorprendente ha aparecido en la pared exterior de la Taberna de La Mesa Redonda, en HillPoint. En el mural se ven unas manos que desgarran un mapa de Rosebrook Falls. Sobre ellas, la frase «Las Manos de la Ruina», y una pequeña rosa negra en una esquina.

El local ha sido adquirido recientemente por el hijo del alcalde Penngrove, Art Penngrove, tras un embargo por un préstamo impagado. El dueño no ha querido hacer ningún comentario.

¿Se trata de vandalismo o de arte con mensaje?

#RosebrookRag #LasManosDeLaRuina #ArtistaCallejeroAnónimo #GrafitiGate

Capítulo 27

Juliette

LIANTE:

¿Sobre qué escribes hoy?

YO:

Sobre una chica preocupada porque su familia le hará daño a un amigo alérgico a las paredes en blanco.

LIANTE:

¿Tienes miedo por mí, mi pequeña rosa? 😏

YO:

Sí.

Le doy a «enviar» y me siento un poco mejor después de desahogarme.

Roman y yo llevamos ya varias semanas mensajeándonos, y no hay día en que no me pregunte qué estoy escribiendo. Como solo puedo escribir cuando estoy con él, he empezado a utilizar nuestros mensajes como vía de escape, y creo que en parte por eso me sigue escribiendo y me sigue preguntando.

Pero sus pintadas aparecen cada vez más en la prensa, y mi padre está muy inquieto por todas esas graves insinuaciones que apuntan en nuestra dirección, así que la situación se está volviendo cada vez es más incómoda para mí.

No he olvidado que Roman dio a entender que mi padre provocó el accidente de tráfico de hace años, y no soy tan ingenua como para pensar que se equivoca.

Pero… sigo queriendo a mi padre. Y no soporto que mis hermanos se vean atrapados en esta refriega.

Me hace sentir fatal cada vez que me reúno con él. Que hablo con él. Que disfruto de su compañía. Es como si estuviera traicionando a mi familia de la peor manera posible.

FELICITY:

¿Me estás dando esquinazo? Hace una semana que volví. Como castigo por tu traición vendrás conmigo a donde yo diga. Y voy a elegir la ropa, el local y la música.

Hago una mueca al leer el mensaje, aunque no le falta razón. La he evitado porque no sé qué voy a decirle. No sé cómo hablar con ella sin irme de la lengua sobre lo mío con Roman, pero no tengo nada claro que deba contárselo. Felicity no es un prodigio de discreción cuando le parece que algo debería ser de una manera y no de otra, y lo que menos falta me hace es que meta las narices donde no debe y cabree a quien no debe cabrear.

LIANTE:

Puede que el tío de tu historia no tenga elección. Puede que se vea obligado.

YO:

Eso no arregla nada.

LIANTE:

¿Al final se convierte en un artista famoso con una galería en París?

YO:

No. Acaba en la cárcel. Es una historia con moraleja, porque su muy inteligente amiga ya se lo advirtió.

LIANTE:

Un público difícil de complacer. ¿Permiten visitas conyugales?

Sonrío.

El cojín del sofá se hunde a mi lado, y de pronto se hace el silencio.

—¿Qué te hace sonreír así?

La voz de Lance se abre camino a través de mis emociones, borrándome la sonrisa de golpe. Con el corazón desbocado, oculto el teléfono debajo del muslo. Y a continuación me lo quedo mirando, sorprendida de que esté en casa.

Percibo un destello de preocupación en sus ojos color avellana cuando me mira.

—¿A ti qué te pasa?

La pregunta me saca de mi estupor inicial, y reacciono poniendo los ojos en blanco:

—Vaya, a buenas horas te importa.

Se echa hacia atrás y se encoge, como si mis palabras fueran un ataque físico.

—Vamos, vamos, Jules. —Se pasa una mano por la cara, y veo que tiene los nudillos desollados y magullados. Me asalta la preocupación, pero me controlo—. No seas borde conmigo, eso queda fatal en una chica.

—¿Por qué tiene que quedar peor en una chica?

—No te…

—Mira… —Le apunto con un dedo—. Eres un gilipollas. Y estoy cabreada contigo.

Su expresión cambia de pronto, se inclina hacia delante y apoya los codos en las rodillas. El pelo negro ondulado casi le tapa un ojo cuando baja la cabeza. Detecto un tic nervioso en su barbilla.

—A lo mejor te has ganado que sea borde contigo —sigo diciéndole—. ¿No se te ha pasado por la cabeza, Lance? ¿O has estado tan ocupado pasando de mí que no has caído en la cuenta?

Carraspea para aclararse la garganta y pone cara de ofendido. Como si aquí la mala fuera yo.

—California te ha afectado mucho, ¿eh? —murmura tras unos segundos de silencio.

Ahora sí que me ha cabreado. Me levanto de golpe. Estoy tan furiosa que escupo fuego. Y ni siquiera sé por qué estoy furiosa, aparte de por el hecho de que, desde que regresé, no he tenido control sobre nada.

—¿Y no se te ha ocurrido que lo que me cabrea es esta puñetera familia? —mascullo—. A lo mejor solo soy borde con vosotros.

Le apunto con el dedo tan cerca de la cara que aprieta los dientes. Me dirige una mirada torva.

—Quítame ese dedo de la cara, Juliette, o te juro que…

Su voz suena fría como el hielo y habla tan bajo que casi no lo oigo. Siempre ha tenido una vena peligrosa, pero nunca la había utilizado conmigo. Solo para protegerme. Es muy extraño verlo desde el otro lado.

Bajo la mano y libero el aire que estaba conteniendo.

—¿Qué te ha pasado?

Aprieta los dientes y aparta la vista, pero veo en él algo que denota una terrible tristeza, y eso me aplaca. Un poco.

Suspiro, me dejo caer en el sofá y lo miro.

—¿Sabes que eras la única persona con la que podía hablar? Y mira cómo estamos ahora.

—Aún puedes hablar conmigo —me asegura.

Vuelve a apartar la vista. Ya no tiene los ojos gélidos, han recuperado esa amable calidez que siempre he visto en ellos.

—Hace semanas que volví a casa, Lance. —Trato de que el dolor no aflore en mi voz, pero resulta igualmente perceptible—. ¿Dónde has estado?

Abre la boca, vuelve a cerrarla. Se pasa los dedos por el pelo, haciendo tintinear la cadena de plata que lleva al cuello, y que ahora brilla bajo las luces de la sala de estar.

Levanto la mano con la palma hacia él.

—Mira, a estas alturas ya no me importa. Pero tampoco voy a dejar que te me acerques como si tal cosa, como si pudiéramos charlar igual que en los viejos tiempos. No te has ganado el derecho a saber por qué estoy de mal humor.

Traga saliva y asiente, cruza las piernas y apoya una mano en la rodilla.

Vuelvo a mirarle los nudillos desollados y esa preocupación que conozco tan bien me invade de nuevo. Quiero preguntarle si todo va bien. Pero, de nuevo, me trago las palabras.

No pienso dejar que sepa que me importa.

Porque, según parece, yo no le importo a él.

Tenso la barbilla. Y si él quiere llamarme borde y portarse como si fuera el ser más odioso del planeta, yo no le haré el menor caso. Inspiro por la nariz, me inclino hacia delante para coger el mando a distancia y enciendo la televisión, dispuesta a zapear.

—Jules —murmura con la voz cargada de tristeza.

No le hago caso. Cambia de postura en el sofá.

—Lo siento.

—¿Qué es lo que sientes?

Lo miro de reojo. «Buen trabajo, Jules, bien por lo de no hacerle caso». Mi hermano resopla. Alza la vista hacia el techo antes de responder.

—Un montón de cosas.

Me encojo de hombros, y contengo la emoción.

—No importa.

—Importa, y mucho. —Sacude la cabeza y suspira—. La he cagado contigo, es obvio.

—Sí, bueno… —Vuelvo a cambiar de canal y pulso los botones del mando con más energía de la necesaria.

—Art está saliendo con una chica que no tiene a nadie de su parte. Su padre no lo aprueba y no quiere renunciar a ella, así que me ha encargado vigilarla.

—¿Y eso por qué te ha impedido venir a verme? —Lo miro como si se hubiera vuelto loco.

—No me lo ha impedido. Es que tengo mucho que hacer.

—Ajá. Claro. —Me concentro en la televisión.

—No me ha gustado nada que estuvieras lejos, ¿vale? —me suelta al final—. Eres la única persona que me cae bien en esta familia, y no…

—¿Y por eso casi me has excomulgado? —Resoplo—. Muy maduro por tu parte.

Aprieta los dientes, tensa las líneas bien definidas de la barbilla.

—Pensé que, si no hablábamos, igual optabas por irte lejos de aquí.

Me lo quedo mirando con el mando a distancia suspendido en el aire.

—Pues vaya mierda.

Niega de nuevo con la cabeza.

—No, es que… ¿te das cuenta de lo jodida que está nuestra familia, Jules? Y tú eres maravillosa. Eres la mejor. Eres la única que vale algo aquí, y si vuelves, la mierda de la familia te va a cubrir a ti también y te va a enterrar.

Frunzo el ceño.

—No necesito que me salves de nuestra familia, Lance. ¿Qué mosca te ha picado?

Mientras se lo estoy diciendo, me doy cuenta de que ni yo misma me lo creo. Porque igual sí me hace falta.

Se le dilatan las aletas de la nariz cuando me mira; resopla y me sonríe, como si lo que estaba a punto de decirme, lo que ha estado pesando sobre sus hombros desde que entró, acabara de evaporarse.

—Tienes razón. Lo siento.

Lo miro como si se hubiera vuelto loco.

—No te perdono.

—¿Ni aunque te prometa que no volverá a pasar?

Arrojo a un lado el mando a distancia, cruzo los brazos y lo miro. Quiero seguir enfadada, de verdad. Hay una enorme parte de mí que se siente herida por su rechazo, y no estoy segura de que nunca llegue a sanar lo suficiente como para volver al punto en que nos encontrábamos cuando éramos niños. Vuelvo a mirarlo a la cara. Detenidamente.

Sus ojos color avellana parecen más grandes, pero solo porque sus ojeras oscuras indican que no está durmiendo bien. Y por el estado de sus manos podría pensarse que acababa de darle una paliza de muerte a alguien.

Se me encoge el corazón.

Por muy enfadada que esté con él, si le doy la espalda ahora, le estaré haciendo lo mismo que ellos me han hecho a mí.

Suspiro y agacho la cabeza.

—Vale. Pero no lo vuelvas a hacer.

Me mira aliviado y me sonríe con una sonrisa más pronunciada en la comisura derecha de la boca.

—¿Quieres hablar del tema? —me pregunta.

—Pues depende de a qué te refieras.

Me señala.

—De lo que sea que te tiene así.

Vuelvo a sentir una oleada de irritación y me giro hacia él. Estoy tan furiosa que ahora, cuando lo miro, veo un saco de boxeo a mi disposición, tanto si se lo merece como si no.

—Pues mira, no, no quiero hablar del tema. Tal vez hubiera querido cuando volví a casa y nadie se molestó ni en decirme hola. Tal vez cuando llegaste a la recogida de fondos para Penngrove sin un mísero «Te echaba de menos, Jules». Pero, ahora, no, gracias. No necesito recordar que mis padres quieren casarme con mi ex, como si esto fuera una pesadilla estilo Regencia, ni que en teoría soy una adulta pero sigo durmiendo en la casa de mi infancia.

Agito los puños en el aire mientras prosigo con mi diatriba, y Lance abre cada vez más los ojos con cada palabra que escupo.

Pero no paro, porque ahora estoy lanzada, y ya que quería escucharme, que me escuche bien.

—Han vuelto a ponerme la correa, vamos a decir todos a una «Oh, qué sorpresa».

Tras la explosión, me quedo sin aliento. Las palabras me han salido tan atropelladas que me falta el aire, pero me siento un poco mejor.

Más ligera.

—Joder. Y eso que me has dicho que me perdonabas —dice Lance.

Aprieto los labios y lo miro.

—Te perdono.

Asiente.

—Ya, bueno.

—¿Sabes de qué sí quiero hablar? —Me inclino hacia él—. Quiero hablar de ti. De que nunca andas por aquí, de que eres especialista en desaparecer. De que la otra noche Benjamin Voltaire se portó como si fuerais amigos del alma. Y mejor no entrar en lo de los nudillos desollados, y en que te parezca normal que Ty vaya por ahí con un ojo morado y con un arma encima.

Lance arquea una ceja.

—¿Ty tiene un arma?

Me lo quedo mirando.

—Cuando volví a la ciudad, la tenía. ¿No se la habías visto?

Se rasca la parte trasera del cuello, y a mí se me encoge el corazón. No es normal que no haya prestado atención a Tyler. Siempre habían sido inseparables los tres, Tyler, Art y él.

Pero tal vez tendría que abrirme yo un poco para que él se abriera más. Es obvio que no lo va a hacer por voluntad propia. Y, aunque me haya hecho daño, lo sigo echando de menos.

Sigue siendo mi hermano favorito.

Lo observo con atención, pero su rostro es una máscara impenetrable.

—¿Vas mucho por HillPoint? —le pregunto a bocajarro.

Da un respingo.

—No preguntes según qué si no quieres oír la respuesta, Jules.

Entorno los ojos.

—Si no quisiera oír la respuesta, no habría hecho la pregunta…, Lance.

Resopla y aparta la vista.

—Art tiene algunos locales por allí. No corro peligro.

—Claro —digo—. Porque los negocios inmobiliarios turbios son superseguros.

Me lanza una mirada hostil.

—¿Cómo sabes que son turbios?

Le sonrío con los labios apretados.

—No lo sabía, pero acabas de confirmármelo.

Lance suspira y se inclina hacia delante, apoya los codos en las rodillas y agacha la cabeza.

—Te quiero mucho, Jules, pero no te lo puedo contar todo. Por favor, respétalo.

Hago una mueca de amargura.

—Vale, pues no me digas por qué Benjamin se comportó la otra noche como si fuerais amigos. ¿Tiene algo que ver con lo que me dijo Ty, que ya nunca vienes por aquí?

—Ty es idiota. Y Benny, también, ya puestos.

«¿Benny?». Otra vez ese diminutivo. Frunzo los labios.

—Ay, Dios. Así que es verdad, te juntas con ellos.

Me mira desafiante. Es la misma cara que solía poner cuando Beverly nos decía que iba a dejarnos sin postre, o cuando nuestro padre nos imponía alguna regla inviolable. Los demás nos plegábamos como sillas de jardín, pero Lance, no. Se le veía un brillo en los ojos, como si aquella orden fuera un desafío, algo que superar.

—No es nada —dice.

—No sé si te das cuenta, pero cuando dices que no es nada haces que parezca algo.

Su silencio es toda una respuesta para mí. Me lo quedo mirando y ladeo la cabeza.

—Dame una pista, tío. ¿Es una secta? ¿Un club de lucha ilegal? ¿Un escándalo sexual supersecreto?

No se ríe. Ni siquiera pestañea.

Y eso sí que hace que me preocupe. Más que ninguna otra cosa.

—Lance, ¿en qué leches estás pensando? Si papá se entera de que te has metido en territorio Montgomery, te matará.

—Tiene gracia que lo digas tú.

Frunzo el ceño. La inquietud se me dispara por dentro, como si hubieran pulsado un interruptor.

—¿Qué quieres decir?

Levanta la barbilla y tensa el rostro.

—¿De qué conoces a Roman Montgomery?

La pregunta me deja paralizada. Aprieto los labios. De pronto se me han ido las ganas de hablar.

—Deja de cambiar de tema.

—No te acerques a él.

—Hablas como papá —le espeto.

Se pone rígido.

—No me parezco en nada a nuestro padre.

—Y que lo digas. Papá no andaría con gente como Benjamin Voltaire.

Relaja la expresión.

—No he venido a discutir. He venido a ver cómo estabas. Te echaba de menos y estaba preocupado por ti. No creo que nadie de esta familia sea capaz de cuidarte como te mereces.

Me escuecen los ojos y la emoción me atenaza el pecho. Estoy cabreada con Lance, pero no puedo disimular el hecho de que lo quiero muchísimo.

—Yo también te he echado de menos.

—¿Dónde andan Pax y Alex? —pregunta mirando a su alrededor.

Me encojo de hombros.

—Seguro que Paxton está haciéndole algún recado a papá, y Alex debe de estar en el teatro.

El teléfono de Lance suena con un mensaje entrante. Lo saca, lee la pantalla, frunce el ceño y se pone tenso de nuevo.

—¿Quién te ha escrito? —cotilleo, y me inclino por encima de su hombro para tratar de verlo. No veo nada porque su hombro es más grande que mi cabeza—. Uffff, Lance, ¿cuánto tiempo te pasas en el gimnasio? Estás hecho un toro.

Sonríe y flexiona los músculos sin cortarse un pelo.

—Siempre he sido el mejor de los Calloway. ¿Ahora te das cuenta?

Resoplo y le doy un cachete en el brazo.

—Eres idiota.

—Y tú eres una cotilla.

Me escamotea el teléfono, se pone de pie y se lo guarda en el bolsillo de atrás.

—No admito reproches por querer saber quién me ha adelantado en tu lista de prioridades.

—No digas tonterías. Nadie te puede adelantar.

—¿Qué? —Lo miro con cara inocente—. Yo solo digo que te suena el teléfono y de pronto tienes que salir pitando. He llegado a una conclusión lógica.

Se le dilatan las aletas de la nariz, como si sopesara la respuesta.

—¿Es la chica de Art? —pregunto.

—No es nadie que conozcas. —Titubea—. Pero me tengo que ir.

Disimulo mi decepción, pero no me sorprendo. No vale la pena discutir.

—De acuerdo. Bueno, pues ya nos veremos.

—Te quiero mucho, Jules. Me alegro de que estés de vuelta.

Me escuecen los ojos y trato de responder, pero solo me sale una sonrisa tensa.

Una vez sola de nuevo, me despego el teléfono de la piel del muslo y abro mis mensajes para perderme en la persona que me importa, en lugar de pensar en todas las maneras de herirme que tiene mi familia.

Capítulo 28

Roman

—Vale, ahora estás forrado, pero yo no tengo por qué aceptar dinero sucio.

La voz de Brooklynn suena desafiante, pero le tiembla lo justo para que se me encoja el corazón. No la corrijo, pese a que, según lo que me ha dicho mi padre, no sé cuánto va a durar el dinero si los Calloway se salen con la suya.

—No es tan sencillo, Brooke…

—Pues simplifica —me apremia.

—Va a meter a mamá en desintoxicación. Podríamos recuperarla.

Brooklynn resopla.

—No te hagas ilusiones, Oso. No es un hada madrina, es un cabrón manipulador con traje.

—No lleva traje. —Hago una mueca en cuanto acabo de decirlo, porque sé que la broma no va a caer bien—. Te ha suscrito un seguro médico —sigo explicándole, aunque no sé muy bien por qué lo estoy defendiendo tanto—. Si aceptas el fideicomiso, los pagos anuales serán automáticos. Nunca tendrás que volver a preocuparte. Tendrás todo el dinero que necesites, peque.

«Di que sí».

Deja escapar un sonido de repugnancia.

—Hablas como si te hubiera comprado.

Aprieto los dientes.

—No me ha comprado.

—¿Y si cambia de opinión? —me replica—. ¿Y si de pronto decide que ya no quiere ayudarme? ¿Y si me utiliza para controlarte?

—No va a…

—No me hables como si fuera una ingenua —me interrumpe—. Soy muy capaz de sumar dos y dos.

—Solo quiero cuidar de ti.

—Pues deja de cuidarme, que ya me sé cuidar yo sola. Si no, ¿qué crees que pasará cuando mamá esté en desintoxicación? ¿Que me iré a vivir ahí, contigo?

Imaginármela sola me aterra, pero sé que, si se lo digo, me presionará todavía más.

—Ya sé que sabes cuidarte sola —le digo para tranquilizarla—. Siempre has sido la más fuerte de los dos. Pero no quiero que en el futuro tengas que arrepentirte de nada. Quiero que tu vida sea más sencilla.

Me parece que no se lo estoy vendiendo muy bien.

—Te odio —susurra—. Me has dejado aquí sola. Con ella.

Las palabras se me clavan en el pecho, pero si me necesita como saco de boxeo, lo seré. Recuerdo lo que es tener diecisiete años y llevar encima todo el peso de la rabia sin saber contra qué dirigirla.

Me paso los dedos por el pelo.

—Por cierto, cuando esto esté encarrilado, podrías venir a vivir conmigo. Ya sé que ahora mismo me odias y todo eso, pero ¿qué tendría de malo?

—Mis médicos están aquí.

—En Connecticut hay médicos mejores.

No sé si será verdad, pero lo cierto es que ahora dispongo de los medios suficientes para que reciba los mejores cuidados del mundo, y me voy a encargar de que así sea, tanto si le gusta como si no. Ahora mismo Rosebrook no es un lugar seguro para que viva, pero tal vez algún día…

—Esas cosas llevan tiempo —me replica.

—Cuando eres un Montgomery, no —le respondo con firmeza.

Resopla.

—¿Quién eres tú?

—Si quieres averiguarlo, tendrás que seguir hablando conmigo.

Un Rolls-Royce con las ventanillas tintadas se acerca por el camino de mi casa y me tenso al instante. Parece el chófer de mi padre.

Se detiene, se abre la puerta, y se baja Benjamin seguido por Merrick.

—Oye, tengo que dejarte. Pero piensa en lo que te he dicho, ¿vale?

Brooklynn suspira.

—Venga, vale.

—Te quiero mucho, peque.

—Igual.

Clic.

Miro a los dos tíos que están de pie ante mí.

—¿Qué hacéis vosotros aquí?

Benjamin arquea una ceja, se apoya en el coche y se mira las uñas con cara de aburrimiento, pero Merrick extiende los brazos y sacude el torso.

—Ir de fiesta, corazón.

Miro mi casa, y a continuación los miro a ellos.

—Pues os habéis equivocado de dirección.

—De eso, nada. —Merrick viene hacia mí, me da una palmada en la espalda y me clava los dedos en el hombro—. Te vamos a sacar de aquí.

Mi vida se divide en tres partes.

Antes del accidente de tráfico, después del accidente de tráfico y este infierno que no sé cómo describir.

Antes contemplaba la vida de mi padre como un niño que mira caramelos en un escaparate: muy cerca, pero fuera de mi alcance.

Y aquí sentado en HillPoint, en La Mesa Redonda, con Merrick y Benjamin, las cosas son más bien distintas.

Ahora vivo esa vida, y me pregunto si habrá un niño al otro lado de la ventana de cristal esmerilado que me mira y sueña con ser yo. La sola idea me revuelve el estómago. Estoy representando un papel, imitando lo que imaginaba que hacía mi padre cuando yo era pequeño.

Me acomodo en el reservado y trato de desconectar del ruido del resto de los clientes hasta que apenas es un murmullo sordo.

—¿Qué tal la vida, corazón? —me pregunta Merrick apuntándome con la cerveza.

—¿Te importaría dejar de llamarme así? —protesto.

Su sonrisa permanece inalterada.

—Ya veo que bien, ¿eh?

—Bien. —Me encojo de hombros, y me pasan por la cabeza los momentos robados con la mujer de la que no puedo olvidarme ni por un momento.

—No seas tan modesto —interviene Benjamin. Me lanza una mirada y luego se concentra en Merrick—. Ahora es uña y carne con papá. Solo les falta compartir el cepillo de dientes.

Estoy a punto de saltar a la defensiva, pero me contengo porque sé que solo servirá para empeorar las cosas. Lo miro y esbozo una sonrisa burlona.

—¿Tenemos celitos, Benny? ¿Quieres un abrazo?

Suelta un bufido y alza la barbilla.

Merrick le da una palmada en el hombro.

—No seas amargado, Benny. Roman no tiene la culpa de haber nacido con un fideicomiso y unos pómulos ideales, igual que tú no tienes la culpa de ser el primo desafortunado.

—No soy ningún amargado —le replica Benjamin.

Merrick se ríe, da un palmetazo en la mesa, coge el otro vaso y lo alza en el aire.

—Por Roman. Que seas algo más que otra cara bonita en una ciudad llena de gilipollas. Y si hay suerte... —me guiña un ojo—, que seas bueno en la cama. Así seguirás cayendo bien a la gente aunque pierdas el dinero de papaíto.

Benjamin sonríe y alza su vaso.

—La esperanza es lo último que se pierde.

Me bebo de un trago el tequila, que me abrasa la garganta y me caldea el pecho. Y a continuación señalo a Merrick con el dedo.

—Soy de puta madre en la cama.

—¿De verdad? —Se inclina hacia mí con los ojos brillantes—. No tendría ningún inconveniente en darte mi opinión profesional.

Chasqueo la lengua.

—Ni hablar, amigo mío. Me da miedo que empieces a escribirme cartas de amor en las servilletas de los bares.

—¿Quién te dice que no lo estoy haciendo ya?

Benjamin suelta un gruñido.

—Joder, buscaos un hotel.

Me vuelvo hacia Merrick.

—¿No fuiste tú quien dijo que Rosebrook Falls es el lugar a donde viene a morir el amor?

Se repantiga en el banco del reservado, con los brazos encima del respaldo.

—Hasta los fantasmas tienen sueños.

—Hablando de sueños, anoche tuve uno —interviene Benjamin pasando el dedo por el borde del vaso.

—¿Qué soñaste? —le pegunta Merrick, más animado.

Se inclina y baja la voz hasta convertirla en un susurro.

—Que los soñadores mienten.

Merrick lo mira, nada impresionado.

—Caray. Qué profundo, Benny, tío.

Benjamin se encoge de hombros.

—Me ha parecido de lo más adecuado. Esta ciudad está llena de mentirosos que fingen que sus sueños se van a hacer realidad.

Merrick se echa a reír.

—Estás muy filosófico. Me sorprende de alguien que alcanzó la cúspide intelectual en el instituto.

Benjamin sonríe.

—Pero aquí estás, sentado a mi mesa, bebiendo el tequila que pago yo y luciendo el apellido Montgomery como si te lo hubieras ganado.

—Joder, Benny —le digo.

Merrick alza el vaso.

—¿Hemos venido a pelear o a cimentar la camaradería? Ahora no caigo.

La camarera se acerca a ponernos más cervezas en la mesa. Es bonita. No medirá más de metro sesenta y lleva el pelo cobrizo recogido en un moño alto.

—Gracias, hermosa Ginny —le dice Merrick al aceptar la cerveza que le tiende.

La chica le sonríe y luego se vuelve hacia Benjamin. La expresión de su rostro en forma de corazón se vuelve más fría y se le borra todo rastro de amabilidad.

—¿Dónde está Rosalie, Benny?

Benjamin estira el brazo y lo apoya en el respaldo del reservado.

—¿Acaso soy el guardián de Rosalie, Genevieve?

La camarera entorna los ojos.

—No lo sé, Benjamin, por lo visto sí te importa cuando le estás metiendo esa minipolla que tienes.

—Le gusta decirme cochinadas —nos explica, guiñando un ojo.

—Eres un cerdo —le espeta.

Se encoge de hombros.

—Ya sabe cómo son las cosas.

—Bueno, si la ves, dile que no me ha hecho gracia que no haya venido a trabajar esta noche.

Benjamin asiente y se pasa la lengua por los dientes.

—Claro.

—Y además, te voy a añadir una propina del sesenta por ciento en la cuenta, por gilipollas.

—¿Qué? —Alza las manos en señal de protesta—. ¿Y yo qué culpa tengo?

La chica se encoge de hombros.

—No es culpa tuya. Pero eres un imbécil.

Una chispa brilla en los ojos de Benjamin y me inclino hacia delante para comprender mejor la escena. Se ríe y sacude la cabeza.

—Con lo descarada que eres, me extraña que Art siga yendo por ahí tan estirado, Gin. ¿También eres así en la cama?

«Art». Ese nombre me suena.

La camarera le lanza una mirada asesina, da media vuelta, se marcha, y Benjamin se echa a reír.

—Joder, qué tía. ¿Por qué leches se acostará con Art Penngrove?

—Porque es el hijo del alcalde —sugiere Merrick antes de beber un trago de cerveza—. A las mujeres les gusta el poder. Y seguro que tampoco está de más que ahora sea el dueño del local. Seguro que a ella le asigna los mejores turnos.

—Te ha mirado como si quisiera matarte —señalo.

Una expresión torva ensombrece el rostro de Benjamin.

—El día menos pensado me voy a ocupar de ella en persona. Os lo digo yo.

—Pero, a ver, ¿qué tiene este local? —pregunto. Apoyo un brazo en el respaldo del reservado y miro a mi alrededor.

—Aquí es donde pasa todo, corazón. —Merrick abre los brazos como si hiciera un truco de magia—. ¿Quieres tomarle el pulso de verdad a Rosebrook Falls? Pues tienes que venir aquí.

Arqueo una ceja.

—¿A un bar en HillPoint?

Merrick sonríe con malicia.

—No es un simple bar, y menos ahora que es propiedad de Art. Pero lo disimula bien, ¿no te parece?

Entorno los ojos.

—¿Y eso qué quiere decir?

Benjamin añade algo, pero de pronto ya no estoy prestando atención, pues acabo de clavar la vista en la puerta, como un faro en la tormenta, pendiente de las mujeres que acaban de entrar.

De una mujer en concreto.

«Juliette».

Las venas me arden como si cada molécula de mi cuerpo estuviera reaccionando a su presencia. La sigo con la mirada cuando atraviesa el local, pasando entre los clientes, y se sienta al final de la barra.

El corazón me golpea las costillas, y la rodilla se me dispara debajo de la mesa. Cojo la cerveza y bebo un buen trago para tener las manos ocupadas.

Está aquí, joder, está aquí.

Y yo estoy un poco borracho.

Aparto la mirada y me topo con los ojos de Merrick, que se ha dado cuenta de todo.

Carraspeo y tomo otro sorbo, pero la vista se me va hacia ella cada pocos segundos, y la necesidad de ir a su encuentro es tan fuerte que debo echar mano de todo mi autocontrol para no levantarme.

Y lo consigo… hasta que un mierda pasa por detrás de ella y de su amiga, con el brazo un poco demasiado cerca de su espalda, y los ojos se le van un poco demasiado hacia el sur.

Capítulo 29

Juliette

—No me lo puedo creer. Llevábamos semanas sin vernos —dice Felicity sin dejar de dar saltitos en la silla del bar.

Sonrío, dejo el bolso y miro a mi alrededor tratando de ocultar mi incomodidad.

—Y el primer lugar a donde se te ocurre traerme es a Hill-Point.

Me dedica una amplia sonrisa.

—JYV, tía.

Arrugo la nariz.

—¿Qué demonios quiere decir «JYV»?

—«Jódeme, y verás», Jules. A mí no me vuelves a dar esquinazo. Pagarás las consecuencias.

—Por eso no te soporta mi madre.

Pone los ojos en blanco y agita una mano, dando a entender que no le importa lo más mínimo.

—Yo no tengo la culpa de que tus padres sean unos pijos estirados.

—Cierto. —Aprieto los labios—. Pero podrías habérmelo preguntado. Esta zona… no es para mí.

Estoy diciendo la verdad, pero no me importa. Noto un cosquilleo de emoción bajo la piel porque existe la posibilidad de que Roman esté aquí.

Frunce el ceño.

—Sí, bueno, pero entonces no habrías venido. Además, ahora Art ha comprado el local, así que es poco menos que el patio trasero de los Calloway. Estás en tu terreno.

«Eso no se lo puedo discutir».

Hay unos reservados de color rojo oscuro adosados a la pared, la luz es escasa y la barra muy larga, ocupa toda la longitud de la pared de la derecha nada más entrar. Hay unas cuantas mesas en el centro de la estancia y un pequeño escenario donde me imagino que habrá música en directo, aunque ahora mismo no hay nadie.

Tengo la espalda rígida y los hombros tensos, y me da miedo que alguien me reconozca en cualquier momento, que me trate como a una niña y me diga que no es lugar para mí.

Pero pasan unos minutos y no sucede nada, y se me empiezan a relajar los músculos. No soy tan inocente como para pensar que no me han reconocido, pero a nadie parece importarle.

—Calma, Jules —me dice Felicity—. Por la cara que tienes es como si alguien te fuera a clavar un puñal.

Una mujer muy bonita, con la piel muy clara, un millón de pecas y el pelo rojo recogido, se nos acerca y se acoda en la barra.

—¿Qué os pongo?

Me mira y abre un poco más sus ojos verde jade, pero no hace ningún comentario. Es preciosa, de verdad, y me imagino que debe de haber llegado a la ciudad hace poco. Yo al menos no la había visto nunca.

—Un Martini Grey Goose supersucio.

—Oooh, cuánta elegancia. Yo quiero lo mismo —dice Felicity—. No, espera, espera. Ponme un Long Island. —Hago una mueca—. No empecemos —me reprende—. ¿Tengo que recordarte las vacaciones de primavera del primer curso, cuando tuve que recogerte del suelo del baño y sujetarte el pelo en el retrete del hotel mientras llorabas porque habías decepcionado a tus padres?

—No, por Dios. —Se me revuelve el estómago solo de recordarlo.

—¿Queréis algo para comer? —nos pregunta la camarera.

Felicity inclina la cabeza a un lado y mira a la chica.

—¿Cómo te llamas?

—Ginny —dice, y le guiña un ojo—. Encantada de conoceros. —Se vuelve hacia mí—. ¿Tu hermano sabe que estás aquí?

Me sobresalto, sorprendida por el interrogatorio y un poco molesta porque se cree que tiene derecho a interrogarme.

—¿Cuál de ellos?

Abre los ojos de par en par, deja la coctelera en la barra, saca una copa helada de Martini y me lo sirve.

—Perdona, ha sido una grosería. No es asunto mío.

—No, tranquila. —La miro con el ceño fruncido—. ¿De qué conoces a mis hermanos?

—Sin ánimo de ofender, dudo que sea posible vivir en esta ciudad y no conocer a tus hermanos. —Nos sonríe—. ¿Os lo pongo a cuenta?

Asiento. La chica coge el paño y se aleja hacia el otro extremo de la barra. Felicity prueba la bebida.

—Van cincuenta dólares a que está liada con uno de ellos.

Miro el Martini, y luego a Ginny.

—Con Lance, seguro. Ese se tira lo que sea.

Una risita.

—Con Paxton, no, eso seguro.

—No, claro. Está casado, tía.

Mira detrás de mí y se le borra la sonrisa de la cara. Me doy la vuelta y frunzo el ceño.

—Vaya. No esperaba verte por aquí.

Art Penngrove me lanza una mirada.

—La pequeña Juliette Calloway, en los barrios bajos. ¿Qué diría papaíto millonetis si se entera?

Pongo los ojos en blanco al oír aquel apodo.

—Se preguntaría si ahora las ratas saben hablar —contraataca Felicity.

La mira por un instante, pero pasa de ella como si fuera un mueble. Mi amiga suelta un bufido.

—Tienes que marcharte —me dice.

Felicity interviene de nuevo antes de que me dé tiempo a decir nada.

—Ya sabemos que tu padre tiene un título importante, pero nada más, Arthur. Solo es un título.

El hijo del alcalde le lanza una mirada asesina.

—El bar es mío.

—Sobre el papel, puede. —Se encoge de hombros—. Pero todos sabemos que no sabrías dirigir un retrete, así que ya no digamos un negocio.

Aprieta los labios y vuelve a concentrarse en mí.

—Vamos, Jules. Te llevo a tu casa.

—Va a ser que no, gracias. —Cojo la bebida y sonrío de oreja a oreja mientras tomo un sorbo.

Está a punto de cogerme del brazo, pero, antes de que llegue a hacerlo, una voz grave se interpone.

—Te ha dicho que no.

El corazón se me sube a la garganta.

«Roman».

Art se gira en redondo y pone unos ojos como platos al ver de quién se trata. No es bajo, pero en comparación con la altura de Roman parece un niño vestido con el traje de su padre.

Cambio de posición en el taburete, Felicity me mira y mueve las cejas, como si a ella también le pareciera atractivo.

—Roman Montgomery —dice Art—. No esperaba que nos conociéramos así, pero esto es un asunto de familia —me advierte, señalándome con el pulgar.

Roman me mira a los ojos, arquea una ceja y vuelve a concentrarse en él.

—¿Es de tu familia?

—Casi.

—En absoluto —lo corrijo.

Art me lanza una mirada hostil y frunce el ceño.

—Vamos, Jules. Este no es lugar para ti. Tu hermano no…

—¿Está Lance por aquí? —Miro en todas direcciones como si lo estuviera buscando—. ¿Por eso te pones en plan protector?

Aprieta los dientes.

—No está, no.

—Entonces, si no te importa, me quedo.

Art suspira y trata de agarrarme de nuevo, pero esta vez Roman interpone el cuerpo entre nosotros, y su brazo entra en contacto con mi espalda. Desde mi ángulo de visión puedo ver que está taladrando a Art con la mirada. Tiene los brazos cruzados y se apoya ligeramente en mí.

El calor de su proximidad inunda mi cuerpo.

Roman se inclina hacia Art y le dice en voz baja, casi susurrando:

—Vuelve a tocarla, y me importa una mierda quién sea tu padre o que seas el dueño del local, porque saldrás de aquí en ambulancia.

Art se pone blanco.

Felicity está a punto de desmayarse.

—Ya lo has oído, Art. Vete a tomar por culo.

—Felicity. —Art le dedica una sonrisa forzada y añade—: Verte siempre me produce de todo menos placer.

Ella le devuelve la sonrisa y alza la copa hacia él.

—A ver si con un poco de suerte te mueres de una vez, Arthur.

Art me lanza una última mirada.

—A la mierda —masculla, y se va.

Miro a Roman, que se vuelve hacia mí con la expresión ya más relajada. Se me eriza el vello y un calorcillo embriagador me asciende por el vientre, por el pecho, y me llega hasta los hombros, como siempre que lo tengo cerca.

Está aquí.

No sé cómo, pero lo sabía.

Cojo el Martini helado y me lo llevo a los labios para concentrarme en el ardor del alcohol, en lugar de en cómo me abrasan sus ojos.

—Mira, no sé quién eres —dice Felicity, dirigiéndose a Roman—, pero es obvio que mi mejor amiga sí que te conoce, y si he de serte sincera, me duele que no me haya contado nada.

Felicity es especialista en romper la intensidad de cualquier momento. Roman la mira y esboza una sonrisa.

—Soy Roman.

Ella arquea una ceja, bebe un sorbo a través de la pajita y responde:

—Pues yo soy una mujer enamorada.

Se me escapa la risa y sacudo la cabeza.

—Felicity, este es Roman Montgomery. Roman, esta es mi mejor amiga.

Felicity inclina la cabeza.

—Me suenas de algo.

—Tengo una cara muy vulgar, y estas últimas semanas no he parado de salir en la prensa.

—Pues muchas gracias —lo interrumpo—. No hacía falta que intervinieras, pero mentiría si no dijese que me alegro de que lo hicieras. Y ahora ya te puedes ir.

—Juliette —me reprende Felicity—. No seas tan grosera con nuestro bienhechor.

Roman sonríe, cruza los brazos y al hacerlo tensa los músculos, y los tatuajes resaltan las venas que se le marcan hasta desaparecer bajo las mangas de la camisa.

—Menos mal que hay alguien que tiene modales. Juliette se ha portado fatal conmigo.

—¿De verdad? —La voz de Felicity suena divertida.

Él asiente con solemnidad.

—Y sin el menor motivo. Entre nosotros, creo que es porque está colada por mí.

Se me escapa una risa seca.

—¿Ahora soy yo la que está colada?

Roman se apoya en la barra y mira a Felicity.

—¿Sabes que una vez le salvé la vida?

La mirada de Felicity centellea de curiosidad.

—¿De verdad?

—¿Podemos hablar de otra cosa? ¿De lo que sea? —les suplico.

—No —dicen al unísono.

—Vaya. —Parpadeo—. Parecéis gemelos. Es una pesadilla.

Roman hace caso omiso y se acerca más a Felicity.

—Dime una cosa, ¿vosotras dos tenéis un apretón de manos secreto?

—¿Un qué?

—Un apretón de manos. Toda buena amistad debe tenerlo. Es una señal de lealtad.

—Qué interesante. —Felicity remueve la bebida con la pajita, me mira y frunce el ceño—. ¿Por qué no tenemos un apretón de manos secreto?

Me tapo los ojos y dejo escapar un gemido.

—Genial. Se lo has contagiado.

—No has respondido a la pregunta, Juliette. —Roman sonríe burlón—. Yo también quiero saberlo.

—Porque somos adultas.

—Claro. —Me mira de arriba abajo—. Los adultos utilizan las manos para otras cosas, recuerda lo fácil que fue hacer que te co…

Se me sube el corazón a la garganta y le tapo la mano con la boca.

—¡Vale, vale!

Los ojos le brillan, y al instante noto una sensación húmeda en la piel. Me quedo boquiabierta.

—¿Acabas de lamerme?

Felicity se parte de risa mientras nos mira como si fuéramos lo más entretenido que ha visto en muchos años.

Pero, aparte de la atención de mi amiga, me doy cuenta de que hemos captado la de otra mucha gente. Gente que no debería vernos interactuar. Gente que no se lo pensará dos veces e irá a decirle a otra gente que parecemos muy amigos.

La expresión de mi rostro cambia de repente. Roman se da cuenta de que la diversión ha llegado a su fin, porque se endereza y carraspea. Una corriente de energía sigue chisporroteando entre nosotros, y no puedo dejar de mirarlo.

—¡Roman! —lo llama una voz brusca y expeditiva desde la otra punta del bar, como si lo estuviera regañando.

Roman se pone rígido, y cuando veo la mirada de odio de Benjamin, siento una mano fría atenazándome el estómago: nos hemos expuesto en público más de la cuenta.

—Te llama tu perro guardián —le espeto.

Roman aprieta los dientes como si quisiera decir algo, pero opta por callar y mira a Felicity.

—Señoritas…

No me muevo hasta que está de vuelta en el reservado con su primo y con Merrick.

—Más te vale empezar a contármelo todo —me exige Felicity—. Ahora mismo.

Capítulo 30

Juliette

Dos martinis más tarde, he sacado a la luz ante Felicity mis más oscuros secretos, no sé si porque estoy harta de cargar con ellos a solas o porque soy tan blandengue que el alcohol me suelta la lengua. Lo único que no le cuento es que Roman es el artista callejero responsable de los titulares de estos días.

—Qué barata sales —se ríe Felicity cuando le digo a Ginny, la camarera, que quiero un vaso de agua.

—Es parte de mi encanto. —Me apoyo en ella—. Te echaba de menos.

—¿De verdad? —Arquea una ceja—. Pues da la sensación de que te lo estabas pasando en grande sin contármelo. Me entran ganas de cabrearme.

Hago un puchero.

—Tú no me contaste que habías roto con Keagan, así que estamos en paz.

Entorna los ojos, pero al final asiente.

—Me parece justo.

—Y has jurado que me guardarás el secreto.

—Obvio. —Toma un sorbo de su bebida—. Pero es mi deber informarte de que, si vuestro plan era disimular, lo hacéis de pena. Por un momento he pensado que se te iba a follar contra la barra del bar.

Le lanzo una mirada asesina.

—Lo digo en serio, Felicity. Esto no puede salir de aquí. Ya te imaginas lo que pasaría si mi familia se entera de que me junto con un Montgomery.

Inclina la cabeza a un lado y me mira con los ojos muy abiertos.

—Pues no, la verdad es que no. ¿Qué pasaría, Jules? ¿Que se enfadarían contigo?

«¿Se está burlando de mí?».

—No es tan sencillo.

Niega con la cabeza.

—Así que te da más miedo el rechazo de tu familia que permitir que dicten todo lo que haces en la vida. ¿No te has hartado de eso? ¿Qué más da si no puedes vivir en una mansión elegante y tienes que buscarte un trabajo? Si no, ¿qué futuro te espera? ¿Casarte con el gilipollas de Preston y convertirte en un calco de tu madre?

Trago saliva tras recibir la andanada.

—No pienso casarme con Preston. No digas tonterías.

Suspira y me da un empujoncito con el hombro.

—Lo siento, soy una borde.

Suelto un bufido. Las dos tenemos clarísimo que no lo siente, en absoluto.

—Mentirosa.

Esboza una media sonrisa.

—Cierto. Pero me sigue pareciendo deprimente. Hablemos de otra cosa.

Veo algo por el rabillo del ojo que me llama la atención.

Ha sido apenas un atisbo, pero habría jurado que era Lance, escabulléndose hacia un callejón oscuro. Noto una presión cada vez mayor en el pecho, y el corazón se me acelera. «¿Está aquí? Entonces ¿Art me ha mentido?».

—Perdona, tengo que ir al baño —digo—. Ahora mismo vuelvo.

—Claro. —Felicity se da la vuelta en el taburete, se apoya en la barra y coge una servilleta.

Me bajo del mío y me abro camino entre las mesas, pero me lo pienso mejor y enfilo el pasillo que hay junto al escenario.

Se me pone de punta el vello de los brazos cuando me dirijo hacia la puerta trasera; es como si el aire acondicionado estuviese al máximo. Doblo la esquina por la que me ha parecido que había girado Lance, pero me detengo de golpe. No hay salida.

Y allí no hay nadie.

«Habría jurado que…». Al final del pasillo, a la derecha, hay una puerta sin ventana.

Avanzo lentamente. Debería pensármelo mejor antes de entrar en un bar donde nunca he estado, en un barrio de la ciudad que no es recomendable, pero el alcohol que corre por mis venas me nubla un poco la visión y tengo la mente embotada, lo cual me incita a correr riesgos de los que huiría en otras circunstancias.

Llego hasta la puerta y sujeto el tirador. El corazón me bombea tan deprisa que siento los latidos en las orejas.

«¿Por qué aquí todo tiene que ser tan ominoso?».

Lo giro.

Está cerrada con llave. Suspiro y lo intento de nuevo, como si pudiera abrir la puerta a golpe de fuerza de voluntad.

—No creo que seas lo bastante fuerte para derribarla.

Aquella voz susurrante, intensa, grave, me provoca un escalofrío en la espalda. Me doy la vuelta y apenas logro ahogar un grito, mientras sigo con las manos en la puerta de madera, ahora con los ojos clavados en los de Roman.

Está casi pegado a mí, y, por Dios, cómo detesto el modo en que mi cuerpo cobra vida cuando lo tengo cerca. No debería estar aquí con él, sobre todo ahora que el alcohol me ha liberado de posibles inhibiciones, y menos aún después de habernos olvidado del mundo y haber flirteado delante de todos.

Compruebo si ha venido con alguien, pero no. Estamos solos en el pasillo.

—¿Me has seguido?

—Y si te he seguido, ¿qué?

—Vaya, ¿y ahora quién espía a quién?

Sonríe y se inclina hacia mí. Su proximidad hace que el corazón me dé un vuelco.

—He aprendido de la mejor —susurra.

Respiro hondo y trato de ser razonable.

—¿Qué haces aquí? —inquiero.

Arquea una ceja y se acerca un paso más.

—Lo mismo podría preguntarte yo.

—Es que me pareció ver… —Me interrumpo, miro la puerta, luego a él—. Da igual.

—Te echo de menos.

Aparto las manos de la puerta y las alzo con la intención de mantenerlo a distancia, pero, en cambio, lo que hago es agarrarlo por la camisa y atraerlo hacia mí.

—No digas eso.

—¿Por qué? Es la verdad. Hace días que no vienes a nuestro lugar.

Tiene los ojos vidriosos y el aliento le huele a tequila, pero, mezclado con su olor natural, a madera, resulta más embriagador que el alcohol. Empiezo a notar un calorcillo entre las piernas. Contengo el aliento. Sé que debería retroceder, pero no soy lo bastante fuerte, no puedo romper la conexión.

—¿Por qué no puedo estar lejos de ti? —susurro.

Se inclina, me roza el cuello con la punta de la nariz y se me eriza el vello de la espalda, el de los brazos...

—Si lo averiguas, cuéntamelo.

Se oyen unas risas al final del pasillo y me da un vuelco el corazón. Lo agarro de la camisa con más fuerza y ahora aún lo tengo más pegado a mi cuerpo. Se tambalea, y tiene que apoyar el brazo en la puerta, junto a mi cabeza, a un suspiro de mí.

Se le oscurecen los ojos.

—Vamos a otra parte.

—Estamos en un lugar público y... ya nos han visto hablando.

—¿Y qué?

Lo miro, incrédula.

—Pues que no puedo.

—¿Quién lo dice?

Señalo en dirección al bar.

—Todo el mundo.

Deja escapar un susurro y me alza la barbilla para que lo mire directamente a los ojos.

—¿Y siempre haces lo que quiere todo el mundo?

«Arrrg». Habla como Felicity. Y tal vez sea cosa del alcohol, o de lo mucho que lo he echado de menos, aunque no haya pasado tanto tiempo desde la última vez que nos vimos, pero mi resistencia se debilita por momentos.

Sus labios pasan muy cerca de mi oreja, pero sin llegar a rozarla, apenas un aliento, y su voz suena más grave que nunca.

—Qué niña rica tan buena, siempre en su papel. Vamos, Juliette, vive un poquito. Te prometo que no se lo diré a nadie.

El corazón me late enloquecido, la tensión se me acumula en el abdomen. No soporto que me conozca tan bien, que pueda tomar mis inseguridades acerca de ser quien todos quieren que sea y las utilice para hacer música de mí, como si fuera un violín.

—No soy una niña buena —le digo, pero me suena falso incluso a mí, me siento una farsante.

Tengo la boca seca, y sigo sujetándolo de la camisa.

—Demuéstramelo.

—A lo mejor lo que pasa es que no me fío de ti.

Me suelta la barbilla sin retirar de la puerta la mano derecha, que tiene apoyada junto a mi cabeza; posa la izquierda sobre mi mano, que sigue agarrándolo del pecho.

—¿Por qué quieres que te lo jure?

—No jures nada.

—Si me…

De repente me acerco aún más a él, pegando la parte delantera de mi cuerpo al suyo. Se queda inmóvil un instante, inspira enérgicamente, retira la mano de la puerta y me agarra con fuerza de la cadera.

—Me gustas, ¿vale? —admito. A él le centellean los ojos—. Pero da igual. Esto que tengo contigo es… una insensatez.

—Pues entonces sé un poco insensata —me replica.

—Todo es demasiado repentino, y tú estás manchando la reputación de mi familia. ¿Qué quieres? Eso me pone nerviosa. ¿Qué pasará si voy contigo, Roman? ¿Si rompemos los límites que nos hemos fijado? ¿Luego, qué? Tendremos una noche juntos y todo habrá terminado, quedará atrás como un relámpago en el cielo.

Flexiona los dedos contra mi cadera.

—No tiene por qué ser solo una noche.

—No debe ser ni una sola noche, no debe ser nada.

Trato de apartarlo, decidida a marcharme, pero me sujeta con más fuerza, me atrae de nuevo hacia sí, me pasa una mano por la mandíbula y me agarra el pelo de la nuca.

—Pero lo es.

Capítulo 31

Roman

He deseado volver a sentir la boca de Juliette en la mía desde el momento en que subí a su balcón, y el corazón casi me estalla ante la posibilidad de que vaya a ser ahora.

Pero, justo cuando nuestros labios están a punto de rozarse, me detiene.

—Roman —me susurra.

Se me hace un nudo en el estómago, pero logro sonreír.

—Vuelve a decir mi nombre, pequeña rosa.

A Juliette le brillan los ojos; deslizo los dedos por el pelo de su nuca y la sujeto más fuerte para poder girarle la cabeza, de forma que sus labios se sitúen en un ángulo más propicio y su cuello quede a mi merced.

Sería tan fácil lanzarme sobre ella y saborearla. Marcarla.

De pronto, la puerta en la que estamos apoyados da un bandazo y se lanza contra mí. Ambos nos desestabilizamos, y en lugar de unir nuestros labios, nos rozamos la punta de la nariz.

—¡Joder! ¿Qué está pasando aquí? —masculla alguien al otro lado.

Con el corazón en un puño, agarro a Juliette de la cadera y la aparto de la puerta. Ella abre los ojos de par en par, aterrorizada, y sé que está a punto de salir huyendo. Pero no pienso permitirlo, no ahora, justo cuando casi la tenía donde quería.

—¡Está cerrada con llave, imbécil! —exclama otra voz que llega a través de la pared, amortiguada pero cercana.

Retiro la mano de la cadera de Juliette y entrelazamos los dedos. Si el tiempo no apremiara, me recrearía en cómo la palma de su mano encaja a la perfección con la mía.

Pero como no disponemos de tiempo, tiro de ella pasillo abajo, en dirección a la puerta trasera, y salimos al callejón que hay detrás del bar. Aquí no hay gran cosa, solo un par de contenedores azules para la basura, un cobertizo pequeño y unas pocas sillas en la esquina de la izquierda, donde se sientan los empleados cuando salen a fumar.

Juliette mira en todas direcciones, como si no se decidiera a fijar la vista en un determinado lugar: en la hilera de coches, en la valla de madera del lado izquierdo del edificio, en el muro de cemento a la derecha, en los charcos que la lluvia de ayer dejó en el suelo...

Le cojo la mano con más fuerza, porque no quiero que salga huyendo. Sé que no deberíamos dejar que nos vieran juntos. Y no porque a mí me importe en este momento, aunque debería, sino porque a ella sí le importa.

Es como si tuviera un puñal clavado en las entrañas: sé que haga lo que haga, diga lo que diga, llegue a donde llegue, nunca estaré a su altura.

Igual que no estuve a la altura de mi padre.

Percibo el aire denso y pegajoso de humedad, lo siento en los pulmones. Tiro de Juliette para doblar la esquina del edificio hacia el lado contrario y quedar fuera de la vista en caso de que alguien salga por la puerta trasera. Miro a mi alrededor y confirmo que no hay nadie. Estamos solos.

Solo hay un gran número de coches vacíos aparcados. Muchos. Me resulta extraño.

—Esto ha sido... una tontería —me susurra Juliette, y a continuación me suelta la mano y me asesta un manotazo en el pecho.

Me mira como si estuviera enfadada por lo que acaba de pasar. Abro los ojos de par en par, sorprendido por su reacción.

—¿Acaso ha sido culpa mía? Eh, que no he sido yo el que ha salido del bar para intentar abrir una puerta cerrada. —Me acerco más a ella—. Deberías darme las gracias.

—Yo no te he pedido que me siguieras —me replica con un bufido.

Abro las manos.

—Y sin embargo, aquí estamos.

Se muerde el labio.

—Es evidente que no conviene que estemos juntos en público.

—Pues hace un momento no te importaba —le replico con una sonrisa procaz. Me acerco otro paso—. Ya sé que tenemos que mentir ante todos los demás, pero no me mientas a mí, Juliette. Me encanta saber que fantaseas conmigo.

—Dios santo, ¿es que no te rindes nunca?

Se sonroja, se lleva las manos a la cara y deja escapar un gemido... Y a continuación se echa a reír.

Yo sonrío a mi vez, encantado de escuchar su risa. La interpreto como algo personal, como si ese sonido fuera solo para mí.

—Lo siento —dice, enderezando la espalda—. Es que me cabrea que las cosas sean tan complicadas para nosotros. Todo es muy confuso y... me gustaría que no lo fuera.

Se me encoge el corazón.

—Lo entiendo.

Juliette mira alrededor y frunce el ceño.

—¿Por qué habrá tantos coches aparcados aquí? Dentro no había tanta gente.

Me encojo de hombros y miro hacia donde señala.

—Puede que hayan venido por otra cosa.

Frunce el ceño.

—¿Qué más hay aquí? Solo unas cuantas casas y tiendas que cierran a las cinco.

—Tienes razón.

Tenso los labios. He estado con ella en ese pasillo y hemos visto que alguien intentaba salir por una puerta del sótano que estaba cerrada, así que empiezo a preguntarme si no estará pasando algo. Algo que nadie me ha contado.

«No es un simple bar». Merrick ya me lo dijo.

Se pasa una mano por su exuberante melena negra. Las puntas onduladas de su cabello le caen sobre los hombros y le llegan hasta el nacimiento de los pechos. Hago lo posible por ser un caballero y no mirar.

—Bueno, Sherlock, ¿me vas a contar qué andabas cotilleando?

—No andaba cotilleando nada.

—Claro.

Se pone de morros.

—Si vas a discutir todo lo que diga… Mejor me voy.

—Si lo prefieres, podemos besarnos.

Se vuelve a poner colorada y me lanza una de esas miradas en plan «no digas tonterías» a las que es tan aficionada.

—Puedes sentirte afortunado de que te haya cogido la mano.

—Tienes razón —admito; alzo mi mano, me miro los dedos, la muevo de un lado al otro—. Mi mano no es digna de tocarte, para ser sinceros. Pero como resulta que ya te ha tocado, ahora tenemos un problema.

—¿Qué problema? —pregunta.

—Pues que me he dado cuenta de que no me conformo solo con la mano.

Se sonroja de nuevo y baja la vista, aunque no tarda en volver a mirarme a través de sus largas pestañas.

—Hay quien diría que darse la mano es un acto más íntimo que un beso. Los santos utilizan las manos para demostrar su devoción.

Alza las suyas a la altura del rostro, con las palmas hacia el cielo. Arqueo una ceja.

—Los santos también tienen labios, ¿no?

Asiente, juntando las manos.

—Los labios del santo están para rezar.

Me acerco más, hasta que le toco los zapatos con las puntas de los míos. Tenerla tan cerca hace que se me erice el vello.

—Yo rezo por poder besarte.

Respira profundamente, subiendo y bajando el pecho, y entreabre la boca, como si fuera una invitación. Una oleada de calor recorre todo mi cuerpo, y la electricidad vuelve a chisporrotear entre ambos, como si atrajéramos los relámpagos.

—No soy una santa —me susurra; desvía la vista hacia mis labios, y vuelve a alzarla muy despacio para mirarme a los ojos—. Pero, si lo fuera, los santos no se mueven de su pedestal ni cuando conceden aquello que los fieles les piden en sus oraciones.

El corazón me galopa en el pecho. Mis terminaciones nerviosas emiten descargas eléctricas bajo la piel. Deslizo los dedos entre el pelo de su nuca, igual que antes.

—Pues entonces no te muevas, que voy a rezar.

Rozo su boca con la mía: es una caricia delicada, que apenas mitiga mi ansia insaciable de saborearla. Ella se inclina hacia atrás y su aliento tembloroso colorea mis labios.

—Esto me ha sabido a pecado, no a oración —dice con la voz entrecortada, incitante.

Tengo el estómago revuelto, estoy tan ansioso que los nervios me arden bajo la piel, y me consumo de puro deseo.

—En ese caso, devuélveme mi pecado —le susurro.

Y, esta vez, no titubea.

Me echa las manos al cuello y me atrae contra sí hasta que cada centímetro de su cuerpo está en contacto con el mío. Dejo escapar un gemido, separo los labios, y ella atrapa mi labio inferior entre los suyos, incitándome con el mordisco más delicado que pueda imaginarse.

Y tiene razón, esto sabe a pecado, y se le escapa un gemido, y casi pierdo el control.

Le rodeo la cintura con el brazo, y con la otra mano le inclino la cabeza para poder darle un beso profundo. La abrazo con más fuerza. Nuestras lenguas se rozan. Mi polla se estremece.

Le acaricio el costado, le levanto una pierna para que la enrosque a mi cintura, la anclo a mí, me apoyo en el muro del edificio y disfruto saboreando cómo deja caer su peso sobre mi entrepierna con un movimiento perfecto.

Encaja en mí como si estuviéramos hechos a medida. Como si este fuera el lugar que nos corresponde.

Solo puedo pensar en lo que sentiría al estar dentro de ella.

Al despertar a su lado, con sus piernas enredadas en las mías, su brazo encima de mi pecho, como si en sueños me estuviera reclamando como suyo.

Al escuchar el suave suspiro que deja escapar cuando el sol le calienta el rostro, o la melodía que tararea de forma inconsciente cuando está escribiendo.

Al conocer todos esos momentos insignificantes, comunes, como si fueran el Evangelio.

Al tenerla entera. No solo en la oscuridad, sino en la luz, delante de todo el mundo, tan suave, tan real, tan mía.

El ruido de una puerta que se abre nos separa de golpe. Se aleja de mí de un salto, con la espalda contra el cemento, como si la aterrase que nos vieran. Ahora tiene los ojos muy abiertos, la respiración entrecortada, los labios hinchados, el pelo revuelto.

Está tan maravillosa que me duele el alma.

Juliette se lleva una mano a los labios henchidos, como si no diera crédito a lo que acaba de pasar. O quizá recordando lo bueno que ha sido.

Desde el otro lado de la esquina nos llega la voz amortiguada de un hombre.

—Vamos, nena, si solo serán cinco minutos.

Y a continuación, una risita que se transforma en un gemido de placer.

—No puedo. Hoy me toca cerrar.

Me pongo rígido al identificar lo que estamos oyendo. Me vuelvo hacia Juliette y le indico mediante una seña que debemos escabullirnos ahora que aún podemos. Solo tenemos que dar la vuelta al edificio y llegar a la parte delantera de nuevo, pero no se mueve.

Tiene la cabeza inclinada y la expresión de su rostro ha cambiado, como si reconociera las voces. Pasa de largo por mi lado, tan cerca que me roza la entrepierna con el culo, y yo farfullo un taco, porque es evidente que al universo le pone cachondo hacerme sufrir en todo lo relativo a ella.

Se distinguen los típicos sonidos que delatan a dos personas sobándose, un gruñido, un gemido… Quienesquiera que sean esas personas están a punto de follar, y la verdad, eso no me ayuda nada.

Juliette se inclina hacia delante un poco más para mirar desde la esquina, y a mí se me van los ojos hacia su culo.

«Dios santo».

—Para ya, Art —dice la chica entre risitas—. Tengo que entrar.

Juliette se endereza y yo doy un paso atrás como si no hubiera estado a dos segundos de agarrarla y metérsela como un troglodita.

Se da la vuelta, me coge del brazo y me saca a rastras de allí en dirección contraria, rodeando el edificio.

No cuestiono lo que hace porque, si he de ser sincero, en este momento iría tras ella a donde fuera.

Se detiene cuando ya nos hemos alejado lo suficiente. No hemos llegado a la parte delantera del edificio, y aún no puede vernos nadie, pero nos hemos acercado tanto que se oye a la gente entrando y saliendo, y el sonido de los coches en la calle.

Juliette se lleva las manos a los ojos y hace una mueca.

—Ay, Dios. Quisiera lavarme el cerebro con lejía.

La puerta de un coche se cierra de golpe y ella vuelve a ponerse tensa, como si de pronto se diera cuenta de que ya no estamos en un lugar discreto, sino a la vista de todos. Da un larguísimo paso atrás.

La miro con los ojos entornados.

—No digas eso.

Niega con la cabeza.

—No he dicho nada.

Suspiro, me meto las manos en los bolsillos y alzo la vista hacia las estrellas antes de volver a concentrarme en ella.

—Tranquila. No puedes. Lo entiendo. La verdad, yo, tampoco.

—¿Por tu hermana? —pregunta.

El recordatorio es como un puñetazo en la mandíbula. Si hubiera firmado los puñeteros papeles, ya no tendría que preocuparme por ella, todo estaría resuelto. En cambio, mi madre…

—Entre otras cosas. Vete… vete antes de que haga alguna tontería. —Le señalo la puerta principal del bar.

—Vale. —Hace una pausa y se muerde el labio inferior—. Pero no quiero irme. Lo sabes, ¿verdad?

Se me escapa un gemido, me paso los dedos por el pelo y tiro de él hasta hacerme daño.

—No me digas eso ahora mismo. —Miro a mi alrededor para asegurarme de que nadie nos ve, me acerco un poco más a ella y le confieso en la voz baja—: Estoy borracho. Y tú eres…, joder, eres tan hermosa… Y, no sé por qué, siempre que estoy cerca de ti me siento como si fuera a morir si no te toco.

Inspira con fuerza, y sus mejillas se tiñen de ese color rosa intenso que tanto adoro.

—De verdad, te juro que intento respetar esta línea inexorable que nos hemos trazado. Pero se me da fatal.

—¿Por qué? —me pregunta, como si no supiera la respuesta.

—Porque cada vez que sonríes, cada vez que me lanzas una de esas miradas como si no supieras si estrangularme o besarme, quiero quedarme contigo para siempre.

Entreabre los labios.

—Liante…

Apoyo el pulgar en sus labios.

—No me des explicaciones… Vete…, ve adentro, por favor.

Titubea. Le brillan los ojos.

—Ojalá pudiéramos ser algo más, Roman.

—Somos mucho más, Juliette.

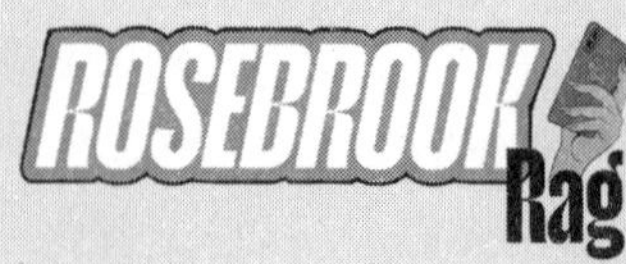

El misterioso artista callejero ataca de nuevo: El titiritero Calloway

Una figura siniestra se cierne sobre el ayuntamiento, con unos hilos en los dedos de los que penden marionetas. Las de una mano llevan por nombre «Alcalde», «Consejo Municipal» y «Juez», y las de la otra son edificios: «Juguete del Destino», el teatro local; «La Mesa Redonda», la taberna de Amesbury Road, y «Antigua Sede», el edificio principal, en el campus de la Universidad de Verona.

Pero ¿quién es la figura siniestra? Según el título del mural, nada menos que Craig Calloway.

¿Insinúa el artista anónimo que los Calloway lo controlan todo en Rosebrook Falls? Es hora de que nuestros reporteros indaguen.

#RosebrookRag #GrafitiGate #TitiriteroCalloway #PintadaAyuntamiento #TodosAtentosACalloway #ArtistaCallejeroAnónimo

Capítulo 32

Roman

Estoy mirando una foto. En ella aparece Tyler Bault estrechándole la mano a un hombre que no conozco. Según reza el papel que viene con la foto, se llama Brutus Myrddin, y se están pasando algo, aunque no está claro de qué se trata. He googleado el nombre, pero lo único que aparecen son las conexiones de Brutus con un variopinto grupo de criminales, la Badon Hill Gang, de Boston.

Querría preguntarle a mi padre, pero para eso tendría que ir a verlo, y aún estoy en la fase de evitación.

Alguien llama a la puerta.

«¿Quién demonios puede ser?».

La abro y me cruzo de brazos al encontrarme a Frederick al otro lado.

—¿En qué puedo ayudarte?

—Eso depende de varias cosas, hijo. —Aprieta los labios y mira a su espalda antes de volverse de nuevo hacia mí—. ¿Me permites pasar? La situación es delicada.

—Claro.

Me aparto a un lado y me dedica una sonrisa sombría cuando entra a la sala de estar y se sienta en el sofá.

—Ponte cómodo —le digo con sarcasmo.

Cruza las piernas y los calcetines de rombos azules y amarillos asoman por debajo de las perneras del pantalón negro. Hay algo extraño en su postura, lo noto tenso, airado.

Yo permanezco de pie.

Apoyo el hombro en el arco de la entrada.

—¿Qué pasa?

No me mira.

—¿Tienes idea de cuánto dinero e influencias hacen falta hoy en día para tapar una noticia?

—Pues no, la verdad —respondo.

Asiente y me lanza una mirada gélida.

—¿Qué intenciones tienes con Juliette Calloway?

Me pongo rígido de golpe y el pulso se me acelera como una bala.

—¿Intenciones? —Arqueo una ceja y trato de fingir desinterés, aunque me he puesto tenso—. No sé a qué te refieres.

—Chorradas. Eres igual que tu padre.

Me está empezando a cabrear.

—¿Perdona? —Aprieto los puños.

Se levanta, tensa la mandíbula y estampa una foto en la mesita. Me acerco sin prisas, la cojo, y al instante se me hace un nudo en el estómago.

«Mierda».

Es una foto de Juliette conmigo en un lateral de La Mesa Redonda. No nos estamos besando, es de cuando fuimos a la parte delantera, pero transmite… intimidad.

Estamos cerca, demasiado cerca, y yo le sonrío como si gracias a ella brillaran las estrellas en el cielo. Y Juliette…

Juliette me mira como si estuviera deseando que la follara, con su mirada ardiente clavada en mis pupilas.

Se me estremece la polla.

«No es el momento, amiga mía».

—¿De dónde ha salido esto? —pregunto con voz tensa.

—Tengo una amiga en el *Rosebrook Rag.* Me pasa las fotos de mis clientes y sus… intereses, antes de publicarlas. —Se quita una mota de polvo de la manga—. Responde a mi pregunta.

Resoplo.

—¿Vienes a mi casa, me sueltas unas fotos y me bombardeas con preguntas?

Se estira el traje y me mira a los ojos.

—Exacto, sí.

Yo aprieto los dientes y arrojo la foto sobre la mesa.

—Esto no es lo que parece.

Frederick se echa a reír.

—Cuando se lo digas a la prensa, tendrás que mentir mucho mejor.

—Te estás excediendo.

Retrocede y arquea sus pobladas cejas como si lo hubiera sorprendido, pero enseguida tuerce el gesto, y su expresión se vuelve oscura, amenazadora.

—A mí no me das miedo, Roman. Y no he venido a amenazarte, pese a tu entusiástico ataque de ira.

—¿A qué has venido exactamente, Frederick? No tengo todo el día para ti.

Sonríe, burlón, y mira a su alrededor.

—¿Tienes prisa por volver a la tarea que te ha encargado tu padre? —Se le van los ojos hacia la carpeta marrón que tengo en la mesa—. Eres idiota si crees que soy el único que va a relacionar la aparición de las pintadas con tu llegada a la ciudad.

Suspiro y me paso los dedos por el pelo.

—Estoy cansado. Y corrígeme si me equivoco, pero tenía entendido que soy un Montgomery y no te tengo que dar explicaciones. Sino al contrario.

Aprieta los labios.

Pone un dedo encima de la foto con tanta fuerza que la uña se le queda blanca.

—Te estoy concediendo el beneficio de la duda, por si resulta que no sabes nada. Por si no entiendes la cantidad de sangre que corre por estas calles. También voy a dar por hecho que no estás tratando de follarte a Juliette Calloway por diversión o para vengarte en nombre de tu padre.

Se me revuelve el estómago ante esas palabras y me entran náuseas.

—No es eso.

Asiente y percibo el cansancio en su rostro.

—Te lo vuelvo a preguntar. ¿Qué intenciones tienes con Juliette Calloway?

Inclino la cabeza hacia un lado y lo miro con una expresión inescrutable, aunque en mi interior se ha desatado una tormenta de emociones encontradas. No sé si quiere aprovecharse de esta información, si piensa utilizar lo que yo le diga en mi contra, o si se lo guardará para usarlo como arma en el futuro.

—¿Por qué te importa? —pregunto.

—La conozco desde que nació.

Puede que sea ingenuo por mi parte, pero me suena sincero.

—Eso es lo que no entiendo, ¿cómo te las apañas? ¿Cómo puedes ser abogado de los Calloway y de los Montgomery al mismo tiempo?

Frederick esboza una risita que no tiene nada de jocosa.

—No te imaginas lo lejos que se puede llegar cuando sabes cerrar la boca y hacer que la gente firme ciertos papeles. —Me mira a los ojos—. En esta ciudad, la lealtad es moneda de curso legal, Roman, y los hombres más inteligentes son los que saben escribir la letra pequeña.

Lo observo con atención; no sé si admirar su sinceridad o detestarlo por lo que acaba de decir, como si la moralidad fuera un cuento que la gente desea creer para sentirse mejor.

Siento el tic en la mandíbula.

—¿Y eso es todo? ¿No eliges bando, te limitas a cobrar los cheques?

—A ver cómo te lo explico. Esta ciudad se construye sobre la base de un legado, no sobre unas leyes. Sobre rumores en lugar de veredictos. Los Calloway y los Montgomery están enfrentados, pero los dos me necesitan a mí para que el juego siga en marcha. —Se inclina hacia mí y entrelaza los dedos sobre el regazo—. Todos confían en mí. No porque sea leal, sino porque soy útil. Mi misión no consiste en elegir bando, sino en garantizar que la mesa no se mueva mientras cada cual juega sus cartas.

—¿Y si los dos bandos entran en guerra?

Frederick se encoge de hombros.

—Gane quien gane, siempre acabo ganando yo.

—No tengo ninguna intención de hacerle daño a Juliette —murmuro con un nudo en el pecho—. Es… diferente. Cuando estoy con ella, es como si el mundo se tambaleara.

—La virtud puede convertirse en vicio con mucha facilidad, muchacho —sentencia Frederick.

—Juliette no es una debilidad, es… —Me interrumpo a media frase porque no sé qué decir.

«Juliette lo es todo».

Frederick suspira y baja la voz como si me estuviera contando un secreto.

—Ya te he dicho que conozco a Juliette desde que nació. He asistido a sus cumpleaños, la he visto tropezar, caer y volver a levantarse tantas veces que ni me acuerdo. He visto cómo todos los que la conocen la utilizan y se aprovechan de ella, y ella no pide nada a cambio. Así que háblame con sinceridad de lo vuestro, Roman, y tal vez pueda ayudaros. ¿Ella siente lo mismo?

—Si tanto la conoces, ¿por qué no se lo preguntas? —le replico, cauteloso.

—Esta enemistad entre vuestras dos familias solo traerá destrucción —afirma, en lugar de responder—. Está pudriendo los cimientos mismos de la ciudad. Y eso es lo que me importa por encima de todas las cosas. Esta ciudad. Así que, cuando te digo que necesitas a alguien que sepa cómo gestionar todo lo que aquí sucede, debes creerme, sobre todo si vas a ser tan torpe como para ir dejando un rastro de fotos y pintura en aerosol.

Aprieto los dientes.

—Ya te lo he dicho, no es lo que parece.

Da un manotazo en la mesa.

—Si me das una respuesta confusa, solo puedo aportarte una solución confusa.

Ya he llegado al límite, y estallo. Mis palabras brotan espontáneamente antes de que pueda contenerme.

—¿Qué quieres que te diga, Frederick? ¿Que la vi una vez y ya no la pude olvidar? ¿Que creo que me enamoré de ella antes de saber siquiera cómo se llamaba? ¿Quieres que te cuente con detalle cómo robamos momentos cuando podemos, que me cuenta cosas que no le ha dicho a nadie en voz alta? —El rostro de Frederick se suaviza, como si me comprendiera, pero no me detengo—. ¿Cómo me corroe por dentro saber que no es mía, que nunca lo será, cuando daría casi cualquier cosa por tener una mínima posibilidad? —Bajo la voz. Le he desnudado mi corazón, le he abierto mi pecho—. ¿De qué servirá que te lo diga? ¿Tomarás mis palabras y las convertirás en una «solución»? Mira, ya sé que Juliette y yo no podemos estar juntos. Ha quedado muy claro. Así que no hay nada. Punto.

Frederick traga saliva con dificultad y asiente.

—En ese caso, mírame a los ojos y prométeme que aquí no hay nada.

—Aquí no hay nada —le repito.

«Mentira. Mentira. Mentira».

—Muy bien. —Se estira los puños de la americana y se pasa la mano por el traje una vez más—. Por un momento me ha parecido que tal vez estabais...

Se me encoge el corazón.

—¿Tal vez estábamos qué?

—Qué más da. —Sonríe con tristeza—. Si es un capricho, no te acerques a ella, por vuestro propio bien. Y si no lo es, prométeme que acudirás a mí, Roman. Puedo ayudarte. Puedo ayudaros.

Frunzo el ceño.

—¿Cómo?

—A veces, la única manera de proteger algo tan valioso como el amor... es ponerlo allí donde nadie puede alcanzarlo.

Algo se me retuerce en las tripas; es como si un tornillo entrara en el hueso.

No le respondo. No puedo.

Pese a todas sus chorradas de pijo y sus monólogos, en sus palabras hay una sabiduría que me cala profundamente. Como si hubiera metido la mano en mi pecho para hurgar en algo que ni yo mismo he querido examinar.

—Tu padre me ha pedido que evite que en la opinión pública arraigue la idea de que las pintadas son obra de una sola persona. Durante los próximos días van a salirte imitadores. Si los ves haciendo pintadas, no te entrometas.

Arqueo las cejas.

—Claro.

Frederick asiente con un gesto brusco y se marcha.

Pero yo me quedo con el dolor sordo que me han dejado sus palabras.

«A veces, la única manera de proteger algo tan valioso como el amor es ponerlo allí donde nadie puede alcanzarlo».

Capítulo 33

Juliette

—¿Qué pinta Lance dejándose ver por HillPoint?

Tyler parpadea como si mi pregunta lo pillara por sorpresa. Está sentado conmigo en el teatro de la plaza de la ciudad, El Juguete del Destino, con los pies sobre la butaca de delante. Hemos venido a recoger a Alex para ir a comer, y estamos esperando a que termine su clase de actuación.

—¿Y tú cómo sabes que anda por allí? —inquiere, en lugar de responder a mi pregunta.

Me encojo de hombros.

—Una sabe cosas.

—No se te ha perdido nada en HillPoint, Jules —zanja Alex a nuestra espalda.

Trepa por encima de los asientos y se deja caer en el que está contiguo al mío. Le lanzo una mirada.

—Hablas igual que Paxton.

Alex sonríe sin malicia.

—¿Es un cumplido?

—Si te gusta que te comparen con un cretino estirado, sí, claro. —Le enseño el dedo corazón—. Además, iré a donde quiera, si no te importa. Y fui con Felicity, así que no estaba sola.

Alex se yergue, atento, con los ojos verdes brillantes de interés.

—¿Ha vuelto Felicity?

—Sí —respondo—. Recógete la lengua, que se te va a caer.

Se lleva una mano al corazón.

—Es el amor de mi vida. Ya sé que no lo entiendes.

—Ay, Dios, ya empezamos. —Tyler pone los ojos en blanco.

Miro boquiabierta a mi hermano.

—No puedes decir eso como si tal cosa, Alex.

—No lo digo como si tal cosa. Va en serio.

—La obsesión y el amor no son lo mismo —añade Tyler, como si regañara a un niño pequeño—. ¿Cuántas veces te lo tengo que decir?

—Un gran amor es obsesivo.

Mira a Tyler como si lo hubiera ofendido, pero cuando vuelve a mirarme a mí, exhibe una sonrisa amable.

—Eso mismo diría un acosador —apunto.

Me fulmina con la mirada.

—Así nacen los sonetos, los poemas, las tragedias teatrales, cuando alguien hace caer un imperio por un solo beso de su amante. Eso es el arte, ingratos.

—De modo que el amor es arte —murmura Tyler con gesto inexpresivo—. ¿O quieres decir que el arte es una obsesión?

—El arte es la vida con un vestido de palabras hermosas —contraataca Alex.

Tyler deja escapar una risita.

—Me voy a hacer una camiseta con esa frase.

Me obligo a sonreír, pero las palabras de Alex me han descolocado por completo. Porque, si el arte es obsesión, y el amor es lo que lo alimenta…

Tal vez por eso estar con Roman es como acercarse demasiado al fuego, sabiendo lo mucho que me puede quemar, y aun así queriendo llegar hasta él.

—¡Eh! ¡Vuelve a la tierra! —Alex agita una mano delante de mis ojos y chasquea los dedos.

—Estoy en la tierra, pero estoy pensando. —Le aparto la mano de un revés—. Tienes que probar un día, igual te gusta.

Suelta una risotada.

—Estudié Filosofía. Pensar es lo mío, literalmente.

—Citar a Aristóteles vestido con un traje italiano de cachemira mientras flirteas con las estudiantes de Teatro no cuenta como pensar —señala Tyler.

—Soy el que soy. —Alex sonríe de oreja a oreja—. Y los monólogos se me dan de lujo. Lo que pasa es que no lo soportas.

Tyler se inclina hacia delante y la butaca chirría.

—Corrígeme si me equivoco, ¿acabamos de verte hacer de árbol durante una hora y dices que eso ha sido enseñar?

—Un árbol con presencia, un árbol que transmitía mucho —lo corrige Alex, ofendido—. Además, estoy utilizando mis estudios tal como hacía Platón: enseño a través de la actuación.

—Traducción: seduces a jovencitas impresionables con una luz mediocre y un soliloquio —bromeo.

—Si te sales con la tuya es porque tienes genes Calloway —interviene Tyler—. Si fueras feo, esto no le resultaría encantador a nadie.

—Eso también es verdad —asiento—. Pero funciona si lo haces funcionar, así que persiste.

—Gracias, Jules. —me dice Alex con una sonrisa.

—No condono tus actos —replico, arqueando una ceja—. Solo quiero que no te hagas mucho daño cuando te des el batacazo, porque Felicity no se va a acostar contigo ni loca. Sigue concentrándote en las futuras secundarias de Hollywood, Casanova.

Tyler se ríe.

—Ya lo hace. No puede decirse que practique el celibato a la espera de que Felicity rebaje sus expectativas. ¿Te has fijado en la chica a la que daba instrucciones? La pobre tiene tantos corazones en los ojos que casi no puede ni caminar.

Alex esboza una sonrisa de plató de cine.

—Alguien me dijo una vez que Felicity está loca por uno de los hermanos Calloway.

Me echo a reír.

—Tú estás loco.

—¿Y por qué estás tan seguro de que se referían a ti?

Alex suelta una risita y se pasa la mano por la camiseta negra con cuello Henley.

—No pienso responder a esa insinuación de que no soy el mejor de los hermanos.

Tyler lo señala con un dedo.

—Tienes suerte de que Felicity no haya pedido una orden de alejamiento.

—Si no le gustara, no me estaría mandando mensajes de texto todo el tiempo.

Me llevo las manos a las sienes. Empiezo a tener dolor de cabeza. Cierro los ojos con fuerza.

—Dios mío, por favor, sácame de esta conversación.

—De hecho —prosigue Alex—, ¿creéis que ahora mismo estará en el Segundo Círculo?

—Ni idea, tío. Pero, si tan bien os lleváis, mándale un mensaje y se lo preguntas.

Asiente, da unos golpecitos con los dedos en el teléfono y se levanta de la butaca.

—Voy a buscarla. A decirle hola.

—¡Eh! —le grito mientras se aleja—. ¿No íbamos a comer?

Hace un gesto con la mano.

—Os veo allí.

—¡Procura que no te arresten! —le grita Tyler con una sonrisa.

Me mira. Arqueo una ceja y cruzo los brazos.

—Bueno, ¿qué? Responde a mi pregunta.

Se mira las uñas.

—¿Qué pregunta?

—¿Qué pinta Lance en HillPoint?

Observo atenta su reacción, pero pone una cara de póquer muy conseguida. Y ni siquiera estoy segura de que Lance estuviera allí. Si alguien lo sabe, ese es Tyler.

—¿Cómo quieres que lo sepa? —Se encoge de hombros.

—Porque sois uña y carne.

Frunce el ceño.

—Ya te lo dije, las cosas han cambiado. No es como antes.

—Vale, te lo preguntaré de otra manera. ¿Por qué Art compró La Mesa Redonda cuando salió a la venta por quiebra? ¿No me habías dicho que ahora era la sombra de su padre?

—Es que lo es.

¿Y me estás diciendo que el alcalde de Rosebrook quiere que Art se dedique a cobrar desahucios y a dirigir un bar, nada menos que en HillPoint?

—Pues eso debe de ser.

—Y a ti te parece bien. A ti, que detestas más que nadie todo lo que tenga que ver con los Montgomery.

Los ojos de Tyler relampaguean y se le tensa la mandíbula.

—La Mesa Redonda ya no tiene nada que ver con los Montgomery.

—Ya sé que Art se está tirando a la camarera, a Ginny, o como se llame. ¿Es por eso?

«Dime que no hay más motivos», me gustaría suplicarle. Pero

ya hace rato que siento náuseas, como si hubiera partes enormes de esta ciudad de las que no sé nada. Partes que por lo visto todos los demás conocen bien.

Tyler me mira como si tuviera tres cabezas.

—Qué va. Es porque Art tiene negocios allí.

Tuerzo el gesto.

—¿Te refieres a que es el dueño de una parte?

—No, Juliette. —Tyler resopla como si estuviera molesto conmigo. Se inclina en el asiento y baja la cabeza—. Y no te acerques a Genevieve. No te traerá nada bueno.

—Entonces ¿por qué? —insisto—. Puedes tratar de darme largas todo lo que quieras, Ty, pero sabes de sobra que seguiré insistiendo hasta que no soportes ni verme.

Tyler deja escapar un gemido, se da un cachete en la nuca y por fin me mira a los ojos.

—Es en plan «estoy en territorio Montgomery por mi padre, porque es el alcalde y no puede meterse en negocios sucios».

Tengo un mal presentimiento, pero lo aparto a un lado.

—¿Y eso qué quiere decir? —pregunto—. ¿Estás insinuando que el alcalde de Rosebrook Falls comparte actividades ilegales con Marcus Montgomery y utiliza a su hijo para no mancharse las manos?

Parpadea.

—Yo no he dicho eso.

—Pero lo has dado a entender.

—Lo que he dicho es que el local ya no lo controlan los Montgomery, pero tú estás retorciendo el argumento.

Me viene a la mente el mural que pintó Roman en el lateral del ayuntamiento, donde se ve a mi padre controlando al alcalde. No me sorprende, sé de sobra que pagamos sobornos y mordidas a los funcionarios municipales desde hace años; es parte de nuestro mundo. Pero si el alcalde cobra a dos bandas y también se acuesta con los Montgomery…

Tyler levanta las manos.

—Mira, en serio, no te tendría que haber dicho nada. Pero deja en paz a Lance, ¿vale? Tu hermano es muy leal a la gente que quiere, por si no lo sabes. —La verdad es que antes habría estado muy de acuerdo con esa afirmación—. No es culpa suya que tu padre pase de él —sigue diciendo Tyler—. Y no le da dinero. Está haciendo lo que tiene que hacer. Él no trabaja para Calloway Enterprises.

—Lance no quiere tener nada que ver con el negocio familiar.

—Al menos, no con este.

—¿Eh?

—Nada. —Sonríe—. Mejor para nosotros, ¿no? Así tocamos a más.

—Sí, sí, ya sé lo mucho que te gusta lamerle el culo a mi padre. No eches balones fuera.

Ty deja escapar una risita.

—A mí no me culpes, nena. Son lances del juego.

Me echo a reír.

—No me refiero a eso, y lo sabes.

Arquea una ceja.

—Puede que sí, si estamos hablando de que hemos nacido en un sistema ultracapitalista.

Aprieto los labios. De repente siento un malestar en la boca del estómago.

—Esto no es un juego, Ty. Las cosas son como son.

—Ajá. A ver si mi querido tío me permite ser tu guardaespaldas o algo por el estilo.

Pongo los ojos en blanco.

—¿Con el genio que gastas? Me matarían en dos días.

Se encoge de hombros.

—No lo sé, te pasas la vida sin hacer nada. No me parece un trabajo muy exigente.

—No es porque yo quiera. —Cruzo los brazos. Me siento insultada y un poco avergonzada de que hasta él se haya dado cuenta de que voy sin rumbo por la vida—. Ah, y no seas mi guardaespaldas, por favor. Te quiero mucho, pero si tuviera que aguantarte todos los días, igual me mataba yo misma.

Tyler se lleva una mano al pecho.

—No disimules, soy tu primo favorito.

—El listón está muy bajo, solo compites con Rosalie.

Aprieta los labios, y percibo una expresión pasajera de tristeza en su rostro.

—No te falta razón.

Noto que me rugen las tripas, así que me levanto y me pongo las manos en las caderas y concluyo:

—Da igual, esta familia es un horror. Me muero de hambre. Llévame a comer.

Tyler sonríe, pero parece aliviado, y no puedo evitar preguntarme si es porque he dejado de interrogarlo acerca de Lance.

Me echa un brazo al hombro y me atrae contra sí.

—Vale, a ver si pillamos a tiempo al cachorrito enamorado.

—Sí, oye, ¿eso de qué va? —pregunto—. ¿Felicity y él… están…?

Ty me lanza una mirada cómplice.

—Si lo que dice Alex fuera verdad, tú lo sabrías. —Oír eso me alivia hasta cierto punto—. Ya sabes que Alex quiere todo lo que no puede tener —sigue diciéndome Ty mientras salimos al vestíbulo—. Si lo rechazas una vez, es como un perro desesperado por un hueso. Un hueso bien duro, por cierto.

—No seas asqueroso. —Hago una mueca—. ¿Te importaría no hacerme comentarios con connotaciones sexuales acerca de mi hermano?

—¿Por qué? Es una cosa natural. Y todos somos adultos.

Finjo una arcada y Tyler se echa a reír.

Estamos tan inmersos en la conversación que al doblar una esquina casi nos damos de bruces con Frederick Lawrence.

Se me corta la respiración y todo rastro de diversión se esfuma. Tyler, a mi lado, se pone rígido.

—Ah, hola, Freddy. No sabía que habías vuelto a la ciudad.

—Hola, Tyler, Juliette…

Frederick me mira con intensidad y sus ojos tienen un brillo que me eriza el vello, pero solo es una impresión pasajera.

—Hola, Freddy.

Lo observo. Ha sido una constante en mi vida desde que tengo uso de razón, pero hacía años que no lo veía. Cuando empezó a tratar demasiado con Marcus Montgomery, mi familia se apartó. Sé que mi padre todavía recurre a él cuando es necesario, pero ya no asiste a las barbacoas de la familia.

Casi me río para mis adentros. «Como si mi familia hiciera barbacoas».

Parece más viejo. Puede que cansado.

—Me alegro de verte —dice.

Me sonríe con amabilidad.

—Lo cierto es que te estaba buscando, Juliette.

Arqueo las cejas.

—¿Para qué?

Mira a Tyler, y vuelve a clavar sus ojos en mí.

—Tengo que hablar contigo de Roman Montgomery.

Capítulo 34

Juliette

No sé cuándo sucedió, pero la Roca del Revés ya no es el lugar al que iba cuando era pequeña, sino «nuestro lugar». De Roman y mío.

Y ahora, por primera vez desde que vengo aquí, la ansiedad me está asfixiando, y no sé por qué.

Puede que sea porque le envié un mensaje a Roman para que nos viéramos aquí y no me ha respondido.

O puede que sea porque le he metido la lengua hasta la garganta y no puedo pensar en otra cosa, aunque la semana que viene voy a «salir» con Preston.

O puede que sea porque Frederick me ha dicho, y encima delante de Tyler, que el *Rosebrook Rag* iba a publicar unas fotos mías con Roman y él tuvo que impedirlo. Y que Roman ya lo sabe.

Pensé que a Tyler le iba a dar un infarto de tan colorado como se puso. Apretó los puños, se largó sin mirar atrás y desde entonces no me ha cogido el teléfono. Me muero de miedo solo de pensar que ha podido contárselo a mi padre, pero quiero creer que no lo hará.

Vuelvo a sacar el teléfono y le mando otro mensaje mientras espero a que Roman llegue.

Si llega.

YO:

Ty, por favor, puedo explicártelo.

Me da un vuelco el corazón cuando responde, ¡por fin!

TYLER:

No puedo ni hablar contigo, Jules. Joder, tía, ¿con un Montgomery? ¿En serio?

YO:

No se lo digas a nadie. Por favor.

Tengo el corazón en un puño y me tiemblan las manos mientras espero a que responda.

TYLER:

Vale. Pero será mejor que tengas una buena razón. Me dan ganas de matarte, por descuidada.

Lanzo un suspiro de alivio, pero la ansiedad ya se ha apoderado de mí y no me la puedo quitar de encima.

Para cuando llega Roman, estoy tan nerviosa que estallo en cuanto oigo el crujido de la gravilla bajo sus botas.

—¿Por qué no me lo habías dicho?

Mi voz ha sonado brusca, como una acusación, tan violenta que casi tiene fuerza física,

Roman se queda inmóvil.

—¿Decirte, qué?

Avanzo un par de pasos hacia él. Ni siquiera sé por qué estoy tan enfadada, pero lo estoy, y es la única persona que tengo enfrente, así que voy a volcar en él todas las emociones que arrastro.

—Que nos habían sacado fotos —le espeto—. Que Freddy fue a verte y te lo advirtió, y no has tenido ni la cortesía de mandarme un mensaje para avisarme.

Se queda boquiabierto; yo me planto delante de él y lo zarandeo.

—¿Qué pasa? ¿Acaso quieres que nos pillen? ¡Es como si no te importara!

Me sujeta las muñecas y me mira muy serio. Tiene el ceño fruncido y me estudia como si fuera un enigma.

—Cálmate.

Eso solo sirve para hacerme enfadar más todavía. Estoy a punto de estallar. Le lanzo una mirada asesina y aprieto los puños contra su pecho, mientras él sigue sujetándome las manos con las suyas, cálidas y firmes.

—No me digas que me calme. ¿A ti te parece que esto es un juego? Estoy intentando protegerte a ti y a tu hermana, y tú ni siquiera…

—Yo no te lo he pedido —me interrumpe.

—No hacía falta que me lo pidieras —le replico.

—¿Y de qué me estás protegiendo, mi pequeña rosa? —pregunta, aumentando la presión que ejerce sobre mis muñecas—. Te comportas como si el malo fuera yo, como si el villano fuera mi padre. Pero, pese a todo, aquí estás, conmigo.

Se inclina sobre mí, me roza el cuello con la nariz, noto su aliento ardiente en la piel.

Me estremezco.

—¿Es porque en lo más hondo de ti sabes que tu familia está haciendo lo que no debe? ¿Que no son los héroes que fingen ser?

Me habla con un tono voz grave, bajo, pero sus palabras me resuenan por dentro como si me las hubiera gritado.

—No es por… —Me interrumpo; lo cierto es que no sé por qué me siento así—. No lo sé —reconozco—. Solo sé que, si te pasara algo, no me lo perdonaría jamás.

—¿Y eso, por qué?

El corazón me late contra las costillas.

—Porque significas demasiado para mí.

Se le escapa un gemido, y de pronto tengo su boca pegada a la mía.

Lo abrazo, abro los puños, lo agarro de la camisa y me dejo llevar por un cúmulo de sensaciones.

Lo único que quería era que me besara. No recuerdo ni por qué estaba tan enfadada con él.

Dejo escapar un quejido. El encuentro es de una intensidad casi brutal. Me besa como si estuviera desesperado, como si llevara demasiado tiempo a punto de estallar y yo fuera lo único que lo mantiene con vida. Me pasa la lengua por los labios, me lame como si los poseyera, como si los exigiera, me aprieto contra él, y mi cuerpo se amolda al suyo como si estuviera hecho a medida.

Busca mi cintura con sus manos duras, ásperas, firmes, y me levanta como si no pesara nada.

Lo rodeo con las piernas y el beso se interrumpe. Tiene los labios brillantes, respira afanosamente y le arden los ojos como lava fundida que se derrama sobre mí.

—¿Crees que no me importa? —Se inclina hacia delante para volver a besarme, me clava los dientes en la piel, me mordisquea, justo hasta que empieza a doler—. ¿Crees que no me paso todo el tiempo angustiado, sabiendo que, por el mero hecho de pensar demasiado en ti, podría perderte para siempre?

Sus palabras me impactan como un golpe, se me clavan en el pecho.

—Pues deja de pensar en mí —le pido entre jadeos. Rodeo su cuello con mis manos y lo atraigo hacia mis labios.

Ruge dentro de mi boca, sus manos descienden por mis costados, me agarra del culo, y ya no sé quién hace qué, pero yo acabo con la espalda apoyada en el tronco de un árbol, y él con sus caderas pegadas a las mías.

—Imposible —jadea—. No puedo pensar en otra cosa.

Noto su erección, poderosa, dura, contra mi entrepierna. Embiste una vez, rotando las caderas, y a pesar de la ropa, su polla se desliza justo donde la necesito. Mi cuerpo se tensa, la corteza del árbol me araña la piel, pero es un dolor maravilloso. El deseo hace que me dé vueltas la cabeza.

Me besa el cuello, me lame la arteria palpitante, me muerde lo justo para hacerme gemir. Noto sus manos por todas partes. Una me sujeta contra el árbol, la otra ya está debajo de mi falda, dibujando la curva de mi cintura antes de descender.

Vuelve a mordisquearme los labios.

—Sabes a azúcar.

Solo puedo ronronear, porque olvidé todas las palabras desde el momento en que empezó a tocarme.

Esto es todo lo que he querido siempre. Esto es lo único en lo que he pensado desde que estuve en el sofá de su apartamento y me dibujó.

Acaba de meter los dedos dentro de mis bragas, provocándome, como si me pidiera permiso.

—Deja que te toque —me suplica.

—Tócame —le digo.

Y al instante sus dedos van al encuentro de mi clítoris e inician un movimiento rítmico, lento, circular. Esta dulce tortura no hace sino incrementar el deseo cegador que me embarga, hasta que se me nubla la vista, me agarro a su cuello y le tiro del pelo, remontando una ola de placer que está a punto de llegar a la cúspide.

—Joder, qué mojada estás —susurra, mientras me acaricia entre los muslos con la yema de los dedos y los baja hasta la entrada de mi sexo.

Pero no avanza, se queda ahí.

—Tu coño me está llamando a gritos, Juliette. Me vas a dejar las manos chorreando cuando te corras contra el árbol, ¿verdad?

Una llamarada me sube por la columna. Roman me sigue provocando, me toca, pero sin ejercer la presión que tanto anhelo. Jadeo, me cuelgo de su cuello, impotente, y sacudo el cuerpo contra la palma de su mano.

—Eso es —me incita—. En cuanto te toco este coño tan prieto no puedes ni pensar, ¿verdad? Dime cuánto lo necesitas, nena.

Me está sometiendo a una auténtica tortura.

—Dímelo con tus propias palabras, mi pequeña rosa. —Tiene la cara pegada a la mía, noto su aliento ardiente en mi oreja—. Dime que quieres que te trabaje a fondo.

—Sí —exclamo, aunque sé que me arrepentiré de haberme rendido con tanta facilidad—. ¡Por favor!

Sonríe, y de pronto tengo sus dedos dentro, clavados, en curva, como si supiera el ángulo exacto que precisa mi cuerpo. Su boca busca la mía, nuestras lenguas se entrelazan, me sujeta con el otro brazo para inmovilizarme contra el árbol, como si me tuviera encadenada.

Me somete a su voluntad, implacable, sin titubeos, ejerciendo una presión devastadora, tomando el control. Entra y sale de mí, curva los dedos para frotar ese punto oculto en mi interior que me ciega de placer.

Abro la boca, sacudo las caderas.

—Dios —jadeo.

Me mordisquea la barbilla.

—Dios, no, Roman —me rectifica.

Empiezo a responder a sus movimientos, roto las caderas contra sus dedos, procuro que me los hunda al máximo para sentirlos muy dentro de mí.

—Joder, eres tan sexy… —dice, y las palabras suenan como si se las hubieran arrancado de lo más profundo—. Vamos, nena. Hasta el final, quiero verte la cara cuando te corras en mi mano.

Tiene el cuerpo tan pegado al mío que lo noto todo. La tensión en los abdominales. La flexión del brazo con cada movimiento de sus dedos. Me frota el clítoris con la palma trazando círculos perfectos mientras me acaricia de dentro a fuera como si estuviera haciendo música con mi cuerpo.

—Eres preciosa —gime—. Ya estás tan mojada… y apenas he empezado a follarte.

El calor se me enrosca en la base de la espalda, se me acumula en el vientre, el clítoris me palpita. Estoy al borde.

Dejo escapar un grito, mi cuerpo vibra entre sus brazos, me doblo contra él…

—Roman, estoy… Voy a…

Me roza la nariz con la suya, me habla con voz grave, imperiosa.

—Córrete para mí, Juliette.

Su control sobre mí es perfecto. Me desmorono, estallo en mil diminutos pedazos. Si no me sujetara con tanta fuerza, creo que el viento se me llevaría.

Remonto la ola moviendo las caderas contra la palma de su mano, oprimiéndole los dedos con el coño mientras grito su nombre, la espalda apoyada en un árbol, en medio del bosque.

Los estertores van remitiendo poco a poco, pero sigue ahí, sin moverse, con la mano enterrada en mi sexo, anclándome con su cuerpo, como si supiera que, de lo contrario, me alejaría flotando.

Se me aflojan las piernas, recupero el aliento y bajo de donde estoy, segura de que le he magullado las caderas con los muslos. Me siento como si no tuviera huesos.

No dejamos de mirarnos a los ojos mientras sale de mí muy despacio, arrastrando los dedos por mi clítoris y provocándome con ello una última sacudida que me recorre la columna.

Y, sin dejar de mirarme, se los lleva a la boca y los lame.

Capítulo 35

Roman

Noto el sabor de su sexo en la lengua.

Bueno, casi.

Ha pasado media hora desde que hice que se corriera contra el árbol, desde que escuché sus dulces gemidos y sentí su cuerpo perfecto entre mis manos, y no puedo parar de mirarla.

Está sentada en nuestra mesa de pícnic y una brisa fresca le acaricia la cara y el pelo como si la amara tanto como yo.

Este pensamiento me abofetea en pleno rostro y me seca la boca.

Ahora tiene un rubor permanente en las mejillas; de vez en cuando me mira como si no se creyera lo que acabamos de hacer.

Seré sincero: yo tampoco me lo creo.

—Me estás mirando —murmura sin levantar la vista de su libreta.

—Eres perfecta —respondo.

Apoyo la barbilla en la mano. Hace veinte minutos que renuncié a hacer nada que no fuera mirarla.

Tenía miedo de que se arrepintiera de lo que habíamos hecho, pero a estas alturas debería conocerla mejor. Cuando Juliette Calloway se lanza a algo, se lanza entera. De hecho, tuve que ser yo quien evitara que fuéramos más allá. Le he dicho que debíamos descansar, respirar hondo un momento. No necesito reciprocidad, solo disfrutar del momento.

Aquí arriba. Los dos a solas, cuando me siento como si fuera mía.

Las palabras de Frederick vuelven a resonar en mi mente como un mal presagio. Lo de llevarse el amor a otra parte para protegerlo.

Pero no estoy preocupado por mí. No conozco lo suficiente las dinámicas familiares de Juliette como para confiar en que esté a salvo con ellos si toma decisiones que no les gusten. Cada día que pasa tengo la sensación de que es más imposible que nuestros mundos se mezclen.

Así que quiero disfrutar de lo que tenemos tanto tiempo como pueda antes de que todo se vaya a la mierda y deba decirle que tenía razón. Que no deberíamos volver a vernos.

Tiene el ceño fruncido; cada vez que parpadea, las pestañas casi le rozan la parte superior de las mejillas. Le veo los labios hinchados, enrojecidos en las comisuras, allí donde le he clavado los dientes para devorarla.

Siento una punzada de satisfacción al saber que le he dejado mi marca al menos por una vez.

Lo malo es que ella me ha dejado su marca en el corazón para siempre.

—Mi madre es drogadicta.

Las palabras se me escapan sin pensar, y yo soy el primero en sorprenderme al oírlas. Hasta este momento no había decidido compartirlo con ella. Pero quiero darle una parte de mí, algo que poca gente sabe.

Deja de escribir y alza la vista. Y entonces comprende lo que he dicho, abre los ojos de par en par y se lleva la mano a la boca.

—Ay, Dios, liante. Aquellas cosas que dije cuando nos conocimos… No quería…

—No pasa nada, nena. —Sacudo la cabeza para tranquilizarla—. Solo te lo digo para que me conozcas. Toda mi vida ha consistido en mantenerla a flote y arrastrar a mi hermana con nosotros.

Traga saliva con dificultad. Cierra la libreta y deja el boli.

—¿Quieres hablarme de ella? —pregunta.

Siento cómo se me abre el pecho, y esa cajita que guardo en lo más profundo de mi ser bajo siete llaves también se abre de golpe, para poner a los pies de Juliette todo mi dolor.

—Prefiere la oxicodona, pero es difícil de conseguir, así que a menudo se conforma con heroína. Es un desastre. No queda nada de la que había sido, solo sabe manipular, y me cuesta decirte esto, porque necesito que sepas que la quiero. A pesar de lo que hace, a pesar de los errores que comete... Fue una buena madre. Y la quiero. —Me obligo a decir de nuevo esas palabras, como si el hecho de repetirlas me la fuera a devolver. Siento tal tensión en el pecho que casi no puedo respirar, pero me humedezco los labios, volteo el anillo y prosigo—. Conoció a mi padre en una exposición. En una exposición de sus cuadros, en California. Más o menos como aquella a la que asististe tú, donde exponían los míos.

Sonríe, burlona.

—Sabía que eran obras tuyas.

Esbozo una sonrisa, pero sé que trasluce desaliento.

—Él era encantador, y ella se enamoró hasta los huesos, sin saber que estaba casado. O igual lo supo y no le importó. Estuvieron juntos dos años, hasta que nací yo.

Juliette se lleva una mano en el pecho, como si le costara digerir la información.

—No sé por qué me dio mi padre su apellido si no tenía intención de criarme como hijo suyo, pero me visitaba esporádicamente. Y cuando estaba en la ciudad, mi madre se iluminaba como un árbol de Navidad. Recuerdo haber pensado: «¿Cómo es que yo no puedo hacer que sonría así?».

—Roman... —me susurra Juliette.

Se levanta y se sienta a mi lado en el banco. Me coge la mano, entrelaza sus dedos con los míos y la posa en su regazo.

—Es una tontería —susurro.

Me acaricia el dorso con el pulgar.

—No, qué va.

—Luego nació Brooklynn, y no sé qué pasó. Igual se cabreó porque no era suya, o puede que su mujer se hartara, pero dejó de venir a verme. Dejé de importarle.

—¿No volvió a ver a tu madre?

Me muerdo la mejilla por dentro y miro nuestras manos unidas.

—Naaah, creo que seguían juntos. Ella al menos parecía feliz; si no siempre, parte del tiempo. Pero entonces pasó algo cuando yo tenía quince años y viajamos aquí. Nos trajo a Rosebrook Falls de visita y acabó estampando el coche contra un árbol.

Juliette traga saliva.

—¿Y crees que fue cosa de mi padre?

Aprieto los dientes y asiento muy despacio.

—La verdad es que no recuerdo gran cosa, solo que me desperté sin saber qué había pasado. Brooklynn y yo salimos bien parados. Ella con un brazo y una clavícula rotos, yo solo con unos cuantos arañazos por los cristales de las ventanillas, que se rompieron. Pero mi madre se rompió la columna.

—Recuerdo que leí que habíais muerto todos. —La voz se le rompe y se tapa la boca—. Lo siento, no quería... No soporto pensarlo. Ni pensar que mi padre sea capaz de semejante cosa.

Me llevo su mano a los labios y le beso el dorso. Su contacto me ayuda a mantener la perspectiva, porque es la primera vez que hablo a fondo de este tema con alguien. Me cuesta revivir estas cosas, sobre todo cuando los recuerdos no son lo que creía. Aún estoy tratando de encajar las piezas.

—Mi padre nos mandó lejos, nos sacó del hospital y nos envió a otra zona de California con nuevas identidades. Nunca supe por qué. Tampoco pregunté. Estaba demasiado ocupado cuidando de mi madre mientras volvía a aprender a caminar.

—Eso es demasiado para un niño.

Me escuecen los ojos pero trato de ignorarlo; no quiero que se me salten las lágrimas por un tema que ya no importa. Aunque sé que eso no es verdad. Me sigue importando. Si no, no me haría tanto daño volver a pensar en ello.

—Es demasiado para cualquiera —respondo con un hilo de voz—. Durante una temporada, mi madre sobrevivió a base de oxicodona. Y los médicos se lo permitieron. Hicieron lo que tenían que hacer. Los analgésicos funcionan cuando se utilizan adecuadamente, y ella sufría muchos dolores, Juliette.

Lo digo con más energía de la necesaria.

—Pero se volvió adicta —concluye Juliette.

Asiento, y tenso los labios. Respiro hondo para mantener a raya ese viejo dolor.

—Sí. Y, de pronto, toda la ayuda médica desapareció así, como si tal cosa. —Chasqueo los dedos—. Creo que mi padre le rompió la moral mucho antes de que ella se rompiera la espalda. No ha vuelto a ser la misma.

Carraspeo para aclararme la garganta y empiezo a voltear el anillo deprisa.

—Lo que nadie te cuenta es que esas pastillas también ayudan con el dolor de las heridas emocionales, al menos al principio. Y cuando ya solo queda ese dolor y los médicos te retiran la medicación…, bueno, hay personas que se pasan el resto de su vida en el agujero donde se han metido sin saberlo, intentando paliar el dolor que sienten.

—Lo lamento mucho, de verdad, Roman. —Su voz suena frágil y triste, como si no supiera qué decir—. ¿Tu madre era pintora?

Junto con ese recuerdo también me aflora una sonrisa, y me siento el corazón más ligero.

—Sí. Y muy buena. Tenía unas pinceladas muy vivas, caóticas, usaba el color de un modo muy extravagante. Siempre tenía pintura bajo las uñas, en las paredes, y a veces hasta en el pelo.

Juliette sonríe.

—No sé de qué me suena.

Se me hace un nudo en la garganta.

—También tocaba música y bailaba descalza en la cocina, y recuerdo que de pequeño pensaba que el mundo entero giraba en torno a su risa. —Se me rompe la voz—. No era perfecta, pero era mía.

Juliette tiene los ojos vidriosos. Se lleva la mano al pecho, como si contuviera un suspiro.

—Eso es… No puedo…

—¿Sabes qué es lo más jodido? —la interrumpo sin poder reprimirme. Sacude la cabeza y traga saliva—. Que no me había vuelto a sentir así. Con nadie. Hasta que apareciste tú.

Se queda un momento en silencio, y a continuación me acaricia la cara y me mira a los ojos.

—Soy tuya. En todos los sentidos que importan realmente.

Pongo los dedos sobre la palma de su mano, apoyo el rostro en ella y cierro los ojos para empaparme del momento.

—¿Aunque tengamos que fingir que somos enemigos? —le replico parodiando lo que me dijo hace muchas semanas, cuando aún fingíamos que no éramos el uno para el otro.

Siento su aliento en mis labios. Su cálida boca. Su casto beso.

Abro los ojos y miro a esta chica perfecta, preciosa, imposible, que no deja de darme cosas.

—Nunca serás mi enemigo —me promete.

Asiento, presiono mi frente contra la suya y dejo que el silencio nos envuelva como una manta.

—Ahora mi padre se ofrece a ayudarla —digo por fin.

—Vaya… Eso es bueno, ¿no?

La miro como si no sintiera que me están arrancando el corazón del pecho.

—Si accede y coopera, sí.

—¿Crees que no lo hará?

—Lo que creo es que mi madre vive ahogada en un dolor que no puedo ni imaginarme y se ha pasado la vida tratando de mitigarlo en lugar de hacerle frente. —Me muerdo la mejilla por dentro—. Es muy difícil escapar a ese hábito.

Me observa un momento con los ojos cargados de empatía.

—¿Crees que por eso aún no han dado con ella?

—¿Qué quieres decir?

Se encoge de hombros.

—No sé. Es raro que el *Rosebrook Rag* no hurgue y se agarre a esa historia como una lapa. Cuando reapareciste, empezaron a preguntarse si tu familia también seguía con vida, pero desde entonces no se ha publicado nada.

Me pongo tenso y noto el tic en la mandíbula. No se me había ocurrido pensarlo, pero ahora que lo dice…

—Igual mi padre le ha pedido a Frederick que la mantenga al margen.

Juliette abre mucho los ojos.

—¿A Freddy?

Me encojo de hombros.

—Tiene sentido, ¿no te parece? Ha evitado que nosotros salgamos en la prensa, ¿qué le impediría hacer lo mismo por ella? Me dijo que fue el primero al que le enseñaron las fotos. Que tiene una amiga bien situada.

Solo de pensar que mi padre la está protegiendo, pese a que mi madre sea lo que es, me provoca una agradable sensación. Y una enorme gratitud.

—Es posible —asiente Juliette.

Pero, de pronto, me deja paralizado con una mirada. La tensión se palpa entre nosotros. No dice nada, pero lo leo entre líneas, y yo también siento lo mismo que ella. Es una sensación de inevitabilidad.

Mi padre me quiere aquí para que contribuya a acabar con la familia de Juliette; y, si no lo hago, será mi familia la que lo pague caro. El padre de Juliette intentó matarme, y puede que aún quiera verme muerto.

Se me encoge el corazón, y cuando pienso que lo nuestro es imposible se me hace un nudo en el estómago.

Entrelaza los dedos y los posa encima de la libreta.

—¿Crees que tu madre y tu hermana seguirán estando protegidas… pase lo que pase?

Tengo la boca seca, y la lengua se me pega al paladar.

—Si consigo que mi hermana firme unos papeles, lo tendrá todo resuelto, pero mi madre… —Me paso los dedos por el pelo—. No lo sé, mi pequeña rosa. Ni siquiera estoy seguro de que quede algo de ella que podamos salvar.

Las palabras se me atragantan, me lastiman el esternón. Aprieto los labios.

—No digas esas cosas —me susurra—. Ella sigue ahí, Roman.

Se me escapa una risa que no tiene nada de alegre.

—Eso me he dicho yo mil veces. «No es ella, son las drogas». Pero…, no sé, a veces la vida no nos concede finales felices. A veces gana el lobo malo.

—Bueno. —Se encoge de hombros y me sonríe—. Entonces, deberé tener fe por los dos.

Y en ese momento lo sé, lo sé con más certeza de lo que he sabido nada en la vida.

«Estoy enamorado de ella».

—¿Quieres ir conmigo a un lugar? —le pregunto de repente; estoy desesperado por mostrarme con todo mi ser ante ella.

Arquea una ceja y mira a su alrededor.

—Ya estamos en un lugar, ¿no?

Sonrío.

—Qué graciosa. Me refiero a otro lugar.

Los ojos se le llenan de una luz cálida y se muerde el labio inferior.

—Sí, liante. Iré contigo a donde sea.

Capítulo 36

Juliette

Estamos a dos ciudades de distancia, y nunca antes había hecho una cosa así.

Cuando accedí a que me llevara a «un lugar», no me imaginé que saldríamos de Rosebrook Falls, que tomaríamos un tren para venir… aquí.

Tengo el corazón acelerado y la adrenalina me corre por las venas mientras lo sigo por la calle de una zona industrial. Vamos cogidos de la mano y me acuerdo de California, antes de saber quiénes éramos… o antes de que yo supiera quién era él.

Las cosas eran mucho más sencillas entonces.

Ahora todo me parece un caos imposible del que solo podré salir si reúno el valor suficiente para enfrentarme a mis padres. Y solo de pensarlo me entran ganas de vomitar.

—¿Adónde vamos? —le pregunto, y se me van los ojos hacia nuestras manos entrelazadas.

«No pasa nada».

«De hecho, me parece estupendo».

Me parece perfecto que su mano, la misma que hace un par de horas hurgaba en mi vagina, ahora sujete la mía, y que ambas encajen a la perfección.

—¡Eh! —pruebo de nuevo; tengo que apresurarme para poder seguirle el paso—. ¿Se me oye o no?

Sigue sin responder.

—¡Roman!

Por fin parece reaccionar.

Me mira, me aprieta la mano, se lleva mis nudillos a los labios y me da un casto beso.

—Me sigue gustando cómo pronuncias mi nombre, pequeña rosa.

Sus palabras me aceleran el corazón. Sonrío.

—¿De verdad vas a seguir empleando este apodo espantoso el resto de tu vida?

—Eso depende. —Se le oscurecen los ojos—. ¿Vas a estar conmigo el resto de mi vida?

Cierro la boca de golpe, y al instante siento algo caliente y afilado, creciendo como una mala hierba en una grieta del asfalto. Porque puedo imaginármelo. Me imagino un futuro juntos.

Mañanas revueltos entre sábanas que echan humo. Él murmura algo sobre mi despertador y yo hago como si no me hubiera puesto tres para ir sobre seguro. Las tazas de café en la encimera y el desayuno olvidado sobre el fogón porque me ha subido a la mesa de la cocina y ha decidido que prefiere comerme a mí.

Un perro que no habíamos planeado tener, pero que no pudimos rechazar.

Un gato que ronda por el patio trasero y al que Roman dice detestar porque sabe que soy alérgica, pero le da de comer a escondidas todas las mañanas.

Me da un beso en el hombro mientras escribo, y sin querer me mancha el pómulo de carboncillo, y yo encuentro dibujitos de nosotros en los márgenes de mi libreta, y en los cajones de su mesita de noche.

Dulce.

Sencillo.

Aterrador.

Porque nada de todo eso es cierto, y una parte de mí lo quiere construir a pesar de todo, solo para ver si sería posible.

Se detiene y se vuelve hacia mí, me acaricia la mejilla, me mira a los ojos.

—¿En qué estabas pensando, mi pequeña rosa?

Sonrío y hago caso omiso de la punzada que siento en el corazón.

—En nada, en nada —miento. Me lanza una mirada suspicaz, pero no me presiona. Miro a nuestro alrededor—. ¿Dónde estamos?

Es un aparcamiento gigantesco en medio de una selva de asfalto. No hay gran cosa que ver aparte de unos cuantos edificios y almacenes intercalados con los garajes. Reina el silencio, no se oye ni un solo coche en las calles, y no me imagino cómo ha sabido de la existencia de este lugar.

Me lleva hasta un montacargas que nos traslada lentamente a más altura.

—Estás perfeccionando tu técnica de asesino en serie. Lo de traerme a un garaje abandonado es un detalle magistral.

Me sonríe, me empuja hasta la pared y una vez allí me inmoviliza. El corazón me late desbocado, un sinfín de mariposas revolotean por mi estómago, y siento un calorcillo entre los muslos que no cesa de ir en aumento.

—Un asesino y una espía —murmura—. La pareja perfecta.

Me echo a reír y sacudo la cabeza. Mis mejillas se sonrojan al contacto de su mano, y disfruto de ese momento.

Me coge de la barbilla, me alza el rostro y me da un beso en los labios.

Casto. Se podría decir que dulce.

—Prometo no matarte si tú me prometes seguirme el resto de mi vida —murmura.

Sonríe directamente en mi boca y siento como si mi corazón quisiera escapar para ir hacia él.

—Qué forma tan teatral de pedirme que salga contigo —bromeo para tratar de aligerar la tensión del momento.

No se aparta, pero desplaza la cara y apoya el brazo en la pared del montacargas, por encima de mi cabeza.

—¿Aceptarías?

Se oye otro ding y las puertas se abren. Aprovecho la ocasión para escabullirme por debajo de su brazo y salir a la amplia extensión del nivel más alto del aparcamiento.

Roman no se mueve de inmediato. Se demora un momento en el espacio que nos separa, como si tratara de grabar el momento en su memoria.

Al final, también sale del elevador, con una sonrisa iluminando su rostro perfecto. Vuelve a cogerme de la mano.

—Vamos.

Me guía a lo largo de toda la planta. En realidad, es poco más que una azotea, una extensión lisa de cemento con un muro bajo, donde el silencio emite un zumbido vibrante. Pero, cuando llegamos al borde, me quedo sin respiración.

Se me hace un nudo en el estómago al comprobar a cuánta altura estamos.

—Dime que no estás pensando en subirte ahí, por favor —le digo cuando me suelta la mano y se dirige hacia el muro bajo.

Me dedica una sonrisa inocente, y a continuación pasa una pierna por encima de la barrera y se sienta a horcajadas en el muro de cemento.

—¡Ten cuidado! —Tiendo los brazos hacia él como si estuviera a punto de caerse.

Se ríe.

—Y me lo dice alguien que estaba en una roca con la cabeza colgando sobre el vacío la primera vez que nos vimos.

—Eso era diferente. —Cruzo los brazos, aunque reconozco que quizá me estoy pasando de prudente.

—Ya, claro. —Me mira, intrigado—. ¿Se puede saber qué hacías allí?

Suspiro, me apoyo en un pilar de cemento y contemplo las vistas. No diría que es bonito, pero, por extraño que parezca, me parece tranquilo. Hago caso omiso de la pregunta y señalo los edificios.

—¿Esto es una ciudad fantasma?

Niega con la cabeza.

—No, solo industrial. Hay pocos peatones.

Me muerdo el labio inferior mientras él sigue esperando que responda a la primera pregunta.

—Cuando nos conocimos, había ido a buscar a Lance. No estaba allí, obviamente, pero si me marchaba tenía que volver a casa, para ser…

—La niña que toca el piano y habla cuatro idiomas —concluye la frase por mí.

Clavo la vista en el suelo.

—Algo así, sí.

Da una palmadita en el espacio que queda a su lado. Miro el punto señalado, y luego a él, con el corazón en un puño, pero me acerco al muro dispuesta a sentarme. Siento una leve descarga de adrenalina y se me escapa una sonrisa.

—Esto es divertido. Me siento como cuando era niña.

Me sonríe a su vez y apoya la espalda en la pared de cemento que tiene detrás, con el brazo apoyado en la rodilla, como si estuviéramos teniendo una conversación de lo más normal. De repente lo noto tenso, y me lo imagino expulsando nubes de vapor.

Me está mirando como si quisiera salvarme de algo.

—No me mires así —exclamo, y cruzo los brazos.

Arquea las cejas.

—¿Cómo?

—Como si me estuvieras criticando por hacer lo que quiere mi familia, aunque también hagan cosas espantosas.

Suspira y apoya la cabeza en la pared.

—No te estoy criticando. Pero me duele.

Sus palabras logran que se me pase el enfado de golpe.

—¿Te duele?

—Sí —dice—. No soporto verte fingir que eres lo que quieren que seas. No soporto estar al margen sin poder hacer nada mientras tratas de adaptarte a un mundo en el que no tienes voz, y debes ir del brazo de un gilipollas llamado Preston.

Abro la boca, pero no me salen las palabras. El corazón se me acelera de nuevo.

—No es justo —digo por fin.

Él deja escapar una risa ronca, triste.

—¿Crees que no lo entiendo? —me susurra—. Yo he vendido la dignidad, el nombre, la libertad, y todo por una hermana que ha decidido que me detesta.

—Roman…

Se inclina hacia delante, apoya una mano en mi mejilla y empuja suavemente mi rostro hacia el suyo. Nuestras frentes se rozan, y entonces me dice, tan bajito que casi no lo oigo:

—Todas las mañanas me despierto y trato de recordarme a mí mismo que estás fuera de mi alcance. Que eres una Calloway y yo soy un Montgomery, y que no puedo tocarte, ni aspirar a tenerte, ni imaginarme lo maravilloso que sería despertarme a tu lado.

Me escuecen los ojos y aprieto los puños.

—Entonces ¿para qué lo dices? ¿Por qué lo pones aún más difícil?

Lanza un suspiro.

—Porque estoy harto de fingir que no te siento en todo lo que hago.

Sigue hablando en voz baja, pero sus palabras resuenan como un trueno, y de pronto siento un escalofrío recorriéndome la espalda sin saber por qué. Tal vez por el modo en que se le ha endurecido la expresión, como si se estuviera preparando para hacer frente a algún desafío.

Me humedezco los labios para decirle… no sé exactamente qué; pero, antes de que me dé tiempo a hacerlo, un sonido retumba en el aire como una tormenta aproximándose por el horizonte. Al principio suena como una vibración grave, rítmica, que se siente más que se oye, pero va creciendo hasta convertirse en un rugido de ruedas metálicas contra las vías, cuya cadencia resuena entre los edificios de cemento.

Aparta la mano y me paso la lengua por los labios, como si así pudiera saborear los restos de su piel.

—Mira —me dice, señalando el tren que se acerca.

Arqueo una ceja sin saber muy bien qué sentido tiene todo esto, pero le hago caso.

Y miro.

A pesar de que mi cuerpo es hiperconsciente de cada uno de los movimientos de Roman.

Un tren se aproxima a toda velocidad por una colina cercana; el pitido es tan agudo que casi tapa el rugido del motor. El aire silba a causa de la presión y se escucha el siseo más bajo de los frenos cuando pasa por delante de nosotros.

Al principio no logro distinguirlo..., y por fin sé lo que estoy mirando.

Un estallido de colores a lo largo de los vagones. Luminosos, vivos, complejos. A su paso, me fijo en cada línea perfectamente definida, en cada borde bien delimitado.

Pasa como pinceladas de arcoíris, y en ese momento identifico los trazos rosa y melocotón, las espinas que surgen de las sombras. Descubro que es una rosa. Retorcida, sangrando por los pétalos, como si se estuviera marchitando apenas florecida. Y en el tallo, con letras angulosas, puede leerse: «Y con el beso de ella muero».

Se me encoge el corazón y mi mirada se detiene en una esquina.

RMO.

Me quedo sin respiración.

Trato de controlarme tanto como puedo, pero los ojos se me llenan de lágrimas. Esto ha sido una carta de amor escrita en medio de la tragedia.

—¿Eso es...? —Me interrumpo, porque no sé si quiero saber la respuesta.

Roman ni siquiera está mirando su obra. Solo tiene ojos para mí. Y, cuando vuelve a hablar, su voz suena grave. Definitiva.

—Te lo dije, Juliette. Te dije que te pintaría en todo.

Última hora: Pintada bombazo en las oficinas del alcalde Penngrove

Un grafiti asombroso ha aparecido esta noche en un lado del cuartel general de la campaña del alcalde Penngrove.

Una enorme imagen que suponemos que es el alcalde se cierne sobre la ciudad con una correa al cuello. La correa la lleva una figura semioculta entre las sombras y cuyo rostro es un logo.

Calloway Enterprises.

¿Es una osada afirmación del artista misterioso sobre la campaña de reelección del alcalde?

Se espera que en breve la familia Calloway haga alguna declaración desmintiendo estos rumores.

#AlcaldePenngrove #GrafitiGate #TodosAtentosACalloway #ExclusivaRosebrookRag

Capítulo 37

Juliette

Beverly revolotea a mi alrededor, cuelga la ropa limpia en el armario y va de aquí para allá, pero yo no puedo dejar de pensar en Roman.

Tengo el estómago revuelto desde aquella noche en el edificio de aparcamientos, y no ceso de invocar sus palabras.

No ha vuelto a contactar conmigo desde entonces, y ya ha pasado una semana.

Todos los años durante los cuales me han estado grabando a fuego que Marcus Montgomery y cualquiera que lleve una gota de su sangre son el enemigo resuenan sin cesar en mi cabeza, y mi mente es un campo de batalla donde se libra una lucha entre aquello que siempre he dado por cierto y lo que sé que siento ahora.

La verdad me está mirando a la cara.

Pienso en lo cauteloso que se ha mostrado Paxton conmigo por teléfono desde que he vuelto, y en que apenas se ha dejado ver. Pienso en Lance, que ronda por los bares de HillPoint y me insinúa que no debería quedarme en la ciudad. Pienso en mi padre, que dice quererme pero permite que mi madre me utilice como instrumento, que me ate a Preston para tener otro peón en el bolsillo. En que trató de asesinar a unos niños inocentes para avanzar hacia su objetivo, fuera cual fuese.

Sigo a Beverly con la mirada mientras va de un lado a otro.

—Bevie —la llamo.

La voz me sale más brusca de lo que pretendía, pero consigo que se esté quieta, se asome por una esquina del vestidor y me mire.

—¿Qué sabes de los Montgomery? —le pregunto.

Se pone seria, deja en una silla la ropa que estaba colgando y viene hacia mí. Su rostro refleja cualquier cosa menos serenidad.

—Pues me imagino que lo mismo que todo el mundo, niña.

—No soy una niña —le replico—. Aunque todos os empeñéis en tratarme como si lo fuera.

Se pone pálida, se alisa una arruga inexistente de la camisa y se me queda mirando durante unos segundos que se hacen eternos.

—Solo sé que, cuando murió la esposa de Marcus, se pasó mucho tiempo… imagino que de luto. Y tu padre lo aprovechó.

Me pongo rígida.

—¿En qué sentido lo aprovechó?

—Según dicen, se hizo con algunos negocios en la zona de HillPoint, y Marcus no se enteró, o no le importó.

Me apoyo en el respaldo de la silla, sorprendida.

—¿Crees que mi padre es el villano de esta película, Bevie? ¿De verdad es tan malo como sugieren esas pintadas?

Todo el mundo sabe que son sobre él. Sobre nosotros. Ha habido manifestaciones delante de Calloway Enterprises exigiendo transparencia. El número de manifestantes crece con cada nuevo grafiti de Roman.

Beverly se ha puesto pálida.

—¡Yo qué sé, Juliette! Y en cualquier caso, ¿qué más da? ¿Lo ibas a querer menos por eso?

—Ya, claro, no importa. —Pero no sé si es verdad.

—Todo el mundo es malo según cómo se mire. Solo tienes que plantearte qué estás dispuesta a aceptar.

—¿Y si las personas a las que me han dicho que odie son aquellas a las que más deseo amar?

Veo en mi mente la imagen de Roman, y de pronto no soporto la idea de tener que defenderlo de Tyler. Ni de nadie. Si de verdad me quisieran, ¿no desearían que fuera feliz? Ojalá estuviera Felicity a mi lado, me diría que me dejara de chorradas y me fuera a vivir con ella. Que mandara a la mierda a todos los que me dictan qué clase de vida debo llevar.

Y no le faltaría razón.

Beverly me observa atentamente. Mira en dirección a la puerta del dormitorio para asegurarse de que está cerrada y se sienta a mi lado en el diván.

—¿Sabías que hay cámaras instaladas en tu balcón?

—¿Qué? —Me entra el pánico al recordar todas las cosas que no debía hacer y he hecho a lo largo de los años. Las veces que me he escapado con Lance y Tyler… o, hace poco, la visita de Roman—. Beverly…

Aprieta los labios.

—Por suerte, poco después de que volvieras de la universidad dejaron de funcionar, y nadie se ha ocupado de arreglarlas. —Beverly se pone a tararear entre dientes mientras alisa las camisas que tiene en el regazo—. Qué cosas, ¿verdad?

Tengo la lengua pegada al paladar y, cuando vuelvo a hablar, noto como si me rasparan las cuerdas vocales.

—Gracias —le digo susurrando.

Me da unas palmaditas en la mano y añade en voz baja:

—Yo también tendría cuidado con el teléfono. Nunca se sabe quién es capaz de intervenirlo y enterarse lo que no debe.

Trago saliva y asiento.

—¿Tú odias a Marcus tanto como mi padre? —le pregunto.

—Es una tontería odiar a un muerto.

Doy un respingo al recordar todas las conversaciones de los últimos días.

—¿Por qué dices eso? ¿Es que mi padre está intentando matarlo?

Beverly se queda boquiabierta, y abre los ojos de par en par.

—¿Qué? No, claro que no. Lo que pasa es que Marcus Montgomery se está muriendo.

La noticia me sacude como si estuviera en medio de una tormenta.

—¿Cómo que se está muriendo?

—Yo no he dicho nada. Y tampoco sé gran cosa.

—Por favor, Bevie, quiero saberlo. No me tengas a oscuras, eso ya lo hacen todos los demás.

Se humedece los labios, y por fin asiente.

—Marcus tiene un cáncer terminal. No… no vivirá mucho tiempo.

Trato de analizar la información que acaba de llegarme, pero es como tratar de encajar piezas con forma de cubo en unos agujeros redondos.

—¿Cómo lo sabes?

Se encoge de hombros, pero no me mira a los ojos.

—El servicio se entera de muchas cosas. Y la gente habla delante de nosotros como si no tuviéramos ojos ni oídos.

Siento un aguijonazo de culpa. No soporto que la traten así.

—Pero tiene sentido, ¿no te parece? —añade—. Su hijo ha vuelto justo a tiempo para hacerse cargo de su legado.

—¿Y si el hijo no quiere su legado? —pregunto—. ¿Y si lo que pasa es que no tiene más remedio? ¿Roman sabe todo esto?

Beverly alza la barbilla y una luz de comprensión le ilumina el rostro.

—Creo que esas preguntas se las deberías hacer a otra persona.

Cierro la boca de golpe. Un torbellino me está arrasando por dentro.

—¿Estás enamorada de él? —me pregunta.

—¿Qué?

—Es una pregunta muy sencilla. —Se quita una pelusa del hombro—. ¿Estás enamorada de él? ¿Renunciarías a tu familia por él? ¿Harías lo que fuera por conservarlo?

Tengo un nudo en la garganta y no paro de retorcerme los dedos.

—Sí.

Es la primera vez que lo he reconocido, y de pronto me siento… más ligera.

—El amor no sobrevive en la oscuridad, Juliette. Te exige que salgas a la luz.

Me lanza una mirada muy intensa. Trago saliva.

—¿Qué quieres decir con eso?

—Que, si quieres ver la luz de la mañana, tienes que renunciar a la noche.

Siento un peso enorme en el pecho.

—¿Y mi familia es la noche?

Beverly se echa a reír.

—Tu familia es medianoche sin luna, Juliette.

—¿Alguna vez has querido así a alguien? —le pregunto.

No sé por qué se me escapa esa pregunta. Tal vez porque estoy desesperada por tener a alguien que me comprenda, o quizá porque quiero entender lo que siento.

Beverly hace una pausa antes de responder.

—Sí.

Obviamente, esa persona ya no está en su vida. Si no, ¿por qué lleva tantos años con nosotros?

—Espero que sepas que siempre estaré de tu lado, Juliette. Vayas a donde vayas, te acompañará mi lealtad.

Sonrío.

—¿Aunque renuncie a la noche?

Me da una palmadita en la pierna y se levanta.

—Sobre todo si renuncias a la noche.

¡Última hora! Protestas en el campus por la influencia de la familia Calloway

Los estudiantes de la Universidad de Verona se han posicionado contra los poderosos Calloway, a los que acusan de manipular a las autoridades locales y la universidad. El campus de la UV es un mar de pancartas y gritos con mensajes como «¡El arte habla!» y «No somos marionetas».

La familia Calloway rechaza todas las acusaciones y circulan rumores de presiones internas para que Craig Calloway dimita y deje al mando a su hijo Paxton.

Todos los ojos están puestos en Rosebrook Falls y en el misterioso artista (o artistas) que pinta sus calles.

#GrafitiGate #TodosAtentosACalloway #ArteEnLasCalles #RevueltaUniversitaria

Capítulo 38

Roman

—Hoy me ha llegado un rumor muy interesante sobre ti —me dice mi padre. Está sentado frente a mí en un restaurante llamado Dante's, en el centro de la plaza.

No levanta la vista mientras habla, sino que mira el cuchillo con el que está cortando la carne. La sangre rezuma en el plato. Su voz suena tranquila y parece sosegado.

Pero sus palabras me ponen en alerta.

—¿Sí?

Se me pasan por la cabeza mil posibilidades sobre cuál puede ser ese rumor y por qué me ha pedido que vaya a cenar con él esta noche. Parece preocupado por algo, y tal vez sea la velocidad a la que hago mis murales. No he tenido ocasión de pintar muchos más, pero he estado procrastinando porque cuando me utilizan y pierdo el control, también pierdo las ganas de dejar mi marca.

Las manifestaciones en el campus y las fotos que se publicaron donde aparecía Juliette escondiéndose de los periodistas me revolvieron el estómago.

—Benny me ha dicho que eres… amigo de la pequeña de los Calloway —dice.

Se me encoge el corazón, y de pronto me empiezan a pasar imágenes de Juliette por la cabeza. Su sonrisa. Su risa. Su forma de arrugar la nariz cuando está molesta, de morderse el labio cuando trata de contenerse para no sonreír.

El camarero se acerca, coge la botella de vino, le llena la copa a mi padre y se marcha sin decir palabra. No sé si debería beber alcohol, aunque la verdad es que me alegro de que aún pueda comer o beber algo. Y eso que me he pasado años deseándole la muerte.

«Dios. Soy un puto desastre».

—Benny es idiota —digo y me encojo de hombros, restándole importancia—. La vimos en La Mesa Redonda, un tipo la estaba molestando.

Mi padre asiente y toma otro sorbo de vino.

—Entonces, nada de lo que preocuparme, ¿no?

Me adelanto, cojo mi copa de vino y la vacío de un trago.

«Puto Benny, bocazas de mierda».

He tardado años en perfeccionar la máscara que llevo puesta hasta lograr que resulte impenetrable.

—¿Por qué has de preocuparte? No es nadie.

«Lo es todo».

Se encoge de hombros.

—Benny dice que le pareció que os conocíais. Que entre vosotros había… creo que la palabra que usó fue «intimidad».

La cabeza me trabaja a toda velocidad buscando el enfoque más oportuno.

—No tienes nada de qué preocuparte.

—Bien —dice—. No me importa con quién folles, no es asunto mío. Pero sí es asunto mío si los Calloway te enredan en alguno de sus trucos mentales. —Suelto un bufido despectivo, pero él me mira muy serio—. No los subestimes. Yo cometí ese error en el pasado y estuvo a punto de costarme todo lo que tenía.

Se me hace un nudo en la garganta porque, si no supiera que es imposible, pensaría que está hablando de mí.

—Juliette no es así.

Las palabras me salen como un susurro. Decirlas en voz alta resulta arriesgado, pero a la mierda con todo. Estoy harto de no hacer nada y quedarme callado mientras todo el mundo opina sobre quién es, sobre cómo es.

Mi padre me mira como si me comprendiera y sacude la cabeza, pero no se enfada, como yo me había temido.

—Ah, entonces hay algo.

Aprieto los dientes y hago girar el pie de la copa entre los dedos; el líquido rojo se agita contra las paredes.

—Nah. Nada importante.

Joder, cómo me duele admitirlo.

—Algunas cosas es mejor dejarlas morir, hijo.

Me obligo a asentir, con el corazón encogido.

—¿Eso fue lo que hiciste con mamá?

—Yo amaba a tu madre. —Los ojos se le llenan de tristeza—. Pero lo que sentía hacia ella no era nada en comparación con el amor que siento por ti.

Arqueo las cejas y el dolor me golpea el esternón, como un puño. Algo se abre camino en mi pecho y hurga heridas antiguas. Se me escapa una risa.

—Pues menuda manera de demostrarlo.

—He cometido muchos errores, lo reconozco, pero tú eres mi legado, Roman. El amor más puro que he sentido jamás, lo experimenté cuando naciste y te tuve en brazos. No me creas si no quieres, pero te estoy diciendo la verdad.

Vuelvo a sentir en el pecho aquel viejo dolor de la ausencia. Me lo froto, como si así pudiera librarme de él.

Mi padre mastica la carne, mueve la mandíbula sin dejar de mirarme a los ojos, como si tratara de transmitirme un secreto.

—Y volvería a hacer mil veces lo que hice para protegerte.

—Una parte de mí te sigue odiando —le confieso—. No sé si las palabras bonitas y las buenas acciones pueden borrar tantos años de abandono.

Asiente con un gruñido.

—Tendré que reconciliarme con eso cuando muera.

—No digas esas cosas. No me gusta. —Observo cómo la emoción le desborda los ojos—. ¿Quién es Brutus Myrddin? —pregunto para que deje de pensar en lo que acabo de decirle.

Mira a su alrededor como si le diera miedo que alguien pudiera oír nuestra conversación.

—Es el tipo con el que empezaron a hacer negocios los Calloway.

—¿Qué hacía su foto en las carpetas que me diste?

—Es una parte importante del motivo por el cual lo hemos perdido todo.

—Se asoció con los Calloway.

Mi padre se limpia una comisura de la boca con la servilleta de tela y se la vuelve a poner en el regazo.

—Y le molestó mucho que yo no firmara la disolución del acuerdo WayMont. Pero ya da igual. Está muerto.

—¿Cómo murió?

Mi padre bebe un sorbo.

—Un disparo en la nuca. Lo encontraron muerto en la orilla de un río, en Boston.

—Dios.

—Dejemos ese tema. Las cosas están volviendo a ser como debían. Por eso estás aquí, para que todo quede a la vista. Craig está empezando a cometer errores y la gente abre los ojos. —Empieza a toser y tiene que taparse la boca con la servilleta. El ataque es tan violento que me recuerda lo mal que está. A veces se me olvida, porque se le da muy bien ocultarlo—. Basta de hablar de trabajo. ¿Cómo está tu hermana?

La cabeza me va a mil por hora mientras trato de asumir que mi padre me está proporcionando piezas del rompecabezas, y al mismo tiempo da por sentado que no me importa que me tenga a oscuras mientras saco a la luz los secretos que otras personas creían enterrados.

Si no fuera por los tipos que se han dejado captar por las cámaras en Rosebrook y que no responden a mi descripción, a nadie le cabría duda a estas alturas de que las pintadas son cosa mía.

—Casi no me dirige la palabra. ¿Y mamá? —respondo.

Tenía que ingresar en la clínica de desintoxicación, en las colinas de Monterey, la semana pasada, y he estado debatiéndome entre mis ganas de saber cómo le está yendo y el deseo de olvidarme del tema para no sufrir una decepción cuando todo falle.

—No he hablado con ella —dice—. Durante los primeros treinta días no se permite ningún contacto.

El nudo que siento en la boca del estómago se tensa de repente.

—Pero al menos sabes que ha ingresado, ¿no?

—Claro. —Parece ofendido—. Frederick se interesa por ella todos los días.

—¿Por qué Frederick?

—Porque yo se lo he pedido.

Asiento, pero mi ansiedad no se disipa.

—¿Y estará a salvo?

Se inclina hacia delante y tamborilea con los dedos sobre la mesa.

—Tu madre es una mujer muy decidida. No me cabe la menor duda de que, cuando esté limpia, hará todo lo que esté en su mano por volver contigo. Puede que no lo demuestre, pero te quiere más que a su vida.

—Ya.

Juego con la servilleta para eludir el tema, porque no creo que vaya a ponerse bien. Para que la desintoxicación dé resultado, uno tiene que querer lograrlo, y ese nunca ha sido el caso.

Trato de calmarme diciéndome que, cuando hayan pasado los treinta días, podré informarme de su estado.

—¿Ya no te preocupa que Craig Calloway intente matarme? —le pregunto—. ¿O alguno de sus hijos?

—No. Ahora controla una parte de Rosebrook Falls mucho mayor que entonces. Además, ahora tu presencia aquí es muy visible, ya no eres un niño. Solo podrá atraparte si bajas la guardia. Con su hija, por ejemplo.

En sus palabras hay demasiadas emociones entremezcladas, y saber que tal vez Juliette no vuelva a dirigirme la palabra hace que me duela todavía más.

—Ya te lo he dicho, ella no es así.

—Y te he oído. Pero permite que te haga una pregunta, y piénsate muy bien la respuesta. —Señala con un gesto la mesa que tengo a mi espalda. Me giro y echo un vistazo—. Si estáis tan unidos, ¿qué hace aquí con el hijo del gobernador?

Capítulo 39

Juliette

Preston Ascott es exactamente como me lo imaginaba.

Listo, educado, caballeroso, y tan guapo como cuando estábamos en el instituto.

Me abre la puerta del coche, me acerca la silla cuando llegamos al Dante's, el restaurante más famoso de la ciudad, y que casualmente pertenece a Paxton, y no aparta sus ojos de mí ni un momento mientras estamos juntos.

Es agradable.

En cualquier otro universo me lo estaría pasando bien, pero no hay manera de obviar el sabor amargo que deja en la boca recordar que ya me dejó tirada una vez, y aun así mis padres nos han juntado como si yo fuera una vaca en venta.

Y que preferiría estar aquí con otra persona.

Pero la paciencia es una virtud, y si algo me han enseñado las clases de etiqueta es a esperar el momento oportuno para actuar. Esa es la clave del éxito. Por el momento, me limito a interpretar mi papel.

Tomo un sorbo de vino, que Preston ha escogido por mí cuando nos hemos sentado, sin preguntarme qué me apetecía, y lo miro.

—¿De verdad te apetece volver a salir conmigo? —lo interrumpo sin más, en medio de lo que sea que me está diciendo.

Se queda en silencio, y en sus ojos azules hay un destello de sorpresa. Carraspea para aclararse la garganta.

—¿No te lo estás pasando bien?

—Sí, sí —respondo—. Aunque no te has disculpado por lo cerdo que fuiste cuando rompiste conmigo.

Hace una mueca.

—Era un crío, Jules…

No le dejo acabar la frase.

—Solo quiero saber si estás aquí porque quieres o porque nuestras familias consideran que esto forma parte de una maniobra política.

Me mira y esboza una sonrisa en cuanto se percata de por dónde voy.

—Eres tú la que no quiere estar aquí.

—La verdad, no.

Aprieta los labios, se inclina hacia mí, y posa su mano sobre la mía, que tengo encima de la mesa. Bajo la vista hacia nuestros dedos, y espero a ver si siento algo, lo que sea. Pero no. Aparto la mano lentamente y rompo el contacto.

—Mis padres no me han obligado a nada —responde—. Soy un adulto y tomo las decisiones que quiero, cuando quiero. Y quería salir contigo. Te… te he echado de menos, Jules. ¿Tan malo te parece?

Relajo los hombros.

—No, no es tan malo.

No quiero volver a salir con él. De hecho, intento hacer memoria y no estoy segura de haber sido yo la que decidió salir con él la primera vez, o si fue algo que mi madre me susurró al oído hace muchos años. Pero no dejo de pensar que él sigue atrapado en su mundo, dominado por su familia… igual que yo, aunque diga lo contrario.

—Si lo pasas mal y no me soportas, te prometo que no te presionaré. Por mucho miedo que me dé tu padre. —Deja escapar una risita—. Pero quiero que seas tú la que desea estar conmigo, Jules. ¿Te acuerdas de lo bien que lo pasábamos juntos?

«La verdad es que no». Pero no me concentro en esas palabras.

—¿Qué hace mi padre para que le tengas tanto miedo?

Me mira, confuso.

—¿Qué quieres decir?

—Acabas de decir «por mucho miedo que me dé tu padre», y no te he entiendo bien. A ver, tu padre es el gobernador, ¿por qué te va a preocupar el mío? —Apoyo la barbilla en una mano y aleteo las pestañas como si lo instara a responder.

Preston bebe un sorbo de whisky y deja escapar una risita incómoda.

—A ver, seguro que sabes que tu padre tiene contactos muy peligrosos.

—Ajá. Por favor, sigue diciéndome todo lo que sé.

—Estás muy agresiva. —Sonríe—. Vamos, cariño, dale una oportunidad a lo nuestro. Si resulta que vuelve a surgir la chispa y de paso hacemos felices a nuestros padres, ¿qué tendría eso de malo?

—Preston, no me llames «cariño». Llevo puestos unos tacones de aguja que pueden acabar en tu entrepierna. Y no te va a gustar.

—Perdona, es la costumbre. —Alza las manos como si agitara una bandera blanca—. Cuéntame cómo va lo de irte de casa.

Inclino la cabeza hacia un lado y me esfuerzo en seguir sonriendo.

—¿Cómo te has enterado?

Se ríe.

—Vaya, lo siento. ¿Se suponía que era un secreto? Tu madre me lo dijo el otro día cuando hablamos y di por hecho que era del dominio público.

Noto una opresión en el pecho. Me incomoda saber que están hablando de mí a mis espaldas. Y me recuerda lo bien que le cae Preston a mi madre, y cómo lo controla, y es como una bofetada en toda la cara.

—¿Qué? —pregunta; se le ha borrado la sonrisa—. ¿Qué he dicho?

Niego con la cabeza y trago saliva. Bajo la vista hacia el regazo antes de volver a mirarlo.

—Nada, es que… Ya sabes cómo es la relación con mi madre.

Es consciente de la tensión que hay entre nosotras. Muchas veces hizo de mediador, ya desde que íbamos al instituto, y tuvo que escuchar mis rabietas en el coche durante horas cuando mi madre hacía algo que me cabreaba.

—Todavía se lo sigues haciendo pasar mal, ¿eh? —Deja escapar una risita.

Estoy tan enfadada que dejo la copa sobre la mesa con más fuerza de la necesaria.

—No creo que sea yo quien se lo hace pasar mal.

—Solo desea lo mejor para ti, Jules. Algún día te darás cuenta. Te quiere mucho.

—Mi madre solo se quiere a sí misma —lo corrijo—. Todo lo demás son obligaciones.

Preston tamborilea con los dedos sobre la mesa y me mira como quien mira a una niña que le hace gracia, en lugar de percatarse de la intensidad de lo que estoy diciendo.

—Ya me comentó que seguías igual.

Aprieto los dientes, y algo caliente y rabioso se abre paso a través de mi pecho.

—Pues ahí va un espóiler: yo soy la que soy. Tal vez lo mejor sería que te la follaras a ella.

Frunce el ceño.

—No hables así. Solo era un comentario.

Respiro hondo por la nariz. Me estoy clavando las uñas en la palma de la mano hasta dejarme marcas.

—Ajá. —Cojo la copa y tomo un sorbo, sobre todo para tener las manos ocupadas y no estrangularlo—. Bueno, considerando que solo la he visto tres veces desde que volví de la universidad, igual tu comentario no ha sido lo más inteligente que has dicho esta noche.

Preston hace una mueca, se inclina sobre la mesa y vuelve a extender la puñetera mano para posarla sobre la mía.

«¿Por qué no para de una vez?».

Me guiña un ojo y me imagino sacándole ambos a arañazos.

—Estoy de tu lado. Te lo prometo.

Me presiono la sien con los dedos y vuelvo a sacudir la cabeza.

—Ya. Claro, claro. Discúlpame un momento, por favor, tengo que ir al baño.

Asiente y aparta la mano, sin dejar de mirarme.

—Pediré el postre para los dos.

—Genial —digo con voz inexpresiva.

Tengo el estómago revuelto cuando voy hacia los lavabos y trato de buscar el equilibrio entre la cortesía absoluta, que es lo que se supone que debo mostrar, y ser consciente de que otra persona ha cogido lo que he dicho y lo ha metido en una caja con una etiqueta que pone: «Qué mona, vaya cosas dice», tal como ha hecho siempre.

Entro en el baño, voy hacia el lavabo y me tapo la boca con el dorso de la mano para no gritar.

Siento como si unos puños controlados por mi madre me estuvieran oprimiendo los pulmones, y puede que sea porque, en lo más hondo de mi ser, siempre he sabido que este es el futuro que tienen planeado para mí. Todo diseñado, organizado, fijado, mientras vivía una ilusión que me había tejido yo misma, fingiendo que si quiero lo que ellos quieren, si lo hago todo bien, empezaré a sentirme libre.

Saco el teléfono del bolso y me salto el mensaje de Felicity en el que me pregunta si ya le he cortado la polla a Preston, y abro el grupo de chat que tengo con mis hermanos.

LOS REYES (Y LA REINA) CALLOWAY

YO:

¿Podéis venir alguno de vosotros a salvarme de una mala cita?

ALEX:

¿Tienes una cita?

YO:

Sí. Estoy en el Dante's y quiero irme. Venid a buscarme, POR FAVOR.

PAXTON:

Pide el coche.

Resoplo y pongo los ojos en blanco. Claro, a Paxton le parece muy fácil. No puedo pedir el coche para escapar de una cita que me han organizado nuestros padres. Ellos son los que pagan a los chóferes.

YO:

¿Qué se siente al tener la lengua en el culo de papá y mamá todo el tiempo, Pax? No puedo llamar al chófer. Quiero salir a lo grande.

ALEX:

¿Qué gano yo si voy?

YO:

Si quieres, te lo suplico.

ALEX:

Acepto sobornos.

Me muerdo una comisura de la boca.

YO:

¿Qué quieres?

ALEX:

Aún no lo sé. Pero me lo debes. Estoy ahí en veinte minutos.

Suspiro aliviada y vuelvo a guardarme el teléfono en el bolso, me miro en el espejo y me aliso el vestido. Ya estoy a punto de salir por la puerta cuando se abre en sentido contrario, contengo una exclamación, y ya tengo una disculpa en los labios por haber estado a punto de tropezar con alguien.

Pero, antes de que pueda decir nada, la imagen de Roman lo llena todo. Tiene los ojos tormentosos y la mandíbula tensa.

Me quedo boquiabierta, y el corazón me da un vuelco.

—¿Qué haces…?

—Silencio —me ordena.

Entra en el baño y echa el cerrojo. El pulso me late a toda velocidad cuando lo miro a él, miro la puerta, y lo miro a él de nuevo.

—¿Qué haces aquí?

Esboza una sonrisa forzada y se pasa los dedos por el pelo.

—¿Ahora es tu novio? ¿Estás con él, Juliette?

—¿Que si es mi…? —Abro los ojos de par en par, y de repente siento una inmensa satisfacción—. Estás celoso.

Sus labios exhiben una sonrisa, pero sus ojos dicen lo contrario.

—Solo me preguntaba si ya estabas con él cuando me suplicaste que te metiera los dedos en el coño.

Cruzo los brazos y entorno los ojos. No le voy a decir lo que quiere oír solo por aplacar ese ego gigantesco que tiene. Si le da la gana de pensar lo peor de mí, si quiere albergar alguna idea preconcebida, como hacen todos los demás, no se lo pienso impedir.

Pero me duele que piense eso de mí.

Y puede que sea porque ya estoy harta, puede que sea porque hasta el último mono cree saberlo todo sobre mí sin más base que las suposiciones y lo que les cuentan los demás, pero la cuestión es que estoy harta de defenderme de cosas que no he hecho.

Alzo la barbilla.

—¿Y a ti qué te importa con quién estoy?

Esboza una risa torva, carente de humor.

—Te equivocas, mi pequeña rosa. Me importa mucho. ¿Quieres saber por qué? —Trago saliva con dificultad y no digo nada—. Porque, por muchas veces que digamos que entre nosotros no hay nada, no puedo dejar de pensar en ti. —Se da un manotazo en el pecho—. No puedo dejar de sentir lo que siento, así que, ¿qué hago?

Levanto las manos.

—No sé qué quieres que haga.

—¡Te quiero a ti! —exclama. Me mira, impotente—. Solo te quiero a ti.

Al oírlo, mi corazón cae en picado, los ojos se me llenan de lágrimas y he de hacer un esfuerzo inmenso para contenerlas.

—Desde que llegué a esta puñetera ciudad de mierda has sido lo único auténtico que ha habido en mi vida. Eres lo único que me parece real. Y ahora ni siquiera sé si era verdad.

Él avanza un paso. Yo retrocedo.

—Quiero dejar de anhelarte cada vez que respiro.

Se me encoge el corazón. Da un paso más y vuelvo a retroceder hasta que choco contra la pared, junto al secador de manos.

—Quiero que me digas que no le dejas que te toque —murmura con los ojos azules muy oscuros mientras mira mi cuerpo, como si con la mirada quisiera quemar todo lo que no fuera él para arrancármelo de la piel—. Que nadie te toca como hice yo. Y como ardo en deseos de volver a hacer.

Empiezo a jadear, el calor se me acumula entre las piernas, el pulso se me acelera tanto que casi no puedo respirar.

Levanta la mano, apenas me roza la mejilla, el cuello, la clavícula, y a continuación me agarra por la garganta.

—Quiero que me digas que pare —me susurra.

Me humedezco los labios, pero no me salen las palabras. El deseo me invade como una descarga de electricidad estática, me estremece de arriba abajo. Esa conexión que no sentí con Preston estalla ahora, como si ni siquiera estas paredes pudieran contenerla.

Roman se inclina hacia mí.

—No hay persona en esta ciudad que no me haya advertido contra ti. Mi propio padre acaba de acusarte de jugar conmigo. Pero no te conocen, ¿verdad, Juliette?

—No me conocen —digo con la respiración entrecortada. Me tiemblan las manos cuando las poso sobre sus hombros—. Tú me conoces, Roman.

Tensa los dedos alrededor de mi cuello, desliza la otra mano por mi muslo, acaricia la tela ajustada de mi vestido, la deja reposar en mi cadera.

Y se detiene, como si esperara algo.

—Él no puede tocarme —le susurro. Le paso las manos por los hombros y las asciendo hasta su nuca—. Solo tú puedes tocarme.

No me da tiempo ni a pestañear cuando ya está encima de mí, me empuja contra la pared y me sube el vestido hasta los muslos.

Deja escapar un gemido cuando me aparta las bragas a un lado y contempla mi desnudez. Yo apenas puedo respirar. Se arrodilla, me cubre el coño con su boca, me separa los pliegues con la lengua, me roza el clítoris.

Me tapo los labios con la mano y me la muerdo para no gritar de placer, pero consigo ahogar los gemidos.

—Joder, sabes tan bien como me imaginaba.

Se hunde de nuevo entre mis piernas y verlo ahí arrodillado mientras me lame basta para tensarme el sexo y lanzarme a la estratosfera.

Me clavo los dientes tan fuerte en la mano que noto el sabor de mi sangre, pero no puedo arriesgarme a que me oigan. Su padre y Preston están al otro lado de esta puerta.

Ese pensamiento me hace sentir que me inunda un torrente de lava, sabiendo que a pesar de todo él está aquí, follándome con la lengua.

—¿Es mío este coño, Juliette? —gime con la voz ronca. Me mete un dedo, lo retuerce, y yo empiezo a verlo todo borroso—. Dímelo —me exige al tiempo que introduce un segundo dedo—. Dímelo. Ahora mismo.

—Sí —suspiro; desplazo la mano que tengo libre hacia su nuca y aprieto su cabeza contra mi sexo de nuevo—. Todo tu... tuyo.

Me devora con la boca y comienza a deslizar los dedos hacia dentro y hacia fuera, al tiempo que me succiona para crear una presión en el clítoris que es un tormento. Su caricia es rítmica, abrumadora, y estoy a punto de estallar.

—Joder —susurro, con la mirada fija en mis dedos, que juguetean con su pelo y en su cabeza, que se mueve sensual entre mis muslos.

La tensión se me enrosca en el cuerpo como una serpiente.

—Quiero que te corras en mi cara —me dice, y con una última presión de su lengua y su mano a la vez, me lleva al límite, estallo, y me desmorono en sus brazos.

Lo oprimo con las piernas temblorosas y gime de placer como si él también se estuviera corriendo.

Cuando vuelvo a la tierra, está sentado en cuclillas, con una sonrisa pícara en los labios cubiertos de mis jugos refulgentes.

Se inclina hacia delante, presiona mi coño con un beso, y vuelvo a estremecerme, pues la zona aún está sensible. Pero no se aparta.

Se pone en pie. Se lleva las manos al cinturón, con la mandíbula apretada y los ojos fuera de sí.

Se me tensan los músculos del vientre mientras le acerco la mano y manipulo con dedos torpes el botón del pantalón, pero no me detiene, sino que me observa con esa hambre punzante y oscura que me licúa las entrañas.

Se atraganta cuando le libero el miembro y se lo agarro con la mano.

Su polla palpita entre mis dedos, con la punta goteando, y cuando se la acaricio deja escapar tal gemido que me provoca una descarga eléctrica entre las piernas.

Me dejo caer de rodillas, él apoya una mano en mi nuca, y con la otra me sube la barbilla para que lo mire a los ojos.

—Maldita sea. Mírate.

Siento un agradable calorcillo en el pecho al oír sus palabras.

Me suelta la barbilla, empuña la base del miembro y restriega la punta por mis labios.

—¿Quieres mi polla, nena?

Asiento con la cabeza, incapaz de decir nada, y él me la gira apenas para ponerme el miembro ante la boca.

—Abre esos preciosos labios para mí, Juliette.

Obedezco, y la desliza lentamente, arrastrándola por mi lengua mientras gime como si estuviera perdiendo la cabeza por mí.

Lo noto enorme, abro la boca hasta que me duele la mandíbula y siento cada centímetro de él cuando comienza a moverse dando pequeñas embestidas para introducirla lentamente, hasta que me llena por completo. Cuando su polla alcanza la parte posterior de mi garganta dejo escapar un gemido.

Pone los ojos en blanco, como si el sonido que acabo de emitir le doliera.

Pero a mí, sentir cómo pierde el control aún me abre más el apetito.

Me muevo, me agarro a sus muslos mientras lo chupo, deslizo la lengua a lo largo de la vena que late en la parte inferior de su miembro.

—Joder, Juliette.

Hace rotar las caderas, y cuando tenso la garganta en torno a su polla, echa la cabeza hacia atrás, gime y desliza los dedos por mi pelo.

Ahora adelanta la cintura, y entra todavía más en mi boca húmeda mientras la saliva y las gotas de su excitación me chorrean por la barbilla; mi garganta sigue engullendo su polla, hasta que él ya no puede más, se aparta, masculla una maldición, me agarra por los brazos, me levanta para darme la vuelta y encaja su polla dura y henchida entre mis muslos, mientras yo apoyo ambas manos en la pared.

—Tengo que follarte, nena.

Aprieto el culo contra él, forzando su polla a deslizarse dentro de mí, solo un poco.

—¿Tomas anticonceptivos? —me pregunta, y empuja hacia delante para que la punta me presione el clítoris.

Mis muslos se tensan contra él.

—Sí —jadeo—. Por favor, no pares.

Se posiciona, encara la punta con la entrada.

—Dime que es mío —exige.

Mi vulva se tensa de nuevo, y siento un fuego ascendiendo por mi columna vertebral.

—Es tuyo —digo—. Por favor…

Se lanza dentro de mí con una embestida devastadora, hasta el fondo.

Grito, echo la cabeza hacia atrás contra su hombro mientras mi coño se cierra a su alrededor, aunque apenas puedo abarcarlo, debido a su tamaño. Me penetra con tal intensidad que casi resulta doloroso, pero a la vez es tan placentero que no puedo pensar con claridad.

—Estás tan prieta… —gime—. No te resistas, nena. Déjame entrar.

—Puedo con esto —logro decir, con todo mi cuerpo temblando mientras empujo hacia atrás, para intentar que entre hasta el fondo.

—Claro que puedes con esto —responde; la saca casi del todo, hasta que solo queda dentro la cabeza hinchada de su miembro, presionando en la entrada. Me rodea la cintura con el brazo para anclarme con firmeza y vuelve a penetrarme—. Estás hecha para mí, Juliette. Este cuerpo, este coño, tu alma; cada centímetro de ti encaja perfectamente.

Toca fondo justo cuando pronuncia la última palabra, y me ciño a su alrededor, mientras mi propia humedad se desliza por mis muslos. Empieza a embestir con un ritmo implacable, me golpea el culo con las caderas, y con su polla estimula cada uno de mis nervios, ahora ultrasensibles.

Me sigue agarrando por la cintura con un brazo, mientras con la otra mano me busca el pelo, me lo recoge, tira hacia atrás lo justo para hacer que arquee la columna y mi mente se quede en blanco.

Entra más en mí, y yo no dejo de jadear.

—¿Lo notas? —me susurra al oído—. Así es como se siente que eres mía.

Sollozo; cada fibra de mi ser está en llamas.

—Tú también eres mío —logro decir sin dejar de mover las caderas hacia atrás y hacia delante, ni de presionar su miembro dentro de mí.

Se ríe entre dientes, y su risa suena grave, oscura.

—No lo entiendes, ¿verdad? —Sale de mí, lo justo para torturarme—. Siempre he sido tuyo. Desde que nos conocimos, no ha habido otra para mí.

La confesión me golpea con fuerza el pecho.

Gime, me clava los dientes en un lado del cuello.

No puedo hablar. Ni siquiera puedo respirar. Todo lo que puedo hacer es ceder a las sensaciones, sentir cómo me abre mientras baja la mano desde la cintura hasta el clítoris para aplicar la presión exacta.

—Roman —jadeo su nombre.

—Dámelo todo, mi pequeña rosa —murmura con una voz ronca como la grava—. Córrete para mí.

El orgasmo me atraviesa como un rayo, mi cuerpo se bloquea, y mi coño no para de tener espasmos y de contraerse alrededor de su miembro. Gimo su nombre como si fuera lo único que conozco, y me muevo al compás de sus bruscas embestidas, cabalgando cada ola.

—Córrete dentro de mí —le suplico—. Quiero volver a sentirlo mientras te desparramas dentro de mis entrañas.

Deja escapar un gemido ronco y desgarrado, embiste por última vez y su polla se estremece, presa de espasmos. Nos quedamos inmóviles mientras se hace el silencio, como si nos hubiéramos tapado los oídos con algodón. Estoy temblando, sin aliento, y él me sujeta como si no fuera a soltarme jamás.

Su pene se desliza fuera de mí, grueso y húmedo, y su ausencia me arranca un suspiro.

Roman no dice nada. Se limita a darse la vuelta, me suelta y se arrodilla entre mis piernas. Observa nuestros jugos entremezclados, y antes de que pueda ordenar mis pensamientos, vuelvo a tener su boca dentro de mí.

Me estremezco, hiperestimulada y sin control, y él me inmoviliza las caderas con ambas manos mientras pasa la lengua por la humedad de mi sexo, ejerciendo una presión lenta y deliberada. Gime y me besa el clítoris con delicadeza antes de volver a ponerme la ropa interior en su sitio, tras lo cual me mira con una sonrisa de satisfacción.

—¿A qué te he sabido? —le pregunto con el pecho agitado pese a que me esfuerzo cuanto puedo por controlar la respiración.

Se le oscurece la sonrisa, se pone en pie, se inclina sobre mí y me roza la nariz con la suya.

—A que eres mía.

Dejo escapar un gemido y tengo que apoyar la frente en su pecho.

—Eres demasiado posesivo, ¿lo sabías?

—Ajá.

Me pongo de puntillas, le doy un beso en los labios, y mi corazón no deja de revolotear.

Esto es lo que quiero.

Esto es mi hogar.

Esto lo es todo.

Retrocede, sonríe con tristeza y me presiona el labio inferior con el pulgar. Vuelvo a sentir un calorcillo por dentro.

—No quiero montar una escena —dice—. Pero, si sigue tocándote, iré a por él cuando salga y le romperé todos los dedos.

Asiento lentamente, mientras la excitación se me enrosca en el vientre.

—Joder. Eso me ha sonado de lo más atractivo.

Sonríe, se inclina para besarme una vez más en los labios y se marcha.

Capítulo 40

Juliette

—Creía que Alex a vendría a buscarme.

Miro a Paxton, que está al volante de su Aston Martin, con el ceño fruncido.

Paxton arquea una de sus oscuras cejas.

—Si querías que viniera Alex a buscarte, ¿por qué mandaste el mensaje al grupo?

—Eh…, no. Pensé que Alex vendría a buscarme porque dijo que vendría a buscarme. No tengo nada contra ti, solo contra ese palo que llevas metido en el culo.

Sonríe, burlón, se incorpora al tráfico y las luces le arrancan destellos a su reloj cuando hace girar el volante. No sé qué reloj lleva, pero seguro que es caro. Paxton colecciona relojes igual que otros coleccionan obras de arte.

—Estás cabreado porque me prefiere a mí —interviene Alex, surgiendo del asiento trasero.

Dejo escapar un grito y el corazón se me sube a la garganta. Me llevo una mano al pecho.

—Dios, Alex, no sabía que estabas ahí atrás.

—Porque no prestas atención.

—No sé qué quieres decir —respondo, y arrugo la nariz.

—Quiero decir que no eres consciente de las situaciones —me aclara.

—Vale, ya, es que no todos hemos recibido entrenamiento para la supervivencia en el espacio exterior. Siento que no me aceptaran en la Flota Estelar.

Paxton me lanza una mirada.

—¿Es una referencia a *Star Trek*?

Parpadeo.

—¿Qué? No.

Arquea una ceja.

—Vaya si lo es.

«¿De verdad?».

—Mierda, puede que sí. —Suspiro.

Deja escapar una risita.

—No pongas esa cara, no es para disgustarse.

—No estoy disgustada, solo enfadada. Felicity está invadiendo mi subconsciente.

—¿Felicity sabe de *Star Trek?*

Me lo quedo mirando.

—Lo preguntas como si no fuera culpa tuya.

—¿Por qué va a ser culpa mía?

—Pues a lo mejor porque dejaste que viera la serie contigo.

Pone cara de espanto.

—Por supuesto que no.

—Por supuesto que sí —le replico. Hacía un tiempo de perros, había una tormenta, se asustó, y para distraerla le pusiste *Voyager.*

—Yo también lo recuerdo —confirma Alex.

—¿Ves? —digo, señalando a nuestro hermano—. No debes dudar de mí. Siempre tengo razón.

Paxton abre la boca como para protestar, pero la cierra de nuevo… y juraría que esboza algo parecido a una sonrisa.

—Claro —dice en voz baja, y enciende el intermitente—. Se me había olvidado.

Lo miro con extrañeza y apoyo los pies en el salpicadero. Tengo la entrepierna dolorida del polvo que me acaba de echar Roman.

Se me acelera el corazón.

—Quita tus sucias patas del salpicadero, Juliette.

Me lo quedo mirando.

—Ese palo en el culo…

Me baja los zapatos de un manotazo.

—Vale, vale. —Vuelvo a ponerlos en el suelo y saco el teléfono—. Esto demuestra mi teoría de que las palabras de Felicity se me alojan en el cerebro y me lo devoran como un gusano parasitario.

Alex deja escapar un gemido.

—¿Te importa no hablar de gusanos del espacio mientras estoy atrapado en este coche? Ya es bastante duro oíros hablar de Felicity como si la conocierais mejor que yo.

Me vuelvo hacia él.

—Es mi mejor amiga, troglodita. Déjala en paz.

Paxton mira a Alex por el retrovisor.

—Tú eres idiota.

—Técnicamente, soy el más listo de la familia —lo corrige Alex.

Resoplo.

—¿Y eso quién lo dice?

Se recuesta en el respaldo con una sonrisa burlona.

—No tiene por qué decirlo nadie. Lamento comunicaros que es algo de sentido común.

—¿Por qué estás huyendo de la cita, por cierto? ¿Sabe que hemos venido a recogerte? —me pregunta Paxton mirándome de reojo al tiempo que pone el intermitente para girar a la derecha.

Se me sonrojan las mejillas al recordar cómo sentía la leche de Roman bajando por mi entrepierna mientras le ponía excusas a Preston. Aún me vibra el cuerpo por sus caricias, por su forma de tocarme, de hacerme suya.

—Le he dicho que no me encontraba bien. —Alex se echa a reír y Paxton sacude la cabeza. Me los quedo mirando—. ¿Qué pasa?

—¿No se te ocurrió nada más original? —Paxton sonríe de medio lado.

—Es una explicación de lo más razonable.

—No hay tío que no sepa que si una chica se marcha en mitad de una cita es porque no le gusta —añade Alex.

—No es verdad —le replico.

Pero puede que sí lo sea. ¿Quién puede saberlo mejor que ellos?

Me muerdo el labio, y me pregunto si habré sonado convincente.

—A Preston no pareció importarle.

—¿Has salido con Preston? ¿Preston Ascott? —me pregunta Paxton—. ¿Tu ex?

—Sí, ¿y qué? ¿Qué pasa ahora? —pregunto en tono brusco.

Paxton siempre ha sido un pelma gruñón, pero se le ha acentuado al máximo desde que volví de la universidad.

—No te llega a la suela del zapato —dice.

—Ya lo sé —asiento—. Pero eso díselo a mamaíta.

Paxton me mira de reojo y resopla, pero no añade nada. Alex también se queda en silencio.

—Da igual, estoy harta de hablar de este horror de cita —digo—. Gracias por salvarme, aunque por el camino te estés portando como un cretino.

Paxton asiente. Veo que contrae un músculo de la barbilla.

—¿A Tiffany no le ha importado que vinieras a recogerme? —insisto; me apetece hacerlo cabrear, y Paxton nunca habla de su mujer.

Me mira de reojo.

—Tiffany no decide adónde voy o qué hago.

Alex silba desde el asiento trasero.

—¿Hay problemas en el paraíso?

—Todo va bien.

—Suenas muy convincente, Pax —digo con una sonrisa.

El teléfono de Alex suena en la parte trasera del coche, la luz de la pantalla le ilumina la cara, y cuando me vuelvo para mirarlo veo que está sonriendo.

—¿Quién te hace sonreír así?

Arquea las cejas y me mira.

—¿Tú qué crees?

—¡No! ¿Felicity?

Se guarda el teléfono en el bolsillo y se echa hacia atrás.

—No suelo comentar mis encuentros amorosos.

«Ya, ni yo».

—Pero Felicity, sí, y ya te digo yo que, si estuviera saliendo contigo, me lo habría contado.

—Pues, para que te enteres, está a esto de acceder a salir conmigo —insiste—. Recuérdame tu teoría de que no le gusto, por favor.

No sé si creerlo. Si Felicity saliera con mi hermano y no me lo dijera, me cabrearía.

—Lástima que la hayas cagado con Preston —bromea—. Si no, podríamos haber salido las dos parejas.

—No la he cagado. —Me pongo colorada al recordar lo que sí he hecho durante la cita. Carraspeo para aclararme la garganta y trato de quitarme a Roman de la cabeza—. Además, si quieres salir con otra pareja, podéis ir con Pax y Tiffany —le recomiendo a Paxton con una sonrisa de oreja a oreja.

—Ni hablar —replica Paxton, sujetando el volante con fuerza—. No quiero ver a esa chica ni a mil kilómetros.

—Por Dios santo, Pax, ¿qué tienes contra ella? Ni que hubiera atropellado a tu perrito.

Nos detenemos delante de la mansión. El silencio se hace en el coche cuando Paxton detiene el motor.

—Bueno, niños, me lo he pasado muy bien, pero ahora tengo que mandarle un mensaje a una chica. —Alex sonríe y agita el teléfono antes de salir del coche para entrar en la casa.

—Gracias por traerme. —Voy a abrir la puerta del coche, pero Paxton me sujeta del brazo.

—Espera, no… —Suspira y sacude la cabeza—. ¿Preston te gusta de verdad?

Su pregunta me sorprende y suelto la manilla de la puerta. Me acomodo de nuevo en el asiento y lo miro.

—¿Qué quieres decir?

Se encoge de hombros.

—Es una pregunta muy sencilla. ¿Te gusta, o es otra maniobra de papá y mamá?

Hago una mueca.

—Ya sabes la respuesta.

Paxton aprieta los labios.

—Me casé con Tiffany por ellos.

Ya lo sabía, claro que lo sabía. Cualquiera que tenga ojos en la cara puede ver lo poco que la ama. Pero es la primera vez que lo reconoce en voz alta, al menos delante de mí. Y no sé por qué, pero la confirmación de que mi hermano está atrapado en un matrimonio sin amor me pone triste. Siempre que va a alguna parte, siempre que hace alguna cosa, es por alguien, no por él mismo, y por primera vez me doy cuenta de lo mucho que nos parecemos en eso.

Se me encoge el corazón, porque quiero mucho a mi hermano, pero no deseo acabar como él.

Es el primogénito de los Calloway y siempre ha tenido que someterse a unas reglas, a una rigidez, que los demás no hemos conocido; si yo me siento enjaulada, lo de Paxton debe de ser mil veces peor.

—Sí, siento ser portadora de malas noticias, pero no es que lo disimules muy bien —le digo.

Una sonrisa triste se le dibuja en el rostro, y aprieta las manos contra el volante, como si necesitara agarrarse a algo.

—No he hecho todo lo que he hecho para que tú tuvieras que pasar por lo mismo.

Inclino la cabeza a un lado. Sus palabras me pesan en el pecho.

—¿Qué quieres decir?

Paxton tiene seis años más que yo; puede que se deba a la diferencia de edad, pero es la conversación más personal que hemos tenido en nuestra vida.

—Quiero que seas feliz, Jules. —Aprieta los labios—. Si alguien de la familia se lo merece, eres tú. Y si Preston te hace feliz, estupendo, pero si sales con él por lealtad a papá y a mamá…, quiero que sepas que estoy de tu parte.

—Gracias.

Tras oír sus palabras se me hace un nudo en la garganta y los ojos se me llenan de lágrimas.

Me sonríe.

—Ya sé que no siempre he sido el mejor de los hermanos.

—No…

Me indica que me calle con la mirada.

—Pero estoy a tu lado, aunque no te lo parezca. Estoy contigo.

Trago saliva y asiento.

—Vale.

—Vale —repite, y suspira como si le hubiera costado un mundo decírmelo.

Me quedo paralizada por un instante, lo miro, parpadeo.

—¿Te preocupan las acusaciones contra nuestra familia?

Una parte enorme de mí no quiere sacar el tema. Siempre que surge, me siento dividida en dos: lealtad hacia Roman, lealtad hacia ellos.

Mi hermano se encoge de hombros y se pasa la mano por el pelo.

—Nah. Todo quedará en nada. No hay pruebas de lo que dicen, y según parece papá lo tiene todo controlado.

Asiento y me mordisqueo el labio.

—¿Es verdad lo que dicen los periódicos, que puede que tengas que asumir el mando?

Se encoge de hombros otra vez.

—Es posible, sí.

—Lo siento —susurro.

Me mira confuso.

—¿Por qué demonios lo sientes?

—No sé. Supongo que lo que siento es que no seas feliz.

—No he dicho que no lo fuera.

—Tampoco hace falta, Pax.

Se mira las manos y asiente con un golpe seco de cabeza. Cuando bajo del coche siento un peso enorme sobre los hombros.

Entro en la casa y doy un respingo al oír la voz de Beverly desde una esquina.

—¿Qué tal con Preston?

—Dios, Beverly, casi me matas del susto. —Me llevo una mano al pecho—. La cita, un asco.

Se me pasa por la cabeza hablarle de Roman, pero no me da la oportunidad, porque cambia de tema.

—Bueno, tu padre está en casa, así que te recomiendo que vayas a tu habitación y no salgas.

—Claro. —Echo un vistazo al fondo del pasillo. ¿Qué estará tramando mi padre? Ahora, cada vez que pienso en él, siento aprensión.

Pero le hago caso a Beverly, me voy a mi cuarto, saco la libreta y vuelco los recuerdos en forma de ficción.

La chica permitió que el lobo la devorara. No porque no supiera nada, sino porque lo sabía bien. Porque estaba desesperada por saber lo que era estar en su poder. Se hundió en ella como una maldición susurrada al viento, y ahora ella lo lleva grabado en la piel. Está marcada. Es suya.

Sabe que soñará con lunas rojas y bocas de terciopelo, y con los tiempos sencillos en que aún creía que podría sobrevivir sin él.

«¡No hemos hecho nada!»

La familia Calloway contraataca.

En un atrevido gesto de relaciones públicas, Craig Calloway ha descrito los rumores sobre corrupción como «indignantes» y «totalmente falsos», y se ha mostrado firme en su aparición junto con su esposa, Martha, y su hijo mayor, Paxton.

Los Calloway se enfrentan a las manifestaciones y a las pintadas asegurando que es una campaña de difamación orquestada por Marcus Montgomery.

«Nosotros construimos esta ciudad. Somos esta ciudad», declaró Craig.

Paxton exigió una investigación independiente asegurando que «no tenemos nada que ocultar».

No hay declaraciones por parte de los Montgomery.

#TodosAtentosACalloway #GrafitiGate #RosebrookRag #EnfrentamientoEntreFamilias

Capítulo 41

Roman

BROOKLYNN:

Ya he firmado.

Me siento tremendamente aliviado cuando Brooklynn me confirma que ha firmado el fideicomiso. Eso quiere decir que ya no tengo que preocuparme. Me pase lo que me pase a mí, ella estará a salvo. El documento es vinculante, y a partir de ahora ella tiene acceso inmediato a todos los fondos.

YO:

Joder, no te imaginas lo feliz que me haces. Gracias.

Sigo con el pulgar sobre la pantalla.

BROOKLYNN:

¿Sabes algo de mamá?

El cambio es sutil, pero de repente siento un temor en el pecho, como siempre que mencionan a mi madre.

YO:

No podemos llamarla hasta dentro de dos semanas. Cuando salga del aislamiento organizaremos una visita, si quieres. Tomaré un avión. ¿Cómo te encuentras?

BROOKLYNN:

Bien. Muy bien, la verdad. Estas últimas semanas he tenido más energía, no he estado en cama ni un día. No sé qué ha cambiado, pero se agradece.

YO:

Espero que dure. 🙏

Analizo cada palabra, releo y releo el mensaje. Siento un gran alivio.

—¿A qué viene esa cara tan larga, corazón? —me pregunta Merrick, tras echar un trago a una botella verde de cerveza.

Está sentado frente a mí en un reservado de La Mesa Redonda. Le devuelvo la sonrisa, pero no quiero hablar del tema.

—Tierra llamando a Roman. —Merrick se echa a reír y chasquea los dedos delante de mi cara—. Si te sigues distrayendo así, voy a tener que empezar a suplicar la intervención divina.

—Debe de tratarse de alguien importante —comenta Rosalie sonriendo, mientras le sirve otra bebida a Merrick.

Miro el teléfono. Lo sujeto con tanta fuerza que me duelen los nudillos.

Le he enviado un mensaje a Juliette.

Otro.

Y sigue sin responder.

No ha dado señales de vida desde que la arrinconé la otra noche en el cuarto de baño. Me vuelvo loco solo de pensar que ya no quiere saber nada más de mí.

«No es verdad».

O no quiero creerlo.

Aunque me merezco su silencio.

Mis pintadas están provocando una reacción más virulenta de lo previsto. O puede que eso fuera exactamente lo que estaba previsto, y ahora que me juego el corazón, todo me parece más complicado.

Empiezo a pensar que mi padre me ha ocultado a propósito una parte enorme de la situación, que estoy haciendo mis pintadas a ciegas. Y eso hace que me plantee muchas cosas. Tengo la sensación de que no estoy contribuyendo a desmantelar una máquina, sino que soy un engranaje más.

Pero la salud de Brooklynn ha mejorado. Es feliz. Pase lo que pase, ahora recibirá los cuidados que necesita.

Y mi madre también está en tratamiento.

Así que haré lo que tenga que hacer.

Me guardo el teléfono en el bolsillo y bebo un sorbo.

Benjamin llega tarde, aunque no es que lo eche de menos, y estoy a punto de preguntar dónde se habrá metido cuando entra por la puerta del callejón trasero y le sonríe a Genevieve, detrás de la barra, hablando con Lance. Por su expresión, se trata de un tema serio.

Hay algo entre Lance y ella.

La coge del brazo con delicadeza y ella le lanza una mirada hostil y le dice algo cortante. No sé qué es, pero Lance sonríe y arquea las cejas. Es la primera vez que lo veo sonreír.

Art Penngrove también entra por la puerta del callejón, y

cuando se acerca a ellos Lance deja de sonreír, suelta a Genevieve como si de pronto quemara, y le da la espalda.

Benjamin le da una palmada en el hombro a Lance como si fueran buenos amigos, se ríe y viene hacia nosotros.

Me quedo mirando al hermano de Juliette, y una rabia sorda me corroe por dentro. ¿Por qué no pasa nada si él se mezcla con el enemigo, pero a Juliette y a mí nos está vedado? Ya sé que Benjamin no es un Montgomery, pero está en nuestro bando.

—Aquí llega el hombre del momento. ¿Dónde te habías metido? —le pregunta Merrick en voz alta cuando Benjamin se nos une, como si quisiera atraer las miradas de los presentes.

—¿Qué tal, Benny? —lo saludo.

Él me mira con los ojos entornados por toda respuesta.

«¿Qué leches le he hecho?».

Detecto movimiento delante de nuestra mesa: una mujer mayor se pone de pie; lleva el sombrero echado sobre los ojos, como si tratara de pasar desapercibida.

—Hola, caballeros.

—Eh, señora, que está tapando la tele. —Merrick señala la pelea del campeonato de lucha que están emitiendo por televisión.

La mujer se vuelve, echa un vistazo a las imágenes de la pelea y vuelve a mirar a Merrick.

—¿Qué clase de hombre es usted? Esos combates son bárbaros. Repulsivos.

Merrick se echa a reír.

—No ha venido al mejor lugar para decir esas cosas.

Me pica la curiosidad. ¿Por qué no se puede decir eso en un bar normal y corriente donde se sirve comida y cerveza, como en todas partes?

—Además, yo solo soy un hombre como otro cualquiera —sigue diciendo Merrick—. Como esos que están luchando. Dios los creó y los dotó de libre albedrío para destruirse los unos a los otros si así lo deseaban.

Me río.

—No le haga caso, señora. No dice más que tonterías. La mitad del tiempo no sabe de qué habla.

—Pero lo que dice es cierto. —Me mira fijamente, con unos ojos rebosantes de sabiduría—. Todos somos libres de destruirnos a nosotros mismos… y a veces también a los demás.

Asiento arrugando la frente, y su seriedad me pesa por dentro.

—No le falta razón.

—¿Roman Montgomery? —me pregunta, ahora dirigiéndose directamente a mí.

Me siento en el borde de la silla.

—Depende de quién pregunte.

—Tengo que hablar contigo. —Se queda mirando al resto de los presentes—. En privado.

Benjamin suelta una carcajada y le da un codazo a Merrick.

—Esta viene a confesar sus pecados o a rogarle que le haga pasar un buen rato.

—Qué va, no viene a rogar nada —responde Merrick, riéndose a su vez—. Y menos a este. No te ofendas, guapa, pero a Roman no le van las mujeres que saben lo que era un teléfono de disco. —Guarda silencio un instante y la mira con descaro—. En cambio, yo…

—Por Dios santo, Merrick —masculla Benjamin—. Le tirarías los tejos a un fantasma si tuviera piernas y una copa en la mano, ¿a que sí?

—¿Y tú, no? —le replica con una sonrisa—. Tienes pinta de que te van los cementerios.

—A Benny ya lo conoces, Merrick, pero no tienes ni idea de lo que a mí me gusta —los interrumpo. Me concentro en la mujer—. ¿Cómo te llamas?

La mujer le lanza una mirada furibunda a Merrick y se vuelve hacia mí con la cabeza muy erguida.

—No pienso hablar delante de una panda de groseros que creen que pueden dirigirse a mí como si fueran seres superiores.

—Está bromeando —intercedo—. Solo es un bocazas.

—En privado. —La mujer aprieta los dientes y baja la voz—. Lo que voy a decirte te interesará.

Benjamin entorna los ojos y se le dilatan las aletas de la nariz.

—Un momento, tu cara me suena. ¿Tú no eres amiga de Freddy?

Se pone rígida.

—Sí, pero trabajo para los Calloway.

Alzo la cabeza de golpe. Ahora la veo con otros ojos.

—¿Trabajas para los Calloway?

—Venga ya, Roman. —Benjamin se ríe como si yo acabara de decir una tontería—. No pensarás hablar con ella en privado, ¿verdad?

Lo fulmino con la mirada.

—Puede que tú seas la criada de mi padre, Benny, pero yo no soy la tuya.

Me levanto, le hago una seña a la mujer y me sigue.

Merrick se echa a reír y levanta la botella.

—¡Ya me dirás qué tal la abuela, corazón! ¡Igual después me la llevo yo para pasar un buen rato!

—No les hagas caso —mascullo, y paso entre las mesas hasta llegar al pasillo donde, hace no tanto, encontré a Juliette.

Me doy la vuelta, cruzo los brazos y apoyo la espalda en la pared.

—A ver, vamos a intentarlo de nuevo. ¿Cómo te llamas?

Mira hacia atrás antes de volver a clavar los ojos en mí.

—Beverly. He venido a darte un mensaje.

Me centellean los ojos y ardo de preocupación por Juliette.

—¿Qué mensaje?

Me observa.

—No estoy segura de si debería transmitírtelo o no.

—Entonces me estás haciendo perder el tiempo.

—Todo lo contrario. Juliette es importante para mí, la quiero, y si le estás tomando el pelo, si la estás utilizando para luego dejarla tirada, quiero que sepas una cosa. —Se inclina hacia mí—. Yo no soy fuerte, no puedo hacerte daño, pero conozco a gente que sí podría. Y me aseguraría de que el dolor te durara el resto de tu vida.

Casi se me escapa una sonrisa, pero de pronto ha despertado mi afecto. Me preocupaba que Juliette no tuviera a nadie de su lado, y me hace feliz saber que cuenta con una persona fuera de su familia en la que puede confiar.

—No la estoy utilizando. Te lo prometo.

Tras escuchar lo que acabo de decirle, parece más relajada.

—Se merece a alguien que pelee por ella. Aunque sea difícil. Aunque parezca imposible.

Por desgracia, «imposible» es la palabra que más veces se me viene a la cabeza.

—Tiene que verte —dice Beverly.

El corazón se me acelera.

—¿Por qué no me ha mandado un mensaje?

Beverly me mira.

—No ha sido idea suya. Solo te estoy diciendo que puedo ayudaros.

Trago saliva, me meto las manos en los bolsillos y asiento.

«Es dura». ¿Juliette lo habrá aprendido de ella?

—¿Es verdad que le salvaste la vida?

—Más o menos. —Me vienen recuerdos de unos tiempos menos complicados, cuando yo no era más que un crío bobo lleno de malas ideas y frases graciosas. Antes de convertirme en todo aquello que Juliette no puede querer—. ¿Podrá acudir allí esta noche? ¿Al lugar donde la salvé?

Refunfuña un instante, pero al final asiente.

—Ya me encargo yo. Pero no te limites a presentarte, pensando que siempre va a estar allí, esperándote a oscuras. —Se fija en que arrugo la frente—. Si la quieres, si la quieres de verdad, tienes que llevártela. Tienes que elegirla a ella. Sin volver la vista atrás. ¿Entiendes lo que te digo?

Se hace un silencio tenso.

—¿Pero tú no trabajabas para los Calloway? —le pregunto, desconcertado.

—Sí. Pero en esa casa acabarán con ella. Y yo haría lo que fuera por sacarla de allí.

Siento una fuerte opresión en el pecho mientras la observo atentamente.

Por enésima vez me vienen a la memoria las palabras de Frederick: «A veces, la única manera de proteger algo tan valioso como el amor es ponerlo allí donde nadie puede alcanzarlo».

Capítulo 42

Roman

Siempre se me ha dado bien moverme con disimulo sin demasiado esfuerzo. No sé por qué, es una habilidad que poseo desde que era niño. Por eso me resulta tan fácil escurrirme por las calles de noche y pintar en las paredes de los edificios, en los vagones de tren, en todas partes.

Pero eso era cuando nadie me conocía.

No sé, no me acostumbro a que me conozcan.

Desde que Paxton Calloway sacó a relucir el nombre de mi padre en la rueda de prensa que organizaron unos días atrás e insinuó que las pintadas formaban parte de una campaña de descrédito, ha habido periodistas esperándome allí a donde fuera. Frederick me dijo que me limitase a responder «sin comentarios» y lo he hecho, aunque me entran ganas de decirles: «¡Idos todos a tomar por culo!».

Pero no se equivocan. Es una campaña de descrédito, aunque sea cierto lo que en ella se afirma.

En cualquier caso, si algo he descubierto sobre los periodistas, es que no miran. No miran de verdad. Esperan ante la puerta principal, o vigilan las ventanas. No tienen ni idea de lo fácil que es subir a un balcón o escurrirse entre las sombras por una escalera en la parte de atrás, y menos cuando llevas haciéndolo desde los diez años.

Así que esta noche, escabullirme me resulta de lo más sencillo.

Llevo la ropa de hacer pintadas: tejanos oscuros, gorra negra con visera y la máscara de la calavera que me tapa la parte inferior de la cara.

Cuando llego a nuestro lugar de encuentro, ya está anocheciendo y se ven estrellas en el cielo.

El corazón me da un vuelco en cuanto la veo allí, esperando al borde del precipicio, mientras la brisa le agita el pelo negro, como si no pudiera resistirse a engarzar sus dedos etéreos entre los mechones de su cabello.

Está a menos de veinte pasos, tan hermosa que hace que me duela el pecho.

—Has venido —le digo.

Cuando se vuelve, una sonrisa le ilumina el rostro.

—Tú me lo has pedido, aunque de una manera un tanto críptica.

Me acerco a ella dando pasos largos, calculados. Quiero saborear este momento, porque no sé cuándo volverá a repetirse.

—Me alegro de verte —susurra. Observa mi rostro y a continuación examina la ropa que llevo y sonríe, como si se alegrara de verme vestido de esa manera—. ¿Vienes de vandalizar la ciudad, o vas a ir ahora?

—Voy a ir ahora. —Esbozo una sonrisa, y cuando dejo la mochila en el suelo se oye el entrechocar de los botes de pintura.

Sigue el movimiento con la mirada, cambia el peso del cuerpo de un pie al otro y vuelve a clavar sus ojos en los míos.

—Me gustaría verte alguna vez en acción. En tu elemento.

Inclino la cabeza a un lado.

—Me has visto cien veces.

—Sí, pero… no eras tú de verdad.

Trago saliva. ¿Cómo es posible que esta mujer a la que conozco desde hace tan poco me comprenda mejor que nadie?

Doy un paso adelante mientras hago girar el anillo en el dedo. Siento una punzada en el estómago a cada centímetro que me acerco a ella. Me humedezco los labios, la miro a los ojos con decisión. El aire vibra entre nosotros como una cuerda muy tensa que fuera a romperse al menor descuido.

—Nadie en este mundo me conoce mejor que tú —le susurro.

Parpadea, se ruboriza y, tal como me sucede siempre que la veo así, el corazón me brinca en el pecho. Me encanta lo delicada que parece cuando no está en guardia, y siento una necesidad visceral de contemplarla en esos momentos, una necesidad abrumadora.

Se retuerce los dedos y se muerde el labio inferior. Me acerco para impedírselo.

—No hagas eso —le digo, pues solo de pensar que puede lastimarse se me hace un nudo en el estómago—. Te vas a hacer sangre.

Asiente con un gesto casi imperceptible.

—Tú también me conoces mejor que nadie.

Me duele oírle decir eso, ahora que todo parece tan imposible.

—Pero no importa, ¿verdad?

Respira hondo, temblorosa. Se mira las manos, se frota los pulgares, como si quisiera borrárselos.

—No ha habido ni un momento en que no haya dejado de amarlos —dice en voz baja—. Hasta cuando detestaba lo que hacían. —Guarda un momento de intenso silencio, sin alzar la vista—. Y ahora estás tú.

Permanezco inmóvil. Tengo miedo de respirar por si el dolor que siento en el pecho me aplasta los pulmones.

—Eres… —Traga saliva y retoma la palabra—. Lo eres todo.

—Juliette…

—Espera, deja que acabe. —Alza la mano. Yo aprieto los puños con el corazón acelerado y los nervios a flor de piel—. Siento que lo eres todo —precisa—. Pero luego voy por la ciudad, y te veo allí. En las paredes. En los cristales. En el campus. —Se lleva la mano a los labios y se le quiebra la voz—. Cada vez que aparece una pintada me siento como si estuviera en medio de una guerra que yo no he elegido. Y no sé hacia dónde tengo que correr.

El aire que nos envuelve se expande y se tensa. Me quedo petrificado como una estatua, mientras me pregunto: ¿qué puedo decirle?

¿Qué puedo ofrecerle? ¿Cómo puedo asegurarle que seré lo que ella necesita, sabiendo de antemano que no es cierto, que si me voy, mi madre quedará desamparada?

—¿Qué me estás diciendo, pequeña rosa? —me atrevo a preguntarle finalmente.

Me duele la mandíbula de tanto tensarla, y tengo el corazón hecho jirones. Aprieto los puños y dejo caer los brazos a lo largo del cuerpo, porque me temo que, de lo contrario, acabaré abrazándola.

—No puedo dejar de quererlos solo para encontrar algún modo de estar contigo.

Ya está.

El puñal más silencioso con la hoja más afilada acaba de penetrar en mi pecho.

Una llamarada me asciende imparable por el rostro, se propaga desde la nariz hasta los ojos. Los pulmones se me contraen como si se hubieran olvidado de funcionar. Me muerdo los nudillos para liberar el nudo que se me acaba de formar en la garganta.

De pronto, el rostro perfecto de Juliette se ilumina, como si acabara de descubrir la solución a un problema que llevaba tiempo tratando de resolver. Camina hacia mí, inclinando la cabeza.

—Te quiero —me dice.

Respira hondo, como si pudiera retirar lo que acaba de decir. Yo me he vuelto a quedar paralizado, porque sé que si se retracta, podría morirme aquí mismo.

Si me muevo, caeré de rodillas. Si digo algo, será para suplicarle. Y no sé si alguno de los dos podríamos sobrevivir a nada de esto.

Me duele el pecho como si me hubieran asestado un golpe, tengo la garganta dolorida de tanto guardar silencio, y me escuecen los ojos. Esto es espantoso.

Esto no debería ser así.

Juliette debería poder quererme, y yo poder quererla a ella sin limitaciones. Sin esta ridícula enemistad entre nuestras familias que no tiene nada que ver con nosotros.

Y así, sin más, todo vuelve a encajar, como si las piezas recuperasen el lugar que les corresponde en mi corazón.

Todo este tiempo me he estado torturando por las responsabilidades que he asumido, por toda la gente a la que no puedo darle la espalda. Pero Brooklynn ya ha firmado los papeles. El dinero y las soluciones están en sus manos.

¿Y qué demonios ha hecho mi madre por mí en toda su vida?

A Juliette le tiemblan los labios. Los aprieta como si tratara de ahogar las emociones que la desbordan, para que no acaben destruyéndola.

—No tienes que decirme lo mismo —prosigue; su voz es apenas un susurro—. Ni siquiera era consciente hasta que he acabado de decirlo, y no hace falta que…

«Dios».

Parpadeo, y al instante ya estoy junto a ella. Tomo su rostro entre mis manos, rudas y temblorosas, y la atraigo hacia mí como si cada segundo que he estado sin ella fuera un momento perdido.

Ahora, su respiración suena como un jadeo. También se acerca, me sujeta por la pechera de la camisa, como si fuera a caerse si me suelta.

Nuestras bocas se encuentran. Suspiro.

La suya sabe a lo que he estado buscando toda mi vida.

Sabe a volver a casa.

—No estás sola en esto, no pienses nunca que estás sola —le susurro directamente en los labios—. ¿No lo entiendes? ¿No sabes aún que me consumes entero?

Se le escapa un gemido. Le aprieto las mejillas como si tuviera miedo de que fuera a desaparecer.

—Estoy tan enamorado de ti que me he olvidado de cómo existir sin tu presencia —sigo diciéndole—. Te quiero como si me hubieran hecho para quererte. Como si hubiera venido a este mucho solo para que me arrancaras el corazón y ocuparas su lugar.

Entreabre los labios, se le humedecen los ojos, pero no dice nada.

Deslizo las manos hasta su barbilla, recorro su piel con los pulgares, como si pudiera apretarla contra mí, tanto que el universo no encontraría la manera de separarnos.

—Lo eres todo para mí, Juliette —le susurro—. Siempre lo has sido.

No nos movemos. Sigue agarrada a la tela de mi camisa, pero ya no tira de mí. Me tiene sujeto para no interrumpir el momento, es como si supiera que estamos al borde de algo tan grande que no puede durar.

Apoyo mi frente en la suya.

Su aliento tiembla en mis labios.

Y, en medio del silencio, lo percibo. El cambio. Ese momento invisible que transcurre entre lo que fingimos ser y lo que somos en realidad.

La verdad es sencilla: la quiero. Desesperada, infinita, irrevocablemente.

Pero el amor no borra la sangre, y la línea que separa nuestros nombres sigue dibujada con una tinta roja tan oscura que nada puede lavarla.

Mientras existamos en Rosebrook Falls, no importa lo que seamos el uno para el otro.

Nuestro amor arde con llamas cegadoras.

Pero el odio engulle toda la luz.

Capítulo 43

Juliette

—¿Me detestas por ser parte de ellos? —le pregunto.

Hablo con voz serena, pero casi suena como un grito en el silencio de los bosques.

—¿Me detestas tú a mí por ser quien soy? —responde con otra pregunta.

No sé en qué momento, mientras nos confesábamos nuestro amor, nos hemos dejado caer en el suelo. Yo estoy acurrucada en su regazo y él me estrecha con fuerza, con las manos en mi espalda, como si la demoledora verdad no estuviera a punto de caernos encima y separarnos para siempre.

Aprieto mi cabeza contra su cuello, me tiembla la respiración mientras trato de aplacar el miedo que no deja de crecer dentro de mí a cada segundo que pasamos aquí mirando las estrellas.

La noche terminará en algún momento, y con ella desaparecerán nuestras confesiones.

—Eso, jamás.

—Es normal querer a la gente —dice tras una larga pausa—. Aunque nos hagan daño. Aunque se conviertan en desconocidos para nosotros.

Su voz suena llena de amor, y de una comprensión que ni siquiera yo alcanzo cuando trato de analizar lo que siento.

Se me ha hecho un nudo en la garganta y no puedo ni hablar.

—Voy a dejarlo —dice—. Lo de las pintadas. Contra tu familia.

Lo miro. Noto como si algo se me hubiera soltado en el pecho.

—Gracias. ¿Por qué las hacías?

—Porque mi padre se muere… y, antes, quiere vengarse. —Me da un beso en el pelo.

Me siento aliviada de pronto. Para mí era un gran peso no poder decirle que ya lo sabía.

—¿Estabas al corriente?

—¿Y tú?

Trago saliva.

—Sí. Me lo dijo Bevie.

Asiente, como si lo entendiera.

—Claro, es amiga de Frederick.

Frunzo el ceño.

—¿Qué? No creo que Bevie conozca tanto a Frederick. Cuando yo era niña, ni siquiera se hablaban.

Roman entorna los ojos y se echa un poco hacia atrás para mirarme a la cara.

—Beverly. La mujer que fue a verme, ¿no?

—¿Bajita, un poco brusca, con el ceño fruncido en todo momento, como si le guardara rencor al mundo?

—Sí.

—Es ella.

Arrugo la frente de nuevo.

—Conoce a Frederick, no me cabe la menor duda.

Rosebrook no es precisamente una megalópolis, tiene el tamaño justo para fingir que no vivimos pegados, y Frederick siempre ha estado ahí, de fondo. Antes de acercarse demasiado a Marcus Montgomery, era habitual verlo en las celebraciones familiares, y hubo un tiempo en que di por sentado que mi padre y él eran amigos.

—Ya. Claro, tiene su lógica.

—Nunca quise hacerte daño —me dice Roman en voz baja. Tiene la mandíbula tensa y los ojos clavados en mí, con esa mirada firme, intensa, que siempre me hace pensar que me está escudriñando el alma.

«Me quiere».

—Lo sé —respondo, y es verdad.

—Es lo que más me importa —prosigue—. Tu felicidad es… —Veo cómo traga saliva—. Es lo único que me importa.

—No digas eso —musito, aunque al decirlo se me acelera el corazón—. No quiero que me pongas por encima de tu hermana. Por encima de tu familia.

Me estrecha con más fuerza contra sí y apoya la barbilla en mi cabeza.

—Brooke ya tiene todo lo que necesita, y mi madre… —Libera el aliento con un resoplido—. Mi madre eligió su camino hace ya mucho tiempo.

Me duele el pecho al escucharlo, pero no puedo decirle nada que lo haga sentir mejor. De hecho, la mera idea de que alguien le haga tanto daño como le ha hecho esa mujer hace que me cueste dedicarle un pensamiento amable. Pero ella lo trajo al mundo, así que me aferro a esa brizna de gratitud y a la esperanza de que encuentre el camino de vuelta.

—¿Confías en Frederick? —me pregunta, y de pronto su voz suena más imperiosa.

Me mordisqueo la mejilla por dentro.

—Pues… sí. ¿Por qué?

Roman me desliza las manos por la espalda, me acaricia la

parte trasera del cuello y me relajo en su regazo, con la cabeza apoyada en su hombro. Dibuja círculos en mi piel con los pulgares, pero está rígido, tenso. No me responde de inmediato.

—Roman —insisto en voz baja, y me aparto lo justo para mirarlo a los ojos. Tiene la vista perdida en la lejanía, como si no estuviera aquí—. Liante —pruebo de nuevo—. ¿Por qué?

Por fin consigo que vuelva a centrarse en mí. Escruta mi rostro como si lo estuviera memorizando.

—Solo puedo pensar en una cosa —me confiesa—: ¿Qué sucederá a partir de ahora? Cuando nos vayamos de aquí y tú vuelvas a tu esquina, y yo tenga que volver a la mía. En cómo serán las cosas si nos quedamos aquí. —Algo afilado se retuerce entre mis costillas. Roman me acaricia la mejilla y baja la voz hasta que apenas se convierte en un susurro—. Pero... ¿y si no? —inquiere.

Parpadeo.

—¿Si no, qué?

—Si no nos quedamos. —Me lo quedo mirando, y el peso de sus palabras me hunde como si estuviera atrapada en arenas movedizas—. Juliette. —Se inclina hacia delante y presiona su frente contra la mía—. Escápate conmigo.

El corazón se me para un instante, a continuación se me acelera, y empieza a latirme a un ritmo frenético.

—¿Qué?

Toma mi rostro entre sus manos, me atrae hacia sí y une sus labios a los míos. Una vez. Dos. Besos dulces, castos, pero con el sabor de la desesperación.

—Escápate conmigo —repite.

Esta vez, las palabras caen como un rayo, reverberan entre nosotros como el estampido de un trueno.

—Sin ti, nada de esto importa —sigue diciendo—. Todo me importa una mierda. El dinero, el nombre... Solo te quiero a ti.

Apenas puedo respirar.

Tengo el cerebro cortocircuitado, me asaltan imágenes de posibles futuros, tan rápidas que apenas puedo analizarlas. Roman y yo cogidos de la mano, desapareciendo en la noche. Un dormitorio vacío. El silencio rígido y hosco de mi madre. Mis hermanos, inquietos, mandándome mensajes con diversos niveles de furia y sarcasmo. Felicity sentada al lado de Alex, o tal vez de Paxton, a la espera de una respuesta que no le enviaré.

No me doy cuenta de lo callada que me he quedado hasta que el pulgar de Roman me acaricia de nuevo la mejilla.

Escapar con él sería arrancar las raíces que toda la vida he querido creer que había plantado yo.

Pero tal vez nunca han sido raíces. Tal vez han sido cadenas disfrazadas de comodidades.

—Dime algo —me susurra.

—Lo perdería todo —respondo—. Si hacemos eso..., si escapamos. Lo perdería todo.

Suelta el aire, y noto su calidez en mi piel.

—No sería para siempre —responde—. Frederick me dijo una vez que podía ayudarnos si se lo pedíamos. Y Beverly... también estaría de tu lado, ¿no?

«Espero que sepas que siempre estaré de tu lado, Juliette».

La esperanza, una esperanza afilada y peligrosa, me golpea el pecho.

—No tenemos que irnos para siempre. Solo por ahora, el tiempo justo para que se calmen las cosas. Si me marcho, perderé el imperio.

Contengo la respiración y abro los ojos de par en par.

—Tal vez sea la solución. En cuanto la fortuna de los Montgomery deje de estar a mi nombre, cuando Frederick haya reinvertido la herencia en la ciudad, ¿qué más le da a nadie que vuelva? ¿Le importaría a tu padre?

Se me cierra la garganta y me sale una arruga en la frente mientras lo pienso.

—No lo sé..., puede...

—Y tú seguirías siendo tú. Seguirías siendo Juliette. Solo que... por un tiempo, en otro lugar. Donde nosotros elijamos. Libre.

Posa la palma de su mano en mi mejilla y me apoyo en él como si fuera lo único que me mantiene firme.

«Donde nosotros elijamos. Libre».

¿Cuánto tiempo he deseado eso mismo?

—¿De verdad podríamos volver algún día? —le susurro.

Aprieta los dientes.

—No te lo puedo prometer. Lo que te prometo es que no dejaré de intentarlo. Y seremos distintos. Más fuertes. —Hace una pausa dramática—. Y estaremos juntos.

La luz parece reducirse cuando lo dice, y la realidad vuelve a invadirlo todo, como siempre.

—Pero... tu padre...

—No me importa.

Su voz suena firme, segura. Pero no me creo una palabra y niego con la cabeza.

—¿Y si lo pierdes? ¿Y si te robo un tiempo que nunca podrás recuperar?

Me pone un dedo en los labios.

—Te estoy eligiendo a ti —dice—. Por favor. Permíteme que te elija a ti.

Es lo que más deseo. Dios, cuánto lo deseo. Pero el miedo me oprime las costillas.

—No permitas que las dudas nos arrebaten el final feliz, Juliette. —Me alisa la arruga de la frente con los dedos, y su caricia está llena de promesas—. No dejes que el mal venza.

Y eso me decide. Siento un dolor sordo en el pecho que se extiende y me atrapa con sus zarpas; es una mezcla de pesar y de esperanza, un cóctel devastador.

—¿Estás seguro de que Freddy nos ayudará? —le pregunto.

Asiente.

Me giro entre sus brazos para que me acune y le acaricio la mejilla. Su mirada es sincera, limpia, lo es todo. Veo nuestro futuro en sus ojos.

—Quiere mi negra suerte que consagre mi amor al único hombre a quien debería aborrecer —murmuro mientras le acaricio la cara. Le paso el pulgar por el mentón y su barba incipiente me araña la piel—. De acuerdo, liante —susurro—. Vamos a trepar los muros que nos han puesto delante. A por nuestro final feliz.

Capítulo 44

Roman

—¿Por qué estás dispuesto a ayudarnos a Juliette y a mí?

No pierdo el tiempo en medir mis palabras. Necesito saber que Frederick nos va a ayudar. Esta noche hay un baile de gala al que asistirá toda la ciudad, y mi padre me ha pedido que vaya.

Será mi último saludo en el escenario. Y el de Juliette. Una vez aceptó mi temerario plan, nos concentramos en la logística.

—¿Cuándo nos iremos?

—La Gala de los Fundadores de la UV se celebrará este fin de semana. Sigamos desempeñando nuestro papel hasta entonces. Eso te dará tiempo para hablar con Freddy. Y luego, nos escaparemos.

Frederick se frota la barbilla.

—Porque creo que vosotros dos sois la clave. La cerilla que prenderá la llama que arrasará esta enemistad… o tal vez el ungüento que la sane para siempre.

Resoplo y me arrellano en el sillón.

—Me importa un bledo la enemistad. Por mí, como si se matan y la sangre corre por las calles, con tal de que a Juliette y a mí nos dejen en paz.

Son palabras bruscas, pero muy sentidas. Juliette seguramente no opine lo mismo, pero eso se debe a que ama con más intensidad, incluso a quienes no se lo merecen. Ella no lo reconocerá, porque ha alzado un muro de mil metros a su alrededor para protegerse.

Frederick parece cansado, exhausto.

—Cuando llegué a esta ciudad, hace veinticinco años, pensé que había encontrado un remanso de lujo clásico y elegancia. —Se echa a reír—. Pero en realidad era una guerra disimulada a golpe de educación. —Se inclina hacia delante y apoya los codos en el escritorio—. Desde entonces, no ha habido un día en que no haya tenido que ejercer la diplomacia. En cierta ocasión te dije que para ganar este juego había que controlarlo, y es verdad, pero también resulta agotador. Interminable. Sobornos, reuniones del Consejo, adquisición de terrenos, los Calloway y los Montgomery utilizando a la gente como moneda de cambio.

—Vale, estás cansado —deduzco—. ¿Y a mí en qué me afecta eso?

—No es simple cansancio, es mucho más. He rezado por ver el fin de esta historia. No a sangre y fuego, ni con un apretón de manos. Pero si ese final llega a través del amor… —Sonríe—. ¿Quién soy yo para interponerme en su camino?

Cruzo los brazos y aprieto los dientes.

—¿Me estás diciendo que mi padre es tan corrupto como Craig Calloway, pero que de alguna manera te parece que Juliette y yo somos la solución?

Entorna los ojos.

—No me insultes ni te rebajes fingiendo que no lo sabías. —No le replico, porque tiene razón—. Las dos familias han construido imperios sobre unos cimientos de explotación. ¿De verdad crees que el dinero crece en tierra honrada? Venga ya, Roman.

Me paso los dedos por el pelo.

—A mí todo eso me da igual, Frederick. No te estoy preguntando sobre cuestiones de moralidad, te estoy preguntando si puedes ayudarnos a desaparecer a Juliette y a mí.

Frederick asiente con la cabeza, y no sé por qué, pero aquel movimiento me parece demasiado fluido.

—Es lo que he querido desde que os vi juntos en aquella foto. El hijo de un Montgomery y la hija de un Calloway. Dos casas de la misma dignidad y altura, unidas por un legado, divididas por la codicia. ¿Qué mejor manera de poner fin a una enemistad que ver cómo los dos herederos que tanto necesitan desaparecen del tablero de juego?

—Lo dices como si fuera una tragedia. —Se me está haciendo un nudo en el estómago.

Hace una pausa, y le brillan los ojos.

—A veces, el mundo necesita un poco de tragedia para seguir adelante. —Me ve fruncir el ceño, pero continúa—. Si te vas de aquí, estarás a salvo. No sé en qué estaba pensando Marcus cuando te permitió que agitaras a la gente contra los Calloway, sabiendo que tienen vínculos con la Badon Hill Gang.

El corazón me da un vuelco; me inclino hacia delante y respondo:

—Solo he hecho unas cuantas pintadas conspirativas.

Frederick me mira como si estuviera loco.

—Él no te ha contado gran cosa, ¿eh? Cada pintada que has hecho ha sido como una bofetada. Y en cuanto a los de la Badon Hill… A esos les da igual quién maneje la brocha.

Se me está haciendo un nudo en el estómago.

—Me dijo que eso se había terminado. Que el tal Brutus había muerto.

Aprieta los labios.

—Te mintió.

Siento un dolor sordo en el pecho. Pensaba que habíamos hecho algún progreso; que, al final, mi padre había empezado a verme de otra manera, no como me había hecho sentir toda la vida. Pero, ahora... Esto demuestra que hasta los buenos momentos se alzaban sobre unos cimientos de malas intenciones. Me ha estado utilizando, tirando de los hilos a mis espaldas, como si fuera una marioneta.

Le doy vueltas al anillo con el pulgar, como si pudiera desenroscarme el pasado de la piel, pero sigue aferrado a mi carne.

En lo más profundo de mi ser, el niño que mira al interior desde la ventana se ha vuelto a romper en pedazos.

Cómo he podido ser tan idiota, cómo he podido pensar que esta vez sería diferente.

Resoplo y trato de ignorar el dolor.

—Si me voy..., ¿qué será de mi madre?

La expresión de Frederick se suaviza.

—Estará bien cuidada. Tu partida no cambia nada de lo que ya se ha empezado a hacer por ella.

Estudio su rostro. No hay titubeos ni el menor atisbo de dudas, solo una serenidad absoluta, como si se esperase la pregunta.

Esas palabras deberían reconfortarme, pero no es así.

La verdad..., estoy harto de sacrificarlo todo por una mujer que espera que esté siempre a su servicio, siempre a mano para arreglarlo todo.

La quiero, y albergo la esperanza de que, algún día, me sienta correspondido de una manera que no me duela. Pero no voy a renunciar a alguien a quien quiero con toda mi alma por una mujer que nunca ha renunciado a nada por mí. Y el gran amor de mi madre siempre ha sido colocarse.

—Ella comprende más de lo que crees —dice en un susurro—. Lo entenderá.

Las palabras le salen como si…

Sacudo la cabeza para librarme de esta extraña sensación y asiento. Frederick carraspea para aclararse la garganta.

—Es mi deber recordarte que, si te vas, estarás renunciando a la herencia.

—Toda para ti. Yo solo quiero a Juliette.

Los ojos de Frederick se iluminan con una luz que parece de esperanza.

—Bien.

Cuando miro a mi padre siento algo muy distinto, sabiendo que puede morir muy pronto.

«¿Y de verdad me importa, ahora que sé que me está utilizando?».

Se ocupó muy bien de no estar en mi vida durante los veintitrés primeros años, y ahora que estoy aquí, ahora que ha ayudado a mi hermana y a mi madre, ¿de verdad tengo que reconsiderar mis sentimientos para que encajen con lo que él quiere? No, gracias. Si acaso, eso hace que lo deteste más todavía. Es muy egoísta por su parte obligarme a sentir algo que no sea resentimiento, para luego arrebatármelo en cuanto empiezo a saborearlo.

Me presento en la mansión Montgomery como el hijo obediente que finjo ser, y me lo encuentro en la sala con el gotero puesto y una enfermera de paliativos. Me quedo un minuto entero en la entrada, mirándolo y tratando de encontrarle el mal pintado en la piel.

Está repasando papeles, con los párpados caídos por el cóctel de medicación que le están administrando para el dolor, acomodado en uno de esos sillones rígidos y pretenciosos que tanto le gustan, como si necesitara fingir que está recibiendo a sus súbditos, aunque se encuentre a las puertas de la muerte.

Pero no está vestido para la gala.

Y aún tiene el mismo aspecto de siempre, un poco pálido y un poco frágil, el mismo que le he visto siempre de lejos, en los recortes de periódico y en la televisión.

Mis zapatos bien lustrados resuenan contra el suelo de madera. Me paso una mano por la tela rígida del esmoquin y me dirijo hacia donde está él.

Sé que me oye llegar, pero no me mira. Sigue con los ojos fijos en algún punto lejano, como si viera fantasmas en el pasillo.

—¿Estás preparado? —me pregunta—. Para la gala de esta noche.

—Más que tú, obviamente —respondo.

Me mira con el ceño fruncido, concentrado, como si le estuvieran susurrando al oído los secretos del universo.

—Según los periódicos, será la fiesta del año.

Me quedo mirando la chimenea.

—Eso imagino.

Se hace el silencio entre nosotros. Cambia de postura y hace una mueca. Es evidente que está sufriendo, y eso me hace sentir un nudo en el estómago. Me resulta insoportable: con todo lo que sé ahora, sigo sintiendo lo mismo.

—No piensas ir —digo con voz inexpresiva.

Sacude la cabeza.

—No hay motivo para ponerme un traje y mancharlo todo de sangre.

—Me lo podrías haber dicho. —La rabia me palpita en las venas—. No habría perdido el tiempo viniendo hasta aquí.

—No sabía que tenía que pedir permiso para quedarme en mi propia casa. —Vuelve a tener la mirada ausente—. Pensé que Freddy te lo habría dicho.

—¿Qué tiene que ver en esto?

—Dice que la prensa se lo tragaría, que estoy demasiado débil para levantarme, y llegar en una silla de ruedas eclipsaría la fiesta en sí.

«Ya, claro».

—¿Y desde cuándo te importa eclipsar algo?

—A mí no me importa, pero Freddy sabe qué es lo mejor.

—Confías mucho en él —murmuro, y la culpa me pesa.

Si supiera que Frederick me está ayudando a desaparecer, a abandonarlo todo, puede que no pensara lo mismo. Cuando me mira, veo cansancio en sus ojos.

—Nunca me ha dado motivos para desconfiar de él.

Se me retuercen las tripas, pero me aguanto. Resoplo y me obligo a hablar con la voz serena.

—Pensaba que querrías ir conmigo, verme en la gala más importante del año, representando nuestro apellido.

Me observa atentamente, y por un momento me parece ver una expresión fugaz en su mirada, tal vez de remordimiento. Pero se esfuma antes de que consiga identificarla.

—Ya te veo lo suficiente, Roman.

—No es cierto. No creo que me hayas visto nunca de verdad. Solo has visto lo que puedo hacer por ti en relación con los Calloway.

Deja escapar una risa seca.

—Nunca se ha tratado de ellos, hijo. Solo quería asegurarme de que te quedara algo tras mi muerte.

—Pero nunca me has permitido ser parte de esto —estallo.

Le centellean los ojos.

—No quería perderte.

—Y mira adónde hemos llegado. —Se hace el silencio durante unos momentos—. Me he pasado mucho tiempo rabioso contigo, ¿sabes? Y pensaba que por fin iba a librarme de esa rabia.

Frunce el ceño.

—¿Y no es así?

—Ahora sé la verdad —le escupo—. Sobre la Badon Hill Gang. Sé que el tal Brutus no está muerto. —No reacciona—. Me has utilizado.

Asiente, una sola vez, como si aceptara todas las acusaciones que le estoy volcando encima.

—Nunca he sabido ser padre —reconoce al cabo de un instante—. Casi no sé ni cómo ser un hombre de verdad. Lo único que he sabido controlar… es este imperio que heredé.

Hay mucha melancolía en su voz, y yo querría seguir furioso con él, pero lo cierto es que solo estoy… cansado.

—Me marcho —le digo. Doy unos pasos hacia él, hasta la alfombra—. Definitivamente. No volveré.

Noto que aprieta el reposabrazos con los dedos.

—¿Eso debería dolerme?

—No —respondo, bajando el tono de voz—. Hace mucho que dejé de intentar hacerte daño. Ahora solo tengo que averiguar cómo evitar que tú me hagas daño a mí.

Por fin alza la vista y me mira. Está ojeroso, demacrado. Nos quedamos en silencio un momento.

—¿Crees que si te vas serás mejor que yo? —dice al final.

—No —respondo—. Creo que seré libre. Libre de ti.

Entorna los ojos.

—¿Y qué harás sin todo esto?

—Vivir. Amar a alguien sin mentirle. Ser la persona de la que mi hermana pueda sentirse orgullosa.

Se recuesta en el respaldo, muy despacio, como si el peso de sus huesos le hubiera caído encima de repente.

—En este mundo no hay redención, Roman.

—Puede que no la haya para ti —le replico—. Pero estoy harto de cargar con tus pecados.

—Freddy pensó que te quedarías. Que con eso bastaría.

Arqueo las cejas, y me embarga una oleada de confusión, como un río que acaba de reventar una presa.

—¿Qué quieres decir con que Frederick pensaba que me quedaría?

Se encoge de hombros.

—Todo esto ha sido idea suya. Insistió en que te dejara volver. A mí me parecía demasiado arriesgado, estaba dispuesto a morir y dejarlo todo a tu nombre con la esperanza de que algún día pudieras reclamarlo sin poner en riesgo tu vida.

De pronto, nada tiene sentido. Las palabras revolotean sobre mi cabeza y me caen encima como una losa. Me acerco a él.

—¿Me estás diciendo que Frederick Lawrence te convenció de que me hicieras volver a casa, y después, en cuanto llegué, me hizo firmar un papel en el que decía que si me marchaba todo sería para él?

En el rostro de mi padre aparece un atisbo de luz. De recelo. De traición. La certeza me golpea como una ola asfixiante. Vuelvo a tener un nudo en la garganta, y se me seca la boca. Cada paso que he dado pensando que era por nosotros, por Juliette y por mí, ha sido trazado de antemano para satisfacer las ambiciones de otra persona. Descubrirlo ha sido como un puñetazo en el estómago.

—A mí me dijo que nos ayudaría a huir —murmuro, más para mí mismo que para él—. A Juliette y a mí. —Me trago el fuego que me arde por dentro, dejo caer los brazos. Permanezco inmóvil, pero algo se ha roto dentro de mí—. ¿Quién se ha asegurado de que todo estuviera en orden con el fideicomiso de Brooklynn?

Mi padre no dice nada, pero de pronto su mirada se endurece y se pone en alerta, punzante como una flecha.

«Mierda».

—Ella ya lo tiene —afirmo con voz suplicante, aunque no sé si se lo estoy diciendo o si se lo pregunto—. Tiene una casa, el seguro, el dinero en el banco. —Mi padre traga saliva con dificultad—. Dime que examinaste los papeles. Dime que no hay un vacío legal, algo que se activa si desaparezco.

—No puedo decírtelo, hijo. Yo no redacto la letra pequeña.

El corazón se me rompe en mil pedazos.

Capítulo 45

Roman

Estoy en el salón de baile de la Antigua Sede, el edificio principal de la Universidad de Verona.

Paseo la vista por la estancia abarrotada de trajes carísimos y de valiosas joyas que centellean bajo la luz de lámparas gigantescas. Hay mesas redondas cubiertas con manteles negros, un escenario provisional en la parte de delante, un estrado en el centro con una hilera de sillas detrás…

El logo de Calloway Enterprises aparece grabado en casi todo, y en las paredes hay fotos de rostros sonrientes posando mientras entregan alimentos a los necesitados.

Frederick no está entre la multitud, pero sí veo a Juliette, y al instante el corazón se me sube a la garganta, se me tensa el vientre y cada fibra de mi ser me pide a gritos que vaya hacia ella. Que la coja de la mano y salgamos juntos de este lugar. Que desaparezcamos en pos de un mundo que podamos hacer nuestro, tal como hablamos en susurros junto al precipicio.

Pero el pecho se me hace pedazos ante la evidencia de que por el momento va a ser imposible.

No puedo marcharme, al menos por ahora. Antes tengo que saber que mi hermana tiene la vida resuelta.

Así que no voy a su encuentro. Me quedo aquí, en esta sala llena de gente a la que le importa una mierda que me derrumbe aquí mismo, mientras contemplo lo único que me llevaría de este mundo que nunca me permitirá amarla.

«¿Me odiará por ello?».

El pensamiento se me enrosca en el pecho como un alambre de espino, pero lo aparto a un lado y cierro los ojos por un momento para tomarme un respiro en medio de tanto dolor. Cuando vuelvo a abrirlos, me concentro en el motivo por el cual estoy aquí, y en la conversación que he tenido con mi padre cuando descubrimos que Frederick nos estaba engañando a los dos.

—Asiste a la gala, Roman —me ordena mi padre—. Sonríe a las cámaras. Deja que crea que no ha cambiado nada. Solo necesito un poco de tiempo, dame algo de tiempo para arreglar todo esto.

Titubeo, lo miro a la cara en busca de la verdad porque, sinceramente, no confío en él.

—¿Qué más te da, después de todo lo que te he dicho? —inquiero.

En su mirada no hay un ápice de ambición, de orgullo, de ira. De pronto no es más que un hombre con un cuerpo frágil y un hijo al que nunca supo amar.

—Porque te quiero. —Me oye resoplar, con gesto despectivo—. Es la verdad. He hecho muchas cosas por las que arderé en el infierno cuando muera, y ese es mi castigo. Lo asumo. Pero tú… tú eres la clase de hombre que siempre quise ser.

Se le llenan los ojos de lágrimas, pero me obligo a mantenerme impasible.

Después de tanto tiempo, no se merece verme conmovido.

—Lo siento, hijo. —Le cuesta hablar—. Lo siento mucho. Por todo.

Una palmada en el hombro me rescata del recuerdo. Cuando me vuelvo, Benjamin me está sonriendo.

—Por fin te encuentro.

Arqueo las cejas. No sabía que me estaba buscando. Benny se echa a reír.

—No pongas esa cara. Estoy hasta las narices de toda esta gente. —Se inclina hacia delante—. Hemos provocado tensión en la ciudad, ¿eh? Se palpa en el ambiente.

Hago una mueca.

—No te alegres antes de tiempo.

Rosalie se nos acerca, se cuelga del brazo de Benjamin y gira el rostro hacia un lado, medio escondida bajo la cabellera. No nos mira a los ojos a ninguno de los dos.

—Hola, Rosalie —la saludo.

Me mira y me sonríe fugazmente, pero vuelve a clavar la vista en el suelo, como si estuviera ocultando algo. Estoy a punto de preguntarle si todo va bien cuando Merrick se nos acerca y se me adelanta.

—Parece como si acabaras de atravesar una tormenta —le dice—. ¿Va todo bien, nena?

Rosalie se tensa.

—Es que estoy cansada.

Benjamin ni siquiera la mira. Se limita a beber un sorbo y a pasear la vista por la gente.

Merrick trata de llamar mi atención; se le ha borrado la sonrisa.

Juliette entra en mi campo de visión, detrás de él, y se me corta la respiración.

Siempre está preciosa, pero esta noche parece la princesa de Rosebrook Falls, con un vestido negro de cuello alto y sin mangas.

Se da la vuelta y admiro su espalda desnuda, con una sarta de pedrería que desciende desde la nuca por toda la columna hasta la tela del vestido, a la altura de las caderas.

La sangre galopa por mis venas y me quedo paralizado de la excitación. «Dios santo». ¿Cómo demonios me voy a mantener alejado de ella toda la noche si la veo así? En el salón debe de haber como cien personas, y ninguna de ellas me importa una mierda. No puedo apartar la vista de Juliette.

Está conversando con un grupo de gente, pero se vuelve, mira hacia atrás, nuestros ojos se encuentran. Es solo un momento, pero afecta como un puñetazo en el estómago.

Durante un momento me permito creer que esto aún puede salir bien.

Que sigue siendo mía, que yo soy suyo, que nuestra vida no la controlan aquellos cuya codicia y ansia de poder se imponen a cualquier forma de empatía, incluido el amor.

—Eh, corazón. —Merrick me da un toque con el hombro—. Ya vuelves a tener esa expresión atormentada.

Salgo del trance, parpadeo y lo miro. Joder, ¿cuánto rato he estado mirándola?

Merrick me mira como si me comprendiera, y estoy tentado de contárselo todo. Necesito tener a mi lado alguien en quien poder confiar.

«Pero ¿realmente puedo confiar en él?».

Suspiro y me paso la mano por el pelo.

—Es que no me gusta ir con este traje de pingüino. —Me tiro del gemelo del puño para subrayar la frase.

—Pues, sea lo que sea lo que te pone así, aquí no lo arreglarás. —Me duele el corazón, porque sé que está en lo cierto. Se me acerca, me echa el brazo al hombro y me aparta del grupo—. Pero, claro, si lo que buscas es amor, me da la sensación de que crees haberlo encontrado.

Se me para el corazón. «¿Cómo leches lo sabe?». Arqueo una ceja.

—No estoy de humor para tus acertijos, Merrick.

Se ríe.

—Tú ve con ojo, Roman. Te dije que siempre estaría de tu parte, y hablaba en serio; así que créeme cuando te digo que echar por tierra todo lo que estás a punto de conseguir por una chica a la que deseas… no vale la pena.

Tengo la sensación de que este es un momento importante. Los ojos se me van de nuevo hacia Juliette, como si no pudiera evitar buscarla con la mirada, y el corazón se me para solo con verla.

—¿Por qué te parece que estaría echando algo por tierra? —le pregunto, cauteloso.

Se encoge de hombros.

—Es una intuición.

—¿Y si no es solo deseo?

Se ríe.

—¿Así que eres de los que creen en el amor, Roman? ¿Te entregas a sus caprichos con tanta facilidad como otros?

Arqueo una ceja.

—¿Tú no crees en el amor?

Se encoge de hombros.

—Creo en una dependencia química que se genera en el cerebro, y creo en las oportunidades perdidas y en los sentimientos heridos cuando la química se disipa.

Señala con un gesto en dirección a los Calloway. A Craig y a Martha, los dos rígidos y perfectos al otro lado del salón Way-Mont, pero que no parecen disfrutar de su mutua compañía; luego, a Paxton Calloway y a la mujer de pelo rubio rojizo que lleva del brazo. Rígidos, perfectos.

Pero no se miran como yo miro a Juliette.

—No estoy de acuerdo —le digo a Merrick.

Merrick se inclina en la barra del bar y baja la barbilla.

—En Rosebrook Falls hay mucho amor. Amor al dinero, amor a la fama, amor a la… codicia. Pero el amor hacia otra persona, ese que te hace ponerla por encima de todo lo demás… Ahí te vas a llevar una decepción.

Capítulo 46

Juliette

La Gala de los Fundadores de la UV es la fiesta del año, de todos los años, en Rosebrook Falls.

Acude todo aquel que es alguien en Connecticut, y aún más lejos, pagan fortunas insultantes por una mesa y después aún sueltan más dinero en la subasta silenciosa. Me encantaría pensar que lo hacen con fines caritativos, y de hecho lo pensaba cuando era tan ingenua como para creer en la imagen que proyectaban los Calloway, pero ahora sé que solo se trata de alardear de riqueza y desgravarse impuestos. La proverbial palmadita en la espalda para que todo el mundo se vaya a casa y duerma a gusto sin pensar en la brecha de pobreza que asola las calles de este país.

También es una de las contadas ocasiones en que sé a ciencia cierta que toda mi familia estará en el mismo lugar, al menos durante unas horas.

Percibo una presencia a mi lado, vuelvo la vista y me encuentro a Felicity sentada en la silla, junto a mí, con un vestido deslumbrante como una lámpara, color rojo sangre. Está espectacular y molesta al mismo tiempo, algo habitual en ella cuando se trata de acontecimientos como este.

—Por favor, dime que se me permite burlarme de esta gente sin disimulo.

—¿No lo has estado haciendo desde que llegamos?

—Ya me conoces, no me gusta salirme del personaje. —Se inclina hacia mí y me susurra—: La mujer de Paxton, esa muñequita..., parece que se ha comprado la sección de novias entera de unos grandes almacenes y se ha revolcado en purpurina.

Se me escapa la risa mientras les echo un vistazo a Tiffany y a Paxton, que están enfrente de nosotras.

—Seguro que te ha oído.

—Perfecto —dice, y bebe un sorbo de champán.

Paxton nos mira con la mandíbula tensa, dando golpecitos a la servilleta sobre la mesa. Le lanza una mirada a Felicity y aparta la vista de inmediato.

Alex se deja caer en la silla que hay al lado de Paxton con un suspiro teatral.

—Dios, esto no hay quien lo aguante. ¿A quién hay que matar para salir de aquí?

—Cuando te enteres, avisa —le dice Felicity.

Alex mira al fondo de la sala, donde está Lance, de pie con Tyler y Art.

—Sería de agradecer que al menos Lance fingiera que le caemos bien.

Resoplo.

—Suerte con eso. Ni siquiera ha dicho hola en toda la noche.

—¿Quieres que lo corra a patadas en el culo? —me propone Felicity.

—Por cierto, ahora que os tengo aquí a los dos —señalo a Alex y después a ella—, ¿estás saliendo con Alex, Felicity? —Mi amiga abre los ojos de par en par y me da una patada por debajo de la mesa—. ¿Qué pasa? Si sales con alguien a escondidas, a mis espaldas, merezco saberlo.

—Ya lo hemos hablado un millón de veces. No estoy saliendo con él.

—Todavía —puntualiza mi hermano.

—Jamás —le replica ella, lanzándole una mirada incendiaria.

En ese momento se acerçan mis padres. Mi madre parece la reina del baile, y mi padre la acompaña, rígido, perfecto. Ocupan sus asientos, lo cual me indica que se va a servir la cena.

—Qué noche tan mágica, ¿verdad? —canturrea mi madre con una voz tan dulce que empalaga.

—No hay nada como la magia de evadir impuestos por una buena causa —responde Felicity alzando la copa.

Paxton se ríe entre dientes, Felicity lo mira un instante y se concentra de nuevo en el champán.

Mi madre se pone tensa por un momento, pero se recupera enseguida, lo cual no me sorprende. Siempre se le ha dado bien hacer como que no oye lo que no quiere oír.

Mi padre carraspea para aclararse la garganta, mientras Paxton endereza la espalda y mira a Felicity.

—Un poco de cortesía esta noche, por favor.

—No, si cortesía me sobra. Lo que no hago es engañarme.

Se me escapa una sonrisa, y me llevo la mano a la boca para disimular. Tiffany mira a Felicity como si tuviera ganas de apuñalarla con el tenedor, pero Paxton ni se inmuta. Deja la copa sobre la mesa.

—Mucho opinan por aquí, para tratarse de alguien que no tiene invitación, ¿no?

—Tengo invitación —responde, dulce como un jarabe—. Me ha invitado alguien que disfruta con mi compañía. No me sorprende que no tengas experiencia en ello.

Paxton arquea una ceja.

—Dime una cosa, Deditos, ¿lo de ser tan borde lo practicas o te sale natural?

«Deditos». Hacía años que no oía a nadie emplear ese mote para dirigirse a ella. Se lo puso él hace años, cuando era niña, porque siempre lo estaba tocando todo con los dedos. Su propio pelo, la frente de él...

Por la cara que pone Felicity, ella tampoco lo había oído en mucho tiempo. Esboza una sonrisa.

—Para humillarte a ti no necesito practicar. No me supone ningún esfuerzo.

Paxton entorna los ojos, pero no responde. Vuelve a tamborilear con los dedos sobre la servilleta con el mismo ritmo nervioso, como si estuviera incómodo dentro de su propia piel.

Tiffany se apoya en él y le pasa la mano por el brazo, logrando así que Paxton aparte la vista de ellas y se vuelva hacia su esposa.

La cena la sirven en bandejas de plata unos camareros vestidos con un chaleco negro inmaculado, y con ella empiezan las conversaciones educadas, vacías. Las mismas que hemos ensayado desde que éramos niños. Cumplidos. Comentarios sobre la recaudación de fondos. Risas para celebrar chistes que no le hacen gracia a nadie.

Mastico la carne despacio, sin dejar de pensar en lo callado que me ha parecido Roman, al fondo del salón de baile. Lo atormentado, lo distante que estaba.

La ansiedad me carcome por dentro. «¿Ha cambiado algo? ¿O solo está disimulando?».

La voz de mi madre se abre camino a través de mis pensamientos.

—¿Has hablado con Preston esta noche, Juliette?

Me detengo con el tenedor al borde del plato.

—Por desgracia, sí.

—Cuando termine la cena, podríais ir a dar un paseo —me sugiere mientras se limpia la comisura de los labios con la servilleta.

Me la quedo mirando.

Y algo se rompe dentro de mí. Estoy harta de que me digan dónde tengo que ponerme, qué ropa lucir, a quién sonreír. Harta de ser un elemento pasivo en el mundo que me están preparando.

—No voy a ir a dar un paseo con Preston —le digo, dejando el tenedor sobre la mesa.

Arquea una ceja y me lanza una mirada reprobatoria.

—¿Por qué no?

—Porque no quiero.

Alex se atraganta con la bebida.

Paxton se detiene a medio bocado.

—No seas infantil, Juliette. —Mi madre se ríe como si se tratara de un chiste—. Os conocéis de toda la vida. Te irá bien que os vean juntos de nuevo. La gente habla mucho.

—No me importa lo que diga la gente —le replico con los dientes apretados—. No tengo el menor interés en formar parte de un cuento de hadas prediseñado para que tengan algo de lo que cotillear durante el postre.

Al otro lado de la mesa, mi padre carraspea de nuevo. Es una advertencia. Pero ya he ido demasiado lejos, y además, que se vaya a la mierda él también. No es un buen hombre, y nunca le he importado lo suficiente como para ser una parte activa en mi vida.

—No me voy a casar con Preston —prosigo, cada vez más envalentonada—. No te voy a ayudar con tus fiestas de recogida de fondos. Y no voy a seguir fingiendo que quiero una vida que nunca he pedido.

Se hace el silencio. Las conversaciones educadas que la gente mantenía en la mesa cesan al instante.

Mi madre me mira como si yo la hubiera abofeteado.

—Entonces ¿qué piensas hacer? —masculla.

Trago saliva mientras el pánico me asciende por la garganta, y aprieto los puños para que no se note que me tiemblan las manos.

—Pienso dedicarme a escribir.

Mi madre parpadea.

—¿A escribir qué?

Me encojo de hombros y tengo ganas de hacerme un ovillo, pero miro a Paxton, que me sonríe y asiente. Enderezo la espalda y sigo hablando.

—Libros. Relatos. Cosas que hagan sentir algo real a los demás.

Se echa a reír como si pensara que estoy de broma.

—Toda mi vidia he sido leal a esta familia —prosigo, alzando cada vez más la voz—. He hecho todo lo que me habéis pedido. He sonreído cuando tenía ganas de gritar. He actuado como si esa fuera mi segunda naturaleza. Pero estoy harta de adoptar la forma que queráis darme.

Mi padre no dice ni una palabra. Mi madre abre la boca, pero no es capaz de articular ningún sonido.

Paxton deja los cubiertos con cuidado sobre el tapete.

—Juliette tiene razón.

Mi madre se pone rígida.

—¿Cómo dices?

Se acomoda en la silla y cruza los brazos, adoptando esa pose serena y estudiada que lo convierte en el perfecto heredero de mi padre.

—Puedes controlar muchas cosas, madre, pero no pienso permitir que sigas controlándola a ella.

—Paxton —interviene papá.

—No —dice Paxton—. Se acabó, no va a seguir representando un papel. No toleraré que le arrebatéis la vida, la luz, solo porque no sois capaces de poner a la familia por encima de todo lo demás.

El silencio cae sobre la sala como una losa.

Me lo quedo mirando. El corazón ha dejado de latirme. Nunca se había enfrentado a ellos por mí, ni una sola vez. Y acaba de hacerlo como si le hubiera resultado fácil, aunque sé muy bien que no es así.

Mi madre recupera un poco la compostura, pero no del todo.

—¿Estás de acuerdo con que eche por tierra su futuro, su apellido?

—Estoy de acuerdo con que elija algo que es suyo —le replica. Lo dice en voz baja, pero con firmeza. Sin inmutarse—. Y si a alguno de los dos os parece mal, habladlo conmigo. —Les sostiene la mirada—. Ya sabemos lo que pasaría si dejo de permanecer en la retaguardia y asumo el mando de verdad.

Mi madre tensa tanto los labios que se le ponen blancos. Mi padre tiene las mejillas rojas.

Pero nadie discute.

Hasta Felicity guarda silencio y mira boquiabierta a Paxton, que sigue comiendo como si no acabase de amenazar con destronar a papá y ceñirse él la corona.

Y entonces me cae encima. La culpa.

Estoy a punto de marcharme, de dejarlo todo, y él acaba de dar la cara por mí.

¿Pensarán en mí cuando me marche, o me desecharán como si fuera un mal hábito del que han logrado librarse? La idea me hace daño, me provoca un dolor sordo, profundo.

Hago todo lo que puedo por no volverme hacia Roman; lo último que necesito en estos momentos es llamar más la atención, justo ahora que estamos a punto de cometer una locura como fugarnos de la ciudad. Pero es difícil, porque sé que está a pocos metros de mí, y cedo al impulso.

Está hablando con Merrick y Benjamin, pero, en cuanto lo miro, sus ojos van en busca de los míos, como si me estuviera esperando. Al instante siento un cosquilleo en las yemas de los dedos y el vientre se me tensa de los nervios. Me resulta insoportable ver a nuestras familias aquí, comportándose con tanta cortesía, mientras que nosotros estamos condenados para siempre a estar separados porque el destino decidió convertirnos en quienes somos.

Pero esta vez estamos a punto de mandar al destino a tomar por culo.

Consigo apartar la mirada de Roman para no despertar sospechas, y entonces me fijo en otra persona.

Tyler me está mirando como si conociera todos mis secretos y quisiera arrancármelos de la piel hasta dejarme en carne viva. Un escalofrío de miedo me recorre la columna vertebral y me retuerzo los dedos, trago saliva y me obligo a apartar la vista. Con todo lo que ha sucedido, se me había olvidado que Frederick compartió mi secreto.

—Disculpadme.

Me levanto y trato de llamar la atención de Tyler. No he hablado con él desde el encuentro con Frederick, que dejó caer con tanta torpeza el nombre de Roman delante de él, y sé que esta conversación debería de haber tenido lugar hace tiempo. No puedo marcharme sin arreglar las cosas entre nosotros.

Siempre ha sido uno de mis mejores amigos, y no soporto la

idea de que piense mal de mí, aunque sé que me odiará cuando se entere de que me he marchado.

Salgo afuera, al fresco de la noche, y me siento en un banco del patio de la universidad. Me concentro en los ladrillos rojizos y pardos de la pared cercana, hasta que Tyler se sienta a mi lado. Apoya un brazo en el respaldo y estira las piernas, con el ceño fruncido y los ojos alerta.

—Roman Montgomery no deja de mirarte, por si no te has dado cuenta. Ya no lo disimuláis, resulta asqueroso.

El corazón se me sube a la garganta, pero me encojo de hombros, como para restarle importancia.

—No veo dónde está el problema.

Me fulmina con la mirada.

—¿Tú crees que soy idiota?

Me encojo de hombros otra vez.

—A mí me suele mirar mucha gente.

Asiente y deja vagar la vista a través de la noche.

—Entonces, igual se lo cuento a Lance. Cuando acabe con él, no creo que vuelva a mirar nada.

—Ni siquiera él es tan sobreprotector. —Observo a Tyler con detenimiento—. ¿Por qué lo odias tanto? Si ni siquiera lo conoces.

—Es un Montgomery.

—No puede evitarlo, igual que tú no puedes evitar ser quien eres.

Tyler hace una mueca, gruñe y cruza los brazos.

—No sabes lo que dices.

—¿Y quién tiene la culpa de eso? —estallo—. Puede que si alguna vez dejarais de adoptar esa actitud troglodita, en plan «yo, hombre fuerte, ella, mujer débil», os daríais cuenta de que es mejor contarme las cosas que tenerme a oscuras.

Gruñe de nuevo y aprieta los dientes. Me acerco un poco más a él con la esperanza de hacérselo entender, aunque solo sea un poco. Porque, si consigo que Tyler me comprenda, cualquiera me comprenderá, y entonces sí podré volver aquí algún día.

—Tyler. Soy yo. Sé sincero. ¿Solo los odias porque te lo ha dicho mi padre?

Descarga un puñetazo en el banco y el metal vibra junto con nosotros.

—Los odio porque son los responsables de la muerte de mi padre.

—Roman no tuvo nada que ver con eso.

Deja escapar una carcajada teñida de amargura.

—Él fue el motivo, Juliette. Quítate esas gafas de color rosa y mira a tu alrededor. ¿Quieres saber quiénes son los malos aquí? Pues yo te lo diré. La muerte de mis padres fue un acto de venganza por el intento de asesinato de Roman y de su hermana, ordenado por tu padre.

Me echo hacia atrás, como si acabara de darme una bofetada.

—¿De qué hablas?

Inclina la cabeza a un lado y esboza una sonrisa triste.

—No te pongas así. ¿No has dicho que querías saber la verdad?

—Pero no…

—Estoy en el Consejo Municipal porque tu padre nos unta a todos con dinero a cambio de que votemos lo que él diga. Ha financiado la campaña del padre de Art porque el alcalde Penngrove se asegura de que los Calloway siempre salgan bien parados con las normativas de edificación y los impuestos sobre la propiedad. Los jueces tienen la cartera bien forrada siempre que miren hacia otro lado cuando nuestros agentes amenazan al dueño de un negocio para que venda su local.

Frunzo el ceño.

—Sé que sus actividades pueden ser algo turbias, pero el padre de Art no…

Se ríe entre dientes.

—Está metido hasta el cuello, Jules. Igual que todos. La policía. El alcalde. El gobernador. Varias organizaciones criminales que ni siquiera sabes que existen, porque no necesitan venir a la ciudad para obligar a la gente a hacer lo que ellos quieren. —Señala el edificio—. Bajo estos mismos muros pasan cosas que te pondrían los pelos de punta.

La cabeza me da vueltas. «¿Cómo es posible que no supiera nada?».

—Vale, de acuerdo —admito, procurando que mi voz suene enérgica—. Pero eso no justifica tu animadversión hacia Roman. Por lo que has dicho, a quienes hay que odiar es a los nuestros. A su padre, a todos los que han vivido aquí. Pero él es una víctima de las circunstancias. No me digas que no te das cuenta, Ty.

Tyler deja escapar una risotada sarcástica.

—Roman Montgomery debería de haber seguido muerto.

Tiene fuego en los ojos y sé que, diga lo que diga, no cambiará de opinión.

Tyler ha tenido problemas para controlar la ira desde que perdió a su familia, y yo me crie a su lado sin saber la verdad.

«La sangre patricia mancha las patricias manos».

Tengo el estómago revuelto.

—Mis padres no se merecían morir. Durante mucho tiempo solo me consoló pensar que, una vez enterrado Marcus, todo habría terminado. Estaba a punto de poder respirar de nuevo, Juliette. Y ahora, ese mierda ha llegado y se ha apoderado de ti. —Trago saliva. La mirada de Tyler me hace sentir diminuta. Nunca lo había visto así, como si estuviera a punto de estallar, como si estuviera a punto de expulsarme de su vida para siempre—. Me ha arrebatado a otro miembro de mi familia, y ni siquiera ha tenido que esforzarse para conseguirlo. No es justo.

—Eso no es así —consigo decir.

—Chorradas. Te está manipulando, nuestras familias llevan generaciones jugando a ese mismo juego. Lo que pasa es que eres tan ingenua que no te das cuenta.

Sacudo la cabeza, pero me temo que está dejando de mostrarse condescendiente, y cada vez me habla con más rabia.

—No soy ingenua, Tyler. Pero quiero tomar las decisiones por mí misma. No quiero que mi apellido me condene a llevar una vida impuesta.

Inclina la cabeza y me dice al oído:

—Pues qué pena, Jules. Estás tan atrapada como Lance, solo que eres una ingenua y no te das cuenta.

—No —le replico, con las aletas de la nariz dilatadas.

Se ríe y gesticula con las manos.

—Vale. Lo que tú digas, pero las cosas son como son. No me vengas a predicar paz solo porque una polla Montgomery te haya nublado la vista.

Me trago sus hirientes palabras como si fueran cuchillos que se me clavan en las entrañas.

—Ty…, estoy enamorada de él.

Me mira como si le hubiera asestado una puñalada, y en sus ojos puedo leer que se siente profundamente traicionado.

—¿Que estás enamorada de él? ¡Te está manipulando, Juliette!

—No lo entiendes.

Aunque puede que en realidad sí lo entienda, y eso aún me revuelve más el estómago.

—Ni falta que me hace. —Se ríe y se frota la cara como si no pudiera dar crédito a lo que está pasando—. No soy idiota, sé que no todo es blanco o negro, que las situaciones tienen matices. Pero te puedo garantizar una cosa, Juliette: si eliges a Roman Montgomery, para mí estás muerta.

—No digas eso.

Trato de sujetarle el brazo, pero se aparta con brusquedad. Tiene los ojos húmedos, como si el mero hecho de mirarme bastara para entristecerlo.

—Se lo contaré a tus hermanos. Tienen que saberlo. Te está engañando, Juliette. En Rosebrook Falls nadie es inocente. Te has metido en algo que escapa a tu comprensión.

—¿Qué quieres decir?

Sacude la cabeza.

—Quiero decir que lo vas a joder todo.

—Ty… —Se me quiebra la voz.

No me hace caso. Se levanta y se aleja dando grandes zancadas.

—¡Tyler! —lo llamo, casi a gritos.

Unos jovencitos que están frente a la residencia estudiantil Sic et Non se vuelven al oír mis voces.

Siento un dolor sordo en el pecho. Me llevo la mano al corazón, pero no me alivia.

Sabía que elegir a Roman significaría perder a todos los demás, pero albergaba la esperanza de que al menos entendieran por qué lo hacía.

Capítulo 47

Roman

No veo a Juliette en lo que queda de noche.

Tengo los nervios de punta, porque necesito hablar con ella y contarle todo lo que ha pasado. Tengo que explicarle que no puedo marcharme así, sin más, aunque le haya prometido el mundo.

Atravieso el salón de baile sin pensarlo dos veces y la busco por todos los rincones.

Algo va mal.

Y mi padre no me coge el teléfono.

Noto un peso en la boca del estómago, denso y sólido, como si me hubieran vertido cemento en las entrañas.

Como no la localizo dentro, salgo por la puerta lateral del edificio al espacio que separa la estructura principal del patio de la universidad. El viento me muerde las mejillas, pero apenas lo noto.

«¿Dónde demonios se ha metido?».

Noto un latido sordo tras los ojos, como siempre que tengo demasiados cabos sueltos y ninguna forma de atarlos.

—¿Qué haces aquí?

Me doy la vuelta con el pulso acelerado y el corazón como una pistola cargada.

—Joder, Frederick. No se puede ir por ahí asustando a la gente de este modo.

No sonríe, ni siquiera un atisbo. Inclina la cabeza y me observa como si me viera por primera vez.

—¿Qué haces aquí fuera, Roman?

Tengo la boca seca y la lengua se me pega al paladar.

—Tomar un poco el aire —respondo impasible—. ¿Por qué? ¿Acaso está prohibido?

—Tu padre está preguntando por ti en la mansión —responde—. Está indispuesto.

Me da un vuelco el corazón.

—¿Está bien?

—Ahora está descansando.

Asiento y trago saliva a duras penas.

—Gracias por avisarme.

—Pareces nervioso. ¿Va todo bien? —me pregunta.

Procuro no mostrarme de frente para que no vea que estoy apretando la mandíbula.

—Sí, estoy nervioso por lo que vamos a hacer.

Me llegan voces desde la esquina del edificio, pisadas y silbidos ebrios que resuenan entre los ladrillos del campus, y entonces aparecen Merrick, Benjamin y Rosalie. Merrick está muy borracho, salta a la vista. Lleva la pajarita desatada, colgando del cuello de cualquier manera, el pelo revuelto y el brazo en el hombro de Rosalie, que lo arrastra hacia nosotros.

Me siento aliviado al verlos. Ya no estoy a solas con Frederick.

—Benny, por favor, ven y hazte cargo de tu amigo —protesta Rosalie—. Es un peso muerto y tiene las manos muy largas.

—Eh, no digas eso —farfulla Merrick.

Suelta a Rosalie, viene tambaleándose hacia nosotros y está a punto de caerse al suelo.

—Joder, Merrick, te he dicho que no bebieras tanto —le espeta Benjamin. Se pasa la mano por el pelo y se detiene a unos pasos de nosotros.

Merrick gesticula con las manos.

—Pero ¿esto es una fiesta o no? —Tropieza de nuevo y recupera el equilibrio, se frota la cara y suelta una risita. Me mira y sonríe—. Estoy borracho.

Arqueo una ceja, divertido.

—Y que lo digas.

Frederick mira con severidad a Benjamin. Este traga saliva y desvía la vista hacia otra parte.

—Vamos —dice—. A ver si nos encontramos por aquí a un puto Calloway y nos metemos en una pelea.

Merrick cierra un ojo como si estuviera apuntando a Benjamin con el cañón de una pistola.

—Eres de esos que hacen como que no quieren pelea, pero siempre están dispuestos a pelearse.

Benjamin resopla y se quita una mota de polvo de la manga.

—No es verdad.

Rosalie se echa a reír y Benjamin le lanza una mirada asesina.

—¿Qué pasa?

—Vaya si lo eres —dice—. Te cabreas por cualquier tontería, y cuando te cabreas eres el primero en buscar pelea.

Benjamin frunce el ceño, pero al final se encoge de hombros, como quien acepta sus propios fallos.

—Vale. Razón de más para marcharnos y volver a nuestro territorio antes de que pase algo. Soy demasiado valioso para arriesgarme a que me hagan daño. ¿Verdad, Freddy?

Freddy inclina la cabeza a un lado y se mete las manos en los bolsillos.

—Deberíais marcharos.

—Tú eres idiota —masculla Merrick.

Benjamin arquea las cejas.

—Pues uno de nosotros puede caminar en línea recta y hablar sin trabucarse, y no eres tú.

Se oyen más voces a lo lejos, y más gente doblando la esquina. Es obvio que todos han bebido.

Frederick suspira.

—Genial —se lamenta Benjamin—. Ahí vienen.

Merrick entorna los ojos y se tambalea.

—Caray. Y fíjate. Sigue sin importarme.

Sigo la dirección de su mirada y observo que Tyler va al frente hablando con Lance, el hermano de Juliette.

—Déjalo correr, Ty —murmura Lance cuando están más cerca.

Tyler tiene cara de morirse de ganas de matar a alguien.

—Nah —dice, y nos lanza una mirada asesina—. Déjalo correr tú. Yo voy a hablar con ellos.

Se acerca a grandes zancadas antes de que los demás puedan detenerlo y se planta delante de nosotros. Mira a Frederick y aprieta los labios.

Benjamin se cruza de brazos y Merrick se limita a sonreír. Rosalie parece encogerse, y me pregunto qué habrá pasado entre ellos. Es la hermana de Tyler, pero da la impresión de que no quiere tener nada que ver con él.

«Qué mal hermano hay que ser para abandonar a su hermana y hacer como si no existiera».

Me imagino a mí mismo haciéndole eso a Brooklynn y se me encoge el corazón.

—Eh, Roman, quiero tener unas palabritas contigo —dice Tyler.

Merrick se ríe.

—¿Unas palabritas, solo? Pon algo más, Ty, hombre. Un puño, por ejemplo. Benny tiene ganas de pelea.

Tyler entorna los ojos y se cruje los nudillos.

—Cualquier día de estos voy a joder vivo a «Benny». Que me dé motivos.

Merrick se gira y apoya la mano en mi hombro para no caerse. Se lo permito porque ya se está tensando demasiado la situación, y lo que menos necesitamos en este momento es que se caiga.

—¿No puedes buscar una razón tú solito, tengo que dártela yo? —lo provoca—. Menudo vago estás hecho, Ty.

Tyler suelta una risita despectiva, me mira a mí, y a continuación mira a su hermana.

—No me puedo creer que sigas a un Montgomery, Rosalie. Ya habías caído muy bajo, pero este tío no es más que basura.

Merrick se echa a reír y me pongo rígido.

—¿Que siga a un Montgomery? Como si fuéramos una banda. Si quieres oír el ruido que hacemos, solo tienes que decirlo.

Se yergue, algo siniestro aflora a sus ojos y de pronto parece mucho más sobrio que hace unos minutos.

Frederick da un paso adelante y se pone ante Merrick.

—Si quieres hablar con Roman, id a algún lugar tranquilo, Tyler. Aquí hay demasiada gente. Os dará mala imagen a todos, y siempre hay periodistas al acecho, esperando que uno de nosotros dé un paso en falso.

En ese momento entiendo lo que está pasando. Tyler quiere hablar conmigo, y Merrick, incluso borracho, me ha estado protegiendo.

La gratitud que siento hacia él me reconforta el corazón, pero también tengo miedo. No sé de qué puede querer hablar conmigo

Tyler, a no ser que tenga que ver con Juliette, y eso no me gusta nada.

Además, no necesito que Merrick pelee por mí.

Merrick mira a Frederick, incrédulo.

—¿Y a mí qué me importa si nos ven? Que miren.

La situación resulta cada vez más ridícula. Doy un paso adelante y me separo del grupo.

—¿Quieres hablar, Tyler? Pues hablemos.

Tyler les dedica una mueca a Merrick y a Frederick, hace una reverencia burlona al resto y nos alejamos por la acera, lo suficiente para que no puedan oírnos, pero lo bastante cerca para que todos nos vean.

Lance, el hermano de Juliette, no ha dicho ni una palabra. Está a un lado, con los brazos cruzados, mirándonos con los labios apretados. Es casi como si estuviera esperando algo, aunque no me imagino qué.

—Deja en paz a Juliette —me dice Tyler. Cruza los brazos y me mira con los ojos entornados.

—No sé de qué me hablas.

El corazón me late cada vez más deprisa, la tensión me está matando. «Algo no va bien».

—Me lo ha contado —escupe.

—¿Qué te ha contado?

Hace una mueca despectiva.

—¡Todo! Es mi prima. ¿Pensabas que no me iba a enterar?

Casi no puedo respirar. «¿Todo?». No me lo creo.

—Tyler. —Suspiro y me paso la mano por el pelo—. No eres mi enemigo. Si me...

—No me importa —me interrumpe—. Nada de lo que digas borrará el daño que me ha causado tu familia. Me desangro todos los días, yo solo. Sin madre. Sin padre. Sin mi puñetera hermana. ¿Y ahora te quieres llevar también a Juliette?

Se vuelve hacia Rosalie con cierta tristeza en la mirada, pero de pronto los ojos se le endurecen de nuevo. Da un paso hacia ella, inclina la cabeza y la mira. Tiene las aletas de la nariz dilatadas.

—Rosalie. ¿Tienes un moretón en la cara?

Apenas puedo respirar cuando me vuelvo a mirarlos.

—¿Qué?

«¿Por eso lleva toda la noche ocultando el rostro?».

Tyler se lleva la mano a la cintura, y antes de que me dé tiempo a parpadear saca un arma.

Levanto las manos al instante. El corazón me late a toda velocidad. «Dios santo».

—¡Tyler! —La voz de Lance suena como un trueno y todos se acercan al instante para tratar de recuperar el control de la situación.

—¡Ty! ¿Qué leches…? —grita Rosalie—. ¿De dónde has sacado un arma? ¿Qué demonios te pasa?

Frederick permanece a un lado, todavía con las manos en los bolsillos.

—Cállate, Rosalie —le ordena Tyler—. Lo hago por ti.

—Tyler —intercedo, procurando que mi voz suene tranquila.

Tiene los ojos húmedos, como si tratara de contener las lágrimas.

Merrick se acerca a mí y a Benjamin.

—Ty, si quieres pelear, pelea conmigo. Con los puños, cobarde. Al menos, así será más justo.

No me puedo creer que esto esté pasando, y justo ahora. Lo único que quería era estar con Juliette, pero en lugar de eso me encuentro junto a una gente que quiere pelear por mí, y a uno de sus primos que nos apunta con una pistola porque Benjamin es un cabrón. Sabía que esta ciudad era una mierda, pero no hasta este punto.

Lance avanza otro paso, con el ceño fruncido y los ojos clavados en Tyler. Lo hace despacio, con calma, casi como si se hubiera entrenado para ello, y Tyler no se da cuenta de lo cerca que lo tiene porque no aparta los ojos de Benjamin ni de mí.

Le tiembla mucho la mano. La mano con la que empuña la pistola.

—Si os liquido a los dos, el tío Craig besará el suelo que piso. —Le centellean los ojos—. Todo irá mejor.

—Me marcharé —digo con las manos todavía en alto.

—¡Me da igual! —escupe—. ¡Solo quiero que ella esté libre!

Frunzo el ceño.

—¿Quién? ¿Juliette?

Tyler empuña el arma con más decisión y apunta; la mano ya no le tiembla.

El silencio de la noche nos envuelve a todos, como si hasta ella notara que moverse podría resultar peligroso.

Y, en ese momento, Merrick, que sigue muy borracho, se tambalea.

Pum.

Durante un segundo nadie se mueve. Ni siquiera estoy seguro de si he oído el disparo, la pistola debe de llevar silenciador, porque el sonido ha salido amortiguado. No ha habido ningún estallido. Y entonces, todo se precipita.

Lance agarra a Tyler y lo desarma como si fuera tan fácil como respirar, arroja la pistola a un lado y le sujeta los brazos.

Pero Tyler no se está resistiendo; mira hacia un punto, cerca de mí, con los ojos muy abiertos, como si no se creyera lo que ha hecho. Abre la boca, vuelve a cerrarla.

—No he… No quería…

Merrick se tambalea y cae con la mano en el costado mientras la sangre le mana entre los dedos.

—¡Dios!

Me precipito hacia él, pongo las manos donde él tiene las suyas para tratar de detener la hemorragia. Me dejo caer de rodillas cuando su cuerpo choca contra el suelo.

Joder. Joder. Joder.

Veo por el rabillo del ojo que Frederick da unos pasos, se agacha y recoge el arma. La mira, le dice algo a Tyler, y Lance abre mucho los ojos. Pero no lo oigo. Solo oigo el pánico que me ruge en los oídos, solo siento la sangre de Merrick en los dedos.

Benjamin está paralizado por la conmoción. Mira hacia abajo, a Merrick, y una ira silenciosa le deforma las facciones. Lance está hablando con Tyler para tratar de calmarlo y Rosalie no para de sollozar.

Pero yo solo puedo concentrarme en Merrick.

—Mierda —gime, y empieza a toser.

—Merrick. —No sé qué hacer, cómo cerrar la herida, a quién pedir ayuda. Quiero sacar el teléfono y llamar a urgencias, pero no me atrevo a mover las manos por si sangra más deprisa o… No sé, pero tengo que hacer algo—. Estás bien, estás bien, joder —consigo decir.

—Solo es un arañazo, corazón —dice mientras unas lágrimas silenciosas le corren por las mejillas.

—¡Tú eres imbécil, Tyler! —La voz de Benjamin restalla contundente, inexorable.

Alzo la vista y veo que todos están mirando a Frederick, que se ha desplazado hasta el centro del patio y se enfrenta a Tyler con la pistola en la mano.

Lance está intentando tranquilizar a Rosalie, y Tyler sigue paralizado.

—Ro… Roman.

Vuelvo a concentrarme en Merrick.

—Tu… tu presencia aquí no traerá nada bueno. La gente… la gente en la que crees que puedes confiar… no es lo que parece. Así que, si amas… —Hace una pausa, aprieta los dientes—. Ámala. Elígela. Estas familias están malditas. —Solloza, es evidente que está sufriendo, pero clava los ojos en los demás y trata de incorporarse. Consigue hablar más fuerte—. ¿Me oís? ¡Que la maldición caiga sobre vuestras dos casas!

Vuelve a derrumbarse en el suelo, jadeante; se queda inerte y se resbala entre mis dedos.

—¡Que alguien haga algo! —grito—. ¡Espabilad, joder, pedid ayuda!

Benjamin reacciona, deja de mirar a Merrick y asiente con el semblante muy pálido, da media vuelta y echa a correr hacia el interior del edificio.

Si no estuviera tan concentrado en Merrick tal vez habría podido impedir lo que sucede a continuación. Pero no es así.

—Oye, Freddy, tienes que entenderlo… —En la voz de Tyler resuena el pánico.

—Solo tenías que hacer una cosa, Tyler. Te pedí una sola cosa, y luego habría dejado que Benjamin la devolviera.

«¿Qué leches…?».

Frederick mira el arma, y a continuación vuelve a mirarlo a él.

—Pero no haces más que causar problemas.

Lance se pone rígido, está a punto de intervenir, pero es demasiado tarde.

Frederick alza el arma. Apunta.

Y le dispara a Tyler en el pecho.

El mundo se paraliza de nuevo.

Rosalie lanza un grito desgarrador.

Durante los minutos siguientes se desata el caos.

—¡Ty! —grita Lance con la voz rota, ronca.

Estrecha el cuerpo de Tyler entre sus brazos. Está temblando con tal violencia que desde donde yo estoy, con Merrick todavía en mis brazos, puedo verlo perfectamente.

No me muevo, porque Merrick aún respira y tengo miedo de que se muera si lo suelto.

Frederick aún sostiene la pistola, con el brazo tendido a lo largo del cuerpo, y Tyler yace en la acera; la sangre que mana del agujero que tiene en el pecho forma un charco cada vez más grande.

La bilis se me sube a la garganta y aparto la vista, haciendo un esfuerzo por controlarme.

No es el momento de entrar en pánico.

—¡Estás jodido! —chilla Rosalie señalando a Frederick—. Te odio, ¡te odio! ¿Me oyes? ¡El tío Craig no permitirá que te salgas con la tuya!

Frederick se ríe, va hacia ella y le pasa el cañón del arma por la cara.

—¿Que estoy jodido? —Se vuelve, me mira de reojo y a continuación se dirige a los demás—: ¡Aquí el que manda soy yo!

«¿Qué?».

Rosalie se deja caer de rodillas junto a Lance y Tyler, unas lágrimas negras de rímel se deslizan por sus mejillas.

—¡Tyler! —grita con la voz rota—. Ty…, por favor…

—Hazla callar, Lance, o me encargo yo.

Frederick señala a Rosalie. Lance lo mira con odio.

—Ibas a acabar con todo esto, no a empeorar las cosas. Confiábamos en ti.

No entiendo nada. Estoy tan confuso que me palpitan las sienes, y tengo el estómago revuelto.

Frederick estira el cuello para relajarlo, da media vuelta y viene hacia mí dando unos pasos deliberadamente lentos.

—Lección número uno. No confíes en nadie.

Tardo un momento en darme cuenta de que está hablando conmigo, y entonces estallo:

—Eres un hijo de puta, Frederick.

Se agacha a mi lado y, antes de que me dé cuenta, me coge la mano y deposita algo frío en ella.

El arma.

La cojo por puro instinto y la suelto al instante, asustado. Pero es demasiado tarde. Ahí está. Manchada con la sangre de Merrick.

Con mis huellas por todas partes.

—Estás loco —susurro con la voz rota.

Frederick sonríe.

—Es increíble la de cosas que has hecho para ayudar a tu padre a vengarse.

Abro los ojos de par en par.

—Hay testigos. —Siento que el pecho me va a estallar de la tensión—. No podrás darle la vuelta a esto.

—Todos lo han visto. —Se vuelve hacia Rosalie y Lance, y veo que ambos ponen cara de resignación.

Tyler se estremece en el suelo.

Frederick se levanta y se alisa el esmoquin.

—Tyler siempre ha sido una bomba de relojería. Lo sabe todo el mundo. Se ha descontrolado, le ha pegado un tiro a Merrick y tú has tratado de intervenir. —Niego con la cabeza, pero él sigue hablando—. Yo he llegado justo a tiempo, pero no he podido evitar que te suicidaras.

Vuelve a coger la pistola, me apunta a la cabeza, y solo entonces me doy cuenta de que lleva guantes. Como si hubiera venido preparado para lo que iba a suceder.

Apenas puedo respirar.

Me lo quedo mirando con el corazón desbocado, mientras sigo taponando la herida de Merrick con los dedos y trato de despertar de esta pesadilla.

—¿Quién eres tú?

Se inclina hacia mí, me aparta del cuerpo de Merrick y me pone el cañón del arma en la cabeza.

—Soy el que va a heredar todo lo que ha construido tu familia. Para eso me firmaste los documentos.

«Dios santo». Todo es por el dinero. A esta gente no le importa nada más.

Miro a Rosalie, que se ha calmado un poco. Aún se le escapa algún débil sollozo. Parece destrozada. Me devuelve la mirada, pero solo durante un segundo, y mira al suelo de nuevo.

Se me escapa una risa fruto de la incredulidad, pero ahora mismo no tengo tiempo para pensar en nada. La conmoción me inmoviliza con sus gélidos tentáculos. Trago saliva, miro por última vez a los presentes. ¿Cómo es posible que esto me esté pasando?

Tengo los dedos teñidos de rojo, y se me revuelve el estómago cuando los miro, así que desvío la vista hacia la sangre de la acera y hacia mi ropa: las zonas blancas del esmoquin están llenas de manchas que parecen de pintura.

Me tiemblan las manos.

—Mi padre no dejará que te salgas con la tuya.

Frederick sonríe.

—Marcus le ha hecho mucho daño a esta ciudad durante décadas. Al final, estaba a punto de arruinarse, como un perro. El mundo está mejor sin él. Tu familia nunca debió ostentar tanto poder.

Un mazazo en la boca del estómago no me habría conmocionado tanto. Me pongo en pie y cuando intento retroceder casi resbalo.

—Lo has matado.

Se encoge de hombros.

—He acabado con su sufrimiento. Es increíble lo que se puede conseguir con unos cuantos ceros y una enfermera mal pagada. Sobre todo si lo disfrazas de compasión.

El mundo se me viene encima.

La sangre de mis manos es pegajosa, oscura. El esmoquin se ha echado a perder. Me tiemblan los dedos sin que pueda evitarlo.

Lance me mira a los ojos y, en ese momento, se oye un ruido en el lateral del edificio.

Gritos, una puerta que se cierra de golpe.

Frederick masculla una maldición, se yergue y sujeta la pistola con más firmeza.

Y ya no pienso más.

Me levanto y echo a correr.

Capítulo 48

Roman

Aún tengo sangre en las manos.

No en un sentido literal, me he pasado veinte minutos lavándomelas en el cuarto de baño de la gasolinera, junto al campus. Pero en mi mente sigo viéndome los dedos rojos, y noto el peso de una pistola que nunca debí coger.

El cerebro me va a mil por hora. El cuerpo de Merrick.

Los espasmos de Tyler en el suelo.

La sonrisa de Frederick cuando me dijo que mi padre estaba muerto.

No sé cómo decirle a Juliette lo que ha pasado. No sé si puedo decírselo.

Todo ha cambiado por completo. Frederick ha tratado de matarme.

Ni siquiera puedo concentrarme en eso ahora mismo; en el hecho de que, técnicamente, si mi padre está muerto, soy el nuevo jefe de la familia Montgomery.

Me entran arcadas, noto el sabor de la bilis en la garganta.

Para que su plan salga bien, Frederick tiene que matarme.

«¿Qué leches voy a hacer?».

Y lo sabe todo. «Todo».

Mi hermana. Mi madre. Ha sido el confidente de mi padre durante años.

Me tiembla la mano cuando saco el teléfono y llamo a Brooklynn. Ojalá conteste.

—¿Roman?

Su voz me hace estremecer y cierro los ojos.

—Hola, peque.

—¿Estás bien? Tienes la voz rara.

Me froto la cara con la mano.

—Estoy bien. ¿Estás en casa?

—Sí, ¿por qué? —Titubea—. ¿Pasa algo?

Niego con la cabeza y trago saliva para aliviar el nudo que me atenaza la garganta.

—Solo quería oír tu voz.

Se hace el silencio al otro lado de la línea, y me la imagino con el ceño fruncido y los brazos cruzados, como si supiera que miento. Me agarro al borde del lavabo con tanta fuerza que los nudillos se me ponen blancos.

—¿Estás a salvo? ¿Has cerrado la puerta con llave?

—Que no tengo doce años, tío.

—Ya lo sé —murmuro—. Pero… hazme caso, por favor.

Tras otra pausa, cuando vuelve a hablar su voz suena más amable.

—Te aseguro que estoy a salvo.

Suspiro y parte del peso que sentía en el pecho se esfuma.

—Bien.

—Por cierto, ¿mamá está contigo?

Me quedo paralizado.

—¿Qué quieres decir?

—Ya sé que me dijiste que no intentara contactar con ella en la clínica de desintoxicación esa tan elegante, pero llamé, lo siento, estaba preocupada…, y me dijeron que no llegó a ingresar.

Me aparto del espejo y tiro de la pajarita hasta soltar el nudo; me queda colgando del cuello.

—Seguro que está bien.

«Mentira».

—¿A ti te lo parece? —Tiene la voz rota.

—Lo que me parece es que es lista y sabe ocultarse cuando hace falta. La encontraré.

—Siempre dices lo mismo, como si pudieras arreglarlo todo.

Se me escapa una sonrisa, pese a que empieza a dominarme el pánico.

—¿Acaso me he equivocado alguna vez?

Resopla.

—Te cuidado, Oso.

Miro la pared. Tengo un nudo en la garganta.

—Te quiero, peque.

—Igual.

Colgamos y el mundo se detiene por un momento.

Pero en cuanto me guardo el teléfono en el bolsillo todo vuelve a ponerse en marcha.

Juliette. Frederick. El legado de mi padre. La desaparición de mi madre.

Y yo, sin saber cómo, estoy en medio de todo.

Me aferro con los dedos al enrejado y trepo por la pared de la casa, hasta que finalmente logro pasar una pierna por encima de la barandilla del balcón de Juliette.

Es tarde.

Reina el silencio.

Una parte de mí teme que tenga las puertas cerradas y yo haya llegado hasta aquí para nada, pero es un riesgo que estoy dispuesto a correr. Tengo que saber que se encuentra bien.

No estaba en la gala, no estaba en la Roca del Revés… Solo me queda la esperanza de que se encuentre aquí.

Sé que no debería acercarme a ella. Sé que debería concentrarme en los próximos pasos que debo dar, pero existe una posibilidad nada desdeñable de que esté muerto antes del amanecer, y tengo que verla por última vez. Además, me aterra la posibilidad de que Frederick vaya a cometer una locura, como utilizarla para atraparme.

Despacio, con el mayor sigilo, cruzo el balcón hasta llegar a las puertas de cristal. Veo mi imagen reflejada. Trago saliva y bajo la manilla con manos temblorosas.

La puerta se abre de inmediato y dejo escapar un inmenso suspiro de alivio. La empujo, y cuando estoy dentro y empiezo a buscarla en la penumbra ya estoy un poco más calmado.

La habitación es enorme, hay una cama con baldaquino en el centro y varias molduras con forma de coronas en las paredes. Aquí cabrían dos apartamentos como el mío y aún sobraría espacio, y por primera vez soy plenamente consciente de que ella se ha criado en este ambiente, mientras que yo apenas empiezo a aprender a moverme por él.

Y si logro sobrevivir, voy a tener que hacerme cargo de un imperio y de gestionar un legado.

—Juliette —susurro en la oscuridad.

No hay respuesta.

Contengo la respiración y el miedo empieza a correrme por el cuerpo con sus dedos de hielo, hasta instalarse en mi columna vertebral. Cada paso que doy es más lento que el anterior. Noto mis latidos en las orejas.

Las sombras parecen cernirse sobre mí cuando me adentro en la habitación, hasta que por fin distingo la forma de su cuerpo en la cama.

No se mueve.

Ahora la veo mejor. Tiene un brazo fuera de la colcha, y la melena negra esparcida como tinta sobre la almohada color crema.

Deja escapar un leve ronquido y casi me fallan las piernas.

Me apoyo en la mesita de noche para no caerme, y de pronto me siento tan aliviado que casi se me nubla la vista.

Juliette está aquí. A salvo.

La luz blanca de la luna entra por las ventanas y le besa la piel. Me pasaría el resto de la eternidad contemplándola y dándole gracias a Dios por mantenerla a salvo.

Ahora mismo es todo inocencia, y se me rompe el corazón porque sé que, cuando despierte por la mañana, su mundo se habrá partido en dos. No puedo aliviarla del pesar que sentirá por su primo. No puedo arrancarla de su familia.

No así.

¿Cómo fuimos tan inocentes de pensar que fugándonos íbamos a resolver algo?

Le rozo la cara con los dedos, los paso como una sombra por el pómulo. Me da miedo que se disuelva en el aire si la toco con demasiada fuerza.

Es tan bella que me duele.

Es lo único que me parece bueno de este mundo, y no quiero renunciar a tenerlo. Quiero quedármelo dentro, regarlo como si fuera una semilla y verlo crecer. Y, quién sabe, puede que en otra vida, podamos hacerlo.

Percibo un aleteo de pestañas y me detengo al instante.

Parpadea y me mira. Tiene las manos bajo la barbilla y curva los labios esbozando una sonrisa.

Eso me destroza. Por completo. Dentro de mí algo se rompe por la mitad, como un hueso que se quiebra.

—Hola —susurra.

—Hola —murmuro yo a mi vez con la voz trabada.

Estudia mi rostro y, poco a poco, cae en la cuenta de lo que está pasando y se incorpora en la cama como un resorte.

—¿Te has vuelto loco? —sisea—. ¿Ahora te cuelas en mi dormitorio?

—Tenía que verte —le digo sin más.

Apenas me salen las palabras. Ella mira hacia el ventanal.

—¿Y si alguien te ve a ti?

—No me han visto.

—¿Estás seguro?

Suspiro, y me paso la mano por el pelo, y rezo para que no vea cómo me tiembla.

—Tengo que contarte algo.

Se le oscurecen los ojos y me pone una mano en la boca.

—No.

Noto su palma cálida, familiar, en mis labios. También le tiembla, como si ella no supiera nada, pero su cuerpo, sí; como si fuera consciente de que algo ha cambiado entre nosotros, para siempre y de forma irrevocable.

Vuelvo a acariciarle el rostro con los dedos, me bebo su esencia como si fuera el mejor vino. Estoy loco por tocarla, por inventariar cada centímetro de su cuerpo y así poder dibujarla mil veces y llevarla siempre conmigo.

Se muerde el labio inferior y el tirante de la camiseta rosa del pijama se desliza por su hombro y le cae por el brazo.

Se me van los ojos detrás.

—Tengo que contarte algo —le repito, aunque casi no me oigo ni a mí mismo. Mi voz es un susurro desgarrado que surge de mis costillas.

Entreabre la boca y se humedece el labio inferior con la lengua. Me inclino sobre ella y me doy cuenta de que estoy repitiendo ese mismo movimiento con la mía, como si tuviera memoria muscular.

Pero no consigo moverme.

—¿Qué pasa? —me pregunta.

Las palabras se me pegan a la lengua como si fueran de humo.

Abro la boca.

Intento hablar.

No puedo.

Soy un puto cobarde, pero no puedo ser yo quien se lo diga. No cuando me mira como si le estuviera entregando el mundo, sabiendo como sé que las cosas empeorarán considerablemente cuando me vaya.

Las imágenes de su primo en el suelo, entre estertores, me vuelven a la cabeza, y aprieto los dientes para ahuyentarlas.

—Te quiero —murmuro.

Me mira durante lo que me parecen los segundos más largos de mi vida, sin parar de morderse el labio inferior; a continuación, la sonrisa más bella del mundo le ilumina la cara, y creo que me voy a morir.

—Yo también te quiero —me susurra.

El corazón se me acelera, desacompasado, me late contra las costillas como si tratara de salírseme del pecho para unirse al de ella…, pero no le hago caso. Porque sé que tal vez mañana Juliette haya cambiado de opinión.

Se arrodilla en la cama, se me acerca, me echa los brazos al cuello y hurga en mi pelo con sus dedos perfectos.

—¿Qué pasa? —me susurra.

Aprieto los dientes.

—No puedo…

Se me quiebra la voz y ahogo un sollozo.

—Roman —murmura. Se inclina hacia mí y me llena la cara de besos: los ojos, las mejillas, la nariz, los labios—. Tranquilo, liante. No pasa nada.

«Pasa mucho».

Tomo su rostro entre mis manos como si fuera lo único que me ata a la tierra y hago que me mire a los ojos.

—Tienes que escucharme —le digo con la voz tensa—. Pase lo que pase, te querré el resto de mi vida, y en todas las vidas que vengan después. Eres mi razón de ser, Juliette. Me pasaré cada día pintándote en todos los rincones de este mundo. —Apenas puedo tragar saliva—. Y cuando muera, te pintaré en el cielo.

Ahoga una exclamación.

—Me estás asustando.

—Y tú me estás matando.

En este momento no hay nada más que importe. Solo existe Juliette.

Aprieto mi frente contra la suya, trato de memorizar su olor, su aliento, la calidez de su piel en la palma de mi mano. Si consigo grabármelo a fuego, seguiré con ella cuando me haya ido.

Es mía. Yo soy suyo. Y esa verdad es irrevocable.

Pero si esto es todo lo que nos corresponde en esta vida, que sea este momento el que nos llevemos a la otra.

Me falta el aire, siento una opresión en el pecho, como si el puño de la muerte me lo apretara con todas sus fuerzas.

Y, entonces, la beso.

Nuestras bocas se embisten, torpes, apremiantes. No es un beso tierno; entrechocamos los dientes, nuestras respiraciones se mezclan, pero es real.

Somos nosotros.

Gime dentro de mi boca como si se estuviera muriendo de hambre. Me aferro a ella, aterrado, temeroso de que pueda desaparecer si la suelto.

Se aparta, me roza los labios con los suyos.

—Prométeme una cosa —me susurra.

—Lo que quieras. —Mi cuerpo vibra, se enciende en llama—. Lo que quieras —repito con voz ronca.

—Prométeme que, pase lo que pase, aunque tengamos que estar años separados, tratarás de sanar esta rivalidad entre nuestras familias.

Se me hace un nudo en la garganta. Quiero decirle la verdad. Que ahora la herida es demasiado profunda, que hay abismos insalvables.

Pero, por ella, moriré tratando de buscar la paz.

—Te lo prometo.

Asiente, me abraza, aprieta su frente contra la mía.

—Sé que pasa algo, algo malo, y no te obligaré a contármelo ahora. Pcro quicro quc mc lo digas.

—Juliette. —Tengo la voz rota.

—Chissst —me susurra, pasándome los dedos por el pelo.

Nos quedamos así, suspendidos en un momento frágil durante el cual no existe nada más, solo su aliento contra mi piel, el latido de su corazón, que es como un eco del mío.

Me mira a los ojos y aumenta la presión de sus dedos en mi cuello.

—Quiero que me hagas el amor, Roman. Sea lo que sea, olvídalo ahora. Quiero que estés conmigo. Mañana pensaremos en lo demás.

Es el momento de elegir. Tal vez, si fuera mejor persona, elegiría otra cosa. Pero no soy mejor persona.

Estoy loco por ella.

La sujeto por la cintura, la atraigo hacia mí y fundo mis labios con los suyos. Dejo escapar un gemido en cuanto pruebo su sabor. La tiendo sobre la cama, pero se da la vuelta para quedar arriba y se sienta a horcajadas en mi regazo.

Me agarra las caderas con los muslos. Los pantalones cortos del pijama se le suben cuando se frota contra mí hasta que noto el calor de su cuerpo pegado al mío.

Le agarro su espesa cabellera con una mano y tiro lo justo para exponer su garganta, mientras con la otra le aprieto la parte baja de la espalda, como si quisiera fundirme con ella.

Se me pone dura.

—Joder —suspiro directamente en su boca.

Juliette sonríe, pícara y dulce a la vez, y me muerde el labio inferior como si supiera con precisión el efecto que me provocará. Vuelve a mover las caderas.

Algo se me rompe por dentro.

Empujo mi cuerpo para ir al encuentro del suyo, me adapto a sus movimientos, con el miembro tenso presionando la fina capa de tela del bóxer y de estos ridículos pantalones que llevo puestos, y, Dios, juro que nunca había sentido nada igual. La agarro con más ímpetu, aumento la presión y la embisto mientras ella me cabalga y se frota contra mis caderas, tal como anhelan nuestros cuerpos. Hago pinza con los dedos en el dobladillo de la camiseta, los deslizo hacia arriba por su vientre y siento cómo se tensa y se relaja con cada movimiento. A continuación los introduzco bajo la cintura de sus minúsculos pantaloncitos, ansioso por llegar a donde más deseo, y busco su sexo con las yemas de los dedos.

La presión le arranca un gemido, y al instante lo devoro con la lengua.

Le doy la vuelta, de modo que ahora está tendida de espaldas en el colchón, y me abalanzo sobre ella. Acaba de desatarse un ardiente infierno de hambre carnal, y ya no puedo pensar en otra cosa que no sea poseerla.

Es mía. Aunque el mundo diga lo contrario. Aunque el reloj marque ya el final de este momento.

Los siguientes segundos son una confusión de manos sobre la ropa. Le arranco la camiseta y la tiro al suelo. Me detengo un instante para devorar con los ojos lo que tengo ante mi vista, sus pechos subiendo y bajando al compás de su respiración jadeante, la piel sonrosada brillando bajo la luz de la luna.

—Eres perfecta —murmuro, mientras tomo sus senos entre mis manos y le acaricio los pezones con los pulgares hasta que le arranco un jadeo. Ella retuerce su cuerpo bajo el mío y presiona su coño ardiente contra mi polla.

Me agarra del pelo.

—Roman…

Recorro su vientre con mis besos, vuelvo a apoyar la palma de mi mano en su coño húmedo, busco el clítoris, describo círculos. Ella se retuerce, alza las caderas en busca de más presión.

—Siempre te mojas muchísimo cuando te toco, eres muy traviesa —le susurro con voz ronca—. ¿Esto es lo que quieres? ¿Que te toque entre las piernas, que te haga retorcerte?

No para de gemir mientras mi polla palpita dentro de los pantalones del esmoquin; vuelvo a presionar mi boca contra la suya, se la abro con los dedos.

De repente se aparta, busca a tientas mi camisa con manos frenéticas y torpes, tira de los botones y los desabrocha.

Deja escapar una exclamación, entorna la mirada y entonces se fija en la ropa.

«La sangre».

Observa las manchas rojas como si quisiera borrarlas con los ojos.

—Roman…, ¿qué es esto?

—De eso quería hablar contigo, tengo que decirte…

—Ahora no —me interrumpe—. No me interesa. Yo no… Sé que algo anda mal, pero… no me importa.

La miro un momento. Vuelvo a mirarla.

Pero soy egoísta, y si ella elige no ver mis pecados y mantenerlos en la oscuridad un poco más, no seré yo quien se lo impida.

Presiono mi boca contra la suya antes de que pueda preguntar nada más. Antes de que cambie de opinión.

Me quito los pantalones, me acomodo entre sus muslos, y el calor de su coño me arranca un gemido que surge de lo más hondo de mi pecho.

—Dime que estás segura —le suplico.

—Estoy segura.

A partir de ahí, todo se convierte en una bruma. Y me pierdo en ella.

Me guía, me rodea el miembro con los dedos, posesiva, lo guía hasta la entrada de su sexo, pero no me deja entrar. Al contrario, lo sujeta con la mano y mueve las caderas adelante y atrás con un ritmo lento que es una tortura.

Me deslizo entre sus pliegues, el miembro se me humedece cada vez más con sus jugos y con mi propia excitación.

—¡Dios, Juliette! —exclamo entre jadeos; embisto como un animal en celo.

Ella acaricia la cabeza hinchada de mi miembro con el pulgar, y extiende las gotas de mi humedad en toda su longitud, prolongando mi tormento.

—Qué cerca estás ya —me susurra al oído—. Estás loco por entrar en mí, ¿verdad, liante?

Gimo con los labios pegados a su hombro; soy arcilla en sus manos.

—Deja que me ocupe de ti, nena —le ruego.

Niega con la cabeza, me aprieta la polla con la mano y me guía hacia el objetivo hasta que la cabeza está justo en la entrada de su sexo, a punto de penetrarla.

—Dios santo —susurro con voz ronca.

Me duelen los brazos de tanto tensarlos mientras me mantengo encima de ella. Vuelve a mover la mano para que entre en ella, pero se la aparto, le cojo las muñecas y se las sujeto sobre la cabeza con una mano.

—No —mascullo—. Todavía no.

Me echo hacia atrás lo suficiente para poder mirarla, para mirarla de verdad.

Su piel brilla bajo una fina capa de sudor, los brazos le tiemblan bajo la presa de mi mano, sus pechos suben y bajan al ritmo de su propia respiración rápida e irregular. Se percata de que la estoy mirando, y en sus ojos se declara un voraz incendio.

Separa los muslos, rutilantes por el fulgor de sus jugos.

Y entonces siento que el corazón se me rompe.

Voy a perderla.

Quizá por lo que sucederá mañana.

Quizá porque voy a morir.

Quizá porque soy demasiado cobarde para llevármela conmigo.

Pero ahora mismo es mía, y haré cuanto esté en mi mano para que siga sintiéndome suyo mucho después de mi partida.

—¿Quieres que te folle, mi pequeña rosa?

Arrastro la gruesa cabeza de mi miembro por su sexo, y su humedad lo empapa por completo. Presiono la punta contra el clítoris, llevándonos a ambos al límite del deseo, sin piedad, y a continuación me deslizo hacia abajo y rozo la entrada, sin empujar.

Todavía no.

Juliette ronronea, arquea el cuerpo, pero sigo sujetándole las muñecas firmemente por encima de la cabeza.

—Roman…, por favor…

Sonrío.

—¿Por favor, qué, princesa?

Haberla llamado por su apodo acaba con su paciencia. Me mira fijamente, sin dejar de estremecerse bajo mi cuerpo.

—Por favor, usa esa bocaza para algo mejor —me replica, mordaz, mientras levanta las caderas y restriega su coño en llamas contra mi miembro—. A menos que las palabras sean solo eso, palabras.

Dejo escapar un quejido.

Juliette respira atropelladamente.

—Eres tú quien está aquí abajo, abierta de piernas y suplicando, nena. ¿Acaso te crees que estás al mando?

Juliette me dedica una sonrisa petulante, se incorpora y me lame el cuello. Gimoteo, le sujeto los brazos con más fuerza y empujo apenas, lo justo para entrar un poco en ella.

—Solo lo hacía para que te apuntaras una victoria fácil —responde ella.

—Dios —murmuro, y se me escapa la risa a pesar de que tengo el pecho tan tenso que el sonido se me traba en la garganta—. ¡Cómo se puede ser tan insolente!

Empujo e introduzco un par de centímetros más.

Juliette contiene un gemido y mueve las caderas, pero yo me mantengo firme encima de ella, con los brazos temblorosos por el esfuerzo de tener que contenerme en lugar de abandonarme definitivamente a las delicias de su cuerpo.

—Dámelo todo ya, liante —me exige—. Esto se está convirtiendo en una tortura para los dos.

Entro en ella hasta el fondo, y su coño se cierra alrededor de mi polla. Una sensación tórrida se abre paso por mi cuerpo, me sube por los muslos, por la espalda, me estalla detrás de los ojos. Ella está mojada, turgente, perfecta, y yo estoy llegando al límite.

—¿Sientes eso? —le susurro. Salgo y entro de golpe, y añado—: ¿Lo bien que te abres para mí?

—Sí —gime.

—Todo esto es mío. —Le muerdo el hombro, le sujeto las muñecas contra el colchón—. Este coño. El ruido que haces cuando te corres. Los latidos de tu corazón y los pensamientos de tu cabeza. Todo mío.

Le suelto los brazos. Enrosca las piernas alrededor de mi cintura, me sujeta la nuca con las manos y tira de mí hasta que estamos pecho contra pecho.

Corazón contra corazón.

Le tiemblan los muslos.

—Tú también eres mío —responde, como siempre que me muestro tan posesivo.

Me encanta la forma en que se asegura de que seamos iguales

en todos los sentidos, incluso en esto. Porque tiene razón. Yo soy suyo, solo suyo. Para siempre.

—Claro que soy tuyo —asiento, susurrándole las palabras con los labios pegados a su boca—. Te siento en todas partes, Juliette. Te llevo en los huesos.

Comienzo a acelerar el ritmo, la penetro con más fuerza, me clava los talones en la cintura para hacerme llegar más adentro. Cada embestida es más brutal y desesperada, la piel húmeda choca contra la piel húmeda, su cuerpo sube a mi encuentro una y otra vez.

Ahora mismo nada existe aparte de nosotros.

Ni el peligro.

Ni la muerte.

Ni la enemistad eterna.

Solo nosotros.

Como debe ser.

—Córrete para mí, nena —le exijo—. Dámelo todo. Quiero sentirlo.

Y entonces salta en pedazos.

Todo su cuerpo se arquea bajo el mío, su coño me aprieta con fuerza el miembro mientras llega al clímax con un grito que rasga el aire. Me clava las uñas en la espalda, pierdo el ritmo, embisto con más fuerza y estallo, profiriendo un gemido que es más de dolor que de placer; me agito, vaciándome muy adentro, entre las paredes aún vibrantes de su sexo. Lo veo todo blanco, tengo el cuerpo agarrotado. Y todo se rompe en mil pedazos.

Me derrumbo sobre ella y nos quedamos así, jadeantes, con el corazón acelerado.

Ella se toma su tiempo dibujando círculos con los dedos en mi columna vertebral. Le doy un beso en el hombro, y me fijo en una marca de mordisco que no recuerdo haberle dado.

Esa marca hace que se me encienda algo primario y posesivo por dentro, desearía poder grabársela para siempre en la piel. Esa marca demuestra que una vez fue mía, pase lo que pase en el futuro.

—Joder —murmuro lanzándole mi aliento en el cuello.

Me acaricia el pelo, el cuello, la espalda, me recorre la piel con las uñas y me provoca escalofríos. Todo ello se solapa con los estertores que han culminado el orgasmo, y me siento como si me estuviera derritiendo encima de ella, incapaz de moverme.

Pero aún no me he librado de esa opresión en el pecho, de ese nudo en la garganta.

Me incorporo apenas, para poder contemplar su rostro. Tiene el pelo empapado en sudor y pegado a la piel. Se lo aparto con delicadeza, y al hacerlo le rozo la mejilla con los nudillos. Cierra los ojos al contacto de mi caricia.

Todo se serena en mi interior.

Podría quedarme aquí el resto de la eternidad, mirándola, bebiéndomela.

Pero acabo cediendo al sueño.

Cuando me despierto, al cabo de unas horas, la habitación está a oscuras. Una luz gris se filtra a través de las cortinas, tan sutil que podría fingir que no se ha hecho de día. Y eso hago por un momento: fingir, pretender que podría quedarme aquí.

Que esta podría ser nuestra mañana, cada mañana.

Pero ya se oyen los sonidos de la casa de Juliette, que cobra vida, y sé que no es verdad. La verdad se me mete bajo la piel como un filo helado.

Tengo el corazón en un puño.

Fijo la vista en el techo, sin moverme. Tengo el brazo entumecido justo donde se ha acurrucado junto a mí, tibia y suave; oigo su respiración pausada, noto sus dedos curvados delicadamente encima de mis costillas. No quiero irme.

Pero le aparto el brazo con cuidado y le beso los dedos antes de acomodar su mano sobre la cama.

Apenas respiro mientras me visto: el traje, la camisa blanca desabrochada con el recordatorio de lo que sucedió anoche en las mangas. Me siento en el borde de la cama con los codos en las rodillas, me paso las manos por el pelo hasta que me duelen los nudillos.

A mi espalda, Juliette murmura algo en sueños.

Cierro los ojos, trago saliva y siento que el corazón se me rompe en un millón de esquirlas heladas.

Aún tengo la piel pegajosa de su sudor. Mis sentidos siguen sumergidos en todo cuanto es ella.

«No quiero irme», me repito.

Pero sé que no me puedo quedar.

Capítulo 49

Juliette

Los gritos de mi madre me despiertan.

Es un sonido extraño, y tardo unos segundos en identificarlo. Creo que nunca la había oído expresar una emoción con tanta vehemencia, así que me espabilo al instante.

Me siento en la cama, miro a mi alrededor y lo primero que pienso es que tal vez sepa que Roman estuvo anoche aquí. Puede que aún no se haya ido.

Tiendo la mano al instante, pero la cama está fría, como si se hubiera ido hace horas. En la almohada hay un papel que parece arrancado de mi libreta. Me ha dejado una nota. Lo cojo y sonrío.

Te quiero. Lo siento.
Te dibujaré en todos los rincones del mundo y te pintaré en el cielo.

RMD

P.D.: No te fíes de Frederick.

Se me borra la sonrisa.

Frunzo el ceño y vuelvo a leer la nota, esta vez más despacio. Lo que más pesa en ella es ese «lo siento», que parece desangrarse sobre el papel. Recuerdo cómo estuvo anoche, cómo me tocó como si no fuera a tener la oportunidad de volver a hacerlo. El modo en que me miró, como si fuera la obra de arte más bella. Cómo me declaró su amor y me suplicó que lo recordara.

Se me revuelve el estómago. Me estaba diciendo adiós, y se estaba disculpado por ello.

La nota me tiembla en la mano. La arrugo y la tiro a un lado. Las palabras de Roman han sido como garras que me han arrancado el corazón.

Y ya no está aquí. Todo lo que me prometió ha dejado de tener sentido.

Un nuevo alarido de mi madre me devuelve al presente. Me concentro en ello, aparto las sábanas y salgo de la cama.

Ya estoy en la puerta del dormitorio, a punto de salir para investigar y enterarme de qué demonios está pasando, cuando se abre de repente. Beverly entra con los ojos fuera de las órbitas, muy rojos.

—¡Bevie! —exclamo, y me llevo una mano al pecho—. ¿Qué pasa? ¿Qué ha sucedido?

Mira a su espalda. Los sollozos de mi madre llegan a través de la escalera de caracol como si estuviera en el vestíbulo.

Beverly cierra la puerta y corre hacia mí, me agarra con fuerza, tira de mí a lo largo de la habitación y me lleva al vestidor. No dice nada, y una vez allí aprieta los labios, me busca algo para ponerme y saca algunas prendas dispares, siempre con los labios tensos.

—Bevie —pruebo a decirle de nuevo.

Vuelve a hacer como si no existiera.

—¡Beverly! —estallo.

La sujeto para impedir que siga moviéndose. Le cojo las manos, convencida de que le deben de estar temblando a causa de los nervios.

Pero no es así.

Noto un cosquilleo de aprensión en la espalda y tengo el espantoso presentimiento de que, sea lo que sea lo que ha pasado, tiene algo que ver con Roman.

«Anoche vino a despedirse».

Aparto ese pensamiento de mi mente porque me da la impresión de que, si no lo desecho inmediatamente, el corazón se me desintegrará.

—¿Qué ha pasado? —La miro con insistencia, como si pudiera leer la verdad en su rostro surcado de lágrimas.

Abre la boca, sacude la cabeza.

—Es Ty... Tyler, niña.

Me quedo paralizada. «¿Le ha contado a todo el mundo lo mío con Roman?». La sangre se me sube al rostro y la ansiedad se me dispara.

—¿Qué pasa con Tyler? —Apenas me salen las palabras.

Beverly se me queda mirando un segundo.

Dos.

—Está muerto.

Frunzo el ceño y trato de procesar las palabras.

—No —digo—. Imposible.

Beverly me mira con expresión compasiva y se seca una lágrima mientras sigue sacando ropa como si quisiera hacerme la maleta.

—¿Qué haces? —le pregunto.

Yo debería de sentir alguna clase de emoción tras la noticia, pero no la creo. Sus palabras no suenan reales, tiene que haber un error.

Vuelvo a recordar el grito de mi madre y se me hace un nudo en el estómago.

—No —repito. Avanzo temblorosa, le cojo las manos a Beverly y se las aparto de los cajones—. No —digo una vez más—. Cuéntame qué está pasando de verdad. —Observo que vuelve a apretar los labios—. ¿Dónde está Tyler? —Ella me mira con los ojos muy abiertos, como si no se creyera que la estoy obligando a decirlo de nuevo—. ¡Dónde está! —inquiero, esta vez gritando.

Beverly da un respingo al oírme gritar. Avanza un paso hacia mí.

—Ha muerto, Juliette.

Retrocedo y me llevo la mano al pecho.

No es posible. Tyler no. Anoche estaba bien. Un poco desquiciado y muy enfadado, pero eso no pudo provocarle la muerte.

—Niña… —empieza a decirme Beverly.

Se acerca a mí y me pone una mano en la mejilla para que la mire a los ojos. Yo no me había dado cuenta de que los mantenía clavados en el suelo. Sacudo la cabeza, le cojo la mano y la presiono contra mi rostro.

—No me llames así. No soy una niña.

Hay dolor en su mirada, y yo también debería estar llorando. Una parte de mí se imagina que las lágrimas llegarán de un momento a otro, pero ahora mismo me siento entumecida, insensible, no sé si por la sorpresa o por la incredulidad.

—Dime qué ha pasado —le pido—. ¿Cuánto hace que lo saben los demás?

—Doy por hecho que tus padres se enteraron anoche. No volvieron a casa —susurra, y baja las manos para recoger la ropa del suelo y pasármela a mí—. Hay que sacarte de aquí.

Frunzo el ceño y vuelvo a negar con la cabeza.

—No me voy a ninguna parte, Bevie. Si Tyler ha muerto, no puedo…

Las palabras se me atragantan y me tapo la boca con la mano para no gritar, o sollozar, o… cualquier cosa.

—Le contó a todo el mundo lo tuyo con el joven Montgomery —dice muy despacio—. Lance lo sabe. Tu madre lo sabe. Todo el mundo lo sabe.

Aprieto los dientes y trato de entender lo que me ha dicho, pero no tiene sentido.

—Él no haría una cosa así. —Pero, mientras lo digo, me doy cuenta de que sí lo haría. Un temor empieza a apoderarse de todo mi ser—. ¿Cómo ha muerto?

Beverly me mira compasiva. Estoy a punto de vomitar.

—Ha sido Roman, Juliette.

El mundo se paraliza de golpe.

—¿Estás… estás segura?

Ahora sí que llegan las lágrimas. Por Tyler. Por Roman. Por todo lo que pudo ser y ha quedado reducido a polvo ante mis propios ojos.

Se me acelera el pulso, apenas veo lo que tengo delante, cada bocanada de aire que inspiro me resulta dolorosa.

Pero recuerdo la sangre en la camisa. La disculpa en sus ojos. La despedida en sus manos.

«Nunca haría una cosa así».

Beverly me sienta en la cama. Parpadeo. Qué curioso. No recuerdo en qué momento hemos salido del vestidor.

—No ha sido él —repito como un mantra—. ¿De verdad ha muerto Ty? A lo mejor… a lo mejor…

—Chissst.

Beverly me abraza, me derrumbo entre sus brazos y por primera vez lloro por Tyler, por Roman, por todo este caos que parece ir a más en lugar de resolverse.

—Él no haría una cosa así —insisto—. Me... me quiere, Bevie.

Me da unas palmaditas en el brazo y se aparta un poco para mirarme a los ojos.

—Todos los hombres mienten, Juliette. Todos engañan. Todos son malvados.

—Él, no. —Niego enérgicamente con la cabeza.

Puede que no sepa gran cosa de la vida, pero sí sé lo que siento. Y estoy segura. Será un Montgomery, pero no me haría daño de este modo.

«Pero lo sabía», susurra mi mente.

Cuando vino a verme anoche, cuando noté en su contacto aquella necesidad apremiante, tal vez él ya supiera que Tyler había muerto. Y no me lo dijo.

—Tengo que hablar con él.

Me levanto de golpe y Beverly retrocede. Suelta un resoplido.

—No vas a hablar con el hombre que ha matado a tu primo.

—No sabes si ha sido él —replico con los dientes apretados mientras la ira me va llenando por dentro—. Y tampoco es que Tyler lo hubiera recibido con los brazos abiertos. Si hubo una pelea, estoy segura de que Roman no la empezó. Él no haría una cosa así.

Tyler, en cambio, sí.

Tengo un nudo en la garganta, y el corazón roto, desangrándose. Siento que estoy traicionando a Tyler solo por pensar así, pero al mismo tiempo estaría traicionando a Roman si no lo hiciera.

—Juliette.

—Debo hablar con él... ¿Está en la cárcel? ¿Lo han detenido?

Niega con la cabeza y aparta la vista, como si ya no soportara mirarme.

—No lo encuentran, Juliette. Tienes que marcharte de aquí, ¿entiendes? Tu madre… estaba rabiosa. Destrozada. No me voy a quedar mirando mientras deciden qué te hacen a ti para vengarse de él.

—No entiendo nada. ¿Por qué tengo que irme?

Se inclina hacia mí y me sujeta del brazo con firmeza. Los sonidos del piso de abajo llegan hasta mi habitación. Se le van los ojos hacia la puerta cerrada y luego vuelve a concentrarse en mí, frenética.

—¿Confías en mí, Juliette? Necesito que confíes en mí.

—Claro que sí.

Se saca un frasco del bolsillo de atrás y me quedo atónita cuando me lo da.

—Bébete esto. Te calmará los nervios.

Lo abro, lo huelo y hago una mueca.

—Puaj. ¿Qué es?

—Deja de hacer preguntas y bebe.

Sus palabras son como una bofetada, pero obedezco y me bebo ese líquido tan amargo. Cuando termino, suspira aliviada.

—Lo siento, es que tu madre es… imprevisible. El dolor hace que la gente reaccione de maneras muy extrañas.

Solo entonces entiendo lo que está insinuando.

—Crees que mi propia familia me haría daño.

No lo planteo como pregunta.

—No voy a permitir que te quedes aquí para averiguarlo. —Señala el balcón—. Aún recordarás cómo escabullirte y bajar por el enrejado, ¿no?

Vuelvo a tragar saliva. Tengo la mente hecha un caos y el corazón roto. Asiento.

—Bien. Tienes que marcharte. —Me pone la ropa en las manos—. Cámbiate y vete ahora mismo. Hay una persona que te espera en la calle. Te ayudará a escapar hasta que las cosas se calmen.

—¿Quién?

Estoy muy confusa, tengo de punta todos los nervios del cuerpo, porque lo que me está diciendo no tiene sentido. Aunque, en realidad, ahora mismo nada lo tiene.

—Alguien en quien puedes confiar. —Me acaricia la mejilla—. En cuanto sea posible, iré a verte y lo aclararemos todo. Juntas. No voy a permitir que te pase nada, Juliette.

—¿Y Roman? —Me atraganto al pronunciar su nombre, y un dolor palpitante me retuerce el vientre—. Vendrá a buscarme —digo; las palabras se me aturullan, no sé si son ciertas—. Tengo que verlo. Sé… sé que no ha sido él, Bevie. Lo sé.

Beverly aprieta los dientes y asiente.

—Haré todo lo posible por encontrarlo.

Cojo la camisa y me la pongo a toda velocidad.

—No ha sido él, Bevie. Por favor, confía en mí.

—Me encargaré de distraerlos. —Hace una seña en dirección a la puerta. Me coge la cara, me aprieta las mejillas—. Ponte a salvo, Juliette.

Y, sin más, me marcho por el balcón sin pararme a pensar en lo que estoy dejando atrás.

Última hora: Muertos, heridos, desapariciones... Crisis en Rosebrook Falls

El legado Montgomery puede haber llegado a su fin. Anoche, Marcus Montgomery, el patriarca de la familia Montgomery, fue hallado muerto en su domicilio. La policía habla de suicidio, debido a una larga enfermedad «de la que muy pocos tenían conocimiento». Pero las personas más cercanas a él dicen que hay detalles que no encajan y el silencio es... ensordecedor.

Y por si ello fuera poco, unas horas después hubo un tiroteo en el que dos personas resultaron heridas y están hospitalizadas. Los nombres no se han hecho públicos por respeto a las familias y a la investigación en curso.

Lo que sí sabemos es que Roman Montgomery ha desaparecido.

Y la policía lo busca, no solo para transmitirle la noticia del fallecimiento de su padre, sino también como presunto implicado.

#MisterioMontgomery #RomanDesaparecido #RIPMarcus #RosebrookRag

Capítulo 50

Roman

«Frederick Lawrence».

«Frederick Lawrence».

«Frederick Lawrence».

El nombre se repite en bucle en mi cabeza, y cuantas más vueltas le doy a lo que pasó anoche, cuanto más recuerdo sus intromisiones durante los días anteriores, más problemático me parece.

Lo sabe todo. Tiene las manos metidas en todo. Lleva años manipulando a las dos familias, nunca ha sido un secreto que trabaja como abogado para ambas.

Me noto el cuerpo rígido y el cuello dolorido, y si no llego a correr el riesgo de ir a mi casa a por ropa limpia, estaría asqueroso.

Ahora mismo estoy escondido detrás de un coche aparcado en el callejón, tras La Mesa Redonda, y espero a Benjamin.

Anoche me mandó un mensaje de texto antes de que yo me deshiciera de mi teléfono y me dijo que nos reuniríamos aquí.

Puede que sea una trampa, y yo el gilipollas mayor del reino, pero ¿qué otra salida me queda?

En cuanto llega a la puerta de atrás, lo empujo contra la pared y le pongo la navaja en el cuello. Levanta las manos, pero no forcejea. Está demacrado y tiene unas ojeras pronunciadas.

—Roman —dice, y por su voz noto que se alegra de verme.

—Dime qué está pasando, Benny —le exijo—. Sin medias verdades. Sin chorradas.

—Merrick está vivo.

Siento un gran alivio y suelto de golpe todo el aire. Me miro las manos, y al instante aparto los ojos. Me he tenido que lavar durante lo que me parecieron horas para quitarme su sangre de las manos, pero saber que sigue con vida hace que la presión en el pecho disminuya un poco.

Suelto a Benjamin y retrocedo unos pasos para crear una distancia razonable entre ambos.

—¿Y Tyler?

Benjamin traga saliva y se pasa la mano por el pelo. Le tiemblan los dedos y parece que esté haciendo un esfuerzo por no vomitar.

—Tyler, no lo sé. No estoy seguro.

—Me vas a perdonar si no me creo una palabra de lo que dices.

Benjamin asiente, y presiona la cara interior de su mejilla con la lengua, como si se preparara para resistir un ataque.

—Esto no es lo que quería.

Alzo la barbilla; se me tensa la mandíbula.

—¿Y qué querías? —Traga saliva—. ¡Escupe, Benny!

Hace una mueca y es obvio que trata de contener las lágrimas.

—No tendríamos que haber perdido el control. Merrick no se tendría que haber metido, no debió resultar herido. No lo... —Ahoga un sollozo, empieza a caminar de un lado a otro y a mesarse los mechones rubios.

—Benjamin —le digo en voz alta, sin andarme por las ramas—. Estás divagando. Dime qué ha pasado.

Se detiene.

—Frederick Lawrence no es quien dice ser.

—Eso es obvio —replico—. Y por lo visto, tú, tampoco. ¿Cómo has podido hacerlo, Benny? ¿Cómo has traicionado así a la familia?

—¡Por mi familia! —estalla. Vuelve a mesarse el pelo—. El tío Marcus mentía. Mintió sobre muchas cosas. Hizo que ella pareciera la fuente del problema, cuando lo único que hacía era tratar de sobrevivir.

El corazón me da un vuelco.

—¿Quién?

Me mira a los ojos, y veo dolor en los suyos.

—Mi tía Eleanor. La esposa de Marcus.

El nombre es como un puñetazo en las costillas. Retrocedo un paso.

—Eso es… —Niego con la cabeza—. ¿Qué quieres decir? Está muerta, murió, mi madre siempre dijo…

—¿Que era inestable? ¿Peligrosa? —La voz de Benjamin es cortante—. ¿Que le amargó la vida al tío Marcus?

—No. Siempre dijo que Eleanor era el motivo de que yo no pudiera volver.

Benjamin deja escapar una carcajada amarga.

—Mi tía te odiaba, Roman. Eras la prueba viviente de todo lo que le habían arrebatado. El tío Marcus la humilló. Tuvo un hijo con su amante y te dio su apellido. Y cuando planeaba fugarse con Craig Calloway, tuvo el puto descaro de matarla.

Me lo quedo mirando. El mundo se está volviendo de nuevo del revés, ahora que ya creía que todo encajaba en su sitio.

—Eso no es…

—Es cierto —me replica.

—Estás mintiendo.

—Ojalá.

Niego con la cabeza.

—Marcus no habría…

—Lo hizo —me interrumpe Benjamin.

Aprieto los dientes.

—¿Qué tiene que ver todo esto con Frederick?

Titubea, mira a su alrededor como si temiera que alguien pudiese oírnos.

—Frederick era hermanastro de mi tía.

Arqueo las cejas.

—¿Frederick es un Voltaire?

—Oficialmente, no. A diferencia de ciertas personas, no le dieron el apellido cuando nació de una relación extramarital, pero hizo indagaciones y dio con Eleanor. Lo guardaron en secreto para que nadie más lo supiera. Así estaría a salvo de los Calloway y de tu padre. Nunca les ha hecho gracia que los Voltaire tuviéramos demasiado poder en la ciudad.

Me froto la cara.

—Entonces, tú traicionaste a mi padre.

Si no me lo hubiera dicho el propio Benjamin, no me lo habría creído. Siempre di por hecho que era la viva imagen de la lealtad.

No se inmuta, y tampoco me lo discute.

—He sido leal a mi familia.

—¿Y esa lealtad implica cargarme un asesinato y hacer que le pegaran un tiro a Merrick? —estallo.

Le tiembla la barbilla y se le dilatan las aletas de la nariz.

—La cosa no tenía que llegar tan lejos, tío. Ahora todo se ha ido a la mierda. He venido a hablar contigo…, a arreglar las cosas.

—Estoy harto de acertijos, Benny. ¿Vas a vomitar, o qué? —pregunto al ver que se lleva la mano a la boca y se pone muy pálido—. ¿Y por qué tenía que ser ahora?

La expresión de su rostro cambia de pronto.

—El plan fue siempre para este momento. —Se apoya en la pared—. El tío Marcus está muerto, y tú eres la última pieza que queda. Eres lo último que se interpone entre Freddy y lo que lleva años organizando.

Dejo escapar un resoplido.

—Le das demasiado crédito.

—Y tú le das demasiado poco. —Me fulmina con la mirada—. Han estado esperando a que te rompieras.

Lo miro a los ojos.

—Yo no me rompo.

Arquea una ceja con gesto burlón.

—¿No te parece que es precisamente lo que estás haciendo?

Lo agarro por el cuello de la camisa y lo empujo contra la pared de ladrillo.

—¿A ti te parece que esto es estar roto?

No se inmuta.

—Me parece que es el momento en que alguien se da cuenta de que todos los que lo rodean tienen un objetivo distinto.

El corazón me late a toda velocidad, pero consigo que mi voz suene inexpresiva.

—¿De qué hablas?

—Freddy lleva años preparando esto. Desde que Eleanor murió y te vio allí, patético, suplicando, vivo, ante la puerta de papaíto.

Lo golpeo contra la pared con más fuerza.

—Repite eso.

Sonríe, pero no se defiende. En su rostro solo hay tristeza, pesar, oscuridad.

—¿Crees que me equivoco? —sonríe, sarcástico—. ¿Crees que la colgada de tu madre no se presentó aquí una semana después, todo pupilas dilatadas y picores, para contarle su versión de la historia a todo aquel que quisiera escucharla?

Lo suelto como si su contacto me quemara. El cerebro me funciona tan deprisa que me estoy mareando. Benjamin niega con la cabeza y da un paso atrás.

—¿Por qué iba mi madre a...?

No termino la frase porque ya sé la respuesta. Por dinero. Tal vez por mi padre. No es difícil manipular a una persona que está muerta por dentro, que haría cualquier cosa por otra dosis.

—Frederick la convenció.

Lo sé sin necesidad de que me lo confirme.

—Vaya. —Chasquea la lengua—. Por fin lo empiezas a pillar. —Se me encoge el corazón y se me revuelve el estómago—. Tu madre te entregó, Roman, envuelto y con un lazo. Ella te metió todas esas ideas en la cabeza, y Freddy hizo lo mismo con el tío Marcus. La tormenta perfecta.

Ojalá pudiera negarlo, pero todo me suena creíble. Tiene tanto sentido que duele.

—¿Por qué me lo estás contando? —le susurro—. ¿Por qué me pediste que viniera?

Aprieta los dientes y se le humedecen los ojos.

—Le han hecho daño a mi mejor amigo. Está ingresado en un puto hospital. La cosa nunca debió llegar tan lejos... —Niega con la cabeza—. Quiero reparar el mal que he hecho.

—Un poco tarde.

—Ah, entonces no me hagas caso cuando te cuente lo siguiente. —Escupe sus últimas palabras a mis pies—. Van a apoderarse de Juliette porque saben que los conducirá a ti.

Capítulo 51

Juliette

Desde el momento en que bajo por el enrejado presiento que algo va mal. Pero Beverly no me haría daño, así que confío en ella, aunque de pronto todo resulta muy confuso. Sigo sus instrucciones y llego hasta el seto que señala los límites de nuestra finca, aunque no sé a quién estoy buscando.

No me ha dicho su nombre.

«Tampoco teníamos tanto tiempo», me recuerdo a mí misma.

Lo que me ha dicho no tiene sentido, pero hay cosas que sé sin lugar a dudas, y una de ellas es que si sospechan que Roman ha matado a Ty, jamás me permitirán estar con él.

Y eso no pienso tolerarlo.

Cuando la cabeza no me vaya a mil por hora y el corazón no se me salga del pecho, me detendré a llorar la muerte de Tyler, pero ahora mismo, cada vez que me viene a la mente, hago lo posible por apartarlo de mi cabeza y concentrarme únicamente en dar con Roman y averiguar la verdad.

«¿Y si ha sido él?».

Los pensamientos me traicionan, me susurran posibilidades como si el subconsciente me tarareara una cancioncilla estremecedora. Pero ¿acaso cambiaría algo? Lo seguiría queriendo, aunque hubiera hecho algo que no puedo perdonarle. La mera posibilidad me revuelve el estómago, y eso también lo desecho, y desmenuzo la idea en mil pedazos para asegurarme de que nunca vuelva a salir a la superficie.

Puede que no conozca a Roman desde hace mucho, pero conozco su corazón. No ha podido hacerlo. A mí no me haría algo así. Me aferro a esa verdad porque sé que me ayudará a sobrellevar esta situación hasta que dé con él.

Aún es muy temprano; el sol de la mañana está oculto tras las nubes, la hierba está cubierta de rocío y una neblina pegajosa se me adhiere a la piel. Y, cuando llego al límite de la propiedad, hay un coche con el motor en marcha.

Alguien me está esperando, tal como ha dicho Beverly. La ansiedad me consume, pero me contengo y acelero el paso.

Oigo los latidos de mi propio corazón. La mujer que está junto a la puerta del acompañante se endereza al verme. Su cara me suena, pero no sé de qué. Puede que sea porque no tengo la cabeza en su sitio.

«Y no es de extrañar. Estoy conmocionada».

Es una mujer madura, las arrugas de su rostro indican que ha tenido una vida dura. Tiene el pelo castaño oscuro, peinado hacia atrás, y viste una rebeca gris de punto. Me suena..., me suena tanto...

Me sonríe.

—¿Juliette? —Trago saliva, incómoda, y asiento—. He venido para llevarte con Roman.

Desconfío, me detengo.

—Eso no es... Bevie me ha dicho que aún no podría verlo.

Acentúa la sonrisa y se rasca el brazo distraídamente.

—Cambio de planes.

Su voz suena tranquilizadora. Reconfortante. Inclino la cabeza a un lado. Por un instante se me nubla la vista, y agito la cabeza para espabilarme.

—¿De qué conoce a Roman?

Me mira con cautela y abre la puerta del coche.

—No he dicho que lo conozca. Date prisa, tenemos que irnos antes de que nos vean.

Tengo el estómago revuelto, pero entro en el coche y ella se sienta al volante, cierra la puerta de golpe y sale a la carretera.

El interior del coche huele a cuero y un poco a acetona, y el silencio me araña la piel.

—Lamento lo de tu primo —dice al cabo de unos minutos—. Y lo de Roman. No quiero ni pensar en cómo debes de sentirte.

Sus palabras se me clavan en la garganta. No quiero hablar de Tyler. No quiero pensar en Roman.

—Ya. Gracias —murmuro, y apoyo la cabeza en la ventanilla.

El cristal frío me produce una agradable sensación de contraste al contacto con mi piel caliente. Cierro los ojos y sacudo la cabeza. «¿Por qué estoy tan cansada?».

La mujer asiente con la vista fija en la carretera, y yo empiezo a adormilarme sin poder evitarlo.

—Ey —murmuro, tratando de mantener la cabeza erguida y los ojos abiertos.

Se me vuelven a cerrar.

Ahora tengo encima un rostro de mujer que me resulta familiar. Me está sacudiendo para despertarme.

No estoy aquí, no del todo, tengo el cerebro como unos huevos revueltos. La miro a través de las rendijas que tengo por ojos.

—Usted es… la madre de Roman…

Se detiene en seco, pero no retira la mano con la que presiona mi hombro, como si fuera un garfio.

De repente, los recuerdos se aclaran y ya puedo situarme. Cómo es posible que no la haya reconocido antes… Y ahora está aquí.

Me presiono la frente con la mano, y le doy unos golpecitos para tratar de desenmarañar los recuerdos.

—Claro, cariño. Ya te lo he dicho.

—¿De verdad?

Arrugo el entrecejo, intento hacer memoria. Miro a mi alrededor. Estamos al pie del camino que conduce a la Roca del Revés.

—¿Dónde estamos? —Las palabras se me enredan en la lengua.

—Roman ha dicho que os reuniréis aquí —responde sin alterarse—. En el lugar donde os conocisteis, ¿no es así?

El corazón me da un vuelco, pero asiento.

—Sí.

—¿Seguro que puedes andar? El camino es tortuoso.

—Estoy bien.

No es verdad. Me noto las piernas raras al bajar del coche, como si me las hubieran rellenado con algo muy pesado y amorfo. Me tambaleo y la mujer me sujeta, me sostiene del codo para que recupere el equilibrio.

—Cuidado —murmura—. Espera, te ayudo.

Asiento, demasiado cansada para discutir, y dejo que me guíe camino arriba, entre los árboles que ahora son como manchas confusas. Todo me parece denso, pegajoso, lento.

—¿Qué fue lo que me hizo tomar Bevic? —pregunto con la lengua torpe.

No me responde.

Seguimos caminando.

Más bien camina ella. Yo me tambaleo.

Me fallan las rodillas. Siento un cosquilleo en los brazos. Parpadeo muy despacio. Una vez. Dos.

Algo va mal.

Algo va muy mal.

—¿Dónde está Roman? —pregunto.

O tal vez no lo pregunto. Tal vez solo me lo imagino.

Llegamos al precipicio y lo busco, pero no está. No está…

De pronto, el mundo se inclina, el cielo se mueve hacia un lado, siento que estoy cayendo.

Y la oscuridad se cierne sobre mí.

Capítulo 52

Roman

Nunca he sido violento, pero ahora mismo le prendería fuego a la ciudad entera.

—Te lo juro por Dios, Benny, como le toquen un pelo, todos lo pagaréis caro. ¿A dónde se la llevan? —le pregunto, en tono amenazante.

Sacude la cabeza.

—Oí que Freddy le decía a alguien que la llevarían al lugar donde la salvaste. Saben que eso te hará salir a la luz.

Frunzo el ceño. «La Roca del Revés».

—¿Cómo conocen ese lugar?

Me mira con incredulidad.

—Freddy lo sabe todo, Roman. ¿Aún no te has dado cuenta? Por eso tiene el poder de evitar que se publique según qué, y de retorcerlo todo a su antojo. A Juliette y a ti os sacaron una foto hace años, y él la tiene en su poder.

Tal vez, si no estuviera tan centrado en dar con ella, habría prestado más atención a lo que acaba de decirme. Pero me limito a resoplar.

—¿Cómo sé que puedo fiarme de ti?

Benny se me queda mirando.

—Tampoco es que tengas muchas opciones, primo.

Nunca he conducido tan deprisa como cuando me pongo al volante del coche de Benjamin, y antes de que me dé tiempo a parpadear estamos al pie del Parque Comarcal de Verona.

—¿Qué pasará cuando suba? —le pregunto a Benjamin mientras detengo el coche.

—Juliette estará allí, pero, oye, él te estará esperando…

Aprieto los dientes y asiento. Si a Juliette le pasa algo…

—Me da igual —replico—. Que me haga lo que quiera, con tal de que la deje en paz.

Asiente y lo agarro por el brazo.

—Voy a buscar a Lance —me dice para tranquilizarme.

El corazón me va a mil por hora.

—Lance también estaba allí. ¿No estará metido en esto?

—Es una víctima más, lo tiene en su poder, igual que a todos. Freddy le prometió una salida y está desesperado, pero no dejará que le hagan daño a su hermana.

Resoplo y asiento de nuevo, abro la puerta del coche y echo a andar colina arriba. Me hierve la sangre en las venas, y solo pienso en una cosa.

Llegar hasta Juliette.

Si Frederick quiere matarme, de acuerdo. Que me mate.

Cuando llego al claro de la cima del precipicio no hay ni rastro de Frederick. Recorro la zona con la mirada y mis ojos se detienen en la mesa de pícnic donde me enamoré. Ahí está.

Parece estar inconsciente, tumbada de lado, con las manos y las piernas atadas. No veo nada más, solo a ella, y corro hacia la mesa, la bajo al suelo, la apoyo en mi regazo y le acaricio la mejilla.

—Juliette.

La cabeza le cae a un lado y me inclino para besarla con labios temblorosos. Tengo el corazón en un puño.

—Por favor, mi pequeña rosa, despierta.

Le pongo los dedos en el cuello, le busco el pulso y suspiro aliviado.

«No está muerta».

Tampoco aprecio ningún rastro de sangre, gracias a Dios.

Juliette deja escapar un gemido. Le acaricio la mejilla. Abre apenas los ojos, se queja de nuevo y se agita como si tratara de mover las manos.

Mierda. Debería de haber empezado por desatarla. Trato de desenmarañar el laberinto de nudos, pero, antes de que lo consiga, oigo unas pisadas a mi espalda y Frederick se me acerca sonriente.

—Roman. Qué bien, ya has llegado.

Juliette vuelve a cerrar los ojos y pierde de nuevo el conocimiento.

—¿Qué le has hecho? —le pregunto con un rugido.

La deposito en el suelo con cuidado y la cubro con mi cuerpo, como si así también pudiera protegerla de su mirada.

Aún llevo encima la navaja. Nunca he tenido impulsos asesinos, pero, si trata de acercarse a Juliette, lo mataré. Aunque tenga pesadillas el resto de mi vida.

Mira a su alrededor.

—¿Estamos solos?

—¿No es lo que querías? —le pregunto.

—No sabía si también vendría Benny. Es un poco inestable, muy dado a las emociones.

«¿Me ha tendido Benny una trampa? ¿Estoy solo?».

—Qué gracia, yo estaba pensando lo mismo de ti.

Juliette vuelve a gemir, y aunque hace un instante estaba tratando de despertarla, ahora prefiero que siga dormida. No quiero que tenga ningún recuerdo de lo que está sucediendo. Con suerte, cuando se despierte, todo le parecerá una pesadilla.

—¿De mí? —Frederick se ríe—. Pero si yo soy todo lo contrario.

—Ah, entonces lo de pegarle un tiro a Tyler anoche ya lo tenías planeado.

Hace una mueca.

—Un desafortunado error. Pero Tyler no debería haberse entrometido. Tenía que desempeñar su papel, y no lo hizo bien.

—¿Qué papel?

Tengo la esperanza de que, si consigo que siga hablando, Benjamin tendrá tiempo de dar con Lance. Si es cierto que ha ido a buscarlo, claro.

A Frederick se le ensancha la sonrisa.

—¿De verdad importa a estas alturas?

—¿A qué viene todo esto, Frederick? ¿Por qué tomarte tantas molestias solo para matarme?

Se le borra la sonrisa.

—Los Montgomery sois todos iguales. Una panda de engreídos, os dais demasiada importancia. Llevo años preparándolo. —Alza los brazos y mira a su alrededor, como si la inmensidad del lugar tuviera que impresionarme—. Pero al final hemos hecho lo que había que hacer, y aquí estás. Ha habido más caos que de costumbre, lo reconozco, pero el resultado… —Se inclina hacia delante y le brillan los ojos—. Estamos a punto de rematar el trabajo.

«Estamos».

La palabra es como una bofetada, y tengo que hacer un esfuerzo para no mirar a mi alrededor.

—¿Quiénes «estamos», Frederick?

No responde. Tampoco hace falta.

Se oyen unas pisadas, el sonido de unos tacones sobre la gravilla a su espalda, ella irrumpe en la escena y el aire escapa de mis pulmones, como si alguien me los hubiera arrancado del pecho.

—Mamá —susurro.

Me sonríe.

—Hola, Ry.

Me invade una furia ciega.

—No me llames así.

Sonríe y se sitúa al lado de Frederick. Tiene los ojos como enloquecidos, y la piel amarillenta, enfermiza.

—Nunca quise hacerte daño —me dice, como si todo esto fuera un malentendido.

Desvío la vista hacia Juliette. No se mueve, está demasiado quieta, demasiado pálida.

—¿Qué le habéis hecho? —inquiero.

—Ni idea —responde Frederick, y mi madre esboza una risita. Se la queda la mirando.

—¿Te ha dicho Beverly qué iba a darle?

Mi madre se encoge de hombros, como si la chica tendida en la roca no tuviera la menor importancia. Acaba de clavarme otra puñalada en la espalda. Peor aún, en la espalda de Juliette.

—La habéis drogado —constato con un hilo de voz.

Mi madre aprieta los labios y se mira las uñas.

—No seas tan dramático.

Doy un paso hacia delante, esforzándome en reprimir las ganas de estrangular a esta mujer que tanto daño me ha hecho, cuando lo único que yo quería era ser su hijo.

—Dime que se despertará.

—Se pondrá bien —me confirma Frederick—. Con el tiempo. Solo está… dormida.

—¡Porque la habéis drogado, joder! —estallo.

—Porque necesitábamos que cooperara —me responde sin inmutarse.

Apenas puedo respirar, y miro a mi madre con ojos de loco.

—¿Cómo te has metido en esto, mamá? ¡Dios! —Se me quiebra la voz—. ¿Por qué lo has hecho?

—Porque no me eligió a mí —me replica—. Porque, pese a todas las noches que le di, pese a todos los años que esperé, nunca fue suficiente.

Me la quedo mirando. Observo el cascarón vacío de la mujer que me crio.

—Amaba a Marcus —musita—. Pensé que si me mantenía cerca, si le era leal, me correspondería, pero me engañó. Y más tarde, cuando murió Eleanor, todo se derrumbó, y Freddy dio conmigo y me prometió que las cosas cambiarían.

Tengo ácido en la garganta.

—¿Qué te prometió? —le pregunto. Pero al instante levanto una mano—. No, espera, deja que adivine. ¿Drogas? ¿Dinero?

No lo niega.

—Me lo puso fácil —dice—. Solo tenía que seguir sus reglas. Llevarte al límite de la desesperación para que desearas volver a casa. Entretanto, convenció a Marcus de que te acogiera. Las cosas no deberían haber ido así. Se suponía que tendrías una razón para venir, y más adelante una razón para marcharte, y entonces el dinero sería para nosotros.

Sus palabras me impactan como un disparo en el cerebro, se me cuelan por dentro como una montaña de lodo resbalando a través de mis entrañas.

—¿Qué has dicho? —Ladeo la cabeza, estremecido de rabia—. ¿Qué coño acabas de decir? —Doy un paso adelante—. Repítemelo, con las mismas palabras. —Mi madre boquea como un pez—. Has dicho que querías llevarme «al límite de la desesperación». —Aprieto los puños para que no se note que me tiemblan las manos—. ¿Qué hiciste, mamá? ¿Te atreviste a...? —Me humedezco los labios y respiro hondo. No, es imposible—. ¿Le hiciste algo a Brooklynn para obligarme a pedirle ayuda a mi padre?

Veo la culpa reflejada en sus ojos. Traga saliva y clava la vista en el suelo.

«Dios santo». Se me revuelve el estómago. Le ha estado haciendo daño a Brooklynn para manipularme. Me muerdo la lengua con tanta fuerza que la boca me sabe a sangre, y me hundo los ojos con las palmas de las manos para aplacar el fuego que destilan.

—¿Sabías qué le pasaba?

—Ya basta de perder el tiempo —refunfuña Frederick—. Lo sabía. La envenenó, tal como le dije, pero lo justo para que enfermase y tú te desesperaras, como te acaba de decir.

Clavo los ojos en mi madre, y lo que queda de mi corazón salta en mil esquirlas que se me clavan en la garganta, en los ojos...

—Debería matarte —mascullo.

Da un paso atrás, como si la hubiera golpeado. Y me muero de ganas de hacerlo. Quiero cogerla del cuello, apretar y gritarle «¿por qué?» mientras la veo sufrir del mismo modo que ella nos ha hecho sufrir a Brooke y a mí.

Frederick se alisa el traje, como si estuviera en una reunión de negocios.

—Las decisiones de tu madre son trágicas, sí —dice—. Pero no olvidemos quién le puso la pistola en la mano. Marcus. El apellido Montgomery. La ciudad que recompensa la crueldad y castiga la honradez.

—¿Se trata de eso? —le espeto—. De castigar a la ciudad.

—No —me replica—. De hacer limpieza. Eleanor era mi hermana, y Marcus la mató.

—Y no pudiste salvarla, así que ahora te ha dado por creerte Dios.

—Estoy reescribiendo la historia —dice, y a continuación se lleva la mano al bolsillo y saca la misma pistola de anoche.

Se me hiela la sangre. Doy un paso a la derecha para apartarme todo lo posible de Juliette, pero sin dejar de hacerle de escudo con mi cuerpo. Es a mí a quien quiere matar. No será tan idiota como para asesinar a un miembro de la familia Calloway, ¿verdad?

—Déjate de teatro —me espeta—. Ya has perdido.

Niego con la cabeza.

—Yo no soy mi padre. No pienso seguirte el juego.

—Ya lo has hecho. —Esboza una sonrisa—. Desde el momento en que apareciste en aquella galería de California. Desde el momento en que Juliette te sonrió y tú le devolviste la sonrisa. Desde el momento en que llamaste a tu padre y te pidió que vinieras a casa.

Se me encoge el corazón. ¿La galería? Miro a mi madre. «Claro». Ella fue quien me consiguió aquella exposición. ¿Cómo no me pareció extraño que, de todos los lugares que hay en el mundo, Juliette apareciera por allí? Dios santo. ¿Pero es que no hay nada real en mi vida?

Juliette se mueve y gimotea a mi espalda. El sonido me hace temblar. Frederick se da cuenta al instante.

—Vaya, ¿se está despertando? Qué inoportuna.

Alza la pistola.

El corazón se me paraliza, y de pronto lo veo todo rojo.

Me abalanzo contra él.

Los dos rodamos por el suelo. Le doy un codazo en las costillas, la pistola rueda por el suelo y se detiene a unos centímetros del precipicio. Los dos nos incorporamos, con sangre y tierra en la piel, y entonces escucho la voz de Juliette detrás de mí, débil, desorientada.

—¿Roman?

Llego antes a la pistola.

Y no titubeo.

Le apunto a Frederick en la cabeza.

Se queda paralizado, contiene la respiración. Tiene un rasguño en la cara y sangre en la comisura de la boca. Mi madre grita, pero no acude en su ayuda, sino que, por el contrario, da media vuelta y echa a correr. No me fijo en la dirección que toma. Lo único que me importa es que no va hacia Juliette, ni hacia mí.

No le quito el ojo de encima a Frederick.

La mano me tiembla; tengo el dedo en el gatillo.

—No me dispararás. —Se ríe y alza las manos, parodiando una rendición.

Distingo algo que se mueve detrás de él, y mi esperanza se reaviva como una lengua de fuego.

Me duele el brazo. Tengo ramitas y piedrecillas clavadas en la carne, pero no les presto atención.

Quito el seguro y el clic resuena con fuerza en el aire.

Frederick abre los ojos de par en par. Alzo el arma con la que le estoy apuntando y la deposito en la mano que Lance acaba de tenderme.

En cuanto Lance ocupa mi lugar, retrocedo y corro hacia Juliette, que sigue en el suelo, semiinconsciente.

—Menudo hijo de puta estás hecho, ¿eh, Freddy? —le espeta el hermano de Jules.

Supongo que levantará el arma de un momento a otro, y así lo hace; pero, en lugar de dispararle, le asesta un fuerte golpe en la cara.

—Estás cometiendo un error —le escupe Frederick—. Los dos sabemos que, si me matas, no podrás escapar.

«¿De qué está hablando?».

—¿Pensabas que iba a permitir que le hicieras daño a mi hermana?

La voz de Lance suena como un rugido amenazador. Le desato los brazos a Juliette y la sostengo en mi regazo justo cuando Lance le asesta un puñetazo a Frederick en la mejilla. Juraría que veo cómo le salta un diente, pero no estoy seguro. A continuación le da una patada en el vientre, y otra, y otra, como si hubiera perdido la razón.

—¿Te has vuelto loco? ¡Antes de permitir que le toques un pelo, me pasaré la vida entera en esas jaulas subterráneas! —lo increpa, sin dejar de apuntarle con la pistola.

«¿Jaulas subterráneas?».

—Lance. —Benny aparece de pronto entre los árboles.

Lance aprieta los dientes.

—Cierra el pico, Benny.

Frederick se ríe desde el suelo, y a continuación se ovilla y gimotea.

—Si te quedas ahí abajo, te matará.

Lance se encoge de hombros.

—Entonces, nos veremos en el infierno.

Dispara.

Una vez.

Y otra.

Y otra.

Los pájaros salen volando de los árboles, como si sintieran la muerte en el aire.

Benjamin le arrebata la pistola a Lance, la limpia con su camisa y la empuña con fuerza, apretando bien los dedos.

—¿Por qué leches has hecho eso? —le pregunta Lance.

—Tú no debes cargar con esto —le dice, mirándolo a los ojos. Tiene cara de estar a punto de vomitar, o de desmayarse—. No puedes. Ella te necesita.

Lance asiente. Nos mira a Juliette y a mí, y abre los ojos de par en par cuando la ve en mi regazo, todavía aturdida, pero respirando. Se acerca hacia nosotros, angustiado.

—¿Está...?

—Está viva —lo interrumpo—. Pero tenemos que llevarla a un hospital.

Asiente de nuevo y me mira agradecido.

—Llévala, Roman. Y gracias. Gracias por quererla tanto y por salvarla.

¡De abogado estrella a genio del crimen implicado en una trama de alto nivel!

Todo ha saltado por los aires en Rosebrook Falls.

En un escándalo que ha sacudido la ciudad, el conocido abogado Frederick Lawrence ha resultado estar involucrado en una trama de asesinatos e intrigas para hacerse con la fortuna de los Montgomery.

Y no trabajaba solo.

A primera hora de hoy, Paxton Calloway ha dado una conferencia de prensa a lo largo de la cual ha confirmado la veracidad de los rumores.

Heather Argent (sí, la Heather Argent a la que todos daban por muerta, la madre de Roman Montgomery) manipulaba arteramente a su hijo, mientras Lawrence tiraba de los hilos entre bambalinas.

¿El motivo? La venganza.

Al parecer, Lawrence ocultaba muchos secretos, además de los de sus clientes. Entre otros, era el hermanastro de Eleanor Voltaire, la difunta esposa de Marcus Montgomery, que falleció en trágicas circunstancias hace cinco años.

La conspiración se vino abajo cuando Roman Montgomery intervino para rescatar a Juliette Calloway, que había sido secuestrada, y así dio al traste con todo el plan en una sola noche.

Frederick Lawrence trató de inculpar a Roman del tiroteo en el campus de la UV hace dos noches, Pero al verse desenmascarado se suicidó con la misma arma.

Y, por si los amantes del drama aún no tienen suficiente, las pintadas que acusaban a los Calloway han resultado ser obra del propio Frederick Lawrence.

Heather Argent se ha dado a la fuga y se la busca para ser interrogada. Y, en otro giro inesperado de los acontecimientos, Beverly, ama de llaves y niñera de la familia Calloway desde hacía muchos años, resulta que no se llamaba así. ¿Cuál es su verdadero nombre? Cassandra Troy, también en paradero desconocido.

Rosebrook, tus secretos están saliendo a la luz. ¿Qué más queda por descubrir?

#EscándaloEnFalls #JusticiaParaJuliette #RomanMontgomeryHéroe #EnfrentamientoEntreFamilias #HeatherALaFuga #FraudeFrederick #PobreEleanor #RosebrookRag

Capítulo 53

Juliette

Oigo un sonido, un bip incesante, que hace que la cabeza me palpite al mismo ritmo.

Tengo la boca seca. Intento tragar saliva, pero es como si tuviera cuchillas de afeitar en la garganta.

Me duele todo el cuerpo, y lo único que me reconforta es cierta calidez que siento en la mano izquierda.

Trato de abrir los ojos, pero apenas puedo separar los párpados, como si los tuviera pegados. Parpadeo unas cuantas veces para despejar los ojos de la neblina que los empaña.

Frunzo el ceño. Estoy en mi dormitorio, en casa, pero con un monitor pegado al brazo, que es el que emite el sonido. El ritmo se acelera al compás de mi corazón, a medida que me espabilo y trato de organizar mis recuerdos.

La madre de Roman, aquella extraña sensación, y ahora… estoy aquí.

Bajo la vista y se me escapa una exclamación. El pulso se me acelera más todavía cuando descubro a Roman junto a la cama. Me tiene cogida de la mano, y siento la calidez de su respiración lenta, pausada, en mi brazo. Incluso dormido, la preocupación se refleja en su rostro. Tiene la cabeza apoyada en mi hombro y me sujeta con fuerza.

La puerta del cuarto se abre y Felicity asoma la cabeza.

—¿Va todo bien?

Parpadeo.

—¡Está despierta! —grita en dirección al pasillo, y empieza a dar saltos. Me la queda mirando, y se muere de risa—. Joder, Jules, tía. Cuando te desmelenas y decides vivir un poco, lo haces a fondo.

Noto el calor de una mano acariciándome la mejilla, me giro y veo los ojos azules de Roman y las mariposas vuelven a revolotear en mi corazón.

—Juliette. —La voz le sale como un gemido de dolor.

Alzo la mano, le acaricio la barbilla, y cuando Felicity llega junto a la cama con un vaso de agua no duda en arrancárselo de los dedos para acercármelo sin decir palabra.

Mi amiga resopla.

—¿Te importaría no reducir mi papel al de «chica que trae el agua» en la trama de la resurrección de mi mejor amiga?

Se me escapa la risa y eso hace que me palpite la cabeza.

Roman le lanza una mirada asesina, me acerca la pajita a los labios y bebo con ansia. El agua está fría, perfecta, me alivia la garganta reseca.

—Estás aquí —le digo.

—Estoy aquí —repite. Se lleva mi mano a los labios y cubre el dorso de besos—. Y no pienso dejarte nunca más.

—¿Qué ha…?

—Chissst.

Con la mano libre, me acaricia el pelo, me toca como si necesitara sentirme bajo sus manos para saber que soy real.

—Señorita Calloway —nos interrumpe Felicity, sujetándome el tobillo. Soy su enfermera, y no permitiré que mi total falta de experiencia o de titulación me impidan anotar sus constantes vitales. Además, tiene la casa llena de hombres escandalosos y furiosos que no paran de ir de un lado a otro, así que…

—Déjanos un momento a solas —le ordena Roman—. Ve a decirles a los demás que está despierta.

Felicity arquea una ceja.

—¿Es que no me has oído gritarles hace un momento?

—Pues ve a decírselo otra vez.

—Vale, vale, pero solo porque adoro las historias de amor. —Me vuelve a apretar el tobillo—. Eso sí, nada de sobarla hasta que le den el alta.

Roman no se digna ni a mirarla. Felicity me guiña un ojo y sale al pasillo.

—¡Está despierta, idiotas! —grita—. ¿Es que nadie me ha oído?

—Te hemos oído. Dios santo, eres más pelma que un mosquito —nos llega la respuesta de Paxton, que suena como si le estuviera gritando desde el pie de la escalera.

Arqueo una ceja.

—Menudo carácter.

Roman sonríe y me da otro beso en la mano.

—Estaba tan preocupado… —Se inclina y roza mis labios con los suyos—. No te doy permiso para dejarte secuestrar nunca más.

—Como si lo hubiera hecho adrede. —Entorno los ojos—. Por si se te ha olvidado, ha sido cosa de tu madre.

—No se me olvida —dice en voz baja—. No se me olvidará jamás.

Observo la expresión de dolor en su mirada y algo se me encoge por dentro.

—No pasa nada, en serio. Y no es ella, liante. Recuerda. No es ella, son las drogas.

—Ha sido ella, Juliette.

Niego con la cabeza, y el dolor hace que vuelva a entornar los ojos.

—No, cielo. Las drogas cambian a las personas.

Aprieta los dientes.

—No sabes todo lo que ha hecho. No es...

—No me importa —lo interrumpo—. Bueno, sí, pero... por ti, no me importa.

Se sorbe la nariz y no responde. Tampoco lo presiono. Es demasiado para mí, y sé que lleva tiempo procesar el dolor.

La niebla en mi mente se está despejando, y empiezo a recordar algunos detalles.

—¿Qué ha pasado?

—¿La versión resumida? Frederick Lawrence era un hijo de puta que llevaba años manipulando a todo el mundo, incluida mi madre, y ahora está muerto. Mi padre también ha muerto y tú estás a salvo. Es lo único que me importa.

—¿Qué? Ay, Dios, Roman... —Me atraganto, llena de pesar por él.

Niega con la cabeza.

—No quiero pensar en eso ahora mismo. Estoy bien. Tú estás aquí. Brooklynn está a salvo. Estoy bien, de verdad.

Trago saliva.

—Vale.

Se me encoge el corazón a medida que voy recordando lo sucedido.

—Ty... —consigo decir—. ¿Está...?

Roman aprieta los dientes y una sombra cruza su mirada, pero niega con la cabeza.

—Está en el hospital, pero por ahora sigue con vida.

—¿No fuiste tú? Sé que no fuiste tú, pero Bevie me dijo que había muerto y…

—Beverly te mintió, Juliette. Lleva años mintiéndote.

El corazón me martillea y, aunque me gustaría rebelarme contra lo que me dice, aunque me gustaría fingir que no es verdad, sé que lo es.

—Ni siquiera es su verdadero nombre. Se llama Cassandra Troy.

La verdad es que no me duele tanto como cabría esperar. Posiblemente porque han sucedido tantas cosas que ya tengo el cerebro entumecido.

—¿Seguro que no la obligaron a ella también? —pregunto—. De niña, Bevie lo era todo para mí.

Vuelve a acariciarme el pelo.

—Si la encuentran, te prometo que podrás preguntárselo tú misma.

Se ha ido. Claro.

Me sonríe, se inclina hacia mí y me da un beso en los labios.

—¿Tú crees que Felicity me matará si te echo un polvo rápido?

Me quedo boquiabierta.

—¡Roman!

Se encoge de hombros, sin el menor rastro de arrepentimiento.

—Estás viva. Estoy vivo. Las últimas cuarenta y ocho horas de mi vida han sido una llamada de atención. Los dos nos merecemos un poco de placer.

—Estoy conectada a un monitor cardiaco —le recuerdo.

—Por eso mismo. Ahora no podrás negar que soy todo un as haciendo que se te acelere el pulso.

—Eres insoportable.

Sonríe y me sujeta la muñeca cuando voy a darle un puñetazo en el hombro.

—Y tú me adoras.

—Bésame, liante.

Sonríe de nuevo, acerca el rostro, presiona sus labios contra los míos. Yo inclino la cabeza, pero antes de que ninguno de los dos nos adentremos demasiado en territorio prohibido, se oye el crujido de la puerta y el sonido de unas voces conocidas.

—Bueno, qué, ¿está viva o no?

«Ese es Alex».

—Gracias al cielo —bromea Felicity—. Si tengo que seguir aguantando más tiempo a Paxton dando vueltas por la sala…

—Ha estado a punto de morir, Deditos.

«Paxton, claro».

—Dios mío —se queja mi amiga—. No, si al final la mala voy a ser yo. La única que acabará dándole caramelos de menta para el mal aliento y defendiendo su honor.

Entran en la habitación sin dejar de discutir, seguidos por Lance, que no dice nada.

Se limita a quedarse quieto y a mirarme a los ojos.

Y, por un momento, todos los demás sonidos se apagan.

Parece tenso, tan melancólico y torturado como siempre, pero veo un atisbo de la persona que hay tras la máscara.

—Es evidente que está viva —murmura, y la voz se le rompe con cada palabra que pronuncia—. Se le nota porque el sarcasmo ya vuelve a rezumarle por los poros.

El corazón se me sube a la garganta.

—Yo también me alegro de verte —digo procurando adoptar ese tono de voz tan irónico que él me atribuye. Roman, que sigue a mi lado, se pone tenso, pero le doy un codazo—. Tranquilo.

Lleva burlándose de mí desde que éramos niños. Solo es una demostración de cariño.

La boca de Lance se curva en lo que parece un amago de sonrisa.

—Ya sabe cuánto te quiero.

Arqueo una ceja.

—¿De verdad?

Se encoge de hombros.

—¿Qué te crees, que fue él quien te salvó? ¿Él solito?

Roman sonríe, burlón.

—Podría haberlo hecho yo solo.

Alex deja escapar un gemido teatral y se sienta en el diván.

—¿Qué tal si por ahora dejamos de lado los monólogos de martirio masculino? Ha recuperado el conocimiento, pero aún no ha alcanzado un nivel óptimo de tolerancia a la testosterona.

Paxton suspira, frunce el ceño y me mira.

—Te localizamos gracias a Benjamin Voltaire, que por una vez en su vida ha servido para algo. Lance llegó antes que los demás.

—Me han dicho que Roman le dio un puñetazo a un árbol —interviene Felicity—. ¿De verdad le pegaste un puñetazo a un árbol?

Lance se ríe.

—Vaya si se lo pegó.

—Fue simbólico —protesta Roman.

Los miro uno a uno. ¿Roman está… bromeando? ¿Con mis hermanos?

«¿Qué demonios ha pasado aquí mientras estaba inconsciente?».

—¿Quieres que te cuente otra gesta simbólica? —Alex agita las manos—. Que Jules haya sobrevivido. Envenenada, traicionada, arrastrada hasta la cima de un precipicio como si se tratase del último acto de una tragedia griega. Pero aquí está, sana y salva.

—Qué dramático —resopla Felicity.

—Hablo en serio —sigue diciendo Alex, impasible—. Si esto fuera una obra de teatro, estaríamos en el último acto. Todo el mundo se ha quitado la máscara. Los villanos han muerto. Los amantes se han reunido. Solo queda bajar el telón.

—Por Dios —protesta Lance—. Das un par de clases de actuación y ya te crees el narrador de *Hamlet.*

—Soy un filósofo de corazón, Lance. Lo sabes muy bien. No tengo la culpa de que se me dé bien todo.

—Auguro que tardará cinco minutos en empezar a citar a Nietzsche —masculla Paxton al tiempo que se deja caer en mi cama como si fuera una silla.

—Acabas de demostrar lo poco que me conoces —dice Alex—. Ahora estoy en la etapa de Sófocles: caos, destino, mujeres trágicas capaces de destrozarte con una frase…

Mira a Felicity y mueve las cejas.

Dejo de prestarles atención y me concentro en Roman.

—Gracias —le susurro, y le aprieto la mano—. Por volver. Por salvarme. Por no permitir que lo nuestro se acabara. —Se me hace un nudo en la garganta y tengo lágrimas en los ojos—. Pensé que te había perdido.

—No me perderás jamás. —Se inclina hacia mí y presiona su frente contra la mía, ignorando las discusiones de mi familia—. El destino siempre nos vuelve a reunir.

Salvo el espacio que nos separa y le doy un beso, suave y delicado, cargado con todas las palabras que no sé decir.

—¿Todavía me vas a pintar en todo? —le pregunto.

Esboza una sonrisa.

—En mis manos, en el cielo, en el espacio que separa un aliento del siguiente.

—No se puede pintar el aliento —señalo.

—¿Me estás retando?

Me encojo de hombros.

—Puede.

Alguien carraspea.

—Vale —dice Alex—. Ha sido un momento monísimo, de verdad, pero como os empecéis a meter mano, me largo.

Felicity le tira una almohada.

—Si rompieran, te echarías a llorar. No finjas.

—Yo también lloraría —comenta Lance. Todos los presentes se vuelven a mirarlo. Me quedo boquiabierta—. ¿Qué pasa? ¿Acaso no puedo ser emotivo?

—Guau —bromea Felicity—. ¿Vulnerabilidad? ¿En esta casa?

Lance le dirige una sonrisa burlona.

—No te acostumbres.

—A mí me parece muy bonito —digo—. Y me viene bien la vulnerabilidad, ya que, por lo visto, nuestros padres no están aquí. —La voz me sale aguda—. ¿Dónde se han metido?

A Felicity se le escapa la risa y mira a Paxton.

—Este no les ha dejado que entren con nosotros.

Paxton se encoge de hombros.

—Te prometí que no iba a dejar que te jodieran más, y lo dije en serio.

Me siento tan agradecida que se me hace un nudo en la garganta. Aprieto los labios y asiento. Si intento decir algo, me voy a echar a llorar.

No sé qué nos depara el futuro, pero lo que sí sé es que en él no participarán las dos personas que apenas estuvieron a mi lado cuando crecía, y que han olvidado que el amor es lo más importante.

Lance se levanta para marcharse, y se me encoge el corazón.

—Tengo que irme.

—¿Adónde? —inquiere Paxton arqueando una ceja.

Lance se encoge de hombros.

—Hay gente de la que debo ocuparme.

Felicity hace un comentario sarcástico, pero yo no estoy por nadie, solo por Lance, que ya se dirige hacia la puerta. En su actitud hay algo denso, una carga enorme, y quiero hacerle muchas preguntas cuya respuesta me muero por saber.

—¡Lance! —lo llamo. Se detiene, se da la vuelta y me mira a los ojos, solo un instante—. Gracias. Por todo. Por llegar a tiempo.

Mueve la mandíbula como si tratara de dar con las palabras adecuadas, pero al final se limita a asentir.

Roman no tarda en echar a todos los demás, y viene hacia mí con una sonrisa traviesa. Suspiro y me aprieto contra él cuando se sube a la cama y me abraza. Me acaricia el pómulo con el pulgar, me mira con reverencia.

—Te pintaré en el cielo, mi pequeña rosa —anuncia.

—Y yo te escribiré en las estrellas, liante —le susurro—. Así siempre estaremos juntos.

Sonríe y me mira divertido.

—Eso mismo podría haberlo dicho una espía. —Pongo los ojos en blanco—. Pero me quieres.

—Te quiero —admito.

Y, como prueba de ello, le doy un beso.

No eran perfectos. En ellos todo era caos, complicaciones, peleas que terminaban en disculpas susurradas entre sábanas de seda.

Pero, en el momento de la verdad, él apareció, y ella lo dejó entrar. No porque fuera lo más fácil, sino porque era lo más real.

Tal vez la suya no sea una historia de zapatitos de cristal. Tal vez nunca encajaron en el molde. Pero era la suya, y era arte.

Si ella era el sol, él era todas las constelaciones del firmamento.

Porque nunca existió entre las estrellas un amor tan desbordante como el de Juliette... y su Romeo.

Epílogo

Juliette

No es el primer funeral al que asisto, pero sí el más concurrido.

Le doy la mano a Roman. Estamos sentados en primera fila y escuchamos al oficiante hablar de legado, de amistad, de la familia fundadora y de todo lo que eso significa. De transmitir la herencia recibida y no olvidar lo que nos precedió.

He llorado unas cuantas veces, pero por lo demás me he controlado muy bien.

Ha venido todo el mundo, no falta una persona relevante. Es increíble que todo parezca un caos en un momento dado, y al siguiente, con un poco de dinero e influencias, las aguas se calmen, la basura quede bien disimulada y las apariencias se ajusten a la narrativa, no a la verdad.

Frederick Lawrence murió deshonrado.

Miro a mi derecha y siento un calorcillo en el corazón al ver a Tyler, que todavía se está recuperando del disparo, con el brazo apoyado en el respaldo de la silla de Rosalie. Debe de notar mi mirada, porque me la devuelve y me guiña un ojo.

No pasa un día sin que dé gracias a Dios porque haya sobrevivido. Todavía queda mucho rencor entre Roman y él, pero el tiempo cura todas las heridas. O eso me digo una y otra vez.

Si mi padre ha sido capaz de enterrar el hacha de guerra y asistir al funeral de Marcus, puedo albergar la esperanza de que, algún día, el resto de mi familia y Roman puedan sanar la herida, salvar el abismo que los separa y perdonarse los unos a los otros por haberse dejado manipular por las personas que se suponía que los amaban.

No es una esperanza muy firme, pero al menos todo el mundo sigue vivo. Y ahora, el enfrentamiento entre los Montgomery y los Calloway ha quedado enterrado con Marcus. Cuando un hombre se expone a graves peligros para salvarle la vida a tu hija, hay que dejar de lado algunos rencores.

Roman ahora está al frente del imperio Montgomery, y Paxton ocupará el lugar de mi padre, aunque no creo que en ninguno de los dos casos haya sido de buena gana.

Están trabajando juntos, aunque Roman se siente superado en todos los frentes. Paxton le ha prometido que lo ayudará a orientarse en el mundo de los negocios. Yo no tengo ni la menor idea de qué hace cada uno.

Mi madre es otro cantar, pero la verdad es que ya no tiene voz ni voto en mi vida, y menos desde que me mudé con Roman a la mansión Montgomery, en HillPoint.

Además, ahora que mi padre se retira (o le hacen dar un paso al lado), los dos han decidido tomarse unas vacaciones permanentes. Dar la vuelta al mundo en barco o algo por el estilo.

Y la verdad es que no lo sé porque no he hablado con ellos.

Me gustaría poder decir que ahora todo va mejor, pero tengo demasiadas preguntas pendientes acerca de aquella noche y de quienes tomaron parte en ella.

Beverly…, bueno, Cassandra, sigue desaparecida. Igual que la madre de Roman.

Se me encoge el corazón al pensar en ella y en el dolor que ha dejado a su paso. Roman aún no le ha dicho nada a Brooklynn, y la verdad es que lo entiendo. ¿Cómo le cuentas a una persona que tu madre ha permitido que te convirtieran en una marioneta, en un mero peón al servicio de las maquinaciones de otros?

Benjamin está con Merrick, los dos están sentados al otro lado de Roman. No me gusta que estén tan cerca de él, pero Roman los aprecia, y confío en sus decisiones.

Y luego está Lance, sentado al lado de Alex, y Art, con Ginny, la camarera de La Mesa Redonda, que ahora sé que es su novia.

También me quedan muchas preguntas pendientes a este respecto, sobre todo después de que Roman me contara todo lo que me perdí cuando estaba inconsciente en la Roca del Revés. Pero ya habrá tiempo para eso.

Se me van los ojos hacia mi padre, y la inquietud me retuerce las entrañas. En esta ciudad pasa algo siniestro, y mi padre no es inocente, ni mucho menos.

No dejo de pensar en las fábulas que nos contaba Beverly cuando éramos niños. Nos decía que los edificios se alzaban sobre los cimientos de corazones rotos y secretos enterrados.

«La sangre patricia mancha las patricias manos».

¿Quién era en realidad Beverly?

Un cosquilleo de ansiedad me desciende por la columna cuando pienso en lo poco que le costó pasar a formar parte de nuestras vidas. ¿La pusieron ahí con ese propósito, o fue manipulada, igual que todos los demás?

Ojalá no vuelva del lugar donde quiera que se ha escondido, y yo no tenga que averiguarlo.

Roman posa la mano en mi muslo y la deja ahí, en un gesto posesivo. Apoyo mi hombro en el suyo para brindarle el consuelo que necesita. Dice que no está triste por la muerte de su padre, que ya se la esperaba, pero estoy segura de que le duele, sobre todo porque no ha tenido ocasión de cerrar la historia con la transparencia que él hubiera deseado.

Aunque él no lo reconozca, lo han metido en esta vida sin darle la posibilidad de elegir, y saber que no podrás contar con tu padre para guiarte ha de ser una carga terrible para cualquiera. Pero es como él me dijo: a veces no hay final feliz. A veces vence el mal.

Y la vida es la vida. Todo el mundo tiene que seguir adelante lidiando con cosas que no son de su agrado, y sanar las heridas por el camino.

El oficiante termina de hablar, y en el aire reina un ambiente sombrío. Miro a mi alrededor una última vez y me fijo en una persona que está de pie, en un lado.

Es un hombre. Un hombre alto, bronceado, larguirucho. Lleva unas gafas de sol que le ocultan el rostro, y la brisa le agita el pelo negro. Detrás de él hay dos hombres más, todos vestidos con traje, como si hubieran venido al funeral de Marcus.

Entorno los ojos y los observo con detenimiento, pero no los conozco de nada. El que está delante hace un gesto imperativo, da media vuelta y se aleja seguido de los otros dos, que parecen ser sus guardaespaldas.

Estaba mirando en dirección a Lance.

Mi hermano también los miraba con el ceño fruncido, y Ginny lo observa a él mientras se muerde el labio, ansioso.

Entonces me fijo en cómo se miran Lance y Ginny, que se encuentran detrás de Art.

De pronto se me encoge el corazón y se me eriza el vello de los brazos, pero prefiero aparcar esta sensación por el momento.

Hoy estamos de luto.

Mañana me ocuparé de todo lo demás.

Y ahora ya no tengo que hacerlo sola.

Después de todo, Roman lleva las riendas de medio Rosebrook Falls, y los secretos no pueden seguir enterrados para siempre.

* * *

Roman

Dos meses más tarde

Estamos en La Mesa Redonda. Juliette encaja a la perfección bajo mi brazo. Está relajada y con las mejillas sonrosadas por el alcohol.

Felicity está delante de nosotros con una copa de vino en la mano, y haciendo girar el líquido mientras escucha a Alex desvariar a su lado con gestos teatrales.

—Lo digo de verdad —dice Alex en voz alta para hacerse oír por encima del guitarrista que canta en el rincón—. Necesito echar raíces.

Juliette resopla.

—Has vivido aquí toda tu vida.

—¿Y qué? —La mira con hostilidad—. Igual estoy harto de fingir que soy lo que no soy. Y quiero ser alguien. Yo. Alex Calloway. —Tamborilea con los dedos sobre la mesa—. Igual creo una compañía teatral. O abro una cafetería. O… una compañía teatral en una cafetería.

A Felicity casi se le sale el vino por la nariz de la risa.

—Podrías llamarlo «Bard & Beans».

—¡Qué buena idea!

Alex chasquea los dedos y se le iluminan los ojos. Le sujeta la cara y le da un beso en los labios.

Los dos se quedan paralizados. Felicity abre mucho los ojos. Noto que Juliette se pone rígida y sonrío, me recuesto en el respaldo y disfruto del hecho de que, por una vez, la atención no gire en torno a nosotros.

Antes de que nadie tenga tiempo de acostumbrarse al evidente cambio de dinámicas, una sombra se cierne sobre la mesa.

Lance.

Lleva un tiempo esforzándose, sobre todo ahora que Juliette está en HillPoint porque vive conmigo, pero la relación sigue siendo tensa. Se muestra reservado, desaparece durante días enteros y de pronto vuelve a aparecer como si no hubiera pasado absolutamente nada.

Va vestido de negro, con los hombros llenos de gotas de la lluvia que cae en el exterior, y su rostro exhibe una expresión inescrutable y tranquila, enervante, muy propia de él.

Me mira, y asiente con un gesto brusco. Desde que salvamos a Juliette, entre nosotros se ha credo un nexo especial, aunque nunca hemos hablado de ello.

Merrick lo esquiva para poder acercarse a la mesa con otra ronda de bebidas, se sienta en el reservado al lado de Juliette y mira a Lance con una ceja arqueada.

—Vaya, vaya, mira lo que nos trae el viento, tan sombrío y melancólico.

—Te acabas de perder la crisis de los cuarenta de Alex —dice Juliette.

—Una tragedia irreparable. —Lance se deja caer al lado de Alex, obligándolo a arrimarse más a Felicity—. ¿Ha vuelto a llorar?

—Casi —digo yo.

Alex resopla, alza el vaso y proponen un brindis general.

—Epicteto nos dice que la verdadera fuerza estriba en dominar las propias emociones en lugar de permitir que nos dominen. —Hace una pausa—. Por eso solo lloro por dentro.

Felicity pone los ojos en blanco.

—¿Nos dice también que eres un pelma?

La mira con el ceño fruncido.

—Eso me ha dolido.

—La filosofía es un rollo. Me gusta más cuando recitas algo divertido.

En el otro extremo del bar se oye una risa. Es cálida y melodiosa, y a Lance se le van los ojos como una polilla atraída por la luz.

«Genevieve».

No dice ni una palabra, y cuando vuelvo a mirar a los presentes veo que nadie le está prestando atención.

Pero yo lo sé, porque he sentido lo mismo.

El tic en la mandíbula.

Esa forma de tensar los dedos como si se estuviera conteniendo.

Esas miradas demasiado prolongadas, hasta que se obliga a fijar la vista en otro punto y disimula.

Se vuelve hacia mí, porque tal vez percibe que soy el único que nota que ha pasado algo, sea lo que sea.

Arqueo una ceja. Él frunce el ceño y aparta la vista.

Por fin la tensión se disipa y vuelve a imponerse el ambiente cálido, los vasos tintineando, las risas.

Merrick está tratando de convencer a Alex de que montar un híbrido de café y teatro solo le servirá para perder dinero.

Felicity repasa el menú, aunque toda la comida que sirven aquí ya está encima de la mesa, a medio consumir.

Y Juliette se aprieta contra mí, apoya la cabeza justo debajo de mi hombro y sonríe con dulzura, como si el mundo le permitiera respirar al fin.

Por primera vez en mucho tiempo, no estoy pensando en lo que vendrá a continuación.

Solo estoy aquí.

Con ella. Con mi familia.

Ahora mismo solo echo de menos a Brooke. Sigue en California, a lo suyo, aunque ha dicho que está sopesando la posibilidad de estudiar en la Universidad de Verona. Por lo visto, su programa de Literatura Comparada es uno de los mejores del país.

Cierro los ojos, estrecho con más fuerza a Juliette, y me lleno de ella como si fuera lo único que he conocido jamás.

Al otro lado del bar alguien rompe un vaso. Un cliente grita demasiado. El guitarrista del escenario toca un acorde equivocado.

El mundo sigue girando.

Pero esta sensación…

Esta es nuestra.

Y me pasaré la vida pintándola en el cielo.

Epílogo ampliado

Roman

—Roman —musita mientras me pasa los dedos por el pelo, y aprieta las curvas suaves y moldeadas de su cuerpo contra el mío—. Que pueden vernos.

Miro en todas direcciones —estamos en el despacho, en mi nuevo despacho de la Montgomery Organization—, y aumento la presión en sus muslos.

—¿Quién? —murmuro con los labios pegados a su cuello, y beso el latido que palpita bajo su piel.

Niega con la cabeza.

—No sé, ¿aquí no hay trabajadores de mantenimiento o algo así?

Me encojo de hombros.

—Ni idea. No sé nada de este negocio.

Se ríe, me rodea el cuello con los brazos y se apoya en mi hombro, sin sacarme los dedos del pelo.

—Bueno, Paxton ha dicho que te ayudará a aclimatarte, ¿no?

—No hablo de otros hombres cuando estoy intentando follarte.

—Puaj. Que es mi hermano.

—Peor todavía.

Sonríe y se muerde el labio inferior para contener la risa.

—Estás loco.

La siento encima del escritorio y le subo el vestido hasta los muslos.

—Y tú estás demasiado vestida.

De pronto tiene la respiración agitada.

—Roman…

—No digas que no. —Introduzco las manos bajo la tela y alcanzo el borde de las bragas. De encaje. Últimamente siempre son de encaje, como si tratara de provocarme a todas horas—. Y menos aún, después de haberme besado delante de media ciudad.

—Yo te besé. Pero tú miraste a Art como si hubiera intentado lamerme el cuello.

—Porque él te miró como si quisiera hacerlo. —Le bajo las bragas con movimientos lentos, intencionados—. Y encima llevabas este vestido. Tendría que haberte sacado a rastras de la plaza y que le dieran por culo a la rueda de prensa.

—Te faltó poco para hacerlo —responde con un jadeo mientras me desabrocha los pantalones—. No deberíamos follar en el escritorio en tu primer día de trabajo.

—Ahora soy el jefe —le susurro, rozándole los labios con la boca—. Y mi primer día será mañana.

Sonríe.

—No te falta razón.

No necesito que me diga más. Poso una mano entre sus muslos y deslizo los dedos por la húmeda calidez de su sexo.

Ella reprime una exclamación, sacude las caderas contra mi mano y separa las piernas un poco más.

—Joder, nena —susurro directamente en su boca—. Qué mojada estás.

Consigue desabrocharme el cinturón. Su voz es una mezcla de susurro y de jadeo.

—Es posible que lleve toda la noche soñando con este escritorio.

—No me digas eso —musito, con la voz convertida en gemido—. Cancelaré las reuniones de toda la semana para tenerte encerrada aquí.

Tiene el vestido subido hasta la cintura. Meto los dedos entre los pliegues de su sexo, le acaricio la entrada. Palpita en mi mano, está tan mojada…, tan lista para mí…

—¿Ya te he dicho lo sexy que estás cuando hablas en plan hombre de negocios? Eso no me lo esperaba.

Siento una punzada de inquietud. Estoy a punto de ser nombrado presidente de la Montgomery Organization. Oficialmente. Y sigo sin tener ni puñetera idea de lo que hago. Ni siquiera sé con certeza a qué se dedica la empresa.

—No estoy tan seguro.

Se muerde el labio y me mira como si no valiera la pena mirar otra cosa en el mundo.

—Roman, deja de estropearme la fantasía.

—¿Qué? —Le introduzco dos dedos y los curvo, justo como le gusta—. Has empezado tú.

Deja escapar un gemido, me agarra la camisa con las dos manos, cierra los ojos.

—Eres un liante.

Le introduzco los dedos y se los saco, despacio, para ver cómo abre la boca, cómo le tiemblan los labios y el pecho le sube y le baja.

—Eso ya lo sabías la primera vez que te me subiste encima.

Abre los ojos y me lanza una mirada asesina.

—Yo no me subí encima de ti.

—No, claro. —Me inclino hacia delante y le mordisqueo el cuello—. Solo me seguiste hasta que no pudiste más y me suplicaste que te tocara.

Gime, me agarra del pelo, atrae mi rostro hacia el suyo.

—Dios, cómo te odio.

Sonrío contra sus labios.

—Me quieres.

—Sí —reconoce, como si se le escaparan las palabras—. Venga, no estropees el momento. He venido para que me folles como si fuera una secretaria traviesa. —Se abre de piernas—. He sido muy mala, jefe. ¿Piensa castigarme?

—¿Has sido mala? —repito sin dejar de mover los dedos en su vagina, despacio—. Has sido peor que mala, mi pequeña rosa. Lo tuyo es insubordinación.

Se estremece, noto cómo su coño vibra alrededor de mis dedos, me tira del pelo con más fuerza.

—Has seducido al presidente —le susurro. Saco los dedos de su raja y me los llevo a la boca para lamerlos. Adoro cómo se le nublan los ojos cuando lo hago—. Has violado seis normas diferentes de la compañía en diez minutos.

—No tiene pruebas de ello.

La agarro por las caderas, le doy la vuelta y la tumbo boca abajo sobre el escritorio, con el culo en pompa y los tacones aún puestos.

—Has interrumpido una reunión.

—No había ninguna reunión. —Se ríe y respira ansiosa cuando le subo el vestido hasta la cintura.

—Eso no lo sabes. —La agarro por los muslos y se los separo para dejarla completamente expuesta—. Porque no has consultado la agenda. Otro error en tu desempeño.

—A lo mejor quería que me pillaras —dice con voz dulce, provocadora; gira el cuello para mirarme—. A lo mejor quería que todo el mundo supiera de quién soy.

De pronto la siento más mía que nunca.

—Tú sigue hablando así, y verás cómo te follo contra la mesa.

Deja escapar un gemido, arquea la espalda.

—Pues deja de amenazarme y hazlo, Roman.

Me bajo los pantalones lo justo para sacarme el miembro, lo enfilo, presiono contra su sexo y me deslizo entre los labios de su coño.

—¿Quieres que te castigue ya, nena? —le propongo, arrastrando la punta por su clítoris antes de entrar apenas en ella y salir de nuevo—. ¿O prefieres suplicar?

—Jódete —jadea, sin aliento—. No pienso suplicarte…

La penetro con una embestida brutal y las palabras se transforman en un grito que resuena por las paredes del despacho. Su cuerpo se tensa alrededor de mi polla, ardiente, duro, perfecto.

No le doy tiempo a rectificar la postura. La agarro por las caderas y me la follo a un ritmo salvaje, implacable; los gemidos se transforman en súplicas incoherentes mientras la penetro contra el escritorio. Con cada movimiento la hago más mía, con cada caricia le arranco una promesa.

—¿Lo ves? —la regaño con voz ronca—. Esto es lo que pasa cuando te portas mal en el trabajo.

Jadea, tratando de agarrarse a la superficie lisa de la mesa.

—Roman…, joder…

—Así —le susurro, me inclino sobre ella y presiono entre sus omoplatos con una mano, mientras deslizo la otra entre sus piernas y trazo círculos alrededor del clítoris—. Córrete para mí, nena. Sé buena chica.

Y se corre.

Lanza un grito que suena como mi nombre convertido en un gemido roto. Se suceden los espasmos, el orgasmo la arrasa como una ola que me arrastra consigo a mí también: bramo, la embisto hasta el final, y me derramo dentro de ella sacudiendo las caderas, hasta que mi cuerpo se vacía por completo en la chica que me robó el corazón.

Me inclino para darle un beso en la espalda.

—Estás hecha para mí —le digo, y eso no admite discusión.

Suspira, aturdida, lánguida, y se vuelve apenas, solo para mirarme a los ojos con una sonrisa en los labios.

—Lo dices como si te sorprendiera.

Niego con la cabeza.

—Nada de sorpresas. Estoy seguro.

Esa misma noche, estamos juntos en la cama. Se ha dormido mientras yo miro al techo y no paro de pensar.

Su respiración pausada me sosiega y, cuando en sueños entrelaza sus dedos con los míos y me coge la mano y la pone encima del pecho, como para llevarme en el corazón, de pronto, lo sé.

La próxima vez que le diga que es mía será de rodillas, con un anillo en la mano, anunciándole que lo nuestro es para siempre.

Nota de la autora

Esta historia está contada en primera persona y a través de las emociones, y los personajes a menudo no hablan desde una determinada perspectiva, sino desde el dolor.

La visión que aquí ofrecemos de la adicción refleja cómo alguien que ha sufrido mucho dolor y terribles pérdidas ve el mundo y a la gente que la rodea. Esa persona no comprende bien el problema, y su percepción de las personas que le han hecho daño no es completa.

Es importante que quede claro que lo que aquí vemos no define la adicción ni a las personas que la sufren.

Las adicciones comportan problemas muy complejos que afectan a las personas y a las familias de múltiples maneras. Si el lector o alguien de su entorno necesita ayuda, debe saber que merece recibirla, y que no está solo.

Aquí tenéis algunos recursos:

Plan Nacional sobre Drogas → https://pnsd.sanidad.gob.es/profesionales/atencionIntegral/red/home.htm

Red de Atención a las Adicciones → https://www.unad.org/

Proyecto Hombre → https://proyectohombre.es/

Perfil de los personajes

Juliette

Nombre: Juliette Calloway
Edad: 21
Lugar de nacimiento: Rosebrook Falls, Connecticut
Residencia actual: Rosebrook Falls, Connecticut
Educación: licenciada en Psicología
Ocupación: escritora
Ingresos: heredera
Color de ojos: castaños
Pelo: largo, liso, negro
Constitución: un metro setenta y cinco, delgada
Su ropa preferida: le encanta el rosa, pero siempre que puede lleva ropa cómoda
¿Gafas?: no
Accesorios que lleva siempre: ninguno
Nivel de cuidado personal: alto
Salud: buena
Caligrafía: redonda, ordenada y perfecta
Forma de caminar: cabeza alta, erguida, buena postura
Forma de hablar: sarcástica
Gesticulación: sí, sobre todo si está molesta
Contacto visual: casi siempre
Expresiones reiteradas: «Te escribiré en las estrellas»

¿Qué le divierte?: humor ácido
Sonrisa: amplia y luminosa
Emociones: controladas a menos que la provoquen; es bastante reservada
Infancia: acomodada, muy controlada, siempre hizo lo que querían sus padres
¿Participativa durante sus estudios?: sí
Definición en el anuario escolar: «Se casará con alguien importante»
Empleos: nunca ha trabajado
Trabajo soñado cuando era niña: escritora
Aficiones durante la adolescencia: escribir, escaparse con Lance
Lugar favorito de su infancia: el hueco bajo la escalera principal y la Roca del Revés
¿Algún trapo sucio?: no
Si pudiera cambiar algo de su pasado, ¿qué sería?: no permitiría que sus padres dirigieran su vida
Puntos de inflexión en su vida: las desapariciones cada vez más frecuentes de Lance, la boda de su hermano Paxton, la muerte de sus tíos
Tres adjetivos que describan su personalidad: reservada, ingeniosa, leal
¿Qué consejo se daría a sí misma si pudiera viajar en el tiempo?: «Mantente firme en tu postura y defiende a las personas que quieres»
Antecedentes penales: no

Padre
Nombre: Craig Calloway
Ocupación: propietario y presidente de Calloway Enterprises

¿Cómo es su relación con el personaje?: tensa; quiere que esté orgulloso de ella, pero no están unidos porque a él solo le importa la empresa y su apellido

Madre

Nombre: Martha Calloway

Ocupación: ser la esposa de Craig Calloway a tiempo completo, organizar actividades caritativas

¿Cómo es su relación con el personaje?: espantosa; no le cae bien, hay mucho resentimiento, no están unidas

Hermanos: Lance, Alex y Paxton

Amigos: Felicity Rimini

Enemigos: los Montgomery; su prima Rosalie

¿Cómo la ven los desconocidos?: controlada, altiva, inaccesible

Redes sociales: sí, pero muy vigiladas y filtradas debido a ser quien es

Papel en la dinámica de grupo: la aguafiestas que prefiere quedarse en casa

¿De quién depende más?: de Felicity, de sus hermanos, de Beverly

¿Qué hace en un día lluvioso?: quedarse a solas y escribir

¿Teoría o práctica?: teoría

¿Optimista, pesimista o realista?: realista con cierta tendencia al pesimismo

¿Introvertida o extrovertida?: introvertida de corazón, aunque sabe hacerse pasar por extrovertida

Sonidos favoritos: el de alguien diciendo su nombre como si la conociera de verdad

Deseo más profundo: libertad y felicidad

Mayor defecto: complacer a sus padres a cualquier precio
Punto más fuerte: su capacidad para seguir adelante, aunque tenga el corazón roto. No se desmorona, sino que aparta a un lado el dolor y es capaz de entrar en una habitación llena de personas que ya han decidido quién se supone que debe ser
Logro más importante: sobrevivir y ser fiel a sí misma
¿Cuál es su concepto de la felicidad?: una vida tranquila sin tener que fingir
¿Quiere ser recordada?: no
¿Qué salvaría en caso de incendio?: su diario
¿Cómo es su brújula moral y qué hace que se desvíe de ella?: muy buena, pero se saltará sus principios sin pensarlo por la gente a la que quiere
Cosas que detesta: las conversaciones banales y que le digan que sonría más
¿Qué quiere que pongan en su lápida?: «Seguramente sigo espiando a Roman en el más allá»
Objetivo de su historia: dejar de ser lo que los demás esperan y vivir como ella decide. Al principio eso consiste en escapar, pero al final todo gira en torno a la verdad. Quiere averiguar quién es en realidad cuando nadie mira, y ser capaz de amar a quien elija con libertad y sin restricciones.

Roman

Nombre: Roman Montgomery
Edad: 23
Lugar de nacimiento: Monterey, California
Residencia actual: Rosebrook Falls, Connecticut
Educación: universitaria, sin terminar (lo dejó para ocuparse de su familia)
Ocupación: heredero no oficial de la fortuna Montgomery y pintor callejero
Ingresos: herencia, pero con condiciones
Color de ojos: azul hielo
Pelo: corto, revuelto, castaño tan oscuro que bajo cierta luz casi parece negro
Constitución: un metro ochenta y ocho, musculoso y esbelto
Su ropa preferida: tejanos oscuros, camisa blanca, sudadera negra, gorra con visera vuelta hacia atrás
¿Gafas?: no
Accesorios que lleva siempre: un anillo de plata; a veces, una cadena al cuello
Nivel de cuidado personal: normal, buen aspecto, pero nunca demasiado acicalado
Salud: buena
Caligrafía: inclinada y un poco caótica, como si nunca hubiera aprendido la técnica, pero consigue que le quede bien

Forma de caminar: como si fuera el amo del mundo, pero no quisiera que los demás lo supiesen
Forma de hablar: sin alzar la voz, relajada
Gesticulación: a veces
Contacto visual: siempre
Expresiones reiteradas: «Te pintaré en el cielo»
¿Qué le divierte?: humor negro, sarcástico; hacer sonrojar a los demás
Sonrisa: de medio lado, inteligente
Emociones: se controla bien hasta que lo presionan demasiado
Infancia: sin dinero, muchos problemas, enfrentado a realidades que ningún niño debería sufrir
¿Participativo/a durante sus estudios?: no
Definición en el anuario escolar: «Acabará en la cárcel»
Empleos: artista
Trabajo soñado cuando era niño: artista
Aficiones durante la adolescencia: siempre estaba dibujando
Lugar favorito en su infancia: cualquiera donde pudiera estar a solas
¿Algún trapo sucio?: sí
Si pudiera cambiar algo de su pasado, ¿qué sería?: no ser capaz de ayudar a su madre
Puntos de inflexión en su vida: su muerte fingida, la ausencia de su padre, la caída de su madre en la adicción
Tres adjetivos que describan su personalidad: encantador, seductor, misterioso
¿Qué consejo se daría a sí mismo si pudiera viajar en el tiempo?: «No te fíes de nadie»
Antecedentes penales: oficialmente, no

Padre

Nombre: Marcus Montgomery

Ocupación: personaje público, propietario y presidente de la Montgomery Organization

¿Cómo es su relación con el personaje?: primero inexistente, y más adelante, llena de amargura; fría y funcional; sin confianza

Madre

Nombre: Heather Argent

Ocupación: artista

¿Cómo es su relación con el personaje?: complicada y tóxica

Hermanos: una, Brooklynn (Harper)

Amigos: no reconoce a ninguno

Enemigos: Craig Calloway

¿Cómo lo ven los desconocidos?: atractivo, encantador y misterioso

Redes sociales: ninguna, no soporta llamar la atención

Papel en la dinámica de grupo: líder silencioso

¿De quién depende más?: de nadie, solo de sí mismo

¿Qué hace en un día lluvioso?: contemplar la tormenta, fumar, pensar demasiado

¿Teoría o práctica?: ambas, con más inclinación hacia la práctica

¿Optimista, pesimista o realista?: optimista

¿Introvertido o extrovertido?: extrovertido

Sonidos favoritos: antes, la risa de su madre; ahora, la de Juliette

Deseo más profundo: proteger a las personas que quiere

Mayor defecto: ocuparse de los demás a costa de su propio bienestar

Punto más fuerte: su lealtad inquebrantable

Logro más importante: si alguien se entera, que se lo diga

¿Cuál es su concepto de la felicidad?: una vida en la que Juliette y su hermana estén a salvo de todo

¿Quiere ser recordado?: solo por Juliette

¿Qué salvaría en caso de incendio?: su libreta negra de bocetos

¿Cómo es su brújula moral y qué hace que se desvíe de ella?: dubitativa, ha hecho cosas malas por buenos motivos; la rompería sin dudar por Juliette o por su hermana

Cosas que detesta: la hipocresía, la desigualdad de riquezas, a su padre

¿Qué quiere que pongan en su lápida?: «Aquí yace Roman. Ni muerto hay quien lo aguante, pero aun así lo queremos más que a nadie» (escrito por Juliette)

Objetivo de su historia: Al principio, el objetivo de Roman es muy sencillo: cuidar de su familia. Pero, por el camino, tiene que analizar su relación con los demás, que a menudo va en contra de su propia felicidad. Aprende que, a veces, uno tiene que hacerse responsable de cosas que no quiere y tratar de reorientarlas en su propio beneficio. También se ve obligado a aceptar que no todo tiene arreglo. Que hay cosas que van a seguir rotas, que hay gente que te va a decepcionar. Y que la vida no siempre nos ofrecerá un final feliz, así que lo importante es aprender a ser feliz pese a todo.

Agradecimientos

Intentaré que esto sea lo más breve posible.

Para vosotros, mis lectores, mis McCulties. Gracias por estar siempre ahí y recordarme lo mágico que puede ser este mundo. Gracias por permitirme contaros estas historias de amor y por experimentar junto a mí cada instante de alegría, de tristeza, de todo el caos que hay en medio.

A Christa, mi editora, y a todo su equipo: con cada libro hacéis de mí una escritora mejor, hasta cuando me pongo colorada cuando corregís la logística de mis escenas de sexo, o me preguntáis «¿y esto qué significa?», y lo borro sin más en vez de tratar de acordarme de qué quería decir.

A mi agente, Kimberly, y a toda la gente de Park, Fine & Brower: gracias por creer en mí, por luchar por mí, por vuestro apoyo inquebrantable.

A los equipos de Bloom y Piatkus: gracias por arriesgaros con mis libros, por ayudarme a dar vida a estos personajes y a estas historias.

Equipo Emily, sois mi cerebro, mi organización y mi cordura. ¡Gracias por sacar adelante las cosas cuando yo ya no podía, y por tirar de mí!

A Apryl, la autora de las portadas: tienes tanto talento que das asco. Desde el cariño.

A Katie, mi publicista: gracias por cuidar de mí en el camino y permitirme soñar las ideas de promoción más descabelladas… y luego hacerlas realidad, no sé cómo.

A Sav, mi mejor amiga, gracias por ser tan fuerte. No sé qué sería de mí sin ti.

A Mike, mi marido: gracias por enseñarme lo que es el amor, el amor verdadero. Tú eres mi hogar.

Y por último y, sobre todo, a Melody, mi hija.

Siempre has sido y serás la razón de todo.

Te quiero para siempre.

Este libro se terminó de imprimir
en febrero de 2026.